02/2013

Donald Ray Pollock

Das Handwerk
des Teufels

Roman

Aus dem Englischen
von Peter Torberg

liebeskind

Wieder mal für Patsy

PROLOG

An einem trüben Vormittag gegen Ende eines nassen Oktobers eilte Arvin Eugene Russell seinem Vater Willard am Rand einer Weide hinterher, von der aus man eine lange und felsige Senke namens Knockemstiff im südlichen Ohio überblicken konnte. Willard war groß und knochig, und Arvin musste sich anstrengen, um mithalten zu können. Die Weide war mit Dornengestrüpp und eingefallenen Sträuchern aus Sternmiere und Wildrose überwuchert, und der Bodennebel, der so dicht war wie die Wolken am Himmel, reichte dem Neunjährigen bis an die Knie. Nach ein paar Minuten bogen sie in den Wald ein und folgten einem schmalen Wildwechsel den Hügel hinunter, bis sie zu einem Baumstamm kamen, der auf einer kleinen Lichtung lag, Reste einer großen Roteiche, die vor vielen Jahren umgestürzt war. Ein verwittertes Kreuz aus Brettern von der Rückseite der baufälligen Scheune hinter ihrem Farmhaus neigte sich in dem weichen Untergrund ein paar Meter unterhalb von ihnen leicht nach Osten.

Willard kniete sich auf der höher gelegenen Seite des Baumstammes hin und bedeutete seinem Sohn, es ihm gleichzutun, indem er auf die braunen, feuchten Blätter neben sich wies. Wenn ihm nicht gerade Whiskey durch die Adern floss, kam Willard jeden Morgen und jeden Abend zu dieser Lichtung und sprach mit Gott. Arvin wusste nicht, was schlimmer war, das Trinken oder das Beten. Solange er sich erinnern konnte, war sein Vater ohne Unterlass dem Handwerk des Teufels ausgeliefert gewesen. Arvin zitterte ein wenig in der Feuchtigkeit und zog seinen Mantel enger um sich. Am liebsten wäre er noch im Bett geblieben. Selbst die Schule mit all ihren Kümmernissen war immer noch besser als das hier, aber es war Samstag, und er konnte sich der Pflicht nicht entziehen.

Durch die meist kahlen Bäume hinter dem Kreuz konnte Arvin eine halbe Meile entfernt Rauch aus ein paar Kaminen aufsteigen sehen. 1957 lebten etwa vierhundert Personen in Knockemstiff, und fast alle waren sie aufgrund irgendeines gottvergessenen Schicksalsschlags Blutsverwandte, ob nun aus Fleischeslust, Triebhaftigkeit oder simpler Unwissenheit. Zu den mit Teerpappe vernagelten Hütten und den aus Schlackebetonblöcken errichteten Häusern kamen noch zwei Kramläden, die *Church of Christ in Christian Union* und eine Kneipe, die in der ganzen Gemeinde als *Bull Pen* bekannt war. Die Russells hatten das Haus am oberen Ende der Mitchell Flats zwar bereits seit fünf Jahren gemietet, doch die meisten Nachbarn unterhalb von ihnen betrachteten sie noch immer als Außenstehende. Arvin war das einzige Kind im Schulbus, das nicht mit irgendeinem anderen Kind verwandt war. Vor drei Tagen war er mit einem blauen Auge nach Hause gekommen. »Ich halte nichts von Prügeleien nur zum Spaß, aber manchmal bist du ein wenig zu lax«, hatte Willard ihm am Abend gesagt. »Die Jungs sind ja vielleicht größer als du, aber wenn das nächste Mal einer mit diesem Mist anfängt, dann will ich, dass du es zu Ende bringst.« Willard hatte auf der Veranda gestanden und seine Arbeitskleidung abgelegt. Dann hatte er Arvin die braune Hose gereicht, die vor geronnenem Blut und Fett ganz hart war. Willard arbeitete in einem Schlachthof in Greenfield, und an jenem Tag waren sechshundert Schweine geschlachtet worden, ein neuer Rekord für *R. H. Carroll Meatpacking*. Der Junge wusste zwar noch nicht, was er werden wollte, wenn er groß war, doch er war sich ziemlich sicher, dass er keine Schweine schlachten wollte, um seinen Lebensunterhalt zu verdienen.

Sie hatten gerade mit ihren Gebeten begonnen, als sie hinter sich das laute Knacken eines Zweiges hörten. Arvin wollte sich schon umdrehen, und obwohl Willard die Hand ausstreckte, um ihn daran zu hindern, sah der Junge kurz zwei Jäger, die im fahlen Licht dastanden, verdreckte, zerlumpte Kerle, die er schon ein paar Mal auf den Vordersitzen einer alten rostigen Limousine auf dem Parkplatz vor Maude Speakmans Laden hatte hocken sehen. Der eine trug einen braunen Jutesack, der am Boden voll leuchtend roter Flecken war. »Kümmer dich nicht um sie«, sagte Willard leise. »Das hier ist die Zeit des Herrn, von niemandem sonst.«

Die Anwesenheit der Männer machte ihn nervös, doch Arvin kniete sich wieder richtig hin und schloss die Augen. Willard hielt diesen Baumstamm für so heilig wie jede von Menschenhand erbaute Kirche, und die letzte Person auf Erden, die der Junge beleidigen wollte, war sein Vater, auch wenn dies manchmal wie ein Kampf schien, der nicht zu gewinnen war. Abgesehen von den Tropfen, die von den Blättern fielen, und einem Eichhörnchen, das auf einem Baum in der Nähe schimpfte, war es im Wald wieder still. Gerade als Arvin dachte, die Männer seien weitergegangen, sagte einer der beiden mit krächzender Stimme: »Herrje, die haben da 'ne kleine Erweckungsversammlung.«

»Immer langsam«, sagte der andere.

»Ach Scheiße. Ich glaub, jetzt wär die Gelegenheit, seiner Alten einen Besuch abzustatten. Die liegt wahrscheinlich eh schon in den Federn und wärmt mir die Matratze auf.«

»Halt die Schnauze, Lucas«, fuhr ihn der andere an.

»Was denn? Jetzt sag nur noch, du würdest bei der Nein sagen. Ich will verdammt sein, wenn die kein heißer Feger ist.«

Arvin sah seinen Vater unsicher an. Willard hielt seine Augen weiter geschlossen, die großen Hände lagen gefaltet auf dem Baumstamm. Seine Lippen bewegten sich schnell, doch die Worte waren zu leise, als dass sie jemand anderer als der Herr hören konnte. Der Junge dachte daran, was ihm sein Vater neulich gesagt hatte; dass man sich zur Wehr setzen müsse, wenn einem jemand dumm käme. Das waren offensichtlich auch nur Worte gewesen. Er hatte das bange Gefühl, dass die langen Fahrten im Schulbus nicht besser werden würden.

»Komm, du Idiot«, sagte der andere, »das wird jetzt zu ernst.« Arvin hörte, wie die beiden kehrtmachten und in die Richtung über den Hügel verschwanden, aus der sie gekommen waren. Lange nachdem die Schritte verklungen waren, konnte er noch immer den Maulhelden lachen hören.

Ein paar Minuten später erhob sich Willard und wartete, bis sein Sohn Amen gesagt hatte. Dann gingen sie schweigend nach Hause, kratzten sich auf den Verandastufen den Lehm von den Schuhen und traten in die warme Küche. Arvins Mutter Charlotte briet Speck in einer gusseisernen Pfanne und schlug in einer blauen Schüssel mit der Gabel Eier auf. Sie goss Willard einen Kaffee ein und stellte ein Glas Milch vor Arvin. Ihr schwarzes, glänzendes Haar hatte sie zu einem Pferdeschwanz nach hinten gekämmt und mit einem Gummiband zusammengebunden, sie trug ein verblasstes rosa Kleid und flauschige Socken, eine davon mit einem Loch an der Hacke. Arvin sah ihr nach, wie sie durch das Zimmer ging, und versuchte sich vorzustellen, was wohl passiert wäre, wenn die beiden Jäger zum Haus gekommen wären, anstatt umzudrehen. Er fragte sich, ob sie sie wohl hereingebeten hätte.

Als Willard fertig gegessen hatte, schob er seinen Stuhl nach hinten und ging mit düsterer Miene hinaus. Seit er seine Gebete beendet hatte, hatte er kein Wort mehr gesagt. Charlotte stand mit ihrer Kaffeetasse auf und trat ans Fenster. Sie schaute zu, wie er über den Hof stapfte und in die Scheune ging. Sie dachte an die Möglichkeit, dass er dort eine Flasche versteckt hatte. Die, die er unter der Spüle aufbewahrte, hatte er seit Wochen nicht angerührt. Sie drehte sich um und sah Arvin an. »Ist dein Dad wegen irgendetwas wütend auf dich?«

»Ich hab nichts gemacht.«

»Das hab ich dich nicht gefragt«, entgegnete Charlotte und lehnte sich gegen die Küchentheke. »Wir wissen doch beide, wie er sein kann.«

Einen Augenblick lang überlegte Arvin, seiner Mutter zu erzählen, was am Gebetsbaum passiert war, doch die Scham war zu groß. Bei dem Gedanken, dass sein Vater einen Mann so über Charlotte hatte reden hören und einfach darüber hinweggegangen war, wurde ihm übel. »Wir hatten nur eine kleine Erweckungsversammlung, das ist alles«, sagte er.

»Erweckungsversammlung?« fragte Charlotte. »Wo hast du das denn her?«

8

»Weiß nicht, hab ich irgendwo gehört.« Arvin stand auf und ging durch den Flur in sein Zimmer. Er schloss die Tür, legte sich aufs Bett und zog die Decke über sich. Er drehte sich zur Seite und starrte das gerahmte Bild des Gekreuzigten an, das Willard über die verkratzte, zerschundene Kommode gehängt hatte. Ähnliche Bilder der Kreuzigung hingen in allen Zimmern des Hauses, nur in der Küche nicht. Da hatte Charlotte Nein gesagt, wie damals, als er anfing, Arvin zum Beten mit in den Wald zu nehmen. »Nur an den Wochenenden, Willard, das reicht«, hatte sie gesagt. Ihrer Ansicht nach konnte zu viel Religion genauso schlimm sein wie zu wenig, vielleicht sogar noch schlimmer; Mäßigung lag allerdings nicht in der Natur ihres Gatten.

Etwa eine Stunde später wurde Arvin durch die Stimme seines Vaters in der Küche geweckt. Er sprang aus dem Bett, strich die Falten aus der Wolldecke, dann ging er an die Tür und drückte sein Ohr dagegen. Er hörte, wie sein Vater seine Mutter fragte, ob sie etwas aus dem Laden bräuchte. »Ich muss den Laster für die Arbeit auftanken«, sagte er. Als er die Schritte seines Vaters im Flur hörte, trat Arvin schnell von der Tür weg und durchquerte das Zimmer bis zum Fenster. Er tat so, als würde er eine Pfeilspitze aus der kleinen Sammlung an Schätzen begutachten, die er auf dem Fensterbrett ausgebreitet hatte. Die Tür ging auf. »Komm, kleine Spritztour«, sagte Willard. »Hat doch keinen Sinn, den ganzen Tag hier rumzuhocken wie eine Hauskatze.«

Sie gingen zur Haustür und Charlotte rief aus der Küche: »Vergesst den Zucker nicht.« Sie stiegen in den Pick-up, fuhren bis zum Ende ihrer Holperstraße und bogen dann in die Baum Hill Road. Am Stoppschild fuhr Willard nach links auf den Abschnitt asphaltierter Straße, der mitten durch Knockemstiff führte. Obwohl die Fahrt zu Maudes Laden nie länger als fünf Minuten dauerte, kam es Arvin stets so vor, als kämen sie in ein anderes Land, wenn sie die Flats hinter sich ließen. Bei Patterson stand eine Gruppe von Jungs, manche jünger als er selbst, in der offenen Tür einer heruntergekommenen Autowerkstatt, reichten sich Zigaretten hin und her und wechselten sich darin ab, auf einen ausgeweideten

9

Hirschkadaver einzuschlagen, der an einem Balken baumelte. Einer von ihnen johlte und schlug ein paar Mal in die kalte Luft, als sie vorbeifuhren, und Arvin rutschte ein wenig tiefer in seinen Sitz. Vor Jane Wagners Haus krabbelte ein rosafarbenes Baby auf dem Gras unter einem Ahornbaum. Janey stand auf der durchhängenden Veranda, zeigte auf das Baby und schrie durch ein zerbrochenes, mit Pappe verkleidetes Fenster nach jemandem im Haus. Sie trug dieselbe Kleidung, die sie jeden Tag zur Schule anhatte, einen roten karierten Rock und eine ausgefranste weiße Bluse. Sie war zwar nur eine Klasse höher als Arvin, aber auf dem Heimweg saß sie im Schulbus immer hinten bei den älteren Jungen. Er hatte ein paar der anderen Mädchen sagen hören, dass sie hinten sitzen durfte, weil sie die Beine breit machte und sich ihren Schlitz befingern ließ. Arvin hoffte, dass er vielleicht eines Tages, wenn er etwas älter war, herausfinden würde, was genau das heißen sollte.

Willard hielt nicht am Laden, sondern bog scharf rechts ab in die Schotterstraße namens Shady Glen. Er gab Gas und fuhr schlitternd auf den kahlen, schlammigen Platz rings um den *Bull Pen*. Der Platz war mit Kronkorken, Kippen und Bierkartons übersät. Snooks Snyder, ein ehemaliger Eisenbahner mit warzigem Hautkrebs, lebte dort mit seiner Schwester Agatha, einer alten Jungfer, die den ganzen Tag schwarz gekleidet an einem Fenster im ersten Stock hockte und einen auf trauernde Witwe machte. Snooks verkaufte vorn Bier und Wein, und wenn ihm ein Gesicht auch nur halbwegs bekannt vorkam, dann hinter dem Haus auch Hochprozentiges. Für seine Kunden waren ein paar Picknicktische unter großen Platanen aufgestellt, die neben dem Haus standen, daneben ein Hufeisen-Wurfplatz und ein Plumpsklo, das so aussah, als wolle es gleich zusammenfallen. Die beiden Männer, die Arvin am Morgen im Wald gesehen hatte, saßen am vorderen Ende eines Tisches und tranken Bier, ihre Gewehre lehnten an einem Baum hinter ihnen.

Während der Pick-up noch ausrollte, machte Willard bereits die Tür auf und sprang hinaus. Einer der Jäger schnellte hoch und schleuderte eine Flasche nach ihm, die an der Windschutzscheibe des Pick-ups abprallte und klirrend auf der Straße landete. Dann drehte sich der Mann um und rannte los, sein verdreckter Mantel flatterte hinter ihm her, und seine blutunterlaufenen Augen sahen sich panisch nach dem großen Kerl um, der ihn verfolgte. Willard schnappte ihn und warf ihn in den schmierigen Schlamm, der sich vor der Tür zum Plumpsklo gebildet hatte. Er drehte ihn auf den Rücken, drückte dem Mann mit den Knien die Schultern zu Boden und bearbeitete sein Gesicht mit den Fäusten. Der andere Jäger griff sich seine Waffe und rannte mit einer braunen Papiertüte unterm Arm zu einem grünen Plymouth. Er raste davon, und die abgewetzten Reifen schleuderten bis hinter der Kirche Schotter auf.

Nach ein paar Minuten hörte Willard auf, den Mann zu verprügeln. Er schüttelte sich die schmerzenden Hände aus, holte tief Luft und ging dann zu dem Tisch hinüber, an dem die Männer gesessen hatten. Er nahm die Schrotflinte, die am Baum stand, entlud die beiden roten Patronen, holte mit der Waffe wie mit einem Baseballschläger aus und schlug sie gegen den Baum, bis sie in mehrere Teile zerbrach. Als er sich umdrehte und zum Pick-up gehen wollte, sah er Snooks Snyder mit einer auf ihn gerichteten klobigen Pistole in der Tür stehen. Willard tat ein paar Schritte auf die Veranda zu. »Wenn du auch was von dem abhaben willst, was er gekriegt hat, alter Mann«, sagte er mit lauter Stimme, »dann komm nur her. Ich schieb dir die Waffe in den Arsch.« Dann blieb er stehen und wartete, bis Snooks die Tür hinter sich schloss.

Willard stieg wieder in den Wagen und griff unter dem Sitz nach einem Lumpen, um sich das Blut von den Händen zu wischen. »Weißt du noch, was ich dir neulich gesagt habe?« fragte er Arvin.

»Wegen der Jungs im Bus?«

»Ja, das habe ich damit gemeint«, sagte Willard und nickte zu dem Jäger hinüber. Dann warf er den Lumpen aus dem Fenster. »Du musst nur den richtigen Augenblick abwarten.«

»Jawohl.«

»Da draußen rennen jede Menge nichtsnutziger Mistkerle herum.«

»Mehr als hundert?«

Willard lachte kurz auf und legte einen Gang ein. »Ja, mindestens.« Dann ließ er langsam die Kupplung kommen. »Ich glaube, wir behalten das besser für uns, okay? Hat ja keinen Zweck, dass sich deine Ma deswegen aufregt.«

»Nein, das braucht sie nicht.«

»Gut«, sagte Willard. »Na, wie wär's jetzt mit einem Schokoriegel?«

Noch für lange Zeit hielt Arvin, wenn er daran zurückdachte, das für den wohl besten Tag, den er mit seinem Vater jemals verbracht hatte. Nach dem Abendessen folgte er ihm zum Gebetsbaum. Der Mond, ein Splitter eines uralten, gebleichten Knochens, begleitet von einem einzelnen schimmernden Stern, ging bereits auf, als sie dort eintrafen. Sie knieten nieder, und Arvin sah hinüber zu den abgeschürften Fingerknöcheln seines Vaters. Als Charlotte ihn gefragt hatte, hatte Willard geantwortet, er habe sich die Hand bei einem Reifenwechsel verletzt. Arvin hatte seinen Vater bis dahin noch nie lügen hören, aber er war sicher, Gott würde ihm vergeben. In jener Nacht waren in den stillen, dämmrigen Wäldern die Geräusche, die von der Senke heraufkamen, besonders deutlich zu hören. Unten am *Bull Pen* klang das Geklapper der Hufeisen, die an die Metallpflöcke schlugen, wie Kirchenglocken, und die wilden Rufe und Schimpfereien der Betrunkenen erinnerten den Jungen an den Jäger, der blutüberströmt im Schlamm lag. Sein Vater hatte dem Mann eine Lektion erteilt, die dieser nie vergessen würde; das nächste Mal, wenn sich jemand mit ihm anlegen wollte, würde Arvin dasselbe tun. Er schloss die Augen und betete.

I. TEIL

OPFER

I.

Es war ein Mittwochnachmittag im Herbst 1945, kurz nach Ende des Krieges. Der Greyhound hielt wie üblich in Meade, Ohio, einer kleinen, nach faulen Eiern stinkenden Gemeinde mit einer Papierfabrik, eine Stunde südlich von Columbus. Fremde beklagten sich über den Gestank, doch die Ortsansässigen prahlten gerne damit, dass dies der süße Duft des Geldes sei. Der Busfahrer, ein weicher, zu kurz geratener Mann mit Plateauschuhen und einer schlaffen Fliege, hielt in der Gasse neben dem Busbahnhof und kündigte eine vierzigminütige Pause an. Er hätte gern einen Kaffee getrunken, doch sein Magengeschwür meldete sich wieder. Er gähnte und nahm einen Schluck aus einer Flasche mit rosafarbener Medizin, die auf dem Armaturenbrett stand. Der Schornstein auf der anderen Seite des Ortes, das bei Weitem höchste Bauwerk in diesem Winkel des Bundesstaates, rülpste eine weitere schmutzig braune Wolke aus. Man konnte den Schornstein meilenweit sehen, qualmend wie ein Vulkan, der kurz davorstand, seine dürre Spitze abzusprengen.

Der Busfahrer ließ sich auf seinem Sitz zurücksinken und zog sich die Ledermütze über die Augen. Er wohnte außerhalb von Philadelphia, und er dachte, wenn er jemals an einem Ort wie Meade, Ohio, leben müsste, dann würde er sich auf der Stelle erschießen. In diesem Ort fand man nicht mal eine Schüssel Salat. Alles, was die Menschen hier zu essen schienen, war Fett und noch mehr Fett. Wenn er diesen Fraß essen würde, dann wäre er in zwei Monaten tot. Seine Frau sagte ihren Freundinnen immer, dass er empfindlich sei, doch bei dem Ton ihrer Stimme fragte er sich manchmal, ob sie wirklich Mitgefühl hegte. Ohne sein Magengeschwür wäre er in den Krieg gezogen wie die anderen Männer auch. Er hätte einen ganzen Trupp Deutscher abgeschlachtet und seiner Frau gezeigt, wie verdammt empfindlich er in Wirklichkeit war. Am meisten bedauerte er, all die Orden verpasst zu haben. Sein alter Herr hatte mal eine Urkunde dafür bekommen, in zwanzig Dienstjahren nicht einen einzigen Tag versäumt zu haben, und die hatte er seinem kränklichen Sohn die nächsten zwanzig Jahre unter die Nase gehalten. Als den alten Herrn endlich das Zeitliche segnete, hatte der Busfahrer versucht, seine Mutter dazu zu überreden, die Urkunde mit in den Sarg zu legen, um sie sich nicht länger anschauen zu müssen. Doch sie bestand darauf, sie weiter im Wohnzimmer hängen zu lassen, als Beispiel dafür, was ein Mensch im Leben leisten konnte, wenn er sich nicht durch ein wenig Verstopfung davon abhalten ließ. Die Beerdigung, ein Ereignis, auf das sich der Busfahrer seit Langem gefreut hatte, wurde durch die Streiterei um das verdammte Stück Papier beinahe völlig verdorben. Er war froh, diese dummen entlassenen Soldaten nicht mehr ständig vor der Nase zu haben, wenn sie endlich ihre Heimatziele erreicht hatten. Anderer Leute Ruhmestaten gingen einem nach einer Weile ganz schön auf die Nerven.

Gefreiter Willard Russell hatte hinten im Bus mit zwei Seeleuten aus Georgia getrunken, doch der eine war ohnmächtig geworden, und der andere hatte in ihren letzten Krug gekotzt. Willard dachte, wenn er jemals nach Hause käme, würde er Coal Creek, West Virginia, nie wieder verlassen. Er hatte ja schon in den Bergen, in denen er aufgewachsen war, einige üble Dinge miterlebt, aber nichts davon reichte auch nur im Ansatz an das heran, was er im Südpazifik erlebt hatte. Auf einer der Salomonen-Inseln waren ein paar Männer seiner Einheit und er auf einen Soldaten gestoßen, den die Japaner bei lebendigem Leibe gehäutet und dann an ein Kreuz aus zwei Palmen genagelt hatten. Der rohe, blutige Leib war mit schwarzen Fliegen übersät gewesen. Seine Hundemarke hatte an den Resten seines großen Zehs gebaumelt: Gunnery Sergeant Miller Jones. Willard, der nichts mehr für ihn tun konnte, außer ihn zu erlösen, schoss dem Mann hinter dem Ohr eine Kugel in den Kopf, dann nahmen sie ihn ab und bedeckten ihn am Fuß des Kreuzes mit Steinen. Willards Verstand war seitdem nicht mehr derselbe.

Als er den untersetzten Busfahrer etwas von einer Pause rufen hörte, stand er auf und ging zur Tür; er hatte genug von den beiden Seeleuten. Seiner Meinung nach war die Marine ein Teil des Militärs, dem das Trinken verboten gehörte. In den drei Jahren, in denen er gedient hatte, war er nicht einem einzigen Schwabber begegnet, der ordentlich was vertragen konnte. Jemand hatte mal zu ihm gesagt, das würde an dem Salpeter liegen, das man an die Seeleute verfütterte, damit sie nicht verrückt wurden und übereinander herfielen, wenn sie auf hoher See waren. Willard verließ den Busbahnhof und entdeckte ein kleines Restaurant namens *Wooden Spoon* auf der anderen Straßenseite. Im Fenster hing eine weiße Pappe, auf der das Spezialmenü angeboten wurde, Hackbraten für fünfunddreißig Cents. Willard hielt das für ein gutes Omen: Am Tag bevor er eingezogen worden war, hatte seine Mutter ihm einen Hackbraten gemacht. Er setzte sich in eine Nische am Fenster und zündete sich eine Zigarette an. Rings um den Raum lief ein Wandregal voll alter Flaschen, altmodischem Küchengerät und rissiger Schwarz-Weiß-Fotos; auf allem hatte sich der Staub abgesetzt. An die Wand neben seiner Sitznische war ein verblichener Zeitungsausschnitt geheftet worden, in dem von einem Polizeibeamten aus Meade berichtet wurde, der vor dem Busbahnhof von einem Bankräuber niedergeschossen worden war. Willard sah genauer hin und entdeckte das Datum: 11. Februar 1936. Vier Tage vor seinem zwölften Geburtstag, rechnete er aus. Der einzige andere Gast im Diner, ein alter Mann, beugte sich über seinen Tisch mitten im Raum und schlürfte eine grüne Suppe. Sein Gebiss lag auf einem Stück Butter vor ihm.

Willard rauchte zu Ende und wollte gerade wieder gehen, als endlich eine dunkelhaarige Kellnerin aus der Küche kam. Sie schnappte sich eine Speisekarte vom Stapel neben der Kasse und reichte sie ihm. »Tut mir leid«, sagte sie, »ich habe Sie nicht hereinkommen hören.« Er sah ihre hohen Wangenknochen, die vollen Lippen und die langen, schlanken Beine, und als sie ihn fragte, was er denn essen wolle, stellte Willard fest, dass er einen ganz trockenen Mund hatte. Er bekam kaum ein Wort heraus. So etwas war ihm noch nie passiert, nicht mal in den schwersten Kämpfen auf Bougainville. Sie ging, um die Bestellung aufzugeben und ihm einen Kaffee zu holen, und Willard schoss der Gedanke durch den Kopf, dass er noch vor ein paar Monaten sicher gewesen war, sein Leben würde auf irgendeinem schwül-feuchten, wertlosen Felsen mitten im Pazifik enden; und nun war er hier, atmete noch immer, war nur ein paar Stunden von zu Hause fort und wurde von einer Frau bedient, die aussah wie die lebende Version einer dieser Pinup-Filmengel. Soweit Willard das überhaupt hätte sagen können, war dies der Augenblick, in dem er sich verliebte. Ganz egal, dass der Hackbraten trocken, die grünen Bohnen zerkocht und das Brötchen so hart war wie ein Stück Kohle. Er fand, sie hatte ihm das beste Essen serviert, das er je in seinem Leben gegessen hatte. Und als er fertig war, stieg er wieder in den Bus, ohne auch nur den Namen von Charlotte Willoughby zu kennen.

Als der Bus den Fluss überquerte und in Huntington hielt, fand Willard einen Schnapsladen und kaufte sich fünf Flaschen Whiskey, die er in seinen Seesack steckte. Er setzte sich in die erste Reihe gleich hinter den Fahrer, dachte an die Frau im Diner und suchte nach irgendwelchen Anzeichen, dass er sich der Heimat näherte. Er war noch immer leicht betrunken. Ganz unvermittelt fragte der Busfahrer: »Na, bringen Sie ein paar Orden nach Hause?« Er sah Willard im Rückspiegel kurz an.

Willard schüttelte den Kopf. »Nur diesen dürren alten Kadaver, in dem ich mich herumschleppe.«

»Ich wollte ja gehen, aber die haben mich nicht genommen.«

»Da haben Sie Glück gehabt«, meinte Willard. An dem Tag, als sie den Soldaten entdeckten, waren die Kämpfe auf der Insel fast vorüber gewesen, und der Sergeant hatte sie losgeschickt, um Trinkwasser zu suchen. Ein paar Stunden nachdem sie Miller Jones' gehäuteten Körper begraben hatten, tauchten vier ausgehungerte japanische Soldaten mit frischen Blutspuren an ihren Macheten zwischen den Felsen auf, streckten die Hände in die Luft und ergaben sich. Als Willard und seine beiden Begleiter sie zum Kreuz zurückführten, gingen die Soldaten auf die Knie und flehten sie an oder entschuldigten sich, er wusste es nicht. »Sie haben versucht zu fliehen«, log Willard später im Camp. »Wir hatten keine Wahl.« Nachdem sie die Japse erschossen hatten, schnitt ihnen einer der beiden anderen Männer, ein Bursche aus Louisiana mit einer Sumpfrattenkralle um den Hals, die Querschläger abwehren sollte, mit einem Rasiermesser die Ohren ab. Er hatte eine Zigarrenkiste voll mit getrockneten Ohren. Sein Plan war es, die Trophäen für fünf Dollar das Stück zu verkaufen, wenn sie wieder in die Zivilisation zurückgekehrt waren.

»Ich hab ein Magengeschwür«, erklärte der Busfahrer. »Sie haben nichts verpasst.«

»Ach, ich weiß nicht«, entgegnete der Busfahrer. »Ich hätte mir gerne einen Orden verdient. Vielleicht sogar ein paar mehr. Schätze, ich hätte genug Krautfresser für zwei abknallen können. Ich bin ziemlich schnell mit den Händen.«

Willard schaute dem Busfahrer auf den Hinterkopf und musste an die Unterhaltung denken, die er mit dem mürrischen jungen Priester auf dem Schiff geführt hatte, nachdem er gebeichtet hatte, Miller Jones erschossen zu haben, um ihn von seinem Leid zu erlösen. Der Priester hatte all dieses Sterben satt, das er gesehen hatte, all die Gebete, die er an Reihen toter Soldaten und Stapeln von Leichenteilen gesprochen hatte. Er hatte zu Willard gesagt, wenn auch nur die Hälfte der Menschheitsgeschichte wahr sei, dann sei das verkommene und korrupte Diesseits offenbar zu nichts anderem gut, als einen auf die nächste Welt vorzubereiten. »Wussten Sie«, fragte Willard den Fahrer, »dass die Römer Esel ausnahmen und die Christen bei lebendigem Leib in den Kadavern einnähten, um sie dann in der Sonne verrotten zu lassen?« Der Priester hatte jede Menge solcher Geschichten zu erzählen gewusst.

»Was zum Teufel hat das mit einem Orden zu tun?«

»Denken Sie mal drüber nach. Du bist verschnürt wie ein Truthahn im Bratentopf, nur der Kopf schaut aus dem Hintern des to-

20

ten Esels heraus; und dann fressen dich die Maden auf, bis du das Himmelreich siehst.«

Der Busfahrer runzelte die Stirn und packte das Lenkrad ein wenig fester. »Mein Freund, ich verstehe nicht, worauf Sie hinauswollen. Ich hab davon gesprochen, mit ein paar Orden an der Brust nach Hause zu kommen. Haben diese Römerleute da den Menschen vielleicht Orden angeheftet, bevor sie sie in die Esel steckten? Wollen Sie darauf hinaus?«

Willard wusste nicht, worauf er hinauswollte. Dem Priester zufolge wusste nur Gott allein, worauf der Mensch hinauswollte. Er leckte sich die trockenen Lippen, dachte an den Whiskey in seinem Seesack. »Ich will auf Folgendes hinaus: Wenn es hart auf hart kommt, dann leiden am Schluss alle«, erklärte Willard.

»Tja«, meinte der Busfahrer, »ich hätte nur ganz gern erst meinen Orden gehabt, bis es so weit ist. Verdammt, ich habe eine Frau zu Hause, die wird ganz närrisch, wenn sie einen Orden sieht. Erzählen Sie mir was von Leid. Ich bin schon ganz krank vor Sorge, wenn ich unterwegs bin, sie könnte mit so einem Ordensträger durchbrennen.«

Willard beugte sich vor, und der Fahrer spürte den heißen Atem des Soldaten in seinem fetten Nacken, roch die Whiskeyausdünstungen und den schalen Hauch eines billigen Essens. »Glauben Sie, Miller Jones würde es interessieren, wenn seine Alte ihn betrügen würde?« fragte Willard. »Kumpel, er würde liebend gern mit Ihnen tauschen.«

»Wer zum Teufel ist Miller Jones?«

Willard sah durch die Scheibe hinaus; der im Dunst liegende Gipfel des Greenbrier Mountain tauchte in der Ferne auf. Ihm zitterten die Hände, seine Stirn glänzte vor Schweiß. »Ein armer Mistkerl, der in dem Krieg gekämpft hat, um den die Sie gebracht haben, mehr nicht.«

Willard wollte gerade aufgeben und eine der Flaschen anbrechen, als sein Onkel Earskell seinen klapprigen Ford vor der Greyhoundstation in Lewisburg zum Stehen brachte. Willard hatte fast drei Stunden auf einer Bank vor dem Gebäude gesessen, sich an einem kalten Kaffee in einem Papierbecher festgehalten und den Leuten zugeschaut, die am Pioneer Drugstore vorbeigingen. Er schämte sich für die Art, wie er mit dem Busfahrer gesprochen hatte, und es tat ihm leid, den Namen des Marine so missbraucht zu haben; er schwor, dass er Gunnery Sergeant Miller Jones niemals vergessen, ihn aber niemandem mehr gegenüber erwähnen würde. Unterwegs griff er in seinen Seesack und gab Earskell eine der Flaschen und eine deutsche Luger. Kurz vor seiner Entlassung hatte er auf der Basis in Maryland ein japanisches Zeremonialschwert gegen die Pistole eingetauscht. »Das ist angeblich die Waffe, mit der sich Hitler das Hirn weggepustet hat«, sagte Willard und unterdrückte ein Grinsen.

»Blödsinn«, sagte Earskell.

Willard lachte. »Was? Glaubst du, der Kerl hat mich angelogen?«

»Ha!« machte der alte Mann. Er drehte den Verschluss von der Flasche, nahm einen langen Schluck und schüttelte sich. »Herr im Himmel, das ist guter Stoff.«

»Trink aus. Ich hab noch drei im Seesack.« Willard öffnete eine weitere Flasche und zündete sich eine Zigarette an. »Wie geht's meiner Mutter?«

»Tja, ich muss schon sagen, als Junior Carvers Leiche nach Hause zurückkam, da hatte sie für eine Weile nicht mehr alle beisammen. Aber sie hat sich wieder gefangen.« Earskell nahm einen weiteren Schluck und stellte sich die Flasche zwischen die Beine. »Sie hat sich nur Sorgen um dich gemacht, das ist alles.«

Langsam kamen sie in die Hügel Richtung Coal Creek. Earskell wollte ein paar Kriegsgeschichten hören, doch das Einzige, wovon sein Neffe die folgende Stunde sprach, war diese Frau, die er in Ohio gesehen hatte. Earskell hatte Willard in seinem ganzen Leben noch nicht so viel reden hören. Er wollte ihn fragen, ob es tatsächlich stimmte, dass die Japse ihre Toten aßen, wie es in der Zeitung gestanden hatte, aber das konnte wohl warten, schätzte er. Außerdem musste er sich auf das Fahren konzentrieren. Der Whiskey ging fürchterlich glatt runter, und seine Augen waren auch nicht mehr so gut wie früher. Emma hatte nun schon so lange auf die Rückkehr ihres Sohnes gewartet, da wäre es doch eine Schande, wenn er einen Unfall baute und sie beide umbrachte, bevor sie ihn zu sehen bekam. Earskell kicherte ein wenig bei diesem Gedanken. Seine Schwester war eine der gottesfürchtigsten Menschen, die er je kennengelernt hatte, aber sie würde ihm bis in die Hölle folgen, um ihn dafür büßen zu lassen.

»Was findest du denn genau an diesem Mädchen?« wollte Emma Russell von Willard wissen. Es war fast Mitternacht gewesen, als Earskell und er den Ford am Fuß des Hügels abgestellt hatten und den Weg zu der kleinen Blockhütte hinaufgegangen waren. Als er zur Tür hereinkam, musste Emma eine ganze Weile weinen, sie klammerte sich an ihn und durchnässte die Brustseite seiner Uniform mit ihren Tränen. Er sah über ihre Schulter hinweg, wie sein Onkel in die Küche huschte. Ihre Haare waren grau geworden, seit Willard sie das letzte Mal gesehen hatte. »Ich würde dich ja bitten, mit mir niederzuknien und dem Herrn zu danken«, sagte Emma und wischte sich die Tränen mit dem Saum ihrer Schürze vom Gesicht, »aber ich kann Alkohol in deinem Atem riechen.«

Willard nickte. Er war in dem Glauben erzogen worden, dass man niemals betrunken zu Gott sprach. Man hatte immer aufrecht zum Herrn zu sein, falls er mal wirklich helfen musste. Selbst Willards Vater, Tom Russell, ein Schwarzbrenner, der bis zu dem Tag, an dem er in einem Gefängnis in Parkersburg an Leberzirrhose starb, von Pech und Ärger verfolgt worden war, hatte sich daran gehalten. Ganz gleich, wie verzweifelt die Lage auch war – und sein alter Herr hatte häufig in aussichtslosen Situationen gesteckt–, er hatte den Allerhöchsten niemals um Hilfe gebeten, solange er auch nur einen Tropfen Alkohol in sich gehabt hatte.

»Na, komm in die Küche«, sagte Emma. »Du kannst essen, und ich setze Kaffee auf. Ich hab dir einen Hackbraten gemacht.«

Gegen drei Uhr früh hatten Earskell und er vier Flaschen geleert, dazu eine Tasse Schwarzbrand, und arbeiteten sich durch die
letzte der mitgebrachten Flaschen. Willard war ganz benommen,
und es fiel ihm schwer, die Worte richtig auszusprechen, doch offenbar hatte er seiner Mutter gegenüber die Kellnerin erwähnt, die
er im Diner gesehen hatte. »Wie bitte?« fragte er.

»Das Mädchen, von dem du gesprochen hast«, sagte sie. »Was
findest du denn an ihr?« Sie goss ihm einen weiteren siedend heißen Kaffee aus einem Stieltopf ein. Willards Zunge war zwar
schon ganz taub, aber er war sicher, er hatte sie sich bereits ein paar
Mal am Kaffee verbrannt. Eine Kerosinlampe, die von einem De-
ckenbalken baumelte, erhellte den Raum. Der breite Schatten seiner Mutter schwankte an der Wand. Er kleckerte Kaffee auf das
Öltuch auf dem Tisch. Emma schüttelte den Kopf und griff hinter
sich nach einem Spüllappen.

»Alles«, antwortete er. »Du solltest sie mal sehen.«

Emma ging davon aus, dass nur der Whiskey aus ihm sprach,
trotzdem war ihr bei der Ankündigung ihres Sohnes, eine Frau
kennengelernt zu haben, unwohl. Mildred Carver, eine gottes-
fürchtigere Christin gab es in ganz Coal Creek nicht, hatte jeden
Tag für ihren Sohn gebetet, und doch hatten sie ihn in einem Sarg
heimgeschickt. Kaum hatte Emma gehört, dass die Sargträger sich
fragten, ob überhaupt jemand in dem Sarg war, wartete sie auf ein
Zeichen, was sie zu tun hatte, um Willards Sicherheit zu garantie-
ren. Sie suchte noch immer nach diesem Zeichen, als Helen Hat-
tons Familie bei einem Hausbrand ums Leben kam, der das arme
Kind zur Vollwaise machte. Zwei Tage später sank Emma nach
langem Nachdenken auf die Knie und versprach Gott, falls er ihren Sohn lebend nach Hause brächte, würde sie alles dafür tun,
dass er Helen heiratete und für sie sorgte. Doch wie sie da in der
Küche stand und sein dunkles, welliges Haar und seine kantigen
Gesichtszüge betrachtete, ging ihr auf, dass sie doch verrückt gewesen sein musste, ein solches Versprechen abzugeben. Helen trug
eine schmutzige Haube auf dem Kopf, die sie unter dem starken
Kinn zusammengebunden hatte, und ihr langes Pferdegesicht äh-

24

nelte dem ihrer Großmutter Rachel wie ein Ei dem anderen; viele hatten die Großmutter für die reizloseste Frau gehalten, die es je in Greenbrier County gegeben hatte. Damals hatte Emma nicht daran gedacht, was wohl passieren würde, wenn sie ihr Versprechen nicht halten konnte. Wenn sie doch nur mit einem hässlichen Sohn gesegnet worden wäre, dachte sie. Gott hatte schon komische Ideen, wenn es darum ging, den Menschen klarzumachen, dass er unzufrieden mit ihnen war.

»Gutes Aussehen ist nicht alles«, sagte Emma.

»Sagt wer?«

»Halt den Mund, Earskell«, fauchte Emma. »Und wie heißt das Mädchen?«

Willard zuckte mit den Schultern. Er betrachtete das Bild von Jesus über der Tür, auf dem er das Kreuz trug. Seit er in die Küche gekommen war, hatte er vermieden, es anzuschauen, um sich nicht die Heimkehr durch Gedanken an Miller zu verderben. Doch nun widmete er sich, wenn auch nur für einen Augenblick, dieser Darstellung. Das Bild in dem billigen Holzrahmen hing schon so lange da, wie er nur denken konnte, und war ganz altersfleckig. Im flackernden Licht der Lampe wirkte es beinahe lebendig. Willard konnte fast die Peitschen knallen und die Soldaten des Pilatus lästern hören. Er sah zu der Luger hinunter, die neben Earskells Teller auf dem Tisch lag.

»Was? Du weißt noch nicht mal, wie sie heißt?«

»Hab nicht gefragt«, entgegnete Willard. »Aber ich hab ihr einen Dollar Trinkgeld gegeben.«

»Das vergisst die nicht«, sagte Earskell.

»Na, vielleicht solltest du erst mal beten, bevor du wieder nach Ohio gehst«, meinte Emma. »Das ist ein ziemlicher Weg.« Ihr ganzes Leben hatte sie geglaubt, dass die Menschen dem Willen des Herrn folgen sollten, nicht ihrem eigenen. Man musste einfach darauf vertrauen, dass sich alles in dieser Welt so entwickeln würde, wie es vorgesehen war. Doch dann hatte Emma diesen Glauben verloren und mit Gott geschachert, so als sei er nichts weiter als ein Pferdehändler mit einem Stück Kautabak im Mund oder ein zerlumpter Kesselflicker, der von Haus zu Haus zieht und seine zerbeulten Töpfe verhökert. Nun musste sie zumindest versuchen, ihren Teil des Handels einzuhalten, ganz gleich, was dabei am Ende herauskam. Danach würde sie alles dem Herrn überlassen. »Ich glaube, das würde nicht schaden, oder? Wenn du mal beten würdest deswegen?« Emma drehte sich um und deckte den Rest des Bratens mit einem sauberen Geschirrtuch zu. Willard pustete in seinen Kaffee, nahm einen Schluck und verzog den Mund. Er dachte an die Kellnerin, an die winzige, kaum sichtbare Narbe über ihrem linken Auge. Willard sah zu seinem Onkel hinüber, der sich eine Zigarette zu drehen versuchte. Earskells Hände waren von der Arthritis schon ganz knotig und verwachsen, die Knöchel groß wie Vierteldollar-Münzen. »Nein«, sagte Willard und goss sich etwas Whiskey in die Tasse, »schaden würde es nicht.«

2.

Willard hatte einen Kater, er zitterte und saß allein in einer der Bänke in der *Church of the Holy Ghost Sanctified* in Coal Creek. Es war Donnerstagabend, fast halb acht, aber der Gottesdienst hatte noch nicht angefangen. Es war der vierte Abend in der alljährlichen Erweckungswoche der Kirche, die auf säumige Gemeindemitglieder abzielte und jene, die bislang noch nicht gerettet worden waren. Willard war nun schon seit über einer Woche daheim, und das war der erste Tag, an dem er nüchtern geblieben war. Letzte Nacht waren Earskell und er ins Lewis Theater gegangen, um sich John Wayne in *Stahlgewitter* anzuschauen. Nach der Hälfte des Films war er aus dem Kino gegangen, so sehr widerte ihn die Verlogenheit des Ganzen an, und am Schluss hatte er sich in der Poolhalle an der Straße geprügelt. Er schreckte hoch, sah sich um, bewegte die wunde Hand. Emma war noch immer vorn. An den Wänden hingen verrußte Lampen, auf halber Länge des Kirchenraums stand rechts am Gang ein verbeulter Holzofen. Die Kiefernbänke waren von über zwanzig Jahren Gottesdienst glatt gewetzt. Die Kirche war noch immer derselbe bescheidene Ort, doch Willard fürchtete, dass er sich wohl ziemlich verändert hatte, seit er in Übersee gewesen war.

Reverend Albert Sykes hatte die Kirche 1924 gegründet, kurz nachdem ein Schacht in der Kohlenmine eingestürzt war und er mit zwei anderen Männern, die dabei ums Leben kamen, verschüttet worden war. Er selbst hatte sich dabei beide Beine mehrfach gebrochen. Er kam an die Packung Five-Brothers-Kautabak in Phil Drurys Tasche heran, aber nicht an das Marmeladensandwich, das Burl Meadows in seiner Tasche hatte, wie er wusste. Am dritten Tag berührte ihn der Heilige Geist, so sagte Sykes später. Ihm ging auf, dass er sich bald den beiden Männern neben sich anschließen würde, die schon nach Tod rochen, aber das machte ihm nichts mehr aus. Ein paar Stunden später, als er gerade schlief, durchbrachen die Rettungsleute den Schutt. Einen Augenblick lang war er davon überzeugt, das Licht, das ihm in die Augen schien, sei das Antlitz Gottes. Eine gute Geschichte für die Kirche, und stets gab es eine Menge Hallelujas, wenn er an diese Stelle kam. Willard schätzte, dass er den alten Prediger im Laufe der Jahre wohl hundert Mal diese Geschichte hatte erzählen hören, während dieser vor der dunklen Kanzel hin und her gegangen war. Am Ende zog er immer die leere Packung Five Brothers aus der Tasche seines dünnen Anzugs und reckte sie mit beiden Händen nach oben. Er hatte sie stets bei sich. Viele der Frauen um Coal Creek, vor allem jene, die noch immer Ehemänner und Söhne in den Minen hatten, behandelten die Packung wie eine Reliquie und küssten sie, wann immer sie die Gelegenheit dazu hatten. Tatsache war, dass Mary Ellen Thomas auf dem Totenbrett darum bat, ihr die Packung zu holen, nicht den Arzt.

Willard sah, wie seine Mutter sich mit einer dürren Frau unterhielt, deren Drahtgestellbrille schief in ihrem langen, schlanken Gesicht saß; dazu trug sie eine blassblaue Haube, die sie unter dem spitzen Kinn verknotet hatte. Nach ein paar Minuten nahm Emma die Frau bei der Hand und führte sie zu der Stelle, wo Willard saß. »Ich habe Helen gebeten, sich zu uns zu setzen«, sagte Emma zu ihrem Sohn. Er stand auf und ließ sie Platz nehmen, und als die Frau sich setzte, bekam er von dem Geruch alten Schweißes ganz feuchte Augen. Sie trug eine abgegriffene, in Leder gebundene Bibel bei sich und hielt den Kopf gesenkt, als Emma sie ihm vorstellte. Jetzt begriff Willard, warum sich seine Mutter die letzten paar Tage darüber ausgelassen hatte, dass Äußerlichkeiten gar nicht so wichtig seien. Willard pflichtete ihr durchaus bei, dass dies in den meisten Fällen wohl so sei, doch Himmel, selbst sein Onkel Earskell wusch sich ab und zu mal unter den Armen.

Da die Kirche keine Glocke hatte, trat Reverend Sykes an die offene Kirchentür, wenn der Gottesdienst beginnen sollte, und rief all die herein, die noch draußen mit ihren Zigaretten, ihren Zweifeln und neuesten Gerüchten herumlungerten. Ein kleiner Chor aus zwei Männern und drei Frauen stand auf und sang: »Sinner, You'd Better Get Ready.« Dann trat Sykes an die Kanzel. Er besah sich die Gemeinde, wischte sich mit einem weißen Taschentuch den Schweiß von der Stirn. Achtundfünfzig Personen saßen auf den Bänken. Er hatte zwei Mal gezählt. Der Reverend war kein gieriger Mensch, aber er hoffte darauf, dass die Kollekte heute Abend drei oder vier Dollar einbrachte. Die ganze letzte Woche hatten seine Frau und er nichts weiter als Zwieback und gammliges Eichhörnchenfleisch gegessen. »Mensch, ist das heiß«, sagte er grinsend. »Aber es wird noch heißer werden, richtig? Vor allem für jene, die nicht mit dem Herrn sind.«

»Amen«, sagte jemand.

»So ist es«, sagte ein anderer.

»Nun«, fuhr Sykes fort, »darum werden wir uns gleich kümmern. Zwei Jungs aus Topperville werden heute den Gottesdienst leiten, und wie mir alle bestätigen, haben sie eine frohe Botschaft zu überbringen.« Sykes sah hinüber zu den beiden Fremden, die im Schatten neben dem Altar saßen und durch einen zerschlissenen schwarzen Vorhang vor der Gemeinde verborgen waren. »Bruder Roy und Bruder Theodore, kommt her und helft uns, ein paar verlorene Seelen zu retten«, sagte er und winkte sie zu sich.

Ein großer Dürrer erhob sich und schob den anderen, einen fetten Kerl in einem quietschenden Rollstuhl, hinter dem Vorhang hervor zur Altarmitte. Der mit den gesunden Beinen trug einen ausgebeulten schwarzen Anzug und ein paar schwere, ausgetretene Schuhe. Seine braunen Haare waren mit Haaröl nach hinten geklebt, seine eingefallenen Wangen von der Akne löchrig und rotnarbig. »Ich heiße Roy Laferty«, sagte er mit leiser Stimme, »und das hier ist mein Cousin Theodore Daniels.« Der Krüppel nickte und lächelte die Kirchenbesucher an. Er hielt eine zerschundene Gitarre auf dem Schoß und trug einen Suppentopfhaarschnitt. Sein Overall war mit Flicken aus einem Futtersack ausgebessert worden, und seine dürren Beine unter ihm standen im spitzen Winkel ab. Er trug ein schmutziges weißes Hemd und einen bunt geblüm-

ten Schlips. Später sagte Willard, der eine habe ausgesehen wie der
Fürst der Finsternis und der andere wie ein vom Glück verlasse-
ner Clown.

Schweigend stimmte Bruder Theodore eine Saite auf seiner
Gitarre. Ein paar Besucher gähnten, andere flüsterten bereits mit-
einander und wirkten zu Beginn dieses bestimmt langweilig wer-
denden Gottesdienstes, der von zwei schüchternen und heruntergekommenen Frischlingen abgehalten wurde, recht nervös.
Willard wünschte sich, er wäre auf den Parkplatz entwischt und
hätte dort jemanden mit einer Flasche Schnaps getroffen, bevor der
Gottesdienst anfing. Es war ihm noch nie wohl dabei gewesen,
Gott in Gegenwart von Fremden anzubeten, eingezwängt in einen
Raum. »Heute Abend werden wir keine Kollekte einsammeln,
Leute«, erklärte Bruder Roy schließlich, nachdem ihm der Krüppel zugenickt hatte. »Wir brauchen kein Geld, um Gottes Werk zu
tun. Theodore und ich leben auch von der süßen Luft, wenn nötig, und glauben Sie mir, das haben wir schon häufig getan. Seelen
retten hat nichts mit schmutzigem Geld zu tun.« Roy sah zu dem
alten Prediger hinüber, der schief lächelte und zögernd zustim-
mend nickte. »Und nun lasst uns den Heiligen Geist in diese kleine
Kirche rufen, oder, so schwöre ich, bei dem Versuch zugrunde gehen.« Bei diesem Stichwort legte der fette Kerl auf der Gitarre los,
und Bruder Roy lehnte sich zurück und gab einen hohen, fürchterlichen Schmerzensschrei von sich, der so klang, als wolle er die
Himmelstore eigenhändig aus den Angeln rütteln. Die halbe Gemeinde fiel fast von den Bänken. Willard musste kichern, als er
seine Mutter neben sich aufschrecken spürte.

Der junge Prediger ging den Mittelgang auf und ab und fragte
die Menschen mit lauter Stimme: »Wovor habt ihr am meisten
Angst?« Er fuchtelte mit den Armen und beschrieb die Widerwär-
tigkeiten der Hölle – den Schmutz, den Schrecken, die Verzweiflung – und die Ewigkeit, die sich endlos vor einem erstreckte.
»Wenn eure größte Angst Ratten sind, dann wird Satan dafür sorgen, dass ihr genug davon bekommt. Brüder und Schwestern, sie
werden euch die Gesichter abnagen, während ihr daliegt und nicht

30

den kleinsten Finger gegen sie rühren könnt, und es wird nie aufhören. Eine Million Jahre in der Ewigkeit sind nicht mal ein Nachmittag hier in Coal Creek. Versucht gar nicht erst, das auszurechnen. Kein menschlicher Verstand ist groß genug, um so viel Elend zusammenzuzählen. Wisst ihr noch, die Familie drüben in Millersburg, die letztes Jahr im Schlaf ermordet wurde? Denen ein Irrer die Augen ausgestochen hat? Stellt euch das eine Billion Jahre lang vor – das ist eine Million mal eine Million, Leute, ich hab das nachgeschaut –, stellt euch vor, so gefoltert zu werden, ohne jemals zu sterben. Man schneidet euch die Augen aus dem Kopf, mit einem blutigen schartigen Messer, immer und immer wieder, in alle Ewigkeit. Ich hoffe nur, die armen Leute waren eins mit dem Herrn, als der Irre durchs Fenster kletterte, das hoffe ich wirklich. Doch ganz ehrlich, Brüder und Schwestern, wir können uns gar nicht ausmalen, welche Wege der Teufel einschlägt, um uns zu quälen, kein Mensch war je böse genug, nicht mal dieser Hitler, um an die Art heranzureichen, mit der der Satan die Sünder am Tag des Jüngsten Gerichts büßen lässt.«

Während Bruder Roy predigte, behielt Bruder Theodore einen Rhythmus bei, der zum Fluss der Worte passte, und verfolgte die Bewegungen des anderen genau. Roy war sein Cousin mütterlicherseits, doch manchmal wünschte sich der fette Bursche, sie wären nicht so eng miteinander verwandt. Er war zwar zufrieden damit, das Wort Gottes mit Roy zu verbreiten, doch hegte er schon seit Langem Gefühle, die er nicht einfach wegbeten konnte. Er wusste, was die Bibel dazu sagte, aber er konnte nicht verstehen, warum der Herr solch einen Gedanken für Sünde hielt. Liebe war Liebe, so sah er das jedenfalls. Verdammt, hatte er denn nicht bewiesen, hatte er Gott denn nicht gezeigt, dass er ihn mehr liebte als sonst jemanden? Er hatte dieses Gift geschluckt, bis er zum Krüppel geworden war, hatte dem Herrn gezeigt, dass er den rechten Glauben hatte, auch wenn ihm manchmal der Gedanke kam, dass er vielleicht ein wenig zu übereifrig gewesen war. Doch nun hatte Theodore Gott, er hatte Roy, und er hatte seine Gitarre, mehr brauchte er nicht in dieser Welt, auch wenn er vielleicht nie

wieder aufrecht stehen konnte. Und wenn Theodore Roy beweisen musste, wie sehr er ihn liebte, dann würde er das gern tun, alles, was er nur wollte. Gott war die Liebe; und ER war überall und
in allem.

Dann sprang Roy zurück zum Altar, griff unter Bruder Theodores Rollstuhl und zog ein großes Einmachglas hervor. Alle
beugten sich auf ihren Bänken vor. Eine schwarze Masse schien in
dem Glas zu brodeln. »Preiset den Herrn«, rief jemand, und Bruder Roy sagte: »Ganz recht, mein Freund, ganz recht.« Er hielt das
Glas in die Höhe und schüttelte es heftig. »Freunde, ich sage euch
etwas«, hob er an. »Bevor ich den Heiligen Geist fand, hatte ich
eine Heidenangst vor Spinnen. Stimmt's, Theodore? Seit ich noch
am Rockzipfel meiner Mutter hing. Spinnen krabbelten mir durch
den Schlaf und legten ihre Eier in meinen Albträumen ab; ich
konnte nicht mal aufs Plumpsklo, ohne dass jemand meine Hand
halten musste. Überall baumelten sie in ihren Spinnweben und lau-
erten auf mich. Ein fürchterliches Leben, die ganze Zeit Angst zu
haben, Tag und Nacht, ganz egal. Und genau so ist die Hölle, Brüder und Schwestern. Nie hatte ich meine Ruhe vor diesen achtbei-
nigen Teufeln. Bis ich zum Herrn fand.«

Dann ging Roy auf die Knie und schüttelte erneut das Glas, bevor er den Deckel abschraubte. Theodore spielte langsamer, bis nur
noch eine traurige, drohende Melodie zu hören war, die den Raum
so eisig werden ließ, dass einem die Nackenhaare zu Berge standen. Roy hielt das Glas über sich, sah in die Gemeinde, holte tief
Luft und kippte es aus. Eine quirlige Masse aus Spinnen, braunen,
schwarzen und orange-gelb gestreiften, ergoss sich ihm auf Kopf
und Schultern. Ein Schauder durchfuhr ihn wie elektrischer Strom,
er stand auf, schmetterte das Glas auf den Boden, sodass die Splitter nur so umherflogen. Dann gab Roy wieder diesen entsetzlichen
Schrei von sich, schüttelte Arme und Beine, und die Spinnen fielen
zu Boden und eilten in alle Richtungen davon. Eine Frau mit einem
Strickschal über den Schultern sprang auf und rannte zur Tür, andere schrien, und in all dem Getümmel trat Roy vor, ein paar Spinnen klebten ihm noch im verschwitzten Gesicht, und rief: »Achtet

auf meine Worte, der Herr wird euch all die Ängste nehmen, wenn ihr ihn nur lasst. Schaut, was er für mich getan hat.« Dann würgte er ein wenig und spuckte etwas Schwarzes aus.

Eine andere Frau klopfte sich ihr Kleid ab und rief, sie sei gebissen worden, Kinder schluchzten. Reverend Sykes eilte hin und her und versuchte, wieder Ordnung zu schaffen, doch die Gemeinde lief bereits in Panik auf die schmale Tür zu. Emma fasste Helen am Arm und wollte sie hinausführen. Doch die junge Frau schüttelte sie ab, drehte sich um und trat den Gang entlang. Sie drückte sich ihre Bibel an die flache Brust und starrte Bruder Roy an. Theodore spielte weiter Gitarre und sah, wie sein Cousin sich beiläufig eine Spinne vom Ohr wischte und die zarte, unscheinbar wirkende Dame anlächelte. Theodore hörte nicht auf zu spielen, bis er sah, wie Roy die dürre Frau mit den Händen zu sich winkte.

Auf dem Heimweg sagte Willard: »Junge, Junge, die Nummer mit den Spinnen war klasse.« Er streckte die rechte Hand aus und ließ seine Fingerspitzen leicht über den dicken, weichen Arm seiner Mutter laufen.

Sie kreischte und schlug nach ihm. »Lass das. Ich kann sowieso schon nicht schlafen.«

»Hast du den Kerl schon mal predigen hören?«

»Nein, aber in der Kirche da in Topperville machen sie alle möglichen verrückten Sachen. Ich wette, Reverend Sykes tut es leid, ihn überhaupt eingeladen zu haben. Der andere im Rollstuhl hat zu viel Strychnin oder Frostschutzmittel oder so was getrunken, deshalb kann er nicht laufen. Es ist ein Jammer. Den Glauben prüfen, nennen die das. Das geht ein wenig zu weit, meiner Meinung nach.« Sie seufzte und ließ den Kopf auf die Rückenlehne sinken. »Ich wünschte, Helen wäre mit uns gekommen.«

»Na, diese Predigt hat jedenfalls niemand verschlafen, das muss man ihm lassen.«

»Weißt du«, fuhr Emma fort, »wenn du dich ein wenig mehr um sie gekümmert hättest, wäre sie wohl mitgekommen.«

»Ach, so wie's aussieht, wird sie bei Bruder Roy so viel Aufmerksamkeit bekommen, wie sie nur vertragen kann.«

»Das befürchte ich ja gerade«, entgegnete Emma.

»Mutter, ich gehe in ein, zwei Tagen nach Ohio. Das weißt du doch.«

Darauf ging sie nicht ein. »Helen wird jemandem eine gute Frau sein, ganz bestimmt.«

Ein paar Wochen nachdem Willard nach Ohio gefahren war, um alles über die Kellnerin herauszufinden, klopfte Helen an Emmas Tür. Es war früher Nachmittag an einem warmen Novembertag. Die ältere Frau saß im Wohnzimmer vor dem Radio und las noch einmal den Brief, den sie am Morgen erhalten hatte. Willard und die Kellnerin hatten vor einer Woche geheiratet. Sie würden in Ohio bleiben, zumindest für den Augenblick. Willard hatte Arbeit im Schlachthof gefunden und schrieb, in seinem ganzen Leben habe er noch nie so viele Schweine gesehen. Der Mann im Radio gab der radioaktiven Strahlung von den Atombomben, die gezündet worden waren, um den Krieg zu gewinnen, die Schuld an dem für die Jahreszeit unpassenden Wetter.

»Ich wollte es Ihnen als Erste sagen, weil ich weiß, dass Sie sich Sorgen um mich gemacht haben«, sagte Helen. Es war das erste Mal, dass Emma sie ohne ihre Haube auf dem Kopf sah.

»Was denn, Helen?«

»Roy hat um meine Hand angehalten«, sagte Helen. »Er meinte, Gott habe ihm ein Zeichen gegeben, dass wir füreinander bestimmt seien.«

Emma stand in der Tür mit Willards Brief in der Hand und dachte an ihr Versprechen. Sie hatte mit einem fürchterlichen Unfall gerechnet, mit irgendeiner entsetzlichen Krankheit, doch nun kamen diese guten Nachrichten. Vielleicht wurde doch noch alles gut. Sie spürte, wie ihr die Tränen in die Augen schossen. »Und wo wollt ihr wohnen?« fragte sie, weil ihr nichts anderes einfiel.

»Ach, Roy hat eine Wohnung hinter der Tankstelle in Topperville«, antwortete Helen. »Theodore wird auch bei uns wohnen. Wenigstens für eine Weile.«

»Das ist der im Rollstuhl?«

»Ja«, sagte Helen. »Die beiden sind schon lange zusammen.«

Emma trat auf die Veranda und umarmte die junge Frau. Helen roch leicht nach Ivory-Seife, so als habe sie gerade erst gebadet. »Willst du hereinkommen und dich setzen?«

»Nein, ich muss los«, sagte Helen. »Roy wartet auf mich.« Emma sah an ihr vorbei den Hügel hinunter. In der Parkbucht hinter Earskells altem Ford stand ein dungfarbener Wagen, der aussah wie eine Schildkröte. »Er predigt heute Abend in Millersburg, da wo der Familie die Augen ausgestochen worden sind. Wir haben schon den ganzen Morgen Spinnen gesammelt. Zum Glück findet man sie leicht bei dem Wetter.«

»Pass auf dich auf, Helen«, sagte Emma.

»Keine Bange«, erwiderte die junge Frau und ging die Verandatreppe hinunter, »die sind gar nicht so schlimm, wenn man sich erst mal daran gewöhnt hat.«

3.

Im Frühjahr 1948 erhielt Emma Nachricht aus Ohio, dass sie endlich Großmutter geworden war; Willards Frau hatte einen gesunden Jungen namens Arvin Eugene zur Welt gebracht. Zu dem Zeitpunkt war die alte Frau sicher, dass Gott ihr den kurzzeitigen Glaubensverlust verziehen hatte. Fast drei Jahre waren vergangen, und nichts Schlimmes war geschehen. Einen Monat später dankte sie dem Herrn noch immer, dass ihr Enkel nicht blind und kleinköpfig auf die Welt gekommen war wie Edith Maxwells drei Kinder drüben am Spud Run. Etwa zur gleichen Zeit erschien Helen mit einer weiteren Neuigkeit an ihrer Tür. Seit sie Roy geheiratet hatte und zur Kirche in Topperville gewechselt war, hatte Emma sie nur selten gesehen. »Ich wollte nur mal vorbeischauen und Ihnen davon erzählen«, sagte Helen. Arme und Beine waren blass und dünn, doch der Bauch war schon sehr geschwollen.

»Ach, du meine Güte«, sagte Emma und öffnete die Fliegentür. »Komm rein, meine Liebe, und ruh dich aus.« Es war später Nachmittag, und graublaue Schatten lagen auf dem verkrauteten Hof. Unter der Veranda gluckte leise ein Huhn.

»Ich kann leider nicht.«

»Ach, so eilig kannst du es doch nicht haben. Ich mach dir was zu essen«, beharrte Emma. »Wir haben seit Ewigkeiten nicht mehr miteinander gesprochen.«

»Danke, Mrs. Russell, ein andermal vielleicht. Ich muss nach Hause.«

»Predigt Roy heute Abend?«

»Nein«, antwortete Helen. »Schon seit ein paar Monaten nicht mehr. Haben Sie es nicht gehört? Eine der Spinnen hat ihn übel gebissen. Sein Kopf war angeschwollen wie ein Kürbis. Es war fürchterlich. Er konnte über eine Woche die Augen gar nicht aufmachen.«

»Na«, sagte Emma, »vielleicht kann er bei der Stromgesellschaft anfangen. Jemand meinte, die würden Leute suchen. Die werden hier bald Elektrizität durchlegen.«

»Ach, ich glaube nicht«, entgegnete Helen. »Roy hat das Predigen nicht aufgegeben, er wartet nur auf eine Botschaft.«

»Eine Botschaft?«

»Er hat bereits eine ganze Weile keine mehr geschickt, Roy macht sich schon Sorgen.«

»Wer?«

»Na, der Herr, Mrs. Russell. Roy hört nur auf ihn.« Und damit ging sie die Stufen hinunter.

»Helen?«

Die junge Frau blieb stehen und drehte sich um. »Ja?«

Emma zögerte, wusste nicht genau, was sie sagen sollte. Sie sah an der Frau vorbei den Hügel hinunter zu dem dungfarbenen Wagen. Sie konnte eine dunkle Gestalt hinter dem Lenkrad sitzen sehen. »Du wirst eine gute Mutter werden«, sagte Emma.

Nach dem Spinnenbiss blieb Roy die meiste Zeit im Schlafzimmerschrank und wartete auf ein Zeichen. Er war überzeugt davon, dass der Herr ihm einen Knüppel zwischen die Beine geworfen hatte, um ihn auf etwas Bedeutenderes vorzubereiten. Was Theodore betraf, so hatte die Tatsache, dass Roy die Schlampe auch noch geschwängert hatte, das Fass zum Überlaufen gebracht. Er fing an zu trinken, blieb die ganze Nacht auf und spielte in den privaten Clubs und illegalen Spelunken im Hinterland. Er lernte Dutzende von sündigen Liedern über ehebrecherische Partner und kaltblütige Morde und hinter Gitterstäben vergeudete Leben. Wer am Ende der Nacht mit ihm zusammen war, legte ihn meist einfach betrunken und eingenässt vor dem Haus ab; Helen stand dann bei Tagesanbruch auf und half ihm hinein, während er sie und seine ruinierten Beine und den falschen Prediger verfluchte, mit dem sie rummache. Nach einer Weile hatte sie Angst vor beiden Männern, sie tauschte das Zimmer mit Theodore und ließ ihn in dem großen Bett neben Roys Schrank schlafen.

Eines Nachmittags, ein paar Monate nach der Geburt des Kindes, eines kleinen Mädchens namens Lenora, kam Roy aus dem Schlafzimmer; er war überzeugt davon, Tote zum Leben erwecken zu können. »Blödsinn, du bist ja völlig durchgeknallt«, sagte Theodore. Er trank eine Dose lauwarmes Bier, um seinen Magen zu beruhigen. Auf seinem Schoß lagen eine kleine Metallfeile und ein Schraubenzieher. In der Nacht zuvor hatte er bei einer Geburtstagsfeier drüben bei Hungry Holler für zehn Dollar und eine Flasche russischen Wodka acht Stunden lang Gitarre gespielt. Irgendein Arschloch hatte sich über sein Leiden lustig gemacht und versucht, ihn aus seinem Rollstuhl zu zerren und zum Tanzen zu bringen. Theodore stellte das Bier ab und bearbeitete weiter den Kopf des Schraubenziehers. Er hasste die ganze gottverdammte Welt. Wenn sich das nächste Mal jemand mit ihm anlegen wollte, würde der Mistkerl mit einem Loch im Bauch enden. »Du hast es verloren, Roy. Der Herr hat dich verlassen, genau wie ER mich verlassen hat.«

»Nein, Theodore, nein«, entgegnete Roy. »Das ist nicht wahr. Ich habe gerade mit ihm gesprochen. Er saß vor einer Minute noch mit mir da drin. Und ER sieht überhaupt nicht so aus wie auf den Bildern. Vor allem hat er keinen Bart.«

»Total durchgeknallt«, sagte Theodore nur.

»Ich kann es beweisen!«

»Wie denn?«

Roy ging ein paar Minuten hin und her und fuchtelte mit den Händen herum, so als wolle er sich die Inspiration aus der Luft holen. »Wir töten eine Katze«, sagte er dann, »und ich zeige dir, dass ich sie wieder aufwecken kann.« Neben Spinnen waren Katzen Roys größter Schrecken. Seine Mutter hatte immer behauptet, sie habe eine Katze dabei erwischt, wie sie ihm als Baby die Luft abdrücken wollte. Theodore und er hatten im Laufe der Jahre Dutzende von ihnen getötet.

»Du machst wohl Scherze«, sagte Theodore. »Eine beschissene Katze?« Er lachte. »Nein, da musst du schon mit was Besserem ankommen als mit einer Katze, bevor ich dir glaube.« Er drückte den Daumen gegen den Schraubenzieher. Er war spitz. Roy wischte sich mit einer dreckigen Babywindel den Schweiß vom Gesicht. »Mit was denn?«

Theodore sah aus dem Fenster. Helen stand mit dem rosagesichtigen Balg in den Armen auf dem Hof. Sie war ihm am Morgen schon wieder quergekommen, hatte gesagt, sie sei es leid, dass er andauernd das Baby aufwecke. Sie hatte in letzter Zeit ständig was an ihm zu meckern, zu viel für seinen Geschmack. Verdammt, wenn er nicht das Geld nach Hause bringen würde, dann würden sie alle verhungern. Er sah Roy verschlagen an. »Wie wär's, wenn du Helen wieder zum Leben erweckst? Dann wissen wir genau, dass du nicht verrückt bist.«

Roy schüttelte heftig den Kopf. »Nein, nein, das kann ich nicht machen.«

Theodore grinste und nahm die Bierdose. »Siehst du? Wusste ich doch, dass du nur Blödsinn faselst. Wie immer. Du bist ebenso wenig ein Mann Gottes wie all die Saufköpfe, für die ich jede Nacht spiele.«

»Sag so was nicht, Theodore«, klagte Roy. »Warum sagst du so etwas?«

»Weil wir es gut hatten, verdammt, aber du musst ja unbedingt los und heiraten. Das hat dein Licht ausgelöscht, und du bist zu blöd, um das zu sehen. Zeig mir, dass die Flamme immer noch leuchtet, dann verbreiten wir wieder das Wort.«

Roy ging noch einmal das Gespräch im Schrank durch, Gottes Stimme war ganz deutlich in seinem Kopf zu hören gewesen. Er sah aus dem Fenster zu seiner Frau, die am Briefkasten stand und dem Kind leise etwas vorsang. Vielleicht hatte Theodore ja recht. Schließlich war Helen stets auf gutem Fuß mit Gott, war es immer gewesen, soweit er wusste. Das konnte doch nur hilfreich sein, wenn es um die Wiederauferstehung ging. Dennoch hätte er es lieber erst an einer Katze ausprobiert. »Ich denk drüber nach.«

39

»Aber keine Tricks«, sagte Theodore.

»Die braucht nur der Teufel.« Roy trank einen Schluck Wasser an der Küchenspüle, gerade genug, um sich die Lippen zu befeuchten. Erfrischt beschloss er, erneut zu beten, und ging zum Schlafzimmer.

»Wenn du das hinkriegst, Roy«, sagte Theodore noch, »dann gibt es in ganz West Virginia keine Kirche, die groß genug wäre für all die Leute, die dich predigen hören wollen. Verdammt, du wärst noch berühmter als Billy Sunday.«

Ein paar Tage später bat Roy Helen, das Baby doch bei ihrer Freundin zu lassen und mit ihm spazieren zu fahren. »Nur um mal für eine Weile aus dem stinkigen Haus zu kommen«, erklärte er. »Ich verspreche dir, das mit dem Schrank ist vorbei.« Helen war erleichtert; Roy benahm sich plötzlich wieder wie früher und sprach davon, das Predigen wieder aufzunehmen. Und nicht nur das, auch Theodore ging nachts nicht mehr aus, übte neue Kirchenlieder und trank nur noch Kaffee. Er hielt sogar das Baby für ein paar Minuten in den Armen, das hatte er noch nie getan.

Nachdem sie Lenora bei Emma abgeliefert hatten, fuhren sie eine halbe Stunde bis zu einem Wald ein paar Meilen östlich von Coal Creek. Roy hielt an und bat Helen, mit ihm spazieren zu gehen. Theodore saß auf dem Rücksitz und tat, als würde er schlafen. Nach ein paar Metern sagte Roy: »Vielleicht sollten wir erst beten.« Theodore und er hatten deswegen gestritten; Roy meinte, er bräuchte diesen intimen Augenblick zwischen seiner Frau und ihm, der Krüppel bestand aber darauf zu sehen, wie der Geist sie verließ, um sicherzugehen, dass sie ihm nichts vorspielten. Als sie unter einer Buche knieten, zog Roy Theodores Schraubenzieher unter dem weiten Hemd hervor. Er legte seinen Arm um Helens Schulter und zog sie an sich. Sie drehte sich zu ihm um, weil sie glaubte, er wolle zärtlich sein, und wollte ihn küssen, als er ihr die scharfe Spitze seitlich tief in den Hals stieß. Er ließ sie los, und sie fiel zur Seite, dann bäumte sie sich auf und griff hastig nach dem Schraubenzieher. Sie riss ihn sich aus dem Hals, Blut spritzte aus dem Loch und auf Roys Hemd. Theodore sah aus dem Wagen-

40

fenster, wie sie davonzukriechen versuchte. Sie kam nur ein paar
Meter weit, bis sie vorwärts in die Blätter fiel und noch ein, zwei
Minuten zuckte. Er hörte, wie sie ein paar Mal nach Lenora rief.
Er zündete sich eine Zigarette an und wartete einige Minuten, be-
vor er aus dem Wagen stieg.

Drei Stunden später sagte Theodore: »Das wird wohl nichts,
Roy.« Er saß ein paar Schritte von Helens Leiche entfernt in seinem Rollstuhl und hielt den Schraubenzieher in der Hand. Roy
kniete neben seiner Frau, hielt ihre Hand und versuchte noch immer, sie zum Leben zu erwecken. Erst waren seine Gebete voller
Glaubenszuversicht und Kraft durch den Wald gehallt, doch je länger er brauchte, ohne dass ihre kalte Leiche auch nur zuckte, umso verworrener und verwirrter hatten sie geklungen. Theodore
spürte eine Welle Kopfschmerz auf sich zukommen. Er wünschte,
er hätte etwas zu trinken mitgebracht.

Roy sah seinen Cousin an; Tränen flossen ihm übers Gesicht.
»Himmel, ich glaube, ich habe sie getötet.«

Theodore schob sich näher heran und berührte ihr Gesicht mit
dem Rücken seiner dreckigen Hand. »Tot ist sie ganz sicher.«

»Rühr sie nicht an«, schrie Roy.

»Ich wollte nur helfen.«

Roy schlug mit der Faust auf den Boden. »So war das nicht gedacht.«

»Ich sag das ja nicht gern, aber wenn sie dich deswegen dran-
kriegen, werden dich die Jungs in Moundsville ganz schön grillen.«

Roy schüttelte den Kopf und wischte sich mit dem Hemdsär-
mel den Rotz vom Gesicht. »Ich weiß nicht, was schiefgelaufen ist.
Ich war mir so sicher ...« Seine Stimme versiegte, und er ließ ihre
Hand los.

»Ach Scheiße, du hast dich eben vertan«, sagte Theodore.
»Hätte jedem passieren können.«

»Und was mach ich jetzt, verdammt?« fragte Roy.

»Du könntest immer noch weglaufen«, sagte Theodore. »Das
ist das einzig Kluge in einer solchen Situation. Ich meine, was hast
du schon zu verlieren?«

»Wohin denn?«

»Ich hab darüber nachgedacht, und ich schätze, die alte Karre könnte es wohl noch bis Florida schaffen, wenn du gut aufpasst.«

»Ich weiß nicht«, sagte Roy.

»Na klar weißt du«, entgegnete Theodore. »Hör mal, wenn wir erst mal dort sind, verkaufen wir die Karre und fangen wieder an zu predigen. Das hätten wir schon die ganze Zeit tun sollen.« Er sah zu der blassen, blutigen Helen hinunter. Mit ihrer Jammerei war es nun vorbei. Fast wünschte er sich, er hätte sie selbst umgebracht. Sie hatte alles kaputt gemacht. Sie hätten schon ihre eigene Kirche haben können und es vielleicht bis ins Radio geschafft.

»Wir?«

»Ja«, sagte Theodore, »du brauchst doch einen Gitarrenspieler, oder nicht?« Seit Langem schon hatte er davon geträumt, nach Florida zu gehen und am Meer zu leben. Für einen Krüppel war es schwer mit all diesen lausigen Hügeln und Bäumen hier.

»Und was ist mit ihr?« fragte Roy und zeigte auf Helen.

»Die wirst du ordentlich tief begraben müssen, Bruder«, sagte Theodore. »Ich habe eine Schaufel in den Kofferraum gelegt, nur für den Fall, dass die Dinge nicht so laufen wie geplant.«

»Und Lenora?«

»Glaub mir, dem Baby geht es bei der alten Dame besser«, sagte Theodore. »Du willst doch nicht, dass das Kind auf der Flucht vor der Polizei aufwächst, oder?« Er sah durch die Bäume nach oben. Die Sonne war hinter einer Wand dunkler Wolken verschwunden, und der Himmel war aschgrau. Es roch feucht, nach Regen. Von Rocky Gap drang ein langsames, leises Donnergrollen herüber. »Und jetzt fängst du besser an zu schaufeln, bevor wir nass werden.«

Emma saß in einem Sessel am Fenster und wiegte das Baby, als Earskell an jenem Abend ins Haus kam. Es war fast sieben, und der Sturm legte sich langsam. »Helen meinte, sie würde nur ein paar Stunden fort sein«, sagte die alte Frau. »Sie hat nur eine Flasche Milch dagelassen.«

»Ach, du kennst doch diese Prediger«, wiegelte Earskell ab. »Die sind wahrscheinlich losgezogen und zwitschern sich einen. Nach allem, was ich gehört habe, kann mich dieser Krüppel glatt unter den Tisch trinken.«

Emma schüttelte den Kopf. »Wenn wir doch nur ein Telefon hätten. Da stimmt etwas nicht.«

Der alte Mann besah sich das schlafende Kind. »Armes kleines Ding«, sagte er. »Sie sieht genauso aus wie ihre Mutter, nicht?«

4.

Als Arvin vier war, entschied Willard, dass sein Sohn nicht in Meade unter all diesen Degenerierten aufwachsen sollte. Seit ihrer Heirat hatten sie in Charlottes alter Wohnung über der Reinigung gewohnt. Ihm kam es so vor, als würden alle Perversen des südlichen Ohios in Meade leben. Die Zeitung war voll von ihren kranken Machenschaften. Erst vor zwei Tagen war ein Mann namens Calvin Claytor im *Sears & Roebuck* verhaftet worden. Er hatte sich ein langes Stück Wurst an den Oberschenkel gebunden. Der *Meade Gazette* zufolge war der Mann, der nur einen zerschlissenen Overall getragen hatte, dabei erwischt worden, wie er sich, so der Reporter, in »anzüglicher und aggressiver Weise« an älteren Frauen gerieben hatte. Nach Willards Ansicht war dieser Mistkerl von Claytor noch schlimmer als der ehemalige Abgeordnete, der vom Sheriff erwischt wurde, wie er am Highway außerhalb der Stadt geparkt und sich ein Huhn über sein Geschlechtsteil gestülpt hatte, ein Rhode Island Red, das er sich für einen halben Dollar bei einem Farmer in der Nähe gekauft hatte. Sie mussten ihn sogar ins Krankenhaus bringen, um es zu entfernen. Man erzählte sich, der Sheriff hätte das Huhn mit seiner Uniformjacke zugedeckt, bevor sie in die Notaufnahme kamen, aus Respekt vor den anderen Patienten oder vielleicht auch vor dem Opfer. »Das war schließlich auch die Mutter von jemandem, an die sich dieser Mistkerl herangemacht hat«, sagte Willard zu Charlotte.

»Wer?« Sie stand am Herd und rührte in einem Topf Spaghetti.

»Himmel, Charlotte, der Kerl mit der Wurst«, sagte Willard. »Die sollten ihm das Ding in den Rachen stopfen.«

»Ich weiß nicht«, entgegnete sie. »Ich finde das nicht so schlimm wie jemanden, der sich an Tieren vergeht.«

Willard sah zu Arvin hinüber, der auf dem Boden hockte und

einen Spielzeuglaster hin und her schob. Das Land ging in rasendem Tempo vor die Hunde, wie es schien. Vor zwei Monaten hatte seine Mutter ihm geschrieben, dass man in einem Wald ein paar Meilen von Coal Creek entfernt doch noch Helen Lafertys Leiche gefunden habe, zumindest das wenige, was noch davon übrig gewesen sei. Eine Woche lang hatte er den Brief jeden Abend gelesen. Charlotte war aufgefallen, dass Willard sich seitdem immer mehr über die Meldungen in der Zeitung aufregte. Roy und Theodore waren zwar die Hauptverdächtigen, aber es hatte seit fast drei Jahren keinerlei Spuren von ihnen gegeben, und der Sheriff konnte nicht ausschließen, dass sie vielleicht ebenfalls ermordet und irgendwo anders verscharrt worden waren. »Wir wissen es nicht, es könnte genauso gut derselbe gewesen sein, der damals die Leute in Millersburg umgebracht hat«, sagte er zu Emma, als er mit der Nachricht kam, dass Helens Grab von einer Gruppe Ginsengwurzel-Suchern entdeckt worden sei. »Vielleicht hat er die Frau umgebracht, dann die Jungs und hat sie dann verscharrt. Der Kerl im Rollstuhl dürfte keine große Sache gewesen sein, und jedermann weiß doch, dass der andere nicht mal genug Verstand beisammen hatte, um ein Loch in den Schnee zu pinkeln.«

Ganz gleich, was die Polizei sagte, Emma war davon überzeugt, dass die beiden noch lebten und schuldig waren, und sie würde erst wieder ruhen, wenn die beiden eingesperrt oder tot waren. Sie schrieb Willard, sie werde das kleine Mädchen aufziehen, so gut es gehe. Er hatte ihr hundert Dollar geschickt, um für ein anständiges Begräbnis zu sorgen. Er saß da und beobachtete seinen Sohn, und plötzlich hatte er den dringenden Wunsch zu beten. Er hatte schon seit Jahren nicht mehr mit Gott gesprochen, nicht ein einziger Wunsch und keine Lobpreisung, seit er im Krieg auf den gekreuzigten Marine gestoßen war, doch nun spürte er, wie der Drang in ihm aufstieg, sich mit seinem Schöpfer gut zu stellen, bevor seiner Familie etwas Schlimmes zustieß. Aber als er sich in der engen Wohnung umsah, wusste er, dass er hier nicht mit Gott in Kontakt treten konnte, genauso wenig wie in einer Kirche. Er brauchte einen Wald, um auf seine Weise beten zu können.

»Wir müssen hier raus«, sagte er zu Charlotte und legte die Zeitung auf den Beistelltisch.

Sie mieteten sich das Farmhaus am oberen Ende von Mitchell Flats für dreißig Dollar im Monat von Henry Delano Dunlap, einem untersetzten, weibisch wirkenden Anwalt mit glänzenden, makellosen Fingernägeln, der beim Meade Country Club wohnte und in seiner Freizeit Immobilien vermittelte. Charlotte war zwar zu Anfang dagegen gewesen, verliebte sich aber recht bald in das undichte, abgewohnte Haus. Es machte ihr noch nicht einmal etwas aus, sich das Wasser aus dem Brunnen zu pumpen. Nach ein paar Wochen sprach sie bereits davon, das Haus eines Tages zu kaufen. Ihr Vater war an Tuberkulose gestorben, ihre Mutter an einer Blutvergiftung, kurz nachdem Charlotte in die neunte Klasse gekommen war. Ihr ganzes Leben lang hatte sie in düsteren, kakerlakenverseuchten Wohnungen gehaust, die wochen- oder monatsweise vermietet worden waren. Die einzige noch lebende Angehörige war ihre Schwester Phyllis, doch Charlotte wusste nicht einmal, wo sie wohnte. Vor sechs Jahren war Phyllis eines Tages in den *Wooden Spoon* gekommen, sie hatte einen neuen Hut getragen und Charlotte die Schlüssel zu der Dreizimmerwohnung gegeben, die sie über der Reinigung in der Walnut Street geteilt hatten. »Also, Schwester«, sagte sie, »ich habe dich großgezogen, nun bin ich mal dran«, und damit ging sie zur Tür hinaus. Das Haus zu besitzen würde Charlotte endlich so etwas wie Stabilität im Leben geben, die sie mehr als alles andere suchte, vor allem jetzt, da sie Mutter war. »Arvin braucht einen Platz, den er sein Zuhause nennen kann«, sagte sie zu Willard. »Ich hatte so etwas nie.« Jeden Monat strampelten sie sich ab und legten dreißig Dollar für die Anzahlung beiseite. »Warte nur ab«, erklärte sie. »Eines Tages wird uns das Haus gehören.«

Sie fanden allerdings bald heraus, dass es nicht so leicht war, mit dem Hausherrn über irgendetwas zu verhandeln. Willard hatte schon immer gehört, dass die meisten Anwälte unehrliche, hinterhältige Arschlöcher waren, doch Henry Dunlap stellte sich in dieser Hinsicht als Paradeexemplar heraus. Kaum stellte er fest, dass die Russells daran interessiert waren, das Haus zu kaufen, fing er an, Spielchen zu spielen, hob den Preis im einen Monat an, senkte ihn im nächsten, nur um seine Meinung wieder zu ändern und anzudeuten, dass er nicht sicher sei, ob er überhaupt verkaufen wolle. Und wann immer Willard in sein Büro kam, um die Miete zu zahlen, Geld, für das er sich im Schlachthof abgeschuftet hatte, machte sich der Anwalt einen Spaß daraus, ihm zu sagen, wofür genau er das Geld ausgeben würde. Aus irgendeinem Grunde verspürte er, der reich war, das Bedürfnis, dem ärmeren Willard klarzumachen, dass diese paar zusammengeknüllten Dollars ihm nichts bedeuteten. Er grinste Willard mit seinen leberfarbenen Lippen an und ließ sich darüber aus, dass man davon ja kaum ein paar schöne Stücke Fleisch für das Sonntagsessen bekäme oder den Freunden seines Sohnes im Tennisclub eine Runde Eis spendieren könne. Die Jahre vergingen, doch Dunlap wurde es nicht leid, seinen Mieter zu ärgern; jeden Monat gab es eine neue Beleidigung, einen weiteren Grund für Willard, dem fetten Kerl in den Arsch zu treten. Das Einzige, was ihn davon abhielt, war der Gedanke an Charlotte, wie sie da mit einer Tasse Kaffee am Küchentisch saß und nervös darauf wartete, dass er nach Hause kam, ohne dass sie aus dem Haus geschmissen worden waren. Immer und immer wieder erinnerte sie ihn daran, dass es eigentlich vollkommen egal war, was der aufgeblasene Kerl sagte. Die Reichen dachten stets, man wolle haben, was sie hatten, doch das stimmte nicht, zumindest nicht bei Willard. Wie er dem Anwalt so an dem großen Eichenschreibtisch gegenübersaß und ihm bei seinem Gequatsche zuhörte, dachte Willard an den Gebetsbaum, den er im Wald hergerichtet hatte, an den Frieden und die Ruhe, die es ihm brachte, wenn er nach Hause kam, etwas aß und zu dem Baum ging. Manchmal übte er sogar im Geiste schon das Gebet, das er nach dem allmonatlichen Besuch in der Kanzlei sprach: »Danke, Gott, dass du mir die Kraft gibst, Henry Dunlap nicht den fetten, verdammten Hals umzudrehen. Und gib dem Mistkerl alles, was er sich im Leben wünscht, obwohl ich zugeben muss, Herr, dass ich nichts dagegen hätte, ihn eines Tages daran ersticken zu sehen.«

Was Willard nicht wusste: Henry Dunlap nutzte seine Prahlerei nur dazu, um die Tatsache zu verbergen, dass sein Leben ein schändliches, feiges Chaos war. Direkt nach dem Jurastudium hatte er 1943 eine Frau geheiratet, die, wie er kurz nach der Hochzeitsnacht feststellte, nicht genug von fremden Männern bekam. Edith hatte ihm seit Jahren Hörner aufgesetzt – Zeitungsjungen, Automechaniker, Handelsreisende, Milchmänner, Freunde, Mandanten, sein ehemaliger Partner –, die Liste ging immer so weiter. Er hatte sich damit abgefunden, hatte es akzeptiert; doch vor nicht allzu langer Zeit hatte er als Ersatz für den weißen Teenager, mit dem sie gevögelt hatte, einen Farbigen angeheuert, der sich um den Rasen kümmern sollte; er hatte geglaubt, dass sie sich nicht derart weit herablassen würde. Nach nicht einmal einer Woche war er ohne Vorwarnung mitten am Tag nach Hause gekommen und hatte sie über der Couch im Wohnzimmer lehnen sehen, den Hintern in der Höhe, während der große, dürre Gärtner sie mit aller Kraft bearbeitete. Sie machte Geräusche, die er noch nie zuvor gehört hatte. Nachdem er ein paar Minuten zugesehen hatte, verschwand er still wieder und fuhr in die Kanzlei zurück, wo er eine Flache Scotch vernichtete und die Szene immer und immer wieder im Geiste durchging. Er zog eine silberlegierte Derringer aus der Schreibtischschublade und betrachtete sie eine ganze Weile, dann legte er sie wieder zurück. Er hielt es für besser, erst mal nach anderen Wegen zu suchen, um sein Problem zu lösen. Hatte ja keinen Sinn, sich unnötig das Gehirn wegzupusten. In seinen fünfzehn Jahren als Anwalt in Meade hatte er die Bekanntschaft von mehreren Männern im südlichen Ohio gemacht, die wahrscheinlich Leute kannten, die Edith für ein paar Hundert Dollar beseitigen würden, doch keinem von ihnen traute er so recht. »Keine Eile, Henry«, sagte er zu sich. »Dabei unterlaufen einem die meisten Fehler.«

Ein paar Tage später stellte er den Mann ganztags ein und gab ihm sogar einen Vierteldollar mehr die Stunde. Er gab ihm gerade eine Liste der zu erledigenden Arbeiten, als Edith ihren neuen Cadillac in die Einfahrt lenkte. Die beiden Männer standen auf dem Hof und schauten zu, wie sie mit ein paar Einkaufstüten ausstieg und ins Haus ging. Sie trug eine enge schwarze Hose und einen rosafarbenen Pullover, der ihre großen, weichen Brüste betonte. Der Gärtner sah den Anwalt mit einem verschlagenen Grinsen auf dem flachen, pockennarbigen Gesicht an. Einen Augenblick später grinste Henry zurück.

»Blöd wie Bohnenstroh«, sagte Henry zu seinen Golfpartnern. Dick Taylor hatte ihn erneut nach seinen Mietern draußen in Knockemstiff gefragt. Außer sich seine Prahlereien anzuhören und ihn zum Narren zu halten, hatten die anderen reichen Männer um Meade herum keine große Verwendung für ihn. Er war der größte Witz im Country Club. Jeder Einzelne von ihnen hatte seine Frau irgendwann mal gevögelt. Edith konnte nicht einmal mehr schwimmen gehen, ohne dass irgendeine Frau versucht hätte, ihr die Augen auszukratzen. Den Gerüchten zufolge stand sie jetzt auch noch auf schwarzes Fleisch. Es würde nicht allzu lange dauern, so witzelten sie, dann würden Dunlap und sie wohl nach White Heaven umziehen, der farbigen Wohngegend im Westen der Stadt. »Ich schwör's euch«, fuhr Henry fort, »ich glaube, der Kerl hat seine eigene Schwester geheiratet, so wie die sich gegenseitig anhimmeln. Aber hey, ihr solltet sie mal sehen, wenn die sich mal waschen würde, dann wär das gar kein schlechter Fang. Falls die jemals mit der Miete in Rückstand geraten, lass ich mich vielleicht in Naturalien bezahlen.«

»Was würdest du denn mit ihr anstellen?« fragte Elliott Smith und zwinkerte Dick Taylor zu.

»Ach Scheiße, ich würde das süße kleine Ding sich vornüberbeugen lassen, und …«

»Ha!« machte Bernie Hill. »Du alter Hund, ich wette, du hast schon mal an ihr genascht.«

Henry zog einen Schläger aus dem Golfbag. Er seufzte, sah verträumt über den Fairway und legte sich eine Hand auf das Herz. »Jungs, ich habe ihr versprochen, nichts zu verraten.«

Später, als sie wieder in der Bar des Clubhauses waren, kam ein Mann namens Carter Oxley zu dem fetten, schwitzenden Anwalt und sagte: »Sie sollten besser Ihre Zunge hüten und aufpassen, was Sie über diese Frau sagen.«

Henry drehte sich um und runzelte die Stirn. Oxley war neu im Country Club, ein Ingenieur, der sich bis zum Vize in der Papierfabrik hochgearbeitet hatte. Bernie Hill hatte ihn als vierten Mann zur Golfrunde mitgebracht. Oxley hatte während des ganzen Spiels kaum zwei Worte gesagt. »Welche Frau?« fragte Henry.

»Sie sprachen doch da draußen von einem Mann namens Willard Russell, richtig?«

»Ja, Russell. Und?«

»Kumpel, mir kann's ja egal sein, aber er hat letzten Herbst einen Mann fast totgeschlagen, weil der schlecht über seine Frau gesprochen hatte. Der Typ, den er vermöbelt hat, ist immer noch nicht wiederhergestellt und fängt mit einer Kaffeedose um den Hals seinen Sabber auf. Sie sollten mal darüber nachdenken.«

»Sind Sie sicher, dass wir von demselben Mann reden? Der, den ich kenne, würde nicht mal Scheiße sagen, wenn er den ganzen Mund voll davon hätte.«

Oxley zuckte mit den Schultern. »Stille Wasser sind tief. Bei denen muss man besonders achtgeben.«

»Woher wissen Sie das alles?«

»Sie sind nicht der Einzige, dem draußen in Knockemstiff Land gehört.«

Henry zog ein goldenes Zigarettenetui aus der Tasche und bot Oxley eine an. »Was wissen Sie denn noch über ihn?« fragte er. Am Morgen hatte Edith ihm gesagt, sie fände, sie sollten dem Gärtner einen Pick-up kaufen. Sie hatte am Küchenfenster gestanden und ein weiches Stück Gebäck gegessen. Henry fiel auf, dass das Gebäck mit Schokolade überzogen war. Wie passend, dachte er, diese Hure. Er war allerdings froh zu sehen, dass sie zunahm.

Nicht mehr lange, und ihr Hintern würde so breit sein wie ein Ackergaul. Den konnte der beschissene Gärtner gern bumsen. »Muss ja kein neuer sein«, meinte sie. »Nur damit er mobil ist. Willies Füße sind zu groß, um damit jeden Tag zur Arbeit zu laufen.« Dann griff sie in die Tüte und nahm noch ein Stück Gebäck. »Meine Güte, Henry, die sind doppelt so groß wie deine.«

5.

Schon seit Anfang des Jahres hatte Charlotte Bauchkrämpfe gehabt. Das sind nur Darmbewegungen, sagte sie sich, vielleicht Verdauungsstörungen. Ihre Mutter hatte sehr unter Magengeschwüren gelitten, und Charlotte erinnerte sich, dass sie in den letzten paar Lebensjahren nur noch Toast und Milchreis gegessen hatte. Charlotte aß fortan weniger Fett und nahm nicht so viel Pfeffer, aber das schien nicht wirklich zu helfen. Im April blutete sie dann ein wenig. Sie lag stundenlang auf dem Bett, wenn Arvin und Willard aus dem Haus waren, und die Krämpfe ließen auch durchaus nach, wenn sie zusammengerollt auf der Seite lag und sich nicht rührte. Sie machte sich Sorgen um die Krankenhausrechnungen und darum, dass sie all das Geld verschlingen würden, das sie für das Haus gespart hatten, deshalb behielt sie ihr Leiden für sich und hoffte törichterweise, dass es von allein heilen und einfach verschwinden würde. Schließlich war sie doch erst dreißig, zu jung für etwas Ernstes. Doch gegen Mitte Mai war aus den Blutflecken ein stetes Tropfen geworden, und um den Schmerz zu betäuben, trank sie heimlich aus der Flasche Old Crow, die Willard unter der Küchenspüle aufbewahrte. Am Monatsende, vor den Sommerferien, fand Arvin sie ohnmächtig auf dem Küchenfußboden in einer Lache wässrigen Blutes. Auf dem Herd kokelte eine Pfanne mit Hefebrötchen. Sie hatten kein Telefon, also schob er ein Kissen unter ihren Kopf und machte so gut es ging sauber. Er setzte sich auf den Boden neben sie, lauschte ihrem flachen Atem und betete, dass er nicht aussetzte. Als sein Vater am Abend von der Arbeit kam, war sie noch immer bewusstlos. Ein paar Tage später eröffnete der Arzt Willard, es sei schon zu spät. Jeden Tag starb irgendwo irgendjemand, und im Sommer 1958, im Jahr, als Arvin Eugene Russell zehn wurde, sollte eben seine Mutter an der Reihe sein.

Nach zwei Wochen im Krankenhaus setzte sich Charlotte im Bett auf und sagte zu Willard:»Ich glaube, ich habe geträumt.«

»Einen schönen Traum?«

»Ja«, antwortete sie. Sie streckte die Hand aus und drückte seine ein wenig. Dann sah sie zu der mit weißem Stoff bespannten Wand, die sie von der Frau im Bett nebenan trennte, und sagte mit leiser Stimme:»Ich weiß, es klingt verrückt, aber ich möchte nach Hause und für eine Weile so tun, als würde uns das Haus gehören.«

»Wie willst du das anstellen?«

»Mit dem Zeug, das die mir verabreichen«, sagte sie,»könnten die mir sogar erzählen, ich sei die Königin von Saba, und ich würde es glauben. Außerdem hast du ja gehört, was der Doktor gesagt hat. Und ich will ganz bestimmt nicht den Rest meines Lebens hier verbringen.«

»Ging es in deinem Traum darum?«

Sie sah ihn verwirrt an.»In welchem Traum?«

Zwei Stunden später fuhren sie vom Krankenhausparkplatz. Sie fuhren die Route 50 heimwärts, Willard hielt unterwegs an und kaufte ihr einen Milchshake, doch sie konnte ihn nicht bei sich behalten. Er trug sie ins hintere Schlafzimmer, machte es ihr gemütlich und gab ihr ein wenig Morphin. Ihre Augen wurden glasig, und nach etwa einer Minute schlief sie ein.»Du bleibst hier bei deiner Mutter«, sagte Willard zu Arvin.»Ich bin bald wieder da.« Dann ging er über die Weide, und eine kühle Brise fuhr ihm über das Gesicht. Er kniete an dem Gebetsbaum nieder und lauschte den kleinen, friedlichen Geräuschen des abendlichen Waldes. Ein paar Stunden lang starrte er das Kreuz an. Willard betrachtete ihr Unglück von allen möglichen Seiten, suchte nach einer Lösung, landete aber stets bei ein und derselben Antwort. Was die Sicht der Ärzte anging, so war Charlotte ein hoffnungsloser Fall. Sie gaben ihr fünf, höchstens sechs Wochen. Es gab keine andere Möglichkeit. Nun lag es an Gott und an ihm.

Als er nach Hause kam, wurde es bereits dunkel. Charlotte schlief noch immer, Arvin saß auf einem Lehnsessel neben ihrem

Bett. Willard konnte erkennen, dass der Junge geweint hatte. »Ist sie wach geworden?« fragte er leise.

»Ja«, antwortete Arvin, »aber Dad, warum erkennt sie mich nicht?«

»Das liegt nur an der Medizin, die sie kriegt. In ein paar Tagen ist alles wieder gut.«

Der Junge sah zu seiner Mutter hinüber. Noch vor ein paar Monaten war sie die schönste Frau gewesen, die er je gesehen hatte, doch davon war fast nichts mehr zu erkennen. Er fragte sich, wie sie wohl aussehen würde, wenn es ihr wieder besser ging.

»Wir sollten was essen«, sagte Willard.

Er machte für Arvin und sich Eiersandwiches, dann wärmte er für Charlotte eine Dose Bouillon auf. Sie spuckte sie wieder aus, Willard wischte auf, hielt Charlotte in seinen Armen, spürte ihr Herz rasen. Er machte das Licht aus und setzte sich auf den Stuhl neben ihrem Bett. Irgendwann schlief er ein, erwachte aber bald schweißgebadet aus einem Traum, in dem Miller Jones lebendig gehäutet an den Palmen hing, während sein Herz weiter schlug. Willard hielt sich den Wecker nah vor das Gesicht, es war kurz vor vier. Er schlief nicht wieder ein.

Ein paar Stunden später schüttete er allen Whiskey aus, ging in die Scheune und holte ein paar Werkzeuge: eine Axt, einen Rechen, eine Sichel. Den Tag verbrachte er damit, die Lichtung um den Gebetsbaum zu erweitern, die Brombeeren und kleineren Bäume zu beseitigen, den Boden glatt zu rechen. Am nächsten Tag riss er ein paar Bretter von der Scheune und ließ sich von Arvin dabei helfen, sie zum Baumstamm zu tragen. Sie arbeiteten bis in die Nacht und errichteten acht weitere Kreuze rings um die Lichtung, jedes davon so groß wie das erste. »Die Ärzte können nichts mehr für deine Ma tun«, sagte er zu Arvin, als sie sich im Dunkeln auf den Heimweg machten. »Aber ich habe die Hoffnung, dass wir sie retten können, wenn wir es nur wollen.«

»Wird sie sterben?« fragte Arvin.

Willard dachte einen Augenblick nach, bevor er antwortete. »Der Herr kann alles tun, wenn du IHN nur richtig bittest.«

»Und wie machen wir das?«

»Das zeige ich dir gleich morgen früh. Es wird nicht einfach, aber es gibt keine andere Möglichkeit.«

Willard ließ sich unbezahlten Urlaub geben und sagte dem Vorarbeiter, dass seine Frau krank sei, es ihr aber bald besser gehen würde. Arvin und er verbrachten Stunden damit, jeden Tag am Baumstamm zu beten. Jedes Mal, wenn sie die Weide zum Wald hin überquerten, erklärte Willard, dass ihre Stimmen bis in den Himmel hinauf klingen sollten und dass ihre Bitten vollkommen ehrlich sein müssten. Charlotte wurde immer schwächer, die Gebete immer lauter, bis sie den Hügel hinunter über die Senke schallten. Die Einwohner von Knockemstiff wachten jeden Morgen zum Klang ihres Flehens auf und gingen jeden Abend mit ihm zu Bett. Wenn es Charlotte besonders schlecht ging, beschuldigte Willard den Jungen, nicht fest genug zu wollen, dass es ihr besser ging. Dann schlug und trat er ihn, hatte deshalb aber später ein schlechtes Gewissen. Manchmal hatte Arvin den Eindruck, sein Vater würde sich jeden Tag bei ihm entschuldigen. Nach einer Weile kümmerte er sich nicht mehr darum und nahm die Schläge und bösen Worte und darauffolgenden Entschuldigungen als Teil des Lebens hin, das sie nun führten. Bei Nacht beteten sie weiter, bis ihnen die Stimmen versagten, dann stolperten sie heimwärts, tranken von dem warmen Wasser aus dem Brunneneimer, der auf dem Küchentresen stand, und fielen erschöpft ins Bett. Am Morgen ging alles wieder von vorn los. Doch Charlotte magerte immer weiter ab, kam dem Tod immer näher. Wann immer sie aus dem Morphinschlummer erwachte, flehte sie Willard an, mit diesem Blödsinn aufzuhören und sie in Frieden gehen zu lassen. Doch Willard wollte nicht aufgeben. Und wenn er alles geben musste, was er in sich hatte, dann sollte es wohl so sein. Jeden Augenblick rechnete er damit, dass der Geist Gottes vom Himmel kam und sie heilte; als die zweite Juliwoche zu Ende ging, fand er ein wenig Trost in der Tatsache, dass sie bereits länger ausgehalten hatte, als die Ärzte prophezeit hatten.

Es war die erste Woche im August, und Charlotte war die

meiste Zeit nicht bei Bewusstsein. Während Willard eines glühend heißen Nachmittags versuchte, sie mit feuchten Tüchern zu kühlen, kam ihm der Gedanke, dass von ihm vielleicht mehr als nur Gebete und Ehrlichkeit verlangt wurden. Am nächsten Tag kam er mit einem Lamm auf der Ladefläche vom Schlachthof zurück. Es hatte ein schlimmes Bein und hatte nur fünf Dollar gekostet. Arvin sprang von der Veranda und rannte auf den Hof. »Darf ich ihm einen Namen geben?« fragte er, als sein Vater den Pick-up vor der Scheune zum Stehen brachte.

»Herrgott, das ist doch kein verdammtes Haustier«, brüllte Willard. »Geh ins Haus zu deiner Mutter.« Er fuhr den Pick-up rückwärts in die Scheune, stieg aus und band dem Tier schnell die Hinterbeine mit einem Seil zusammen; dann zog er es mit einer Umlenkrolle, die an einem der Holzbalken hing, in die Höhe. Er setzte den Pick-up ein paar Meter vor und ließ das verschreckte Tier so weit herunter, dass die Schnauze einen Meter über dem Boden hing. Mit einem Schlachtermesser schlitzte er ihm die Kehle auf und fing das Blut in einem großen Futtereimer. Er setzte sich auf einen Strohballen und wartete, bis nichts mehr aus der Wunde tropfte. Dann trug er den Eimer zum Baumstamm und goss das Opferblut sorgsam darüber aus. Nachdem Arvin an jenem Abend zu Bett gegangen war, schleifte Willard den wolligen Kadaver an den Rand der Weide und warf ihn in eine Schlucht.

Ein paar Tage später fing Willard an, die überfahrenen Tiere vom Straßenrand einzusammeln: Hunde, Katzen, Waschbären, Opossums, Murmeltiere, Rotwild. Die Kadaver, die zu steif und zu alt waren, um noch auszubluten, hängte er an den Kreuzen und Astgabeln rings um den Baumstamm auf. Hitze und Feuchtigkeit ließen sie schnell verrotten. Bei dem Gestank mussten Arvin und er würgen, wenn sie sich hinknieten und um die Gnade Gottes flehten. Maden fielen von den Bäumen und Kreuzen wie lebende Tropfen weißen Talgs. Der Boden rings um den Baumstamm war schlammig vor Blut. Die Insekten vermehrten sich täglich. Arvin und sein Vater waren von Fliegen-, Moskito- und Flohstichen übersät. Trotz des heißen Wetters zog Arvin ein langärmliges Flanellhemd und Arbeitshandschuhe an und band sich ein Taschentuch vors Gesicht. Keiner von beiden badete noch. Sie lebten von Frühstücksfleisch und Crackern, die sie in Maudes Laden kauften. Willards Gesichtsausdruck war hart und wild, und es kam seinem Sohn so vor, als sei sein verfilzter Bart fast über Nacht grau geworden.

»So ist der Tod«, erklärte Willard eines Nachmittags ernst, als Arvin und er sich vor dem stinkenden, blutdurchtränkten Baumstamm hinknieten. »Willst du so etwas für deine Mutter?«

»Nein, Sir«, sagte der Junge.

Willard hämmerte mit der Faust auf den Stamm. »Dann bete, verdammt!«

Arvin nahm das dreckige Taschentuch vom Gesicht und atmete tief den Gestank ein. Von da an versuchte er nicht mehr, dem Dreck, den endlosen Gebeten, dem vergossenen Blut und den verrotteten Kadavern auszuweichen. Dennoch siechte seine Mutter dahin. Alles roch nun nach Tod, selbst der Flur zu ihrem Krankenzimmer. Willard schloss die Tür ab und sagte Arvin, er solle sie nicht stören. »Sie braucht ihre Ruhe«, erklärte er.

6.

Als Henry Dunlap eines Nachmittags gerade sein Büro verlassen wollte, tauchte Willard auf; er war über eine Woche mit der Miete im Verzug. In den letzten paar Wochen war der Anwalt tagsüber oft heimlich für ein paar Minuten nach Hause gekommen und hatte zugeschaut, wie seine Frau und ihr schwarzer Liebhaber es miteinander trieben. Er hatte das Gefühl, dies könnten Anzeichen einer Art Krankheit seinerseits sein, aber er konnte einfach nicht anders. Er hegte die Hoffnung, dem Kerl irgendwie den Mord an Edith in die Schuhe schieben zu können. Gott wusste, dass jeder Mistkerl, der die Frau seines weißen Bosses vögelte, nichts Besseres verdiente. Willie mit den Riesenlatschen wurde langsam aufmüpfig, tauchte am Morgen mit einer Fahne von Henrys privatem Vorrat an importiertem Cognac auf und roch nach seinem französischen Rasierwasser. Der Rasen sah schlimm aus. Henry würde wohl einen Eunuchen anheuern müssen, um den Rasen gemäht zu kriegen. Und Edith nervte ihn immer noch damit, dem Hurensohn einen Wagen zu kaufen.

»Oh, Mann, Sie sehen nicht allzu gut aus«, sagte Henry zu Willard, nachdem die Sekretärin ihn hereingelassen hatte.

Willard zückte seine Brieftasche und legte dreißig Dollar auf den Tisch. »Sie aber auch nicht«, entgegnete er.

»Ich habe in letzter Zeit ziemliche Sorgen«, sagte der Anwalt. »Nehmen Sie doch Platz.«

»Ich hab heute keine Zeit für Ihren Scheiß«, entgegnete Willard. »Nur die Quittung.«

»Ach, kommen Sie schon«, setzte Henry nach, »lassen Sie uns einen trinken. Sie sehen so aus, als könnten Sie einen vertragen.«

Willard stand einen Augenblick da und starrte Henry an; er war nicht sicher, ob er richtig gehört hatte. Es war das erste Mal, dass Dunlap ihm etwas zu trinken angeboten oder sich ihm gegenüber auch nur ansatzweise höflich gezeigt hatte, seit Willard vor sechs Jahren den Mietvertrag unterzeichnet hatte. Er hatte schon damit gerechnet, dass der Anwalt ihm wegen der Verspätung die Hölle heiß machen würde, hatte sich schon dazu entschlossen, ihm heute eine zu verpassen, falls er ihm zu dumm käme. Willard sah auf die Wanduhr. Er musste noch ein Rezept für Charlotte einlösen, aber die Apotheke hatte noch bis sechs Uhr auf. »Ja, könnte wohl sein«, sagte er. Er setzte sich auf den Holzstuhl gegenüber dem ledergepolsterten Bürostuhl des Anwalts, Henry holte zwei Gläser und eine Flasche Scotch aus dem Schrank. Er goss ein und reichte seinem Mieter ein Glas.

Der Anwalt nahm einen Schluck, lehnte sich in seinem Stuhl zurück und sah das Geld an, das vor Willard auf dem Schreibtisch lag. Henry hatte Magenschmerzen von all dem Ärger mit seiner Frau. Seit ein paar Wochen hatte er über das nachgedacht, was der Golfer ihm über seinen Mieter gesagt hatte; dass er diesen Mann brutal niedergeschlagen hatte. »Immer noch daran interessiert, das Haus zu kaufen?« fragte er.

»Keine Chance, an solche Summen zu kommen«, sagte Willard. »Meine Frau ist krank.«

»Tut mir leid, das zu hören«, sagte der Anwalt. »Wegen Ihrer Frau, meine ich. Wie schlimm ist es denn?« Er schob die Flasche zu Willard. »Bedienen Sie sich.«

Willard goss sich zwei Finger hoch ein. »Krebs«, sagte er.

»Meine Mutter ist an Lungenkrebs gestorben«, sagte Henry, »aber das ist schon lange her. Seitdem sind sie viel weiter in der Behandlung.«

»Die Quittung«, sagte Willard nur.

»Da gehören fast sechzehn Hektar Land dazu.«

»Wie schon gesagt, im Augenblick bringe ich das Geld nicht auf.«

Der Anwalt drehte sich in seinem Stuhl um und schaute auf die Wand hinter sich. Das einzige Geräusch machte ein Ventilator, der sich in einer Ecke hin und her bewegte und heiße Luft durchs Zimmer wirbelte. Henry trank noch einen Schluck. »Vor einer Weile habe ich meine Frau beim Seitensprung erwischt«, sagte er. »Seitdem bin ich völlig im Arsch.« Diesem Hinterwäldler zu gestehen, dass er sich hatte Hörner aufsetzen lassen, war schwieriger, als er gedacht hatte.

Willard beobachtete das Profil des Mannes, sah, wie ihm eine Schweißperle über die Stirn lief und von der Spitze der Knollennase auf das weiße Hemd tropfte. Was der Anwalt sagte, überraschte ihn nicht. Welche Art Frau würde einen solchen Mann heiraten? In der Hintergasse fuhr ein Auto vorbei. Willard nahm die Flasche und goss sich das Glas voll. Dann griff er in die Hemdtasche nach einer Zigarette. »Ja, das ist schwer zu schlucken«, sagte er. Dunlaps Eheprobleme waren ihm scheißegal, aber er hatte seit Charlottes Heimkehr keinen guten Drink mehr gehabt, und der Whiskey des Anwalts war erstklassig.

Dunlap stierte in sein Glas. »Ich würde mich ja von ihr scheiden lassen, aber verdammt noch mal, der Mann, mit dem sie es treibt, ist schwarz wie ein Pikass«, sagte er. Dann sah er zu Willard hinüber. »Um meines Sohnes willen möchte ich eigentlich nicht, dass es gleich die ganze Stadt erfährt.«

»Na, wie wär's, wenn Sie ihm mal in den Hintern treten? Knallen Sie dem Mistkerl eine Schaufel um die Ohren, dann versteht er schon.« Himmel, dachte Willard, diese Reichen machen auf vornehm, solange alles zu ihrem Besten läuft, aber wenn es mal richtig zur Sache geht, dann fallen sie auseinander wie Papierpüppchen im Regen.

Dunlap schüttelte den Kopf. »Das wird nichts nützen. Dann sucht sie sich einfach einen Neuen«, sagte er. »Meine Frau ist eine Hure, schon ihr ganzes Leben lang.« Der Anwalt nahm eine Zigarette aus der Schachtel, die auf dem Schreibtisch lag, und zündete sie sich an. »Ach, genug von dem Mist.« Er pustete eine Qualmwolke zur Decke. »Um noch mal auf das Haus zurückzukommen. Ich habe nachgedacht. Was, wenn ich Ihnen sagen würde, dass Sie das Haus einfach so haben können?«

»Es gibt nichts umsonst«, antwortete Willard.

Der Anwalt lächelte leicht. »Da ist wohl was Wahres dran. Trotzdem, wären Sie daran interessiert?« Er stellte sein Glas auf den Schreibtisch.

»Ich weiß nicht ganz, worauf Sie hinauswollen.«

»Ach, ich auch nicht«, sagte Dunlap, »aber wie wär's, wenn Sie nächste Woche in mein Büro kommen und wir reden mal drüber. Bis dahin sollte ich was vorbereitet haben.«

Willard stand auf und leerte sein Glas. »Kommt darauf an«, sagte er. »Ich muss sehen, wie es dann meiner Frau geht.«

Dunlap zeigte auf das Geld, das Willard auf den Tisch gelegt hatte. »Nehmen Sie das da mit«, sagte er. »Hört sich so an, als wenn Sie es brauchen könnten.«

»Nein«, entgegnete Willard, »das gehört Ihnen. Aber ich möchte immer noch eine Quittung dafür.«

Sie beteten weiter, gossen Blut über den Baumstamm und hängten zerquetschte tote Tiere vom Straßenrand auf. Die ganze Zeit über dachte Willard an das Gespräch, das er mit dem fettärschigen Hausbesitzer geführt hatte. Er ging es hundert Mal im Geiste durch und versuchte herauszufinden, ob Dunlap ihn dazu bringen wollte, den Schwarzen oder die Frau oder vielleicht beide umzubringen. Ihm fiel sonst nichts ein, was es wert gewesen wäre, Land und Haus dafür zu überschreiben. Dann fragte er sich, wie Dunlap darauf kam, dass er so etwas tun würde; die einzige Antwort war, dass der Anwalt ihn für dumm hielt und verarschen wollte. Er würde ganz sicher dafür sorgen, dass Willard im Knast saß, noch bevor die Leichen kalt waren. Für einen kurzen Augenblick hatte er nach dem Gespräch mit Dunlap geglaubt, es würde vielleicht doch eine Chance geben, Charlotte ihren Traum zu erfüllen. Aber es gab keine Möglichkeit, das Haus jemals in Besitz nehmen zu können. Das war ihm nun klar.

Eines Tages Mitte August schien sich Charlotte ein wenig zu erholen, sie aß sogar einen Teller Tomatensuppe und behielt sie bei sich. Am Abend wollte sie auf der Veranda sitzen, das erste Mal seit Wochen, dass sie an die frische Luft kam. Willard badete, schnitt sich den Bart und kämmte sich, Arvin machte Popcorn auf dem Herd. Von Westen kam eine Brise auf und brachte etwas Kühlung. Sie tranken kaltes 7-Up und schauten zu, wie die Sterne langsam über den Himmel zogen. Arvin saß neben dem Schaukelstuhl auf dem Boden. »Das war ein schwerer Sommer, oder, Arvin?« fragte Charlotte und fuhr mit ihrer knochigen Hand durch sein dunkles Haar. Er war so ein süßer, freundlicher Junge. Sie hoffte, Willard würde das erkennen, wenn sie mal nicht mehr war. Darüber mussten sie noch reden, ermahnte sie sich erneut. Die Medikamente hatten sie sehr vergesslich werden lassen.

»Aber jetzt geht's dir ja wieder besser«, sagte Arvin. Er schob sich eine Handvoll Popcorn in den Mund. Er hatte seit Wochen nichts Warmes mehr gegessen.

»Ja, ich fühle mich zur Abwechslung mal richtig gut«, sagte sie und lächelte ihn an.

Schließlich schlief Charlotte gegen Mitternacht auf dem Schaukelstuhl ein und Willard trug sie ins Bett. Mitten in der Nacht wachte sie wieder auf und warf sich hin und her, während ihr der Krebs ein weiteres Loch durch den Leib fraß. Willard saß bis zum Morgen an ihrem Bett, und mit jeder neuen Schmerzwelle bohrten sich ihre langen Fingernägel tiefer und tiefer in das Fleisch seiner Hand. Das war der schlimmste Anfall bisher. »Keine Sorge«, sagte Willard immer wieder. »Bald wird alles wieder besser werden.«

Am nächsten Morgen fuhr er mehrere Stunden die Nebenstraßen ab und suchte in den Gräben nach neuen Opfergaben, fand aber nichts. Am Nachmittag fuhr er zum Schlachthof und kaufte zögerlich ein weiteres Lamm. Er musste langsam zugeben, dass das wohl alles nichts brachte. Auf dem Rückweg kam er ziemlich übellaunig an Dunlaps Büro vorbei, bremste plötzlich und brachte den Pick-up an der Böschung der Western Avenue zum Stehen. Autos fuhren hupend an ihm vorbei, doch er hörte sie nicht. Es gab etwas, das er bisher noch nicht probiert hatte. Er konnte nicht fassen, dass er nicht früher darauf gekommen war.

»Ich hatte Sie schon fast abgeschrieben«, sagte Dunlap.

»Ich hatte zu tun«, erwiderte Willard. »Hören Sie, wenn Sie immer noch reden wollen, können wir uns um zehn in Ihrem Büro treffen?« Willard stand in einer Telefonzelle in *Dusty's Bar* auf der Water Street, nur ein paar Blocks nördlich von der Anwaltskanzlei. Der Uhr an der Wand zufolge war es fast fünf. Er hatte Arvin gesagt, er solle bei Charlotte im Krankenzimmer bleiben, es könne spät bei ihm werden. Er hatte dem Jungen eine Pritsche am Fußende des Bettes aufgebaut.

»Um zehn?« fragte der Anwalt.

»Früher kann ich nicht«, antwortete Willard. »Es liegt ganz bei Ihnen.«

»Okay«, sagte der Anwalt. »Bis dann.«

Willard kaufte eine Flasche Whiskey an der Bar, fuhr die folgenden Stunden im Wagen umher und hörte Radio. Er kam am *Wooden Spoon* vorbei, als der Diner gerade schloss, und sah einen dürren Teenager zusammen mit dem krummbeinigen alten Koch herauskommen, der schon am Grill gestanden hatte, als Charlotte dort noch kellnerte. Wahrscheinlich kann er immer noch keinen Hackbraten machen, der was taugt, dachte Willard. Er hielt an und tankte, dann fuhr er zur *Tecumseh Lounge* am anderen Ende der Stadt. Er setzte sich an die Bar, trank ein paar Bier, sah einem Kerl mit dicker Brille und einem dreckigen gelben Schutzhelm zu, der vier Mal hintereinander am Pooltisch gewann. Als Willard hinaus auf den Schotterparkplatz trat, ging die Sonne gerade hinter dem Schornstein der Papierfabrik unter.

Um neun Uhr dreißig saß er in seinem Pick-up auf der Second Street, einen Block östlich der Anwaltskanzlei. Ein paar Minuten später sah er, wie Dunlap vor dem alten Ziegelsteingebäude hielt und hineinging. Willard fuhr um den Block herum zur Hintergasse und parkte rückwärts an der Hauswand. Er holte ein paar Mal tief Luft und stieg aus. Hinter dem Sitz fand er einen Hammer, schob den Stiel in den Hosenbund und zog das Hemd darüber. Er sah sich in der Gasse um, dann ging er an die Hintertür und klopfte. Nach etwa einer Minute öffnete der Anwalt. Er trug ein verknit-

63

tertes blaues Hemd und eine ausgebeulte graue Hose, die von roten Hosenträgern gehalten wurde. »Das ist klug, den Hintereingang zu nehmen«, sagte Dunlap. Er hielt ein Glas Whiskey in der Hand, und seine blutunterlaufenen Augen deuteten an, dass er schon ein paar Gläser getrunken hatte. Er drehte sich zu seinem Schreibtisch um, schwankte ein wenig und furzte. »Sorry«, sagte er, kurz bevor Willard ihm mit dem Hammer gegen die Schläfe schlug, ein widerliches Knirschen hallte durch den Raum. Dunlap fiel geräuschlos nach vorn um und riss ein Bücherregal mit sich. Das Glas, das er gehalten hatte, zersplitterte auf dem Boden. Willard beugte sich über den Körper und schlug erneut zu. Als er sicher war, dass der Mann tot war, lehnte er sich an die Wand und lauschte eine Weile. Draußen fuhren ein paar Autos vorbei, dann nichts mehr.

Willard zog ein paar Arbeitshandschuhe an, die in seiner Gesäßtasche steckten, und schleifte die schwere Leiche des Anwalts zur Tür. Er stellte das Regal wieder hin, hob die Glasscherben auf und wischte den vergossenen Whiskey mit dem Jackett auf, das über dem Rücken des Anwaltsstuhls hing. Er durchsuchte Dunlaps Taschen, fand einen Schlüsselring und über zweihundert Dollar in der Brieftasche. Er legte das Geld in eine Schreibtischschublade und steckte die Schlüssel ein.

Willard öffnete die Bürotür, trat in das kleine Vorzimmer und kontrollierte, ob die Vordertür abgeschlossen war. Dann ging er ins Bad, ließ ein wenig Wasser auf das Jackett laufen und ging zurück, um das Blut vom Boden zu wischen. Erstaunlicherweise gab es nicht viel davon. Nachdem er das Jackett über die Leiche geworfen hatte, setzte er sich an den Schreibtisch. Er suchte nach irgendetwas mit seinem Namen darauf, fand aber nichts. Er nahm einen Schluck von dem Scotch, der auf dem Tisch stand, schraubte die Flasche zu und steckte sie in eine andere Schublade. Auf dem Schreibtisch stand ein goldgerahmtes Foto von einem dicklichen Teenager mit Tennisschläger, der seinem Vater wie aus dem Gesicht geschnitten war. Das Foto von der Gattin war verschwunden.

Willard löschte das Licht im Büro, trat hinaus auf die Gasse und legte das Jackett und den Hammer auf den Vordersitz. Dann klappte er die Ladefläche herunter, startete den Wagen und setzte ihn rückwärts an die offene Tür. Es dauerte nur eine Minute, den Anwalt auf die Ladefläche zu zerren, ihn mit einer Plane zuzudecken und die Ecken mit Zementblöcken zu beschweren. Willard legte einen Gang ein, ließ den Wagen ein paar Meter vorwärtsrollen, stieg aus und schloss die Bürotür. Er nahm die Route 50 und kam an einem Streifenwagen vorbei, der auf dem leeren Gewerbegrundstück bei Slate Mills stand. Willard sah in den Rückspiegel und hielt die Luft an, bis das beleuchtete Texaco-Schild nicht mehr zu sehen war. Bei Schott's Bridge hielt er kurz an und warf den Hammer in den Paint Creek. Gegen drei Uhr früh war er fertig.

Am nächsten Morgen, als Willard und Arvin zum Gebetsbaum kamen, tropfte noch immer frisches Blut in den Dreck. »Das war doch gestern noch nicht hier«, sagte Arvin.

»Ich habe gestern Nacht ein Murmeltier überfahren«, sagte Willard. »Hab's dann gleich ausbluten lassen, als ich nach Hause gekommen bin.«

»Ein Murmeltier? Mann, das muss ja ein Riesenviech gewesen sein.«

Willard grinste und ging in die Knie. »Ja, war es. Das war ein dickes, fettes Mistviech.«

7.

Trotz der Opferung des Anwalts fingen Charlottes Knochen ein paar Wochen später an, einfach zu brechen, widerliche Knackgeräusche, bei denen sie schreien und sich die Arme wund kratzen musste. Wann immer Willard sie zu bewegen versuchte, fiel sie vor Schmerzen in Ohnmacht. Auf ihrem Rücken breitete sich ein eitriges Wundgeschwür aus, bis es tellergroß war. In ihrem Zimmer stank es so ekelhaft wie beim Baumstamm. Es hatte seit einem Monat nicht geregnet, und die Hitze ließ nicht nach. Willard kaufte weitere Lämmer im Schlachthof und goss eimerweise Blut über den Baumstamm, bis ihre Schuhe bis über den Rand im Schlamm versanken. Als Willard eines Morgens nicht da war, wagte sich eine lahme, ausgehungerte Promenadenmischung mit weichem weißem Fell und zwischen den Hinterläufen eingeklemmtem Schwanz bis an die Veranda. Arvin fütterte den Hund mit ein paar Resten aus dem Kühlschrank und hatte ihn bereits Jack getauft, als sein Vater nach Hause kam. Wortlos verschwand Willard im Haus und kehrte mit seiner Flinte wieder. Er schob Arvin beiseite und schoss dem Hund zwischen die Augen, obwohl der Junge ihn anflehte, es nicht zu tun. Willard trug das Tier in den Wald und nagelte es an eines der Kreuze. Arvin sprach danach kein Wort mehr mit ihm. Wenn Willard unterwegs war und nach weiteren Opfertieren suchte, lauschte er dem Stöhnen seiner Mutter. Bald fing die Schule wieder an, und er war den ganzen Sommer über noch nicht einen Tag von dem Hügel fort gewesen. Er ertappte sich bei dem Wunsch, seine Mutter möge bald sterben.

Ein paar Nächte später stürzte Willard in Arvins Zimmer und riss ihn aus dem Schlaf. »Geh zum Gebetsbaum«, befahl er. Der Junge setzte sich auf und sah sich verwirrt um. Im Flur brannte Licht. Er konnte seine Mutter nach Luft schnappen und keuchen hören. Willard schüttelte ihn erneut. »Und du betest, bis ich dich hole. Sorg dafür, dass ER dich auch hört, verstanden?« Arvin zog sich schnell an und lief über die Weide. Er dachte an seinen Wunsch, seine Mutter möge tot sein. Er rannte schneller.

Um drei Uhr früh war sein Hals ganz rau und wund. Sein Vater kam einmal vorbei, schüttete ihm einen Eimer Wasser über den Kopf und trug ihm auf, weiter zu beten. Arvin schrie um die Gnade Gottes, doch er spürte nichts, und es gab auch keine Gnade. Einige Bewohner in Knockemstiff schlossen trotz der Hitze ihre Fenster, andere ließen die Nacht über ein Licht brennen und beteten selbst mit. Snook Haskins Schwester Agnes saß in ihrem Sessel, lauschte der jammervollen Stimme und dachte an all die Ehemänner, die sie sich ausgedacht und im Geiste beerdigt hatte. Arvin sah zu dem toten Hund mit dem aufgeblähten, fast platzenden Bauch hinauf und den in den dunklen Wald starrenden Augen. »Kannst du mich hören, Jack?« fragte er.

Kurz vor Sonnenaufgang deckte Willard seine verstorbene Frau mit einem sauberen weißen Laken zu und ging betäubt vor Schmerz und Verzweiflung über die Weide. Er tauchte leise hinter Arvin auf, lauschte ein paar Minuten dem Gebet des Jungen, das nur noch ein Wispern war. Willard sah nach unten, bemerkte voller Abscheu das offene Federmesser, das er in der Hand hielt. Er schüttelte den Kopf und steckte es ein. »Na, komm schon, Arvin«, sagte er, und zum ersten Mal seit Wochen klang seine Stimme sanft. »Es ist vorbei. Deine Ma ist von uns gegangen.«

Zwei Tage später wurde Charlotte auf dem kleinen Friedhof außerhalb von Bourneville begraben. Auf dem Heimweg von der Beerdigung sagte Willard: »Ich glaube, wir machen eine kleine Reise. Wir fahren deine Grandma in Coal Creek besuchen. Vielleicht bleiben wir eine Weile dort. Du wirst Onkel Earskell kennenlernen, und das Mädchen, das bei ihnen wohnt, ist nur ein wenig jünger als du. Es wird dir dort gefallen.« Arvin erwiderte nichts darauf. Er hatte die Sache mit dem Hund noch immer nicht verwunden, und er war sicher, über den Tod seiner Mutter würde er nie hinwegkommen. Die ganze Zeit über hatte Willard verspro-

67

chen, wenn sie nur hart genug beteten, würde alles gut werden. Als sie nach Hause kamen, fanden sie auf der Veranda an der Tür einen in Zeitungspapier eingewickelten Blaubeerkuchen. Willard trat hinaus auf die Weide hinter dem Haus. Arvin ging hinein, zog seine guten Sachen aus und legte sich aufs Bett.

Als er mehrere Stunden später wieder aufwachte, war Willard noch immer fort, was dem Jungen nur recht war. Er aß den halben Kuchen und stellte den Rest in den Kühlschrank. Er trat auf die Veranda, setzte sich in den Schaukelstuhl seiner Mutter und sah zu, wie die Abendsonne hinter dem Immergrün westlich des Hauses unterging. Er dachte an ihre erste Nacht in der Erde. Wie dunkel es dort sein musste. Er hatte einen alten Mann, der an einer Schaufel unter einem Baum gelehnt hatte, zu Willard sagen hören, dass der Tod entweder eine lange Reise oder ein langer Schlaf sei; sein Vater hatte zwar die Stirn gerunzelt und sich abgewendet, aber Arvin fand, das hörte sich richtig an. Er hoffte um seiner Mutter willen, dass der Tod ein wenig von beidem war. Es waren nur eine Handvoll Menschen zu der Beerdigung gekommen: eine Frau, mit der seine Mutter im *Wooden Spoon* gearbeitet hatte, und ein paar alte Damen aus der Kirchengemeinde. Irgendwo im Westen gab es angeblich eine Schwester, aber Willard wusste nicht, wie er sie benachrichtigen sollte. Arvin war noch nie auf einer Beerdigung gewesen, aber er hatte den Eindruck, dass diese zumindest keine große gewesen war.

Als sich langsam Dunkelheit über den überwucherten Hof legte, stand Arvin auf, ging ums Haus und rief mehrmals nach seinem Vater. Er wartete ein paar Minuten und dachte schon daran, wieder ins Bett zu gehen. Doch dann trat er ins Haus und holte aus der Küchenschublade die Taschenlampe. Erst schaute er in der Scheune nach, dann machte er sich auf den Weg zum Gebetsbaum. In den drei Tagen, seit seine Mutter gestorben war, war keiner von ihnen dort gewesen. Die Nacht brach schnell herein. Fledermäuse jagten auf der Weide nach Insekten, eine Nachtigall beobachtete Arvin aus ihrem Nest unter einer Heckenkirsche. Arvin zögerte, ging dann in den Wald und folgte dem Wildwechsel. Am Rande der Lichtung blieb er stehen und leuchtete umher. Er konnte seinen Vater am Baumstamm knien sehen. Der Gestank überkam Arvin, und er fürchtete, es könnte ihm schlecht werden. Er konnte schon den Kuchen in der Kehle schmecken. »Ich mach das nicht mehr«, sagte er mit lauter Stimme zu seinem Vater. Er wusste, das würde ihm Ärger einhandeln, aber das war ihm egal. »Ich werde nicht beten.«

Er wartete eine Weile auf eine Reaktion und sagte dann: »Hast du mich gehört?« Er trat an den Baumstamm heran und leuchtete die kniende Gestalt seines Vaters an. Dann berührte er ihn an der Schulter, und ein Messer fiel zu Boden. Willards Kopf kippte zur Seite und enthüllte die klaffende Wunde, die er von einem Ohr zum anderen quer durch seine Kehle geschnitten hatte. Das Blut floss am Baumstamm entlang und tropfte auf seine Anzughose. Eine leichte Brise zog über den Hügel und trocknete Arvin den Schweiß im Nacken. Über seinem Kopf knarzten Äste. Ein Flaum weißen Fells segelte durch die Luft. Ein paar Knochen, die an den Drähten und Nägeln hingen, klapperten leise gegeneinander und machten eine traurige, hohle Musik.

Durch die Bäume konnte Arvin einige Lichter in Knockemstiff brennen sehen. Er hörte irgendwo dort unten eine Wagentür zuklappen, dann ein einzelnes Hufeisen, das gegen eine Metallstange schlug. Arvin stand da und wartete auf den nächsten Wurf, doch nichts geschah. Es schienen tausend Jahre vergangen zu sein seit dem Morgen, als die beiden Jäger hier hinter Willard und ihm auftauchten waren. Arvin empfand Schuld und Scham darüber, dass er nicht weinte, aber er hatte keine Tränen mehr. Das lange Sterben seiner Mutter hatte ihn ausdörren lassen. Er wusste nicht, was er sonst machen sollte, also trat er um die Leiche seines Vaters herum, leuchtete mit der Taschenlampe voran und bahnte sich einen Weg durch den Wald.

8.

Um exakt neun Uhr an jenem Abend hängte Hank Bell das GE-SCHLOSSEN-Schild ins Vorderfenster von Maudes Laden und schaltete die Lichter aus. Er trat hinter den Schalter, nahm ein Sixpack Bier aus der Fleischtruhe und ging zur Hintertür hinaus. In seiner Brusttasche steckte ein kleines Transistorradio. Er setzte sich auf einen Gartenstuhl, öffnete ein Bier und zündete sich eine Zigarette an. Seit vier Jahren wohnte er in einem Campingwagen hinter dem Betongebäude. Er griff in die Hemdtasche und schaltete das Radio genau in dem Augenblick ein, als der Ansager bekannt gab, dass die Reds mit drei Runs im sechsten Inning zurücklagen. Sie spielten an der Westküste. Hank schätzte, dass es dort erst fünf Uhr war. Also, wie das mit der Zeit funktioniert, dachte er, ist schon komisch.

Er sah zu dem kleinen Trompetenbaum hinüber, den er gepflanzt hatte, als er im Laden anfing. Seitdem war der Baum um anderthalb Meter gewachsen. Es war ein Sprössling von dem Baum gewesen, der im Vorgarten des Hauses stand, in dem seine Mutter und er gewohnt hatten, bis sie starb; das Haus hatte er an die Bank verloren. Er war nicht ganz sicher, wozu er den Baum überhaupt eingepflanzt hatte. Noch ein paar Jahre höchstens, und er würde Knockemstiff hinter sich lassen. Das verriet er jedem Kunden, der zuhören wollte. Woche für Woche legte er etwas von den dreißig Dollar beiseite, die Maude ihm zahlte. Manchmal dachte er, er würde in den Norden ziehen, andere Male fand er, der Süden sei besser. Aber er hatte noch Zeit zu entscheiden, wohin. Er war ja noch jung.

Er sah zu, wie ein silbergrauer Dunst, nur ein paar Meter hoch, sich langsam über dem Black Run Creek erhob und die flache, felsige Wiese hinter dem Laden überzog, die zu Clarence Myers

Kuhweide gehörte. Das war sein Lieblingsaugenblick, kurz nachdem die Sonne untergegangen war, und kurz bevor die langen Schatten verschwanden. Er konnte ein paar Burschen auf der Betonbrücke vor dem Laden johlen und rufen hören, wann immer ein Auto vorbeigefahren kam. Einige von ihnen hingen bald jede Nacht dort herum, ganz gleich bei welchem Wetter. Arm wie die Kirchenmäuse waren die alle. Sie wünschten sich nicht mehr vom Leben als einen fahrbaren Untersatz und eine heiße Mieze. Irgendwie fand Hank, das hatte auch etwas für sich, wenn man vom Leben so gar nichts wollte. Manchmal wünschte er sich, er wäre nicht so ehrgeizig.

Vor drei Tagen hatte das Beten auf dem Hügel endlich aufgehört. Hank versuchte, nicht an die arme Frau zu denken, die dort oben im Sterben lag, in ein Zimmer eingesperrt, wie man sich erzählte, während dieser Russell und sein Sohn halb den Verstand verloren. Verdammt, die beiden hatten manchmal den ganzen Ort verrückt gemacht, so wie sie jeden Morgen und jeden Abend stundenlang Gott anflehten. Nach allem, was er gehört hatte, war es eher irgendein Voodookram gewesen, nichts Christliches. Zwei der Lynch-Jungen waren vor ein paar Wochen im Wald auf ein paar tote Tiere gestoßen, die in den Bäumen hingen; und dann vermissten sie auch noch einen ihrer Hunde. Die Welt ging langsam zugrunde. Erst gestern hatte er in der Zeitung gelesen, dass Henry Dunlaps Frau und ihr schwarzer Liebhaber wegen des Verdachts verhaftet worden waren, ihn umgebracht zu haben. Noch musste die Polizei erst die Leiche finden, aber Hank fand, wenn sie es mit einem Neger trieb, dann war das Beweis genug dafür, dass sie es getan hatten. Alle kannten den Anwalt; ihm gehörte Land in ganz Ross County, und ab und zu kam er im Laden vorbei und kaufte Schwarzgebrannten, um irgendwelche großkotzigen Freunde damit zu beeindrucken. Nach allem, was Hank von dem Mann wusste, hatte er es wohl verdient, umgebracht zu werden, aber warum hatte die Frau sich nicht einfach scheiden lassen und war nach White Heaven zu den Farbigen gezogen? Die Leute hatten aber auch allesamt keinen Verstand mehr. Ein Wunder, dass der Anwalt

71

sie nicht zuerst hatte umbringen lassen, wenn er von dem Liebhaber gewusst hatte. Das hätte ihm niemand übel genommen, aber nun war er tot, und das war wohl auch gut so. Wäre doch schlimm gewesen, mit der Last zu leben, dass alle wussten, wie seine Frau mit einem Schwarzen rummachte.

Die Reds kamen an den Schlag, und Hank dachte an Cincinnati. Irgendwann mal würde er dorthin fahren und sich ein Doppel-Spiel-Wochenende anschauen. Das war sein Plan: sich einen guten Platz sichern, Bier trinken und sich mit Hotdogs vollstopfen. Er hatte gehört, dass die in einem Baseballstadion besser schmeckten, und das wollte er selbst herausfinden. Cincinnati war nur etwa neunzig Meilen entfernt, auf der anderen Seite der Mitchell Flats, schnurgerade die Route 50 entlang, aber er war noch nie dort gewesen, war in seinen ganzen zweiundzwanzig Jahren noch nie weiter westlich gekommen als bis Hillsboro. Hank hatte das Gefühl, erst wenn er diese Fahrt unternahm, würde sein Leben richtig beginnen. Er hatte sich noch nicht alle Einzelheiten zurechtgelegt, aber er wollte sich nach den Spielen auch eine Hure leisten, irgendein nettes Mädchen, das ihn gut behandelte. Er würde ihr etwas extra zahlen, damit sie ihm Hose und Schuhe auszog. Er würde sich dafür ein neues Hemd kaufen, unterwegs in Bainbridge halten und sich einen ordentlichen Haarschnitt verpassen lassen. Er würde sie langsam entkleiden, sich bei jedem Knopf oder womit auch immer sich die Huren ihre Kleider festmachten, Zeit lassen. Er würde ihr Whiskey über die Titten gießen und abschlecken; er hatte ein paar Männer davon reden hören, die in den Laden gekommen waren, nachdem sie sich im *Bull Pen* was genehmigt hatten. Und wenn er schließlich in sie eindrang, würde sie zu ihm sagen, er solle nur ja vorsichtig sein, sie sei Kerle von seiner Größe nicht gewohnt. Sie würde überhaupt nicht so sein wie das Schandmaul Mildred McDonald, die einzige Frau, mit der er bislang zusammen gewesen war.

»Einmal geschubst«, hatte Mildred allen im *Bull Pen* erzählt, »und dann nichts als heiße Luft.« Das war vor über drei Jahren gewesen, und noch immer hänselten sie ihn damit. Die Hure in Cincinnati würde darauf bestehen, dass er sein Geld behielt, nachdem er mit ihr fertig war, würde ihn nach seiner Telefonnummer fragen, ihn vielleicht sogar anflehen, sie mitzunehmen. Er würde vielleicht als anderer Mensch zurückkommen, so ähnlich wie Slim Gleason, als der aus dem Koreakrieg heimkam. Bevor er Knockemstiff für immer verlassen würde, könnte er ja noch am *Bull Pen* halten und ein paar der Jungs ein Abschiedsbierchen spendieren, nur um ihnen zu zeigen, dass er ihnen wegen der Witze nicht böse war. In gewisser Hinsicht hatte ihm Mildred einen Gefallen getan, fand er; er hatte eine ziemliche Stange Geld beiseitegelegt, seit er dort nicht mehr hinging.

Hank lauschte mit halbem Ohr dem Spiel und dachte darüber nach, wie gemein Mildred mit ihm umgesprungen war, als er jemanden entdeckte, der sich mit einer Taschenlampe über Clarence' Weide näherte. Er sah, wie sich die kleine Gestalt bückte, durch den Stacheldrahtzaun stieg und auf ihn zukam. Es war fast dunkel, doch als die Gestalt näher kam, erkannte Hank, dass es sich um den jungen Russell handelte. Er hatte den Burschen noch nie allein vom Hügel kommen sehen, hatte gehört, dass sein Vater das nicht erlaubte. Aber sie hatten erst am Nachmittag die Mutter beerdigt, und vielleicht hatte sich dadurch etwas verändert, vielleicht war dem alten Russell ein wenig das Herz weich geworden. Der Junge trug ein weißes Hemd und einen neuen Overall. »Hi«, sagte Hank, als Arvin näher kam. Das Gesicht des Jungen war hager und verschwitzt und bleich. Er sah nicht gut aus, überhaupt nicht gut. Sah so aus, als hätte er Blut oder so etwas auf Gesicht und Kleidung.

Arvin blieb ein paar Meter vor Hank stehen und machte die Taschenlampe aus. »Der Laden ist zu«, sagte Hank. »Aber wenn du was brauchst, kann ich noch mal aufschließen.«

»Wie kann man hier Kontakt mit der Polizei aufnehmen?«

»Na ja, entweder du machst Ärger oder du rufst sie an, schätze ich«, antwortete Hank.

»Können Sie sie bitte für mich anrufen? Ich hab noch nie ein Telefon benutzt.«

Hank griff in die Brusttasche und schaltete das Radio aus. Die Reds kriegten ohnehin ihr Fett weg. »Was willst du denn vom Sheriff, Junge?«

»Er ist tot«, sagte der Bursche.

»Wer?«

»Mein Dad«, sagte Arvin.

»Du meinst deine Ma, oder?«

Der Junge machte kurz ein verwirrtes Gesicht, dann schüttelte er den Kopf. »Nein, meine Ma ist seit drei Tagen tot. Ich rede von meinem Dad.«

Hank stand auf und griff in der Hosentasche nach dem Schlüssel zur Hintertür des Ladens. Er fragte sich, ob der Junge wohl vor Kummer den Verstand verloren hatte. Er erinnerte sich an die schwere Zeit, die er durchgemacht hatte, als seine Mutter gestorben war. Über so etwas kam man eigentlich nie hinweg, das wusste er. Noch immer dachte er jeden Tag an sie. »Komm rein. Du siehst durstig aus.«

»Ich hab kein Geld«, sagte Arvin.

»Macht nichts«, entgegnete Hank. »Ich schreib's an.«

Sie gingen hinein und Hank schob den Deckel der Kühltruhe auf. »Was für eine möchtest du?«

Der Junge zuckte mit den Schultern.

»Hier hast du eine Kräuterlimo«, sagte Hank. »Die habe ich auch immer getrunken.« Er gab dem Jungen die Flasche und kratzte sich den Stoppelbart. »Du heißt Arvin, richtig?«

»Ja, Sir«, antwortete der Junge. Er stellte seine Taschenlampe auf die Theke, trank einen großen Schluck und dann noch einen.

»Also, wie kommst du auf die Idee, dass was mit deinem Dad nicht stimmt?«

»Sein Hals«, sagte Arvin. »Er hat sich die Kehle durchgeschnitten.«

»Das ist doch wohl kein Blut an dir, oder?«

Arvin besah sich Hemd und Hände. »Nein«, antwortete er. »Das ist Kuchen.«

»Wo ist dein Dad?«

74

»Ein Stück vom Haus entfernt«, antwortete der Junge. »Im Wald.«

Hank nahm das Telefonbuch unter der Theke hervor. »Hör mal«, sagte er, »ich ruf ja gern die Polizei für dich an, aber du verarschst mich doch nicht, oder? Die können es gar nicht leiden, umsonst anzurücken.« Erst vor ein paar Tagen hatte Marlene Williams ihn beim Sheriff anrufen und wieder mal einen Spanner melden lassen. Das war das fünfte Mal in knapp zwei Monaten. Der Diensthabende hatte nur aufgelegt.

»Warum sollte ich das tun?«

»Nein«, pflichtete Hank ihm bei. »Das würdest du wohl nicht.«

Er telefonierte, dann gingen Arvin und er zur Hintertür hinaus, Hank nahm seine Biere mit. Sie gingen ums Haus und setzten sich auf die Bank vor dem Laden. Eine Wolke aus Motten umschwirrte das Sicherheitslicht über den Benzinpumpen. Hank dachte daran, wie der Vater des Jungen letztes Jahr Lucas Hayburn verprügelt hatte. Lucas verdiente es wohl nicht anders, aber er hatte sich nie wieder davon erholt. Erst gestern hatte er den ganzen Morgen vornübergebeugt auf dieser Bank gehockt; ein dicker Speichelfaden hatte ihm dabei aus dem Mund gehangen. Hank machte ein neues Bier auf und zündete sich eine Zigarette an. Er zögerte einen Augenblick und bot dem Jungen dann auch eine an.

Arvin schüttelte den Kopf und trank einen Schluck. »Die werfen heute Abend ja gar keine Hufeisen«, sagte er nach ein paar Minuten.

Hank sah die Senke entlang zum *Bull Pen* hinüber. Vier, fünf Autos standen auf dem Hof. »Machen wohl eine Pause«, sagte er, lehnte sich zurück an die Ladenmauer und streckte die Beine aus. Mildred und er waren damals in den Schweinestall drüben bei *Platter's Pasture* gegangen. Sie hatte gesagt, sie würde den satten Geruch von Schweinemist mögen und sich die Dinge gern ein wenig anders vorstellen als die meisten anderen Mädchen.

»Was stellst du dir denn vor?« hatte Hank sie mit leichter Sorge in der Stimme gefragt. Seit Jahren hatte er gehört, wie die Jungen und Männer davon sprachen, eine Frau flachzulegen, doch nicht ein einziges Mal hatte einer von ihnen etwas von Schweinemist gesagt.

»Geht dich doch gar nichts an, was in meinem Kopf vorgeht«, hatte sie geantwortet. Ihr Kinn war scharf wie ein Beil, ihre Augen wirkten glanzlos wie graue Murmeln. Das einzig Positive an ihr war das Ding zwischen ihren Beinen, und manche hatten gesagt, es habe sie an eine Schnappschildkröte erinnert.

»Okay«, hatte Hank nur gesagt.

»Mal sehen, was du da hast«, sagte Mildred, zerrte an seinem Reißverschluss und zog ihn in das dreckige Stroh.

Nach seiner jämmerlichen Darbietung schob sie ihn von sich und sagte: »Himmel Herrgott, da hätte ich ja gleich mit mir selbst spielen können.«

»Tut mir leid«, sagte er. »Du hast mich so angemacht. Nächstes Mal wird's besser.«

»Ha! Ich bezweifle, dass es ein nächstes Mal geben wird, du Baby«, schnappte sie.

»Soll ich dich denn nicht wenigstens nach Hause fahren?« fragte er, als er ging. Es war fast Mitternacht. Die Zwei-Zimmer-Hütte, in der sie mit ihren Eltern drüben in Nigpen hauste, war zu Fuß ein paar Stunden entfernt.

»Nein, ich bleib noch 'ne Weile hier«, entgegnete sie. »Vielleicht taucht ja noch jemand auf, der was taugt.«

Hank warf seine Kippe in den Schotter und trank einen Schluck Bier. Er redete sich gern ein, dass am Ende schon alles seine Richtigkeit hatte. Er war zwar nicht rachsüchtig, überhaupt nicht, aber er musste zugeben, dass es ihn durchaus ein wenig befriedigte, zu wissen, dass Mildred nun mit einem schmerbäuchigen Kerl namens Jimmy Jack zusammen war, der eine alte Harley fuhr und sie auf der Hinterveranda seiner Sperrholz-Hundehütte einsperrte, wenn er nicht gerade an irgendeiner Bar ihren Hintern feilbot. Für fünfzig Cents würde sie alles machen, was man sich nur denken konnte, erzählten sich die Leute. Hank hatte sie am letzten Nationalfeiertag in Meade gesehen, wie sie mit einem blauen

76

Auge neben der Tür zu *Dusty's Bar* stand und den Lederhelm ihres Bikers hielt. Mildred hatte ihre besten Jahre schon hinter sich, seine kamen erst noch. Die Frau, die er in Cincinnati aufgabeln würde, würde hundert Mal hübscher sein als irgend so eine alte Mildred McDonald. Wenn er erst einmal ein, zwei Jahre von hier weg war, würde er sich wahrscheinlich nicht mal mehr an ihren Namen erinnern. Er sah sich um, entdeckte den jungen Russell, rieb sich mit einer Hand über das Gesicht. »Verdammt, hab ich mit mir selbst gesprochen?« fragte er.

»Eigentlich nicht«, antwortete Arvin.

»Schwer zu sagen, wann der Sheriff auftaucht«, sagte Hank. »Die kommen nicht gern hierher.«

»Wer ist Mildred?« fragte Arvin.

9.

Lee Bodeckers Schicht war fast vorüber, als die Meldung per Funk reinkam. Noch zwanzig Minuten, dann hätte er seine Freundin aufgegabelt und wäre mit ihr auf die Bridge Street zu Johnny's Drivein gefahren. Er war am Verhungern. Jede Nacht nach Dienstschluss fuhren Florence und er entweder zu *Johnny's* oder zur *White Cow* oder in den *Sugar Shack*. Er mochte es, den ganzen Tag nichts zu essen und dann Cheeseburger und Pommes und Milchshakes hinunterzustürzen; danach dann etwas weiter die River Road entlang, wo er sich in seinem Sitz zurücklehnte und ein paar eiskalte Biere trank, während ihm Florence einen in ihren leeren Pepsibecher runterholte. Florence hatte einen Griff wie eine Melkerin. Der ganze Sommer war eine Abfolge nahezu makelloser Nächte gewesen. Florence hob sich für die Hochzeitsnacht auf, aber das war Bodecker nur recht. Er war einundzwanzig, vor gerade mal sechs Monaten aus der Armee ausgemustert worden, und hatte es nicht eilig, sich an eine Familie zu binden. Er war zwar erst seit vier Monaten Hilfssheriff, aber bereits jetzt konnte er erkennen, welche Vorteile es mit sich brachte, in einer abgelegenen Gegend wie Ross County das Gesetz zu repräsentieren. Damit war Geld zu verdienen, wenn man nur vorsichtig war und es einem nicht so zu Kopf stieg wie seinem Boss. In letzter Zeit prangte die fette, dumme Visage von Sheriff Hen Matthews drei, vier Mal die Woche auf der Titelseite der *Meade Gazette*, manchmal aus keinem ersichtlichen Grund. Die Einwohner rissen schon Witze darüber. Bodecker plante bereits seine Wahlkampagne. Er musste vor der nächsten Wahl nur etwas Schmutziges über Matthews lancieren, dann konnte er mit Florence in eines der neuen Häuser einziehen, die auf Brewer Heights gebaut wurden; zumindest wenn sie dann endlich den Bund fürs Leben geschlossen hatten. In den Häusern dort gab es zwei Badezimmer, hatte er gehört.

Er wendete den Streifenwagen auf der Paint Street bei der Papierfabrik und nahm den Huntington Pike nach Knockemstiff. Drei Meilen außerhalb kam er an dem kleinen Haus in Brownsville vorbei, in dem er mit seiner Schwester und seiner Mutter lebte. Im Wohnzimmer brannte Licht. Er schüttelte den Kopf und griff in die Brusttasche nach einer Zigarette. Er bezahlte den Großteil der Rechnungen, aber er hatte ihnen nach dem Ende des Militärdienstes deutlich gesagt, dass sie nicht mehr allzu lange auf ihn zählen konnten. Sein Vater war vor Jahren verschwunden; er war eines Morgens in die Schuhfabrik gegangen und einfach nicht wiedergekommen. Neulich erst hatten sie das Gerücht aufgeschnappt, er würde in Kansas City leben und in einem Poolsalon arbeiten, was durchaus sein konnte, wenn man Johnny Bodecker kannte. Nur wenn er beim Pool Anstoß hatte oder den Tisch abräumte, konnte man ihn einmal lächeln sehen. Die Neuigkeit war für seinen Sohn jedenfalls eine große Enttäuschung gewesen; nichts hätte Bodecker glücklicher gemacht als die Information, dass das Arschloch immer noch irgendwo seinen Lebensunterhalt damit verdiente, in heruntergekommenen Ziegelgebäuden mit hohen, verdreckten Fenstern Sohlen anzunähen. Ab und zu, wenn auf der Patrouille alles friedlich war, stellte sich Bodecker vor, wie sein Vater zu Besuch nach Meade zurückkehrte. In seiner Fantasie folgte er seinem alten Herrn hinaus aufs Land, wo es keine Zeugen gab, und verhaftete ihn unter irgendeinem fadenscheinigen Vorwand. Dann prügelte er ihm mit dem Knüppel oder dem Revolvergriff die Scheiße aus dem Leib, um ihn anschließend zur Schott's Bridge zu bringen und ihn über die Brüstung zu werfen. Stets war in seiner Fantasie ein, zwei Tage zuvor schwerer Regen gefallen, und der Paint Creek war voll, das Wasser schnell und tief auf seinem Weg in den Scioto River. Manchmal ließ er ihn ertrinken, andere Male ließ er zu, dass er ans schlammige Ufer schwamm. Eine gute Art, die Zeit totzuschlagen.

Er zog an der Zigarette, und seine Gedanken wanderten vom Vater zu seiner Schwester Sandy. Sie war zwar gerade erst sechzehn geworden, aber Bodecker hatte ihr bereits einen Abendjob als Kellnerin im *Wooden Spoon* besorgt. Er hatte den Besitzer des Diners vor ein paar Wochen betrunken am Steuer erwischt, für den Mann das dritte Mal in einem Jahr, und eins hatte zum anderen geführt. Ehe er sichs versah, war er um hundert Dollar reicher und Sandy hatte Arbeit. Sie war in Gesellschaft anderer Menschen so schüchtern und angespannt wie ein Opossum bei Tageslicht, schon immer, und Bodecker zweifelte nicht daran, dass die ersten paar Wochen für sie die reine Folter gewesen waren, doch gestern Morgen hatte der Besitzer zu ihm gesagt, dass sie langsam den Bogen herauszubekommen scheine. Wenn Bodecker sie abends nicht nach der Arbeit abholen konnte, brachte der Koch sie heim, ein untersetzter Mann mit schläfrigen blauen Augen, der gern anstößige Bilder von Cartoonfiguren auf seine weiße papierene Kochmütze malte, und das bereitete Bodecker ein wenig Sorgen, vor allem, weil Sandy dazu neigte, bei allem mitzumachen, worum sie gebeten wurde, von wem auch immer. Nicht ein einziges Mal hatte Bodecker sie laut werden hören, und wie für so vieles andere gab er auch dafür seinem Vater die Schuld. Dennoch, so sagte er sich, war es an der Zeit zu lernen, sich einen eigenen Weg in der Welt zu suchen. Sie konnte sich ja nicht den Rest des Lebens in ihrem Zimmer verstecken und tagträumen, und je früher sie anfing, Geld heimzubringen, desto eher konnte er verschwinden. Vor ein paar Tagen war er sogar so weit gegangen, seiner Mutter vorzuschlagen, Sandy könne doch die Schule abbrechen und ganztags arbeiten, aber die alte Dame wollte davon nichts hören. »Warum denn nicht?« fragte er. »Sobald jemand merkt, wie leicht sie rumzukriegen ist, wird sie doch sowieso geschwängert, was macht es denn da schon, ob sie nun Algebra kann oder nicht?« Seine Mutter wusste nichts zu erwidern, und nun, da er die Saat gestreut hatte, musste er nur ein, zwei Tage warten und dann wieder darauf zu sprechen kommen. Es dauerte vielleicht eine Weile, aber Lee Bodecker bekam immer, was er wollte.

Lee bog rechts in die Black Run Road ein und kam zu Maudes Laden. Der Verkäufer saß auf der Bank vor dem Haus, trank Bier und unterhielt sich mit einem jungen Burschen. Bodecker stieg aus dem Streifenwagen und nahm seine Taschenlampe mit. Der Verkäufer war ein trauriger Scheißer, der schon ganz heruntergekommen wirkte, obwohl sie ungefähr im selben Alter sein mussten. Manche Menschen waren einfach dazu geboren, begraben zu werden; seine Mutter war so ein Mensch, das war wohl auch der Grund gewesen, warum sein alter Herr abgehauen war, dachte Lee, dabei war er selbst auch nicht gerade ein Hauptgewinn gewesen. »Also, was gibt es denn diesmal?« fragte Bodecker. »Hoffentlich nicht wieder einer von diesen verdammten Fensterglotzern, wegen denen Sie andauernd anrufen.«

Hank beugte sich vor und spuckte zu Boden. »Wäre mir lieber«, sagte er, »aber nein, es geht um den Vater dieses Jungen.«

Bodecker leuchtete den dürren, dunkelhaarigen Burschen an. »Und, was gibt es, mein Sohn?« fragte er.

»Er ist tot«, antwortete Arvin und legte sich eine Hand vor die Augen, um das Licht der Taschenlampe abzuschirmen.

»Dabei haben sie gerade erst heute seine Mutter beerdigt«, fügte Hank hinzu. »Eine verdammte Schande, das Ganze.«

»Dein Dad ist also tot?«

»Jawohl, Sir.«

»Ist das Blut auf deinem Gesicht?«

»Nein«, entgegnete Arvin. »Jemand hat uns einen Kuchen gebacken.«

»Das ist doch kein Scherz, oder? Du weißt, dass ich dich sonst ins Gefängnis sperre.«

»Warum glauben alle, ich lüge?« fragte Arvin.

Bodecker sah den Verkäufer an. Hank zuckte mit den Schultern, nahm sein Bier und leerte es. »Sie wohnen oben auf Baum Hill«, erklärte er. »Arvin hier kann Ihnen den Weg zeigen.« Dann stand er auf, rülpste und ging ums Haus.

»Ich habe vielleicht später noch Fragen«, rief ihm Bodecker nach.

»Eine gottverdammte Schande, so viel kann ich Ihnen jedenfalls sagen«, hörte er Hank noch sagen.

Bodecker ließ Arvin auf dem Beifahrersitz des Streifenwagens

Platz nehmen und fuhr Richtung Baum Hill. Oben bog er in einen schmalen, von Bäumen gesäumten Schotterweg ein, den ihm der Junge zeigte. Er fuhr im Schritttempo weiter. »So weit war ich noch nie«, sagte der Hilfssheriff. Er streckte die Hand nach unten und öffnete leise sein Holster.

»Hier oben war schon lange niemand anderes mehr«, sagte Arvin. Er sah zum Seitenfenster hinaus in den dunklen Wald, und ihm fiel ein, dass er seine Taschenlampe im Laden vergessen hatte. Er hoffte, der Verkäufer würde sie nicht verscherbeln, bevor er wieder vorbeikam. Er sah auf das hell beleuchtete Armaturenbrett.

»Machen Sie die Sirene an?«

»Wozu jemanden aufschrecken?«

»Hier ist sonst niemand, den Sie aufschrecken können«, sagte Arvin.

»Hier wohnst du also?« fragte Bodecker, als sie neben dem kleinen, rechteckigen Haus hielten. Kein Licht, keine Anzeichen dafür, dass hier jemand lebte, mal abgesehen von dem Schaukelstuhl auf der Veranda. Das Gras auf dem Hof war mindestens dreißig Zentimeter hoch. Links stand eine alte Scheune. Bodecker hielt hinter einem rostzerfressenen Pick-up. Der übliche Schrott von Hinterwäldlern, dachte er. Schwer zu sagen, in welchen Schlamassel er sich da gebracht hatte. Sein leerer Magen gurgelte wie eine kaputte Kloschüssel.

Arvin stieg aus, ohne zu antworten, stand vor dem Streifenwagen und wartete auf den Hilfssheriff. »Hier entlang«, sagte er. Er drehte sich um und ging ums Haus.

»Wie weit?« fragte Bodecker.

»Nicht sehr weit. Zehn Minuten vielleicht.«

Bodecker schaltete seine Taschenlampe ein und folgte dem Jungen am Rand einer überwucherten Weide entlang. Sie kamen zum Wald und folgten ein paar Hundert Meter weit einem ausgetrampelten Pfad. Plötzlich blieb der Junge stehen und deutete nach vorn in die Dunkelheit. »Da ist er«, sagte Arvin.

Der Hilfssheriff leuchtete auf einen Mann in weißem Hemd und Anzughose, der über einem Baumstumpf zusammengesunken war. Er trat ein paar Schritte näher und konnte den Schnitt durch die Kehle des Mannes erkennen. Die Hemdbrust war blutdurchtränkt. Bodecker holte Luft und musste würgen. »Mein Gott, wie lange liegt er denn schon so da?«

Arvin zuckte mit den Schultern. »Nicht lang. Ich war für eine Weile eingeschlafen, und dann hab ich ihn gefunden.«

Bodecker hielt sich die Nase zu und versuchte durch den Mund zu atmen. »Und was zum Henker stinkt hier so?«

»Das sind die da oben«, sagte Arvin und zeigte in die Bäume. Bodecker richtete den Schein nach oben. Überall hingen Tiere in unterschiedlichem Zustand der Verwesung, manche in den Ästen, manche an großen Holzkreuzen. Ein toter Hund mit einem Lederhalsband hing wie eine Art schreckliche Christusgestalt hoch oben an ein Kreuz genagelt. Am Fuß eines anderen Kreuzes lag der Kopf eines Hirschs. Bodecker fuchtelte mit seiner Waffe herum. »Verdammt, Junge, was zum Teufel ist das hier?« fragte er und richtete die Taschenlampe wieder auf Arvin, dem gerade eine weiße, sich windende Made auf die Schulter fiel. Arvin wischte sie so beiläufig fort wie ein Blatt oder ein Samenkorn. Bodecker wedelte mit dem Revolver umher und wich zurück.

»Das ist ein Gebetsbaum«, flüsterte Arvin kaum hörbar.

»Was? Ein Gebetsbaum?«

Arvin nickte und starrte die Leiche seines Vaters an. »Aber es hat nicht funktioniert«, sagte er.

2. TEIL

AUF DER JAGD

10.

Das Paar hatte im Sommer 1965 mehrere Wochen lang den Mittleren Westen durchstreift, stets auf der Jagd, zwei Unbekannte in einem schwarzen Ford Kombi, den sie für hundert Dollar bei einem Gebrauchtwagenhändler namens Brother Whitey in Meade, Ohio, gekauft hatten. Es handelte sich um den dritten Wagen, den sie in drei Jahren von dem Prediger erworben hatten. Der Mann auf der Beifahrerseite wurde langsam fett und glaubte an Zeichen, und er hatte die Angewohnheit, mit einem Taschenmesser zwischen seinen fauligen Zähnen herumzustochern. Die Frau fuhr, sie trug enge Shorts und leichte Blusen, die ihren blassen, knochigen Körper auf eine Weise darboten, die sie beide für verführerisch hielten. Sie rauchte Kette, jede Sorte Menthol-Zigaretten, die sie in die Finger bekam, er kaute auf billigen, schwarzen Zigarren herum, die er Hundepimmel nannte. Wann immer sie schneller als fünfzig Meilen die Stunde fuhren, verbrannte der Ford Öl, verlor Bremsflüssigkeit und drohte seine metallenen Eingeweide auf der ganzen Straße zu verteilen. Der Mann fand, der Wagen sehe wie ein Leichenwagen aus, die Frau zog es vor, ihn als Limousine zu betrachten. Sie hießen Carl und Sandy Henderson, doch manchmal trugen sie auch andere Namen.

In den letzten vier Jahren war Carl zu der Überzeugung gelangt, dass es mit Trampern am besten ging, und in jenen Tagen gab es davon reichlich. Sandy nannte er einen *Köder*, sie taufte ihn *Schütze*, und beide nannten sie die Tramper *Models*. An jenem Nachmittag hatten sie gleich nördlich von Hannibal, Missouri, einen jungen Soldaten in einer bewaldeten, feuchten, mückenverseuchten Gegend hinters Licht geführt, gefoltert und ermordet. Kaum hatten sie ihn aufgegabelt, hatte der Bursche ihnen Frucht-Kaugummi angeboten und gemeint, er würde sich auch eine Weile ans Steuer setzen, falls die Lady mal eine Pause bräuchte. »Den Tag will ich erleben, verdammt«, sagte Carl, und Sandy rollte mit den Augen bei dem verächtlichen Ton, den ihr Mann manchmal anschlug, so als würde er sich für was Besseres halten als den Abschaum, den sie von den Straßen auflasen. Wann immer er damit anfing, wollte sie am liebsten anhalten und dem armen Kerl auf dem Rücksitz sagen, er solle aussteigen, solange er noch Gelegenheit dazu hätte. Eines Tages, versprach sie sich, würde sie genau das tun, auf die Bremse treten und Mister Großmaul mal ein Stück kleiner machen.

Heute Abend allerdings nicht. Der Bursche auf dem Rücksitz war mit einem Gesicht gesegnet so glatt wie Butter, mit winzigen Sommersprossen und erdbeerroten Haaren, und Sandy konnte Männern nicht widerstehen, die wie Engel aussahen. »Wie heißt du denn, Schätzchen?« fragte sie ihn nach ein, zwei Meilen auf dem Highway. Sie ließ ihre Stimme nett und leicht klingen, und als der junge Soldat aufblickte und sich ihre Blicke im Rückspiegel trafen, zwinkerte sie und lächelte so, wie Carl es ihr gezeigt hatte, dieses Lächeln, das sie Nacht für Nacht am Küchentisch üben musste, bis ihr das Gesicht abfallen und auf dem Boden kleben bleiben wollte wie Pastetenkruste, ein Lächeln, das all die schmutzigen Sachen andeutete, die einem jungen Mann nur einfallen mochten.

»Gefreiter Gary Matthew Bryson«, antwortete der junge Mann. Es hörte sich in ihren Ohren merkwürdig an, wie er seinen ganzen Namen nannte, so als sei er bei der Truppeninspektion oder irgend so einem Scheiß, doch sie ging nicht darauf ein und redete einfach weiter. Sie hoffte, dass er nicht so einer der ernsten Typen war. Die machten ihr den Job nur noch schwerer.

»Was für ein hübscher Name«, sagte Sandy. Im Spiegel sah sie, wie ein schüchternes Lächeln über sein Gesicht zog und wie er sich einen neuen Kaugummi in den Mund schob. »Und wie nennt man dich?« fragte sie.

»Gary«, antwortete er und warf das Silberpapier zum Fenster hinaus. »So hieß mein Dad.«

»Und der andere Name, Matthew, der kommt aus der Bibel, richtig, Carl?« fragte Sandy.

»Ach Scheiße, ist doch alles aus der Bibel«, sagte Carl und starrte durch die Windschutzscheibe nach draußen. »Das ist einer der Apostel, der alte Matthäus.«

»Carl hat früher in der Sonntagsschule unterrichtet, stimmt's, Schatz?«

Seufzend drehte sich Carl im Sitz herum, vor allem, um sich den Burschen noch mal genauer anzuschauen. »Stimmt«, sagte er mit einem schmallippigen Lächeln. »Ich habe früher mal in der Sonntagsschule unterrichtet.« Sandy tätschelte ihm das Knie, und er drehte sich ohne ein weiteres Wort wieder um und zog eine Straßenkarte aus dem Handschuhfach.

»Das wusstest du sicher schon, oder, Gary?« fragte Sandy. »Dass dein zweiter Vorname aus dem Buch der Bücher stammt?«

Der Bursche hörte einen Augenblick lang auf, den Kaugummi zu bearbeiten. »Wir sind nie viel in die Kirche gegangen, als ich klein war«, antwortete er.

Eine Sorgenwolke huschte über Sandys Gesicht, und sie griff nach den Zigaretten auf dem Armaturenbrett. »Aber du bist doch getauft, oder?« fragte sie.

»Na klar, wir sind ja keine Heiden«, antwortete der Soldat. »Ich kenn mich nur nicht mit der Bibel aus.«

»Das ist gut«, meinte Sandy mit einer Spur Erleichterung in der Stimme. »Hat ja keinen Sinn, ein Risiko einzugehen, nicht bei so was. Himmel, wer weiß, wo man endet, wenn man nicht erlöst wird?«

Der Soldat war auf dem Heimweg zu seiner Mutter, bevor die Armee ihn nach Deutschland schickte oder an diesen neuen Ort, Vietnam, Carl wusste nicht mehr genau. Ihm war es vollkommen scheißegal, ob der Bursche nach irgendeinem durchgeknallten Hurensohn aus dem Neuen Testament benannt war oder dass er seiner Freundin versprochen hatte, ihren Ring an einer Kette um den Hals zu tragen, bis er aus Übersee zurückkehrte. So etwas zu wissen machte später alles nur komplizierter; Carl fand es leichter, die dahinplätschernde Unterhaltung zu ignorieren und all die blöden Fragen Sandy zu überlassen, diesen Konversationsscheiß. Das konnte sie gut, flirten und quatschen und dafür sorgen, dass die Models sich wohlfühlten. Sie beide hatten einen langen Weg hinter sich, seit sie sich das erste Mal gesehen hatten. Sie, ein einsames dürres Mädchen von achtzehn Jahren, das in Meade im *Wooden Spoon* servierte und sich all den Mist von den Gästen gefallen ließ in der Hoffnung auf einen Vierteldollar Trinkgeld. Und er? Auch nicht besser, ein weichgesichtiges Muttersöhnchen, das gerade seine Ma verloren hatte, ohne Zukunft, ohne Freunde, mit nichts als seiner Kamera. Er hatte keine Ahnung, was das hieß oder was er als Nächstes tun sollte, als er an jenem ersten Abend fern von zu Hause in den *Wooden Spoon* kam. Das Einzige, was er ganz genau wusste, als er sich in die Nische setzte und die dürre Kellnerin dabei beobachtete, wie sie die Tische abwischte und das Licht ausmachte, war, dass er mehr als alles in der Welt ein Foto von ihr machen wollte. Seitdem waren sie zusammen.

Natürlich gab es noch ein paar Dinge, die Carl den Anhaltern zu sagen hatte, aber das konnte normalerweise warten, bis sie angehalten hatten. »Schau dir das mal an«, würde er sagen, wenn er die Kamera aus dem Handschuhfach zog, eine Leica M3, 35 mm. »Die kostet neu vierhundert Dollar, aber ich hab sie fast für umsonst gekriegt.« Das sexy Lächeln würde nicht von Sandys Lippen verschwinden, doch sie konnte nicht verhindern, dass sie sich immer ein wenig verbittert fühlte, wenn er damit prahlte. Sie wusste nicht, warum sie Carl in dieses Leben gefolgt war, wollte nicht mal versuchen, das in Worte zu fassen, aber sie wusste, dass die verdammte Kamera kein Schnäppchen gewesen war und dass sie sie am Ende sehr viel kosten würde. Dann würde sie hören, wie er einmal mehr mit einem Ton in der Stimme, der fast scherzend klang, fragte: »Und, wie würde es Ihnen gefallen, mit einer gut aussehenden Frau fotografiert zu werden?«

Nachdem sie die nackte Leiche des Soldaten ein paar Meter in den Wald hineingetragen und geschleift und unter ein paar Büsche gelegt hatten, die voller roter Beeren waren, durchsuchten sie seine Kleidung und seinen Seesack und stießen in einem Paar sauberer weißer Socken auf fast dreihundert Dollar. Das war mehr Geld, als Sandy im ganzen Monat verdiente. »Dieses verlogene kleine Wiesel«, sagte Carl. »Weißt du noch, wie ich ihn um ein wenig Benzingeld gebeten habe?« Er wedelte eine Wolke von Insekten fort, die um sein verschwitztes, rotes Gesicht schwirrten, und steckte das Bündel Scheine in die Hosentasche. Neben ihm auf dem Boden, gleich neben der Kamera, lag eine Pistole mit langem, rostfleckigem Lauf. »Wie meine alte Mutter immer sagte«, fuhr er fort, »denen kann man nicht trauen.«

»Wem?« fragte Sandy.

»Den verdammten Rothaarigen«, antwortete er. »Die lügen einen sogar dann an, wenn die Wahrheit besser wäre. Die können gar nicht anders. Da ist bei denen in der Evolution was schiefgelaufen.«

Oben an der Hauptstraße fuhr langsam ein Auto mit durchgerostetem Auspuff vorbei; Carl legte den Kopf schräg und lauschte dem *popp-popp*, bis es verklungen war. Dann sah er Sandy an, die neben ihm kniete, und betrachtete eine Weile ihr Gesicht in der grauen Dämmerung. »Hier, mach dich sauber«, sagte er und reichte ihr das T-Shirt des Burschen, das noch immer feucht von seinem Schweiß war. Er zeigte auf ihr Kinn. »Du hast da einen Spritzer. Der dürre Kerl war voll wie eine Zecke.«

Nachdem Sandy sich mit dem T-Shirt über das Gesicht gewischt hatte, warf sie es auf den grünen Seesack und stand auf. Mit zittrigen Händen knöpfte sie sich die Bluse zu und wischte sich Staub und tote Blattreste von den Beinen. Sie ging zum Wagen, beugte sich vor und begutachtete sich im Außenspiegel, dann griff sie durchs Fenster und schnappte sich ihre Zigaretten vom Armaturenbrett. Sie lehnte sich an die vordere Stoßstange, zündete sich eine Zigarette an und pulte sich mit einem pinkfarbenen Fingernagel ein winziges Stückchen Schotter aus dem aufgescheuerten Knie. »Himmel, ich hasse es, wenn die so flennen«, sagte sie. »Das ist das Schlimmste.«

Carl schüttelte den Kopf und ging noch einmal die Brieftasche des Burschen durch. »Darüber musst du hinwegkommen«, sagte er. »Die Tränen sind genau das, was ein gutes Bild ausmacht. Diese letzten Minuten waren die einzigen in seinem ganzen jämmerlichen Leben, in denen er nichts vorgespielt hat.«

Sandy sah zu, wie er alles, was dem Soldaten gehört hatte, wieder in den Seesack stopfte, und wollte ihn schon beinahe fragen, ob sie den Ring des Mädchens behalten könne, doch dann entschied sie, dass es der Mühe nicht wert war. Carl hatte sich alles genau zurechtgelegt, und er konnte wie ein Berserker toben, wenn sie versuchte, auch nur die kleinste Regel zu ändern. Persönliche Gegenstände mussten ordentlich entsorgt werden. Das war Regel Nr. 4. Oder vielleicht Nr. 5. Sandy konnte sich die Reihenfolge der Regeln nie genau merken, ganz gleich wie oft er auch versuchte, sie ihr einzubläuen. Aber ab jetzt würde sie immer daran denken müssen, dass Gary Matthew Bryson Hank Williams gemocht und das Eipulver in der Armee gehasst hatte. Ihr knurrte der Magen und sie fragte sich für eine kurze Sekunde, ob die Beeren, die da im Wald über seinem Kopf hingen, essbar waren oder nicht.

Eine Stunde später fuhren sie in die aufgelassene Kiesgrube, an der sie vor einer Weile vorbeigekommen waren, als Sandy und Gefreiter Bryson noch Witze gerissen und sich gegenseitig mit Blicken ausgezogen hatten. Sandy hielt hinter einem kleinen Schuppen aus Bauholz und rostigen Blechen und stellte den Motor ab. Carl stieg mit dem Seesack und einem Kanister Benzin aus, den sie stets bei sich hatten. Ein paar Meter hinter dem Schuppen legte er den Seesack hin und schüttete etwas Benzin darüber. Als der Seesack gut brannte, kehrte er zum Wagen zurück, suchte den Rücksitz mit der Taschenlampe ab und fand einen Batzen Kaugummi unter einer der Armlehnen. »Schlimmer als ein Kind«, sagte er. »Man sollte meinen, das Militär würde ihnen Manieren beibringen. Mit solchen Soldaten sind wir am Arsch, wenn die Russen jemals einmarschieren sollten.« Er kratzte den Kaugummi vorsichtig mit dem Fingernagel ab und kehrte zum Feuer zurück.

Sandy saß im Auto und schaute zu, wie Carl mit einem Stock in den Flammen stocherte. Orangene und blaue Funken sprangen auf, flatterten davon und verschwanden in der Dunkelheit. Sie kratzte an ein paar Insektenstichen an den Knöcheln und machte sich Sorgen um das Brennen zwischen ihren Beinen. Sie hatte Carl zwar noch nichts davon gesagt, aber sie war ziemlich sicher, dass ein anderer Typ, den sie vor ein paar Tagen in Iowa aufs Kreuz gelegt hatten, sie mit irgendetwas angesteckt hatte. Der Arzt hatte sie bereits gewarnt, dass eine weitere Behandlung ihre Chancen ruinieren würde, jemals ein Kind zu bekommen, aber Carl wollte keine Kondome auf seinen Bildern.

Als das Feuer erstarb, trat Carl die Asche im Kies auseinander, nahm ein dreckiges Halstuch aus der Gesäßtasche und hob die heiße Gürtelschnalle und die qualmenden Überreste der Armeestiefel heraus. Er schleuderte sie in die Kiesgrube und hörte ein leises Knirschen. Carl stand am Rand der tiefen Grube und dachte daran, wie Sandy ihre Arme um den Soldaten geschlungen hatte, als sie sah, wie Carl die Kamera beiseitelegte und die Pistole zückte – so als wollte sie ihn beschützen. Diesen Scheiß machte sie bei den Hübschen jedes Mal; er konnte ihr zwar nicht verübeln, dass sie den Augenblick ein wenig hinauszögern wollte, aber hier ging es nicht um eine beschissen nette Vögelei. Seiner Ansicht nach war dies die einzig wahre Religion, die eine Sache, nach der er sein ganzes Leben lang gesucht hatte. Nur im Angesicht des Todes konnte er die Gegenwart von so etwas wie Gott spüren. Er blickte auf, sah dunkle Wolken, die sich am Himmel sammelten. Er wischte sich den Schweiß aus den Augen und kehrte zum Wagen zurück. Mit etwas Glück würde es vielleicht heute Nacht regnen, den Dreck aus der Luft spülen und alles ein wenig abkühlen.

»Was zum Henker hast du da gemacht?« fragte Sandy.

Carl zog eine frische Zigarre aus der Brusttasche und machte die Folie ab. »Nur keine Eile. Wer hastig ist, macht Fehler.«

Sie streckte die Hand aus. »Gib mir einfach nur die verdammte Taschenlampe.«

»Was hast du vor?«

»Ich muss mal, Carl«, antwortete sie. »Himmel, ich platze gleich, und du stehst da hinten rum und stierst Löcher in die Luft.« Carl kaute auf der Zigarre und schaute zu, wie sie um den Schuppen herumging. Ein paar Wochen unterwegs, und sie war wieder nur noch Haut und Knochen, Beine wie Zahnstocher, der Hintern flach wie ein Waschbrett. Es würde drei, vier Monate dauern, bis sie wieder was auf den Rippen hatte. Er schob den Film, den er von ihr und dem Armeeburschen geschossen hatte, in eine kleine Metalldose und steckte ihn ins Handschuhfach zu den anderen. Als Sandy zurückkam, legte er gerade einen neuen Film ein. Sie gab ihm die Taschenlampe, er verstaute sie unter dem Sitz. »Können wir uns heute Nacht ein Motelzimmer nehmen?« fragte sie müde und startete den Motor.

Carl nahm die Zigarre aus dem Mund und pulte sich ein Stück Tabak zwischen den Zähnen hervor. »Erst müssen wir ein Stück fahren«, antwortete er.

Sie fuhren südwärts, überquerten den Mississippi auf der Route 50 Richtung Illinois, eine Straße, mit der sie sich in den letzten paar Jahren sehr vertraut gemacht hatten. Sandy versuchte immer noch, alles schnell hinter sich zu bringen, deshalb musste Carl sie öfters ermahnen, langsamer zu fahren. Einen Unfall zu haben und im Wagen eingeklemmt zu sein oder hinausgeschleudert zu werden, zählte zu seinen größten Ängsten. Manchmal hatte er sogar Albträume deswegen, sah sich an ein Krankenhausbett gefesselt und wie er versuchte, der Polizei die Filmdosen zu erklären. Schon der Gedanke daran nagte gewaltig an der Euphorie, in die er durch den jungen Soldaten geraten war. Er streckte die Hand aus und drehte am Radioknopf, bis er einen Country-Sender aus Covington hereinbekam. Die beiden sprachen kein Wort, doch ab und zu summte Sandy bei einem der langsameren Songs leise mit. Dann gähnte sie und zündete sich erneut eine Zigarette an. Carl zählte die Insekten, die auf der Scheibe zerschlugen, und hielt sich bereit, in den Lenker zu greifen, falls Sandy einnickte.

Nachdem sie hundert Meilen durch kleine, stille Städtchen

und riesige dunkle Getreidefelder gefahren waren, stießen sie auf ein heruntergekommenes Motel aus rosa Betonsteinen namens *Sundowner*. Es war fast ein Uhr früh. Auf dem mit Schlaglöchern übersäten Parkplatz standen drei Fahrzeuge. Carl läutete mehrmals, bis endlich ein Licht im Büro anging und eine ältere Frau mit Metalllockenwicklern in den Haaren die Tür einen Spalt weit öffnete und herauslinste. »Ist das da Ihre Frau im Wagen?« fragte sie und sah an Carl vorbei zu dem Kombi. Er drehte sich um, konnte aber kaum Sandys Zigarette im Schatten glühen sehen.

»Sie haben gute Augen«, sagte er und mühte sich ein kurzes Lächeln ab. »Ja, ist sie.«

»Und wo kommen Sie her?« fragte die Frau weiter.

Carl wollte schon Maryland sagen, einer der wenigen Staaten, in denen er noch nicht gewesen war, doch dann fiel ihm das Nummernschild am Auto ein. Die neugierige alte Schachtel hatte es bestimmt schon gesehen. »Von oberhalb von Cleveland«, sagte er.

Die Frau schüttelte den Kopf, zog ihren Hausmantel enger um sich. »Also, da möchte ich nicht mal für Geld wohnen, bei all den Raubüberfällen und Morden.«

»Da haben Sie recht«, sagte Carl. »Ich mach mir auch ständig Sorgen. Ehrlich, meine Frau verlässt kaum noch das Haus.« Dann zog er das Geld des Armeeburschen aus der Tasche. »Und was kostet das Zimmer?« fragte er.

»Sechs Dollar«, sagte die Frau. Carl feuchtete sich den Daumen an, zählte ein paar Dollarscheine ab und reichte sie ihr. Die Frau verschwand für einen Augenblick und kehrte mit einem Schlüssel an einem alten und verknitterten Pappschild zurück. »Nummer sieben«, sagte sie. »Ganz am Ende.«

Das Zimmer war heiß und stickig und roch nach Insektenspray. Sandy ging direkt ins Bad und Carl schaltete den tragbaren Fernseher ein, doch um diese Uhrzeit kam nichts rein als Schnee und Rauschen, zumindest nicht hier draußen. Er schleuderte die Schuhe von sich und zog die dünne, karierte Tagesdecke vom Bett. Sechs tote Fliegen lagen auf den flachen Kissen. Er starrte sie eine Minute lang an, setzte sich dann auf die Bettkante, griff in Sandys

Tasche und nahm sich eine Zigarette. Er zählte noch einmal, doch an der Anzahl der Fliegen hatte sich nichts geändert.

Er sah sich um und betrachtete das billige gerahmte Bild an der Wand, irgendein Blumen-und-Obst-Scheiß, an das sich niemand erinnerte, nicht eine einzige Person, die jemals in diesem stinkenden Zimmer geschlafen hatte. Das Bild diente keinem erkennbaren Zweck, abgesehen davon, einen daran zu erinnern, dass die Welt ein beschissener Ort zum Leben war. Er beugte sich vor, stützte die Ellbogen auf die Knie, versuchte sich eins seiner Bilder bei sich zu Hause vorzustellen. Den Beatnik aus Wisconsin mit der kleinen Zellophantüte Stoff, oder den großen blonden Kerl vom letzten Jahr, der so einen Riesenzirkus gemacht hatte. Natürlich waren manche Bilder besser als andere, das musste Carl zugeben; aber eins wusste er sicher: Wer immer sich seine Fotos anschaute, selbst die schlechten von vor drei, vier Jahren, würde sie niemals vergessen. Da würde er das ganze Geld des Armeeburschen drauf verwetten.

Carl drückte die Zigarette im Aschenbecher aus und sah wieder auf das Kissen. Mit sechs Models hatten sie bei dieser Fahrt gearbeitet; sechs Dollar hatte die Alte ihm für das Zimmer abgeknöpft; nun lagen sechs tote Fliegen in seinem Bett. Der Insektenspray brannte ihm in den Augen, er wischte sie sich mit dem Zipfel der Tagesdecke. »Und was sollen die drei Sechsen bedeuten, Carl?« fragte er sich laut. Er zog sein Messer aus der Tasche, bohrte im Loch in einem seiner Backenzähne herum und suchte nach einer passenden Antwort, bei der es nicht um die offenkundige Auslegung dieser drei Zahlen ging, nicht um das biblische Zeichen, auf das ihn seine verrückte alte Mutter mit Freude hingewiesen hätte, wäre sie noch am Leben gewesen. »Das bedeutet, Carl«, sagte er schließlich und klappte das Taschenmesser zu, »dass es Zeit ist, heimzufahren.« Und damit wischte er mit der Hand die winzigen, geflügelten toten Viecher auf den dreckigen Teppich und drehte die Kissen um.

II.

Etwas früher am Tag saß Sheriff Lee Bodecker in Meade, Ohio, auf einem Drehstuhl aus Eiche an seinem Schreibtisch, aß einen Schokoriegel und ging den Papierkram durch. Er hatte seit zwei Monaten keinen Tropfen Alkohol getrunken, nicht mal ein lausiges Bier, und der Arzt seiner Frau hatte ihr gesagt, dass Süßigkeiten die Entwöhnung erleichterten. Florence hatte daraufhin im ganzen Haus Süßigkeiten verteilt, ihm sogar ein paar harte Kekse unter das Kopfkissen gelegt. Manchmal wachte er nachts auf und ertappte sich dabei, wie er daran herumknusperte und sein Hals so klebrig war wie Fliegenpapier. Ohne seine Schlaftabletten kam er überhaupt nicht zur Ruhe. Ihre sorgenvolle Stimme, die Art, wie sie ihn bemutterte, das machte ihn ganz krank – aber vor allem nagte der Gedanke an ihm, wie sehr er sich hatte gehen lassen. Die Sheriffwahlen im County waren noch über ein Jahr hin, aber Hen Matthews zeigte sich bereits jetzt als schlechter Verlierer; sein ehemaliger Boss hatte schon mit der Schlammschlacht begonnen und überall Blödsinn erzählt über Polizisten, die die Verbrecher so wenig schnappten wie sie Alkohol vertrugen. Nach jedem Schokoriegel, den Bodecker aß, wollte er noch zehn weitere, und sein Bauch hing ihm schon über dem Gürtel wie ein Sack toter Ochsenfrösche. Wenn er so weitermachte, würde er zu Beginn der Wahlkampagne so fett sein wie sein Schwager Carl, der aussah wie ein Schwein.

Das Telefon klingelte, und noch bevor er Hallo sagen konnte, fragte eine dünne alte Frauenstimme: »Sind Sie der Sheriff?«

»Bin ich«, antwortete Bodecker.

»Haben Sie eine Schwester, die in der *Tecumseh Lounge* arbeitet?«

»Kann sein«, sagte Bodecker. »Ich habe schon eine Weile nicht

96

mehr mit ihr gesprochen.« Nach dem Klang der Frauenstimme zu urteilen, war dies kein freundlicher Anruf. Er legte den Rest des Riegels auf den Papierkram. Neuerdings machten ihn Gerüchte über seine Schwester nervös. Damals, 1958, als er aus der Armee gekommen war, hätte er sich halb totgelacht, wenn ihm jemand erzählt hätte, die schüchterne, dürre Sandy würde eine ganz Wilde werden, aber das war, bevor sie Carl kennenlernte. Heute erkannte Lee sie kaum noch. Vor ein paar Jahren hatte Carl sie dazu überredet, den Job im *Wooden Spoon* hinzuschmeißen und nach Kalifornien zu ziehen. Obwohl sie nur ein paar Wochen blieben, hatte sie sich nach ihrer Rückkehr vollkommen verändert. Sie nahm einen Job als Barkeeperin in der *Tecumseh Lounge* an, der übelsten Spelunke in der Stadt. Jetzt lief sie in kurzen Röcken umher, die kaum ihren Hintern bedeckten, und malte sich das Gesicht an wie eine der Huren, die Lee nach seiner Ernennung aus der Water Street vertrieben hatte. »Ich war zu sehr damit beschäftigt, die bösen Jungs zu jagen«, witzelte er, um das Gespräch ein wenig zu entspannen. Er sah nach unten und bemerkte Kratzspuren an den Spitzen seiner neuen braunen Stiefel. Er spuckte sich auf den Daumen und beugte sich vor, um sie wegzureiben.

»Da wette ich drauf«, sagte die Frau.

»Was gibt es denn für ein Problem?« fragte Bodecker.

»Oh, ein großes«, antwortete die Frau scharf. »Ihre Schwester verscherbelt seit über einem Jahr ihren Hintern gleich an der Hintertür dieses Ladens, und soweit ich das sehe, Sheriff, haben Sie bisher noch keinen Finger gerührt, um das zu verhindern. Schwer zu sagen, wie viele gute Ehen sie schon zerstört hat. Wie ich schon zu Mr. Matthews heute Morgen gesagt habe: Man kommt da fast ins Grübeln, wie Sie bei so einer Familie in dieses Amt gekommen sind.«

»Wer zum Teufel sind Sie?« fragte Bodecker und beugte sich vor.

»Ha!« machte die Frau. »Darauf falle ich nicht herein. Ich weiß doch, wie Recht und Gesetz in Ross County arbeiten.«

»Wir arbeiten gut«, entgegnete Bodecker.

»Das sieht Mr. Matthews aber anders.« Und damit legte die Frau auf.

Bodecker knallte den Hörer auf die Gabel, schob den Stuhl zurück und stand auf. Er sah auf die Uhr und schnappte sich seine Schlüssel vom Aktenschrank. Als er an der Tür war, machte er kehrt und ging an den Schreibtisch zurück. Er wühlte in der obersten Schublade herum und fand eine offene Tüte Karamellbonbons. Er steckte sich eine Handvoll in die Tasche.

Als Bodecker am Eingangspult vorbeikam, schaute der Diensthabende, ein junger Mann mit vorstehenden grünen Augen und Bürstenschnitt, von einem Tittenheftchen auf. »Alles in Ordnung, Lee?« fragte er.

Mit vor Zorn hochrotem Kopf ging der Sheriff wortlos weiter, dann blieb er an der Tür stehen und sah zurück. Der Diensthabende hielt das Heft nun gegen das Oberlicht und betrachtete eine nackte Frau, gefesselt mit Lederschnüren und Nylonseilen, einen Schlüpfer im Mund. »Willis«, sagte Bodecker, »wenn hier jemand reinspaziert, lass dich ja nicht mit dieser verdammten Wichsvorlage erwischen, hast du gehört? Ich hab so schon genug Fliegen am Hintern.«

»Alles klar, Lee«, sagte der Diensthabende. »Ich pass schon auf.« Er blätterte eine Seite um.

»Himmel Herrgott, kapierst du es nicht?« brüllte Bodecker. »Pack das verdammte Heft weg.«

Auf der Fahrt zur *Tecumseh Lounge* lutschte er ein Karamellbonbon und dachte darüber nach, was die Frau ihm am Telefon über Sandys Hurerei gesagt hatte. Er nahm zwar an, dass Matthews sie darauf angesetzt hatte, ihn anzurufen, nur um ihm eins auszuwischen, aber er musste zugeben, dass es ihn nicht allzu sehr überraschen würde, wenn die Geschichte der Wahrheit entsprach. Auf dem Parkplatz standen ein paar heruntergekommene Schrottkarren, daneben ein dreckverkrustetes indisches Motorrad. Er nahm Hut und Dienstmarke ab und schloss sie im Kofferraum ein. Als er das letzte Mal zu Beginn des Sommers hier gewesen war, hatte er Jack Daniels über den ganzen Pooltisch gekotzt. Sandy hatte alle anderen Gäste früh rausgeschmissen und abgesperrt. Er hatte auf dem dreckigen Fußboden inmitten der Kippen und Bierpfützen gelegen, während sie sein Erbrochenes mit Handtüchern vom grünen Filz wischte. Dann hatte sie einen kleinen Ventilator ans trockene Ende des Tisches gestellt und eingeschaltet. »Leroy wird in die Luft gehen, wenn er das sieht«, hatte sie mit in die dürren Hüften gestützten Händen gesagt.

»Der Kerl kann mich mal«, lallte Bodecker.

»Du hast leicht reden«, sagte Sandy und half ihm vom Boden hoch auf einen Stuhl. »Du musst ja nicht für das Arschloch arbeiten.«

»Ich mach die gottverdammte Bude zu«, sagte Bodecker und fuchtelte wild mit den Armen herum. »Ich schwör's.«

»Beruhige dich erst mal, großer Bruder«, sagte Sandy. Sie wischte ihm mit einem weichen, feuchten Lappen das Gesicht ab und kochte ihm eine Tasse löslichen Kaffee. Als Bodecker einen Schluck trinken wollte, ließ er die Tasse fallen. Sie zersprang auf dem Boden. »Himmel, ich hätte es besser wissen müssen«, sagte Sandy. »Na komm, ich bring dich nach Hause.«

»Was für'n Schrotthaufen fährst du denn?« fragte er mit schwerer Zunge, als sie ihm auf den Beifahrersitz half.

»Schätzchen, das ist kein Schrotthaufen«, erwiderte sie.

Er sah sich in dem Kombi um und versuchte, geradeaus zu schauen. »Was'n sonst?«

»Eine Limousine«, sagte Sandy.

12.

Sandy ließ im Bad des Motelzimmers die Wanne volllaufen und wickelte das Papier von einem der Schokoriegel, die sie in ihrer Make-up-Tasche aufbewahrte. Das war die Notration für die Tage, an denen Carl keine Essensstopps einlegen wollte. Wenn sie unterwegs waren, konnte er tagelang ohne Essen auskommen und dachte nur daran, wo sie das nächste Model fanden. Sollte er doch an seinen verdammten Zigarren lutschen und sich mit dem dreckigen Messer zwischen den Zähnen herumstochern, so lange er wollte, sie jedenfalls würde nicht hungrig zu Bett gehen.

Das heiße Wasser linderte ein wenig das Brennen zwischen den Beinen, sie lehnte sich zurück und schloss die Augen, während sie an ihrem Milky Way knabberte. An dem Tag, als sie den Kerl aus Iowa aufgegabelt hatten, war sie gerade von dem Highway abgebogen, um irgendwo anzuhalten und ein Nickerchen zu machen; da war der Typ, der wie eine Vogelscheuche aussah, aus einem Sojafeld gesprungen. Kaum hatte er den Daumen rausgestreckt, klatschte Carl in die Hände und sagte:»Los geht's.« Der Tramper war von oben bis unten mit Matsch und Dung und Stroh bedeckt, so als hätte er in einer Scheune geschlafen. Selbst bei offenen Fenstern erfüllte der Gestank das Wageninnere. Sandy wusste, wie schwer es war, unterwegs sauber zu bleiben, aber die Vogelscheuche war der schlimmste Fall, den sie je gesehen hatte. Sie legte den Schokoriegel auf dem Badewannenrand ab, holte tief Luft und hielt den Kopf unter Wasser, lauschte dem fernen Geräusch ihres Herzschlages und versuchte sich vorzustellen, wie es war, wenn es für immer stehen blieb.

Sie waren noch nicht weit gefahren, als der Bursche mit hoher Stimme rief:»California, here I come, California, here I come«; Sandy wusste, dass Carl mit diesem Model besonders grausam umgehen würde, weil sie beide ausgerechnet vom gottverdammten Kalifornien nichts mehr wissen wollten. An einer Tankstelle außerhalb von Ames hatte sie getankt und zwei Flaschen Rachenputzer gekauft, in der Hoffnung, den Ärmsten damit ein wenig ruhig zu stellen, doch kaum hatte der ein paar Schluck getrunken, fing er an, laut zur Radiomusik zu singen, und das machte alles nur noch schlimmer. Nachdem die Vogelscheuche sich durch fünf oder sechs Songs gekrächzt hatte, beugte sich Carl zu Sandy und sagte: »Bei Gott, dieser Mistkerl wird dafür büßen.«

»Schätze, der ist ein wenig zurückgeblieben oder so«, antwortete sie leise in der Hoffnung, Carl würde ihn laufen lassen, weil er in dieser Hinsicht abergläubisch war.

Carl sah den Jungen an, drehte sich um und schüttelte den Kopf. »Ist nur ein Idiot. Oder ein verdammter Irrer. Da gibt es schon einen Unterschied.«

»Na, dann mach wenigstens das Radio aus«, schlug sie vor. »Hat ja keinen Zweck, ihn auch noch anzuheizen.«

»Scheiß drauf, soll er doch seinen Spaß haben«, entgegnete Carl. »Das Gezwitscher gewöhn ich ihm ganz schnell ab.«

Sandy ließ das Papier auf den Boden fallen und noch mehr heißes Wasser einlaufen. Sie hatte damals nichts dagegen gesagt, doch nun wünschte sie sich, sie hätte den Jungen niemals angerührt. Sie schäumte den Waschlappen ein, schob einen Zipfel in sich hinein und presste die Beine zusammen. Im Nebenzimmer sprach Carl mit sich selbst, aber das hieß normalerweise nichts, vor allem dann nicht, wenn sie gerade ein weiteres Model erledigt hatten. Dann wurde er lauter, und Sandy streckte die Hand aus und vergewisserte sich, dass sie abgeschlossen hatte, nur für alle Fälle.

Mit dem Jungen aus Iowa hatten sie am Rand einer Müllkippe gehalten, Carl hatte die Kamera gezückt und sein Spielchen abgezogen, während der Bursche und er die zweite Flasche leerten. »Meine Frau macht gern herum, aber ich bin einfach zu alt, um ihn noch hoch zu kriegen«, hatte er gesagt. »Du verstehst, was ich meine?«

Sandy hatte an ihrer Zigarette gezogen und die Vogelscheuche im Rückspiegel beobachtet. Der Typ wiegte sich vor und zurück, grinste heftig und nickte zu allem, was Carl sagte, doch seine Augen blieben so ausdruckslos wie Kieselsteine. Einen Moment lang fürchtete sie, der Kerl würde sich übergeben. Es waren wohl eher die Nerven als alles andere, die Übelkeit verflog schnell wieder, wie immer. Dann schlug Carl vor, sie sollten doch aussteigen, und während er eine Decke auf dem Boden ausbreitete, zog sie sich zögernd aus. Der Junge fing wieder mit seinem verdammten Gesang an, doch Sandy legte einen Finger auf die Lippen und sagte, er solle für eine Weile damit aufhören. »Lass uns ein wenig Spaß haben«, sagte sie, quälte sich ein Lächeln ab und klopfte neben sich auf die Decke.

Der Bursche aus Iowa brauchte länger als die meisten, bis er kapierte, was los war, doch selbst dann wehrte er sich nicht allzu sehr. Carl ließ sich Zeit und machte mindestens zwanzig Fotos von allerlei Müll, der aus verschiedenen Löchern ragte: Glühbirnen, Kleiderbügel und Suppendosen. Als er die Kamera beiseitelegte und die Sache zu Ende brachte, dämmerte es schon. Er wischte sich Hände und Messer am Hemd des Jungen ab, dann ging er umher, bis er halb vergraben im Müll einen weggeworfenen Westinghouse-Kühlschrank fand. Mit der Schaufel aus dem Wagen räumte er die Oberseite frei und drückte die Tür auf; Sandy durchsuchte die Hose des Toten. »Ist das alles?« fragte Carl, als sie ihm eine Plastiktrillerpfeife und einen Penny mit Indianerkopf reichte.

»Was hast du denn erwartet?« fragte sie zurück. »Er hat ja nicht mal 'ne Geldbörse.« Dann sah sie in den Kühlschrank. Die Wände waren mit einem dünnen Film grünen Schimmels bedeckt, und in einer Ecke lag ein zerschlagenes Einmachglas mit klebriger, grauer Marmelade. »Himmel, willst du ihn vielleicht da reinstopfen?«

»Ich schätze, der hat schon an schlimmeren Orten gepennt«, sagte Carl.

Sie klappten den Burschen zusammen und drückten ihn in den Kühlschrank; Carl bestand noch auf einem letzten Foto, Sandy in rotem Schlüpfer und BH, wie sie die Tür zumachte. Er kauerte sich hin und fokussierte. »Das ist klasse«, sagte er, nachdem er geknipst hatte. »Na los, mach das verdammte Ding zu. Jetzt kann er so lange von Kalifornien träumen, wie er will.« Dann schüttete er mit der Schaufel wieder Müll auf das metallene Grab.

Das Wasser wurde kalt und Sandy stieg aus der Wanne. Sie putzte sich die Zähne, cremte sich das Gesicht ein und kämmte ihr nasses Haar. Der Armeebursche war der Beste seit Langem gewesen, und sie hatte vor, heute Nacht beim Einschlafen an ihn zu denken. Alles, um diese verdammte Vogelscheuche aus dem Kopf zu kriegen. Als sie aus dem Bad kam, lag Carl auf dem Bett und starrte die Decke an. Seit einer Woche hatte er nicht mehr gebadet, schätzte sie. Sie zündete sich eine Zigarette an und sagte zu ihm, sie würde nicht mit ihm schlafen, solange er sich nicht den Geruch von dem Burschen abgewaschen habe.

»Das sind Models, keine Burschen«, verbesserte er sie. Er setzte sich auf und schwang seine schweren Beine vom Bett. »Wie oft muss ich dir das noch sagen?«

»Mir ganz gleich, wie die heißen«, erwiderte Sandy. »Das ist ein sauberes Bett.«

Carl sah zu den Fliegen auf dem Teppich hinunter. »Ja, das glaubst du«, sagte er und ging ins Bad. Er zog sich die dreckigen Sachen aus und roch an sich. Eigentlich mochte er seinen Geruch, aber vielleicht sollte er doch etwas vorsichtiger sein. In letzter Zeit machte er sich Sorgen, er könnte sich in irgendeine Art von Schwuchtel verwandeln, und er fürchtete, Sandy würde dasselbe denken. Er prüfte das Duschwasser mit der Hand und stieg in die Wanne. Er rieb sich seinen haarigen, aufgedunsenen Körper mit dem Stück Seife ab. Zu den Fotos zu wichsen, das war kein gutes Zeichen, das wusste er, aber manchmal konnte er nicht anders. Es war schwer für ihn, wenn sie zu Hause waren, wie er so Nacht für Nacht in dem schäbigen Appartement saß, während Sandy in der Bar Drinks servierte.

Er trocknete sich ab und versuchte sich daran zu erinnern, wann sie das letzte Mal miteinander geschlafen hatten. Letztes

Frühjahr vielleicht, aber sicher war er sich nicht. Er versuchte, sich Sandy wieder jung und frisch vorzustellen, so wie sie gewesen war, bevor all dieser Scheiß angefangen hatte. Natürlich hatte er bald die Geschichte mit dem Koch spitzgekriegt, der ihre Kirsche gepflückt hatte, und die One-Night-Stands mit den pickligen Pennern, trotzdem hatte sie sich damals noch einen Hauch von Unschuld bewahrt. Vielleicht lag das daran, dachte er manchmal, dass er selbst nicht allzu viel Erfahrung gehabt hatte, als er sie kennenlernte. Er hatte zwar schon mit ein paar Nutten geschlafen – die Nachbarschaft war voll davon gewesen –, aber er war erst fünfundzwanzig, als seine Mutter einen Schlaganfall gehabt hatte, der sie lähmte und praktisch stumm machte. Zu der Zeit hatte sie schon seit Jahren keinen Freund mehr gehabt, der an die Tür geklopft hätte, also musste Carl auf sie aufpassen. In den ersten paar Monaten dachte er daran, ihr ein Kissen auf das verzerrte Gesicht zu pressen und sie so beide von der Last zu befreien, aber sie war immer noch seine Mutter. Stattdessen begann er, ihren langsamen Verfall auf Film zu bannen, zwei Mal die Woche machte er ein Foto von ihrem verschrumpelten Körper, die nächsten dreizehn Jahre lang. Schließlich gewöhnte sie sich daran. Eines Morgens fand er sie tot auf. Er setzte sich auf die Bettkante und versuchte das Ei zu essen, das er ihr mit der Gabel kleingedrückt hatte, doch er bekam es nicht runter. Drei Tage später warf er die erste Schaufel Erde auf ihren Sarg.

Neben der Kamera hatte er noch 217 Dollar übrig gehabt, nachdem er die Beerdigung bezahlt hatte, dazu einen heruntergekommenen Ford, der nur bei trockenem Wetter fuhr. Die Chancen, es mit dem Wagen jemals quer durch die USA zu schaffen, waren gering bis nicht vorhanden, aber er hatte schon fast sein ganzes Leben von einem Neuanfang geträumt, und nun ruhte seine beste und letzte Ausrede endlich auf dem Friedhof St. Margaret's. Am Tag bevor der Mietvertrag auslief, verstaute er die Stapel mit den Krankenbettfotos in Schachteln und stellte sie zum Müll an die Straße. Dann fuhr er westlich von der Parson's Avenue auf die High Street und ließ Columbus hinter sich. Er wollte nach Hollywood, aber er hatte damals keinerlei Orientierungssinn, und so war er an dem Abend in Meade, Ohio, und im *Wooden Spoon* gelandet. Im Nachhinein war Carl davon überzeugt, dass das Schicksal ihn dorthin gelenkt hatte, doch manchmal, wenn er an die sanfte, süße Sandy von vor fünf Jahren zurückdachte, wünschte er sich beinahe, er hätte dort nie angehalten.

Er schüttelte die Erinnerungen ab, drückte sich mit der einen Hand etwas Zahnpasta in den Mund und spielte mit der anderen an sich herum. Es dauerte ein paar Minuten, doch schließlich war er so weit. Er trat nackt und ein wenig ängstlich aus dem Bad, und die rote Spitze seines Steifen stieß gegen seinen hängenden, wie mit Schwangerschaftsstreifen überzogenen Bauch.

Doch Sandy schlief schon; als er sie an der Schulter berührte, schlug sie die Augen auf und stöhnte nur. »Mir ist nicht gut«, sagte sie, drehte sich um und rollte sich auf der anderen Bettseite zusammen. Carl stand ein paar Augenblicke über ihr, atmete durch den Mund, spürte das Blut aus sich weichen. Dann machte er das Licht aus und ging zurück ins Bad. Verdammt noch mal, sie kümmerte sich einen feuchten Dreck darum, dass er heute Nacht etwas Wichtiges von ihr wollte. Er setzte sich auf die Kloschüssel, und seine Hand fasste zwischen seine Beine. Er sah die glatte, weiße Leiche des Armeeburschen vor sich, nahm den feuchten Waschlappen vom Fußboden und biss hinein. Das spitze Ende des blättrigen Zweigs war erst zu dick gewesen, um in die Schusswunde zu passen, doch Carl hatte ihn hin und her bewegt, bis er aufrecht stehen blieb; es hatte so ausgesehen, als würde ein junges Bäumchen aus der muskulösen Brust des Gefreiten Bryson sprießen. Als Carl fertig war, stand er auf und spuckte den Waschlappen ins Waschbecken. Er starrte sein keuchendes Spiegelbild an, und ihm wurde klar, dass Sandy und er wohl nie wieder miteinander schlafen würden und dass sie in einem schlimmeren Zustand waren, als er sich je hätte träumen lassen.

Später in der Nacht schreckte er voller Panik auf; sein fettes Herz zitterte in seinem Rippenkäfig wie ein gefangenes, furchtsames Tier. Nach der Uhr auf dem Nachttisch hatte er nicht mal eine Stunde geschlafen. Carl wollte sich schon umdrehen, doch dann stand er auf, stolperte ans Fenster und riss den Vorhang auf. Gott sei Dank stand der Kombi noch immer auf dem Parkplatz. »Du blöder Trottel«, sagte er zu sich selbst. Er zog die Hose an, ging barfuß über den Kies und schloss den Wagen auf. Eine dichte Wolkenmasse schwebte über Carl. Er nahm die sechs Filmdosen aus dem Handschuhfach, trug sie ins Motelzimmer und stopfte sie sich in die Schuhe. Er hatte sie völlig vergessen, klare Missachtung von Regel Nr. 7. Sandy murmelte irgendwas über Vogelscheuchen oder so ähnlich. Carl trat wieder an die offene Tür, zündete sich eine ihrer Zigaretten an und sah in die Nacht hinaus. Er verfluchte sich dafür, so sorglos gewesen zu sein, die Wolken rissen ein wenig auf und ließen im Osten einen kleinen Fleck voller Sterne erkennen. Carl linste durch den Zigarettenqualm und fing an zu zählen, dann hörte er wieder auf und machte die Tür zu. Noch eine Zahl, noch ein Zeichen, aber das würde heute Nacht ohnehin nichts mehr ändern.

13.

Als Bodecker die *Tecumseh Lounge* betrat, saßen drei Männer an einem Tisch und tranken Bier. Der dunkle Raum wurde für einen kurzen Augenblick von Sonnenlicht durchstrahlt, das den langen Schatten des Sheriffs über den Boden warf. Dann ging die Tür hinter ihm zu, und es wurde wieder dunkel. In der Jukebox fand ein Patsy-Cline-Song sein trauriges, zittriges Ende. Niemand sprach ein Wort, als der Sheriff am Tisch vorbei zur Bar ging. Einer der Männer war ein Autodieb, der andere schlug seine Frau. Die beiden hatten schon gesessen und bei mehreren Gelegenheiten den Rücksitz seines Streifenwagens platt gedrückt. Den dritten Mann kannte Bodecker nicht, aber das durfte wohl auch nur eine Frage der Zeit sein.

Bodecker setzte sich auf einen Barhocker und wartete darauf, dass Juanita damit fertig wurde, einen Hamburger auf dem schmierigen Grill zu braten. Er erinnerte sich daran, dass sie ihm vor gar nicht mal so vielen Jahren seinen ersten Whiskey in dieser Bar serviert hatte. Die folgenden sieben Jahre war er dem Gefühl nachgerannt, das er in jener Nacht gehabt hatte, ohne es jemals wiederzufinden. Er griff in die Tasche nach einem Bonbon, ließ es dann aber bleiben. Juanita legte den Burger auf einen Pappteller, dazu ein paar Kartoffelchips, die sie aus einem Metalleimer fischte, und eine lange, blasse Gurke, die sie mit einer Gabel aus einem verdreckten Glas zog. Sie trug den Teller zum Tisch und stellte ihn vor dem Autodieb ab. Bodecker hörte einen der Männer etwas darüber sagen, dass man vielleicht besser den Pooltisch zudecken solle, bevor ihnen übel wurde. Ein anderer lachte, und Bodecker spürte, wie sein Gesicht brannte. »Schluss damit«, sagte Juanita leise.

Sie ging an die Kasse, rechnete ab und brachte dem Autodieb das Restgeld. »Diese Chips sind alt«, sagte er.

»Dann iss sie nicht«, antwortete sie.

»Aber Schätzchen«, sagte der Frauenschläger, »sei doch nicht so.«

Juanita kümmerte sich nicht um ihn, zündete sich eine Zigarette an und ging zu Bodeckers Ende des Tresens. »He Fremder«, sagte sie, »was kann ich dir …«

»… bei Gott, wenn der nicht mal der Hintern aufspringt wie 'ne Brotdose«, sagte in diesem Augenblick einer der Männer laut genug, und der ganze Tisch brach in Gelächter aus.

Juanita schüttelte den Kopf. »Kann ich mir mal deine Waffe ausleihen?« fragte sie Bodecker. »Diese Mistkerle sind schon hier drin, seit ich heute Morgen aufgesperrt habe.«

Bodecker beobachtete die Männer in dem langen Spiegel hinter der Theke. Der Autodieb kicherte wie ein Schulmädchen, der Frauenschläger zermalmte die Chips mit der Faust. Der dritte Mann lehnte sich mit gelangweiltem Gesichtsausdruck zurück und putzte sich die Fingernägel mit einem Streichholz. »Ich kann sie rausschmeißen, wenn du willst«, sagte Bodecker.

»Nee, schon in Ordnung«, sagte Juanita. »Sonst kommen die später nur wieder und machen mir erst richtig Stress.« Sie blies Rauch aus dem Mundwinkel und lächelte ein wenig. Sie hoffte, dass ihr Junge nicht wieder in Schwierigkeiten steckte. Letztes Mal musste sie sich zwei Wochenlöhne vorstrecken lassen, um ihn aus dem Gefängnis zu holen, und alles nur wegen fünf Schallplatten, die er sich bei Woolworth in die Hose gestopft hatte. Merle Haggard und Porter Wagoner, das war ja schon schlimm genug, aber auch noch Gerry and the Pacemakers? Herman's Hermits? The Zombies? Gott sei Dank war sein Vater tot, mehr konnte sie dazu auch nicht sagen. »Und was kann ich für dich tun?«

Bodecker sah kurz an den Flaschen entlang, die hinter der Theke aufgereiht standen. »Hast du Kaffee?«

»Nur löslichen«, sagte sie entschuldigend. »Hier gibt's nicht allzu viele Kaffeetrinker.«

Bodecker verzog das Gesicht. »Davon krieg ich Magenschmerzen«, sagte er. »Wie wär's mit 'ner 7-Up?«

Juanita stellte die Limoflasche vor ihm ab, Bodecker zündete sich eine Zigarette an und fragte: »Sandy ist noch nicht zur Arbeit gekommen, hm?«

»Ha«, machte Juanita. »Sie ist schon seit zwei Wochen weg.«

»Was? Hat sie gekündigt?«

»Nein, nein«, sagte sie. »Urlaub.«

»Schon wieder?«

»Keine Ahnung, wie die das machen«, sagte Juanita, die ganz erleichtert darüber war, dass Bodeckers Auftauchen nichts mit ihrem Sohn zu tun zu haben schien. »Ich glaub kaum, dass die irgendwo 'ne tolle Unterkunft haben, schließlich mach ich hier selbst nicht mal genug, um die Miete für meinen alten Wohnwagen bezahlen zu können. Und du weißt ja verdammt gut, dass Carl für gar nichts aufkommt.«

Bodecker nahm einen Schluck Limo und dachte wieder an den Anruf. Es stimmte also doch, aber wenn Sandy seit über einem Jahr anschaffte, wie die Alte gesagt hatte, warum zum Teufel hatte er bisher noch nichts davon mitgekriegt? Vielleicht war es doch ganz gut, dass er sich zur Abstinenz entschlossen hatte. Der Whiskey hatte offenbar bereits begonnen, seinen Verstand anzugreifen. Dann sah er zum Pooltisch hinüber und dachte an so manch andere Dinge, bei denen er in den letzten paar Monaten zu sorglos geworden war. Plötzlich durchfuhr ihn ein kalter Schauder. Er musste mehrmals schlucken, um die Limo bei sich zu behalten.

»Wann kommt sie wieder?« fragte er.

»Sie hat Leroy gesagt, sie würde gegen Ende der Woche wiederkommen. Ich hoffe es. Der Pfennigfuchser will keine Aushilfe anheuern.«

»Hast du irgendeine Idee, wo sie hingefahren sein können?«

»Schwer zu sagen«, antwortete Juanita schulterzuckend. »Sie hat was von Virginia Beach gefaselt, aber ich kann mir einfach nicht vorstellen, dass Carl zwei Wochen am Strand liegt und sich sonnt, oder?«

Bodecker schüttelte den Kopf. »Ganz ehrlich, ich kann mir überhaupt nicht vorstellen, dass dieser Hurensohn irgendetwas tut.« Dann stand er auf und legte einen Dollar auf die Theke. »Hör mal«, sagte er, »wenn sie wieder auftaucht, sag ihr, ich muss mit ihr reden, okay?«

»Klar, Lee, mach ich«, sagte die Barfrau.

Er ging hinaus und hörte noch einen der Männer brüllen: »He, Juanita, hast du schon gehört, was Hen Matthews über diesen großkotzigen Schweinehund gesagt hat?«

14.

Auf dem Parkplatz knallte eine Autotür zu. Carl schlug die Augen auf und blickte durch das Zimmer auf die Blumen und Früchte an der Wand. Die Uhr sagte, dass es noch früh am Morgen war, doch Carl war bereits schweißgebadet. Er stand auf, ging ins Bad und leerte seine Blase. Er kämmte sich nicht die Haare, putzte sich nicht die Zähne, wusch sich nicht das Gesicht. Er zog dieselben Sachen an, die er die ganze letzte Woche getragen hatte, sein rotes Hemd, eine ausgebeulte, glänzend graue Anzughose. Er steckte die Filmdosen in die Tasche, setzte sich auf eine Stuhlkante und zog die Schuhe an. Er überlegte, ob er Sandy wecken sollte, damit sie weiter konnten, doch dann entschied er, sie schlafen zu lassen. Sie hatten die vergangenen drei Nächte im Auto geschlafen. Das war er ihr schuldig, fand er, außerdem waren sie auf dem Rückweg. Kein Grund zur Eile.

Er wartete darauf, dass sie wach wurde, kaute auf einer Zigarre herum und zog das Geldbündel des Armeeburschen aus der Tasche. Während er das Geld erneut zählte, erinnerte er sich an das Jahr zuvor, als sie durch den Süden von Minnesota gefahren waren. Sie hatten sich an ihre letzten drei Dollar geklammert, als der Kühler ihres 49er Chevy, den sie in diesem Sommer fuhren, kaputtging. Carl hatte es geschafft, das Leck kurzfristig mit einer Dose schwarzen Pfeffers zu flicken, die er für einen solchen Notfall bei sich gehabt hatte, ein Trick, den er mal an einem Trucker-Rastplatz aufgeschnappt hatte. Sie hatten eine Tankstelle weit abseits gefunden, ein, zwei Meilen neben dem Highway, bevor der Kühler erneut schlappmachte, und am Ende hatten sie den Großteil des Tages mit Warten verbracht, während irgend so ein Schmieraffe mit einer Packung Kautabak in der Arschtasche ihnen immer wieder versprochen hatte, sich sofort darum zu kümmern, sobald er den Motor erledigt hätte, den sein Boss schon gestern erledigt haben wollte. »Dauert nicht lange, Mister«, hatte er alle Viertelstunde zu Carl gesagt. Sandy war ihm auch keine Hilfe gewesen. Sie hatte ihren Hintern auf einer Bank direkt vor der Werkstatttür geparkt, sich die Fingernägel gefeilt und den armen Kerl mit kleinen Ausblicken auf ihre rosafarbene Unterwäsche gereizt, bis er nicht mehr gewusst hatte, ob er in der Hose kommen oder erblinden sollte, so erregt war er gewesen.

Carl hatte schließlich angewidert die Hände gehoben, die Filmdosen aus dem Handschuhfach genommen und sich auf dem Klo hinter der Tankstelle eingeschlossen. Er hockte ein paar Stunden in dem stinkenden Schwitzkasten und blätterte durch einen Stapel zerlesener Revolverblätter, die auf dem feuchten Boden neben der dreckverkrusteten Kloschüssel lagen. Ab und zu hörte er draußen das kleine Glöckchen klingeln, das einen weiteren Tankkunden ankündigte. Eine braune Küchenschabe kroch träge die Wand hinauf. Er zündete sich einen seiner Hundepimmel an und hoffte, das würde seine Gedärme in Bewegung bringen, aber seine Eingeweide waren wie Zement. Das Einzige, was er herausbekam, waren ein paar Tropfen Blut. Seine fetten Oberschenkel schliefen ein. Irgendwann hämmerte mal jemand gegen die Tür, aber Carl war nicht gewillt, seinen Sitzplatz aufzugeben, nur damit irgend so ein nichtsnutziger Hurensohn sich die Finger waschen konnte.

Er wollte sich gerade den blutigen Hintern abwischen, als er in einer durchgeweichten Ausgabe von *True Crime* auf einen Artikel stieß. Er setzte sich wieder auf die Kloschüssel und klopfte die Zigarrenasche ab. Der befragte Kriminalbeamte erklärte, dass man zwei männliche Leichen gefunden habe, eine in einem Abflusskanal bei Red Cloud, Nebraska, die andere am Boden eines Schuppens auf einer verlassenen Farm festgenagelt, ein Stück außerhalb von Seneca, Kansas. »Das sind keine hundert Meilen auseinander«, betonte der Polizist. Carl schaute nach dem Datum auf der Titelseite des Magazins: November 1964. Verdammt, die Story war schon neun Monate alt. Carl las die drei Seiten fünf Mal sorgfältig durch. Der Polizeibeamte konnte zwar keine Einzelheiten nennen, doch er deutete an, dass die beiden Morde aufgrund der »Natur« der Verbrechen mit hoher Wahrscheinlichkeit miteinander zu tun hätten. Nach dem Zustand der Leichen zu urteilen, sagte er, müsste man vom Sommer 1963 als Tatzeitraum ausgehen. »Tja, wenigstens das Jahr stimmt schon mal«, murmelte Carl. Es war ihre dritte Fahrt gewesen, als sie die beiden erwischt hatten. Der eine war ein weggelaufener Ehemann, der hoffte, in Alaska einen Neuanfang machen zu können, der andere ein Landstreicher, den sie dabei beobachtet hatten, wie er in einer Mülltonne hinter einer Tierarztpraxis nach etwas Essbarem suchte. Gleich hinter der Tür des Schuppens hatte eine Kaffeedose voller Nägel gestanden, so als hätte der Teufel persönlich sie dort abgestellt, weil er wusste, dass Carl eines Tages auftauchen würde.

Er putzte sich den Hintern und wischte sich die schweißigen Hände an der Hose ab. Dann riss er die Story aus dem Magazin, faltete die Seiten zusammen und steckte sie sich in die Brieftasche. Er pfiff eine kleine Melodie, machte sich den Kamm am Waschbecken nass, kämmte sich das dünne, grau werdende Haar nach hinten und drückte sich ein paar Mitesser im Gesicht aus. Er ertappte den Schmieraffen dabei, wie er in der Garage leise mit Sandy sprach und eins seiner dürren Beine gegen ihren Oberschenkel presste. »Verdammt noch mal, wird aber auch höchste Zeit«, sagte sie, als sie aufblickte und ihn sah.

Carl kümmerte sich nicht um sie, sondern fragte den Mechaniker: »Und, fertig?«

Der Mann trat einen Schritt zurück und schob sich nervös die schmierigen Hände in die Hosentaschen. »Ich glaub schon«, sagte er. »Ich hab Wasser aufgefüllt, und bislang hält's dicht.«

»Und was haben Sie noch so aufgefüllt?« fragte Carl und sah ihn misstrauisch an.

»Nichts, gar nichts, Mister.«

»Haben Sie den Motor eine Weile laufen lassen?«

»Zehn Minuten lang«, sagte Sandy. »Während du da auf dem Topf gehockt und sonst was getrieben hast.«

»Na gut«, sagte Carl. »Was schulden wir Ihnen?«

Der Mechaniker kratzte sich am Kopf und zog seinen Kautabak auf der Tasche. »Ach, weiß nicht. Wie wär's mit fünf Dollar?«

»Fünf Dollar?« sagte Carl. »Na hören Sie mal, so wie Sie mit meiner Alten rumgemacht haben? Die ist doch noch eine Woche wund gescheuert. Da kann ich ja von Glück reden, wenn Sie sie nicht geschwängert haben.«

»Vier?« fragte der Mechaniker.

»Jetzt hört euch nur mal diesen Scheiß an«, entgegnete Carl. »Sie nehmen aber auch, was Sie kriegen können, oder?« Dann sah er Sandy an, und sie zwinkerte. »Also gut, Sie legen noch ein paar Flaschen kalte Limo drauf und ich gebe Ihnen zwei Dollar, aber das ist mein letztes Angebot. Meine Frau ist doch keine billige Hure.«

Es war tiefe Nacht, als sie endlich weiterfuhren, und schließlich schliefen sie auf einer ruhigen Landstraße im Auto. Sie teilten sich eine Dose Büchsenfleisch, Carls Taschenmesser nahmen sie als Löffel. Dann kletterte Sandy über den Rücksitz nach hinten und sagte Gute Nacht. Kurze Zeit später, gerade als er auf dem Vordersitz einnickte, durchfuhr ein stechender Krampf Carls Eingeweide, und er suchte hektisch nach dem Türgriff. Er sprang aus dem Wagen und kletterte über den Graben neben der Straße; gerade noch rechtzeitig riss er sich die Hose herunter, klammerte sich an einen Papayabaum und entleerte eine ganze Woche voller Nervosität und Junkfood ins Unkraut. Nachdem er sich mit ein wenig Laub gesäubert hatte, stand er im Mondschein neben dem Wagen und las noch einmal die Story. Dann zog er sein Feuerzeug aus der Tasche und zündete sie an. Er beschloss, Sandy kein Wort davon zu sagen. Manchmal hatte sie ein großes Mundwerk, und er mochte nicht darüber nachdenken, was er wohl irgendwann unternehmen musste, um es zu stopfen.

15.

Am Tag nach seinem Gespräch mit der Barkeeperin in der *Tecumseh Lounge* fuhr Bodecker zu der Wohnung im Ostteil der Stadt, in der seine Schwester und ihr Mann wohnten. Eigentlich war es ihm völlig egal, wie Sandy ihr kümmerliches Leben fristete, aber solange er Sheriff in Ross County war, würde sie hier nicht herumhuren. Carl zu betrügen war eine Sache – scheiß drauf, das verstand Lee völlig –, aber sich zu verkaufen, das war etwas völlig anderes. Hen Matthews würde ihn zwar bis zum Wahltag mit solchem Schmutz bewerfen, aber Bodecker machte sich aus anderen Gründen Sorgen. Menschen sind wie Hunde: Wenn sie erst einmal anfangen zu schnüffeln, dann hören sie nicht mehr auf damit. Erst würde nur die Geschichte die Runde machen, dass der Sheriff eine Hure zur Schwester hat, doch am Ende würde jemand auf seine Machenschaften mit Tater Brown stoßen und danach auf all die Bestechungsgelder und den anderen Mist, der sich angehäuft hatte, seit er sich das erste Mal das Abzeichen angeheftet hatte. Im Nachhinein betrachtet hätte er das Arschloch von Zuhälter gleich verhaften sollen, als noch Gelegenheit dazu war. Mit einem solchen Schritt hätte er wenigstens reinen Tisch gemacht. Aber Lee hatte sich von seiner Gier leiten lassen, und nun steckte er bis zum Hals mit drin.

Er parkte vor dem heruntergekommenen Doppelhaus und sah, wie ein Laster voller Rinder in den Schlachthof auf der anderen Straßenseite einbog. Der beißende Geruch von Dung hing schwer in der heißen Augustluft. Die alte Schrottkarre, in der Sandy ihn in der letzten Nacht, bevor Lee dem Alkohol abschwor, nach Hause gefahren hatte, war nirgendwo zu sehen; dennoch stieg er aus. Er war sich ziemlich sicher, dass es sich um einen Kombi gehandelt hatte. Er ging ums Haus und nahm die klapprigen Stufen zu ihrer Wohnungstür im Obergeschoss. Oben gab es einen kleinen Absatz, den Sandy Veranda nannte. In einer Ecke lag ein umgefallener Sack Müll, grüne Fliegen krabbelten über Eierschalen, Kaffeepulver und zerknülltes Hamburgerpapier. Neben der Holzbrüstung stand ein gepolsterter Küchenstuhl, darunter eine Kaffeedose, halb voll mit Kippen. Carl und Sandy hausten schlimmer als die Farbigen oben in White Heaven oder als der weiße Bodensatz in der Senke von Knockemstiff, fand Bodecker. Gott, wie sehr er diese Schlamperei hasste. Die Insassen des County-Gefängnisses wechselten sich darin ab, jeden Morgen seinen Streifenwagen zu waschen; die Falten seiner kakifarbenen Diensthose waren messerscharf. Er kickte eine leere Rindfleischdose aus dem Weg und klopfte an, doch niemand öffnete.

Gerade als er gehen wollte, hörte er in der Nähe Musik. Er sah über die Brüstung und entdeckte eine untersetzte Frau in einem geblümten Badeanzug, die auf einem gelben Handtuch im Garten nebenan lag. Das braune Haar hatte sie sich hochgesteckt, und sie hielt ein winziges Transistorradio in der Hand. Sie war mit Babyöl eingerieben und glänzte in der Sonne wie ein neuer Penny. Bodecker sah zu, wie sie am Knopf drehte und einen anderen Sender suchte, hörte dann den leisen Singsang eines Hillbilly-Songs, irgendwas über Liebeskummer. Dann legte die Frau das Radio auf den Rand des Handtuchs und schloss die Augen. Ihr glatter Bauch hob und senkte sich. Sie drehte sich um, hob den Kopf und sah umher. Nachdem sie sich vergewissert hatte, dass niemand sie beobachtete, streifte sie das Oberteil ihres Badeanzugs herunter. Nach kurzem Zögern griff sie nach unten, zog am unteren Teil und enthüllte acht bis zehn Zentimeter weißer Arschbacken.

Bodecker zündete sich eine Zigarette an und ging die Treppe hinunter. Er stellte sich vor, wie sein Schwager da draußen in der Sonne hockte, ganze Eimer voll schwitzte und gaffte. Fotos zu schießen schien das Einzige zu sein, woran Carl jemals dachte, und Bodecker fragte sich, ob er wohl schon seine Nachbarin fotografiert hatte, ohne dass sie es bemerkte. Lee war sich zwar nicht sicher, aber er nahm an, dass es gegen so einen Mist ein Gesetz gab. Und falls nicht, dann sollte es todsicher eins geben.

16.

Sie verließen das *Sundowner Motel* gegen Mittag. Sandy war um elf aufgewacht und hatte dann eine Stunde im Bad gebraucht, um sich zurechtzumachen. Sie war erst fünfundzwanzig, aber in ihrem braunen Haar fanden sich bereits erste Anzeichen von Grau. Carl machte sich Sorgen um ihre Zähne, die immer ihr schönstes Merkmal gewesen waren. Von all den Zigaretten waren sie ganz hässlich gelb geworden. Es war ihm auch aufgefallen, dass sie ständig schlechten Atem hatte, ganz gleich, wie viel Pfefferminz sie lutschte. Irgendetwas gammelte da in ihrem Mund, da war er sich sicher. Wenn sie erst einmal wieder zu Hause waren, würde er sie zu einem Zahnarzt schicken müssen. Er dachte nur ungern an die Kosten, aber ein nettes Lächeln war wichtiger Bestandteil seiner Fotografien, es lieferte den notwendigen Kontrast zu all dem Schmerz und Leid. Carl hatte es zwar immer wieder mal versucht, aber es hatte bisher noch nicht geklappt, den Models auch noch ein falsches Grinsen abzutrotzen, wenn er erst die Waffe gezückt und mit ihnen angefangen hatte. »Mädchen, ich weiß, manchmal ist es schwer, aber du musst einfach glücklich aussehen, damit die Bilder was werden«, sagte er zu Sandy, wann immer er einem der Männer etwas zugefügt hatte, das sie aufregte. »Denk einfach nur an die Mona Lisa. Tu so, als würdest du da oben im Museum an der Wand hängen.«

Sie waren erst ein paar Meilen gefahren, als Sandy plötzlich bremste und vor einem kleinen Diner namens *Tiptop* hielt. Das Gebäude sah ein wenig wie ein Wigwam aus und war in verschiedenen Rot- und Grüntönen gestrichen. Der Parkplatz war fast voll. »Was zum Teufel machst du da?« fragte Carl.

Sandy schaltete den Motor aus, stieg aus und ging zur Beifahrerseite. »Ich fahre keine einzige Meile mehr, bis ich nicht was

Anständiges gegessen habe«, erklärte sie. »Ich habe seit drei Tagen nichts außer Süßigkeiten gegessen. Mir wackeln schon die Zähne, verdammt.«

»Himmel, wir sind doch gerade erst losgefahren«, entgegnete Carl, als sie sich umdrehte und auf die Eingangstür zuging. »Warte«, rief er. »Ich komm ja schon.«

Er verriegelte den Wagen und folgte ihr; sie fanden eine Nische am Fenster. Die Kellnerin brachte zwei Tassen Kaffee und eine zerfledderte Speisekarte mit Ketchupflecken. Sandy bestellte sich French Toast, Carl orderte eine Portion gebratenen Speck. Sandy setzte die Sonnenbrille auf und beobachtete einen Mann in einer fleckigen Schürze, der sich bemühte, eine neue Papierrolle in die Kasse einzusetzen. Der Laden erinnerte sie an den *Wooden Spoon.* Carl sah sich im vollbesetzten Raum um, die meisten waren Farmer und ältere Leute, dazu eine Gruppe hagerer Vertreter, die eine Liste von möglichen Kunden durchgingen. Dann fiel ihm ein junger Mann von vielleicht zwanzig Jahren auf, der an der Theke saß und ein Stück Zitronencremekuchen aß. Kräftig gebaut, dichtes, welliges Haar. Ein Rucksack mit einer kleinen aufgenähten amerikanischen Flagge lehnte an dem Hocker neben ihm.

»Und?« fragte Carl, nachdem die Kellnerin das Essen gebracht hatte. »Fühlst du dich heute besser?« Dabei hielt er seine blutunterlaufenen Augen auf den Mann an der Theke und auf ihren Wagen draußen gerichtet.

Sandy schluckte und schüttelte den Kopf. Sie goss sich noch mehr Sirup über den Toast. »Darüber müssen wir reden«, sagte sie.

»Worüber denn?« fragte Carl, machte die verbrannte Kruste vom Schinken ab und steckte sich eine Scheibe in den Mund. Dann zog er eine Zigarette aus ihrer Schachtel und rollte sie zwischen den Fingern. Den Rest seiner Bestellung schob er zu Sandy rüber.

Sandy trank einen Schluck Kaffee und sah zu dem vollbesetzten Tisch neben ihnen. »Hat Zeit«, antwortete sie.

Der Mann an der Theke stand auf und gab der Kellnerin etwas

Geld. Dann warf er sich mit einem müden Stöhnen den Rucksack über die Schulter und ging mit einem Zahnstocher zwischen den Lippen hinaus. Carl sah, wie er an den Straßenrand trat und einen Wagen anhalten wollte. Das Auto fuhr vorbei, und der Mann ging langsamen Schritts westwärts. Carl drehte sich zu Sandy um und nickte in Richtung Fenster. »Ja, hab ich gesehen«, sagte sie. »Na, toll. Sind doch überall. Wie die Küchenschaben.«

Carl beobachtete den Straßenverkehr, während Sandy aufaß. Er dachte über seine Entscheidung nach, heimzufahren. Die Zeichen waren letzte Nacht sehr klar gewesen, doch nun war er sich nicht mehr so sicher. Ein weiteres Model würde den Fluch der drei Sechser heraufbeschwören, andererseits konnten sie lange herumfahren, bis sie jemanden fanden, der so aussah wie dieser Bursche. Carl wusste, dass er es sich nicht mit den Zeichen verscherzen sollte, doch dann fiel ihm ein, dass ihre Zimmernummer letzte Nacht die *Sieben* gewesen war. Und seit der Junge hinausgegangen war, war nicht ein einziges Fahrzeug aufgetaucht. Er war immer noch dort draußen und wartete in der Hitze auf eine Mitfahrgelegenheit.

»Also gut«, sagte Sandy und wischte sich mit einer Papierserviette den Mund ab. »Jetzt kann ich fahren.« Sie stand auf und griff nach ihrer Tasche. »Wir sollten den Penner besser nicht warten lassen.«

3. TEIL

WAISEN UND GESPENSTER

17.

Nach dem Selbstmord seines Vaters gab man Arvin in die Obhut seiner Großmutter; Emma sorgte dafür, dass er jeden Sonntag mit Lenora und ihr zur Kirche ging, doch verlangte sie nie von ihm zu beten, zu singen oder vor dem Altar zu knien. Die Wohlfahrtsbehörde in Ohio hatte der alten Frau von dem entsetzlichen Sommer berichtet, den der Junge durchgemacht hatte, als seine Mutter im Sterben lag, und sie entschied, ihm nicht mehr aufzuzwingen als den normalen Kirchgang. Emma wusste, dass Reverend Sykes dazu neigte, ab und an ein wenig zu eifrig darauf bedacht zu sein, zögerliche Neuankömmlinge in die Herde aufzunehmen, deshalb war sie ein paar Tage vor Arvins Ankunft zu ihm gegangen und hatte ihm erklärt, dass ihr Enkel schon zum rechten Glauben finden würde, wenn man ihm Zeit ließ. Insgeheim war der Priester von der Vorstellung beeindruckt gewesen, dass sie tote Tiere an Kreuzen aufgehängt und Blut auf Baumstämme gegossen hatten – waren denn nicht schließlich alle berühmten Christen in ihren Vorstellungen fanatisch gewesen? –, aber er willigte ein und pflichtete Emma bei, dass dies vielleicht nicht die beste Methode war, einem jungen Menschen den Herrn nahezubringen. »Ich verstehe, was Sie meinen«, sagte Sykes. »Hat ja keinen Zweck, dass aus ihm auch so ein Durchgeknallter wird.« Er saß auf den Kirchenstufen und schälte gerade mit dem Taschenmesser einen fleckigen gelben Apfel. Es war ein sonniger Septembermorgen. Er trug sein gutes Jackett über einer ausgeblichenen Latzhose und ein weißes Hemd, das am Kragen durchgescheuert war. In letzter Zeit hatte er über Brustschmerzen geklagt, und Clifford Odell sollte ihn zu diesem neuen Arzt in Lewisburg fahren, doch Clifford war bislang noch nicht aufgetaucht. Sykes hatte in Banners Laden jemanden sagen hören, dass der Knochenklempner sechs Jahre auf dem College gewesen sei, und freute sich darauf, ihn kennenzulernen. Ein Mann mit so viel Bildung konnte sicher alles heilen.

»Was soll das denn heißen, Albert?« fragte Emma.

Sykes sah von seinem Apfel auf und bemerkte den strengen Gesichtsausdruck der Frau. Es dauerte eine Weile, bis ihm aufging, was er da gesagt hatte, und sein faltiges Gesicht lief rot an, so peinlich war es ihm. »Tut mir leid, Emma«, stotterte er. »Ich habe damit nicht Willard gemeint, ganz bestimmt nicht. Er war ein guter Mann. Einer der Besten. Herrje, ich erinnere mich noch an den Tag, als er zu Gott fand.«

»Schon in Ordnung«, winkte sie ab. »Bringt ja nichts, die Toten auch noch schönzureden, Albert. Ich weiß, was für ein Mann mein Sohn war. Lass einfach nur seinen Sohn in Ruhe, mehr verlange ich gar nicht.«

Lenora wiederum konnte von der Kirche nicht genug kriegen. Wohin sie auch ging, stets hatte sie eine Bibel bei sich, selbst auf dem Klo, genau wie Helen; und jeden Morgen stand sie vor allen anderen auf und betete eine Stunde lang kniend auf dem splitterigen Dielenboden neben Emmas und ihrem Bett. Sie hatte zwar keinerlei Erinnerungen an ihre Eltern, doch die meisten Gebete waren an die Seele ihrer ermordeten Mutter gerichtet, und die meisten der stummen Gebete darauf, endlich Nachricht von ihrem vermissten Vater zu erhalten. Die alte Emma hatte ihr immer und immer wieder gesagt, es wäre am besten, Roy Laferty einfach zu vergessen, doch Lenora konnte nicht anders, sie fragte oft nach ihm. Bald jeden Abend schlief sie mit seinem Bild vor dem geistigen Auge ein – wie er in einem neuen schwarzen Anzug auf die Veranda trat und alles richtigstellte. Dieses Bild war ihr ein kleiner Trost, und sie erlaubte sich die Hoffnung, dass ihr Vater mit Gottes Hilfe tatsächlich eines Tages zurückkehren würde, wenn er denn noch lebte. Mehrmals die Woche ging sie bei Wind und Wetter auf den Friedhof, saß auf dem Boden neben dem Grab ihrer Mutter und las laut aus der Bibel, vor allem die Psalmen. Emma hatte ihr mal erzählt, dass das Buch der Psalmen Helens Lieblingsstelle in der Heiligen Schrift gewesen war, und gegen Ende des sechsten Schuljahres konnte Lenora alle Psalmen auswendig.

Der Sheriff hatte schon seit Langem die Hoffnung aufgegeben, Roy und Theodore noch aufzustöbern. Es war, als hätten sie sich in Geister verwandelt. Niemand konnte ein Foto oder irgendwelche Unterlagen zu den beiden finden. »Verdammt, selbst die Irren oben in Hungry Holler haben Geburtsurkunden«, brachte er als Entschuldigung vor, wann immer ein Bewohner seines Wahlkreises auf das Verschwinden der beiden zu sprechen kam. Er verriet Emma nichts von dem Gerücht, das er direkt nach ihrem Abgang aufgeschnappt hatte: dass der Krüppel in Roy verliebt gewesen sei, und dass da irgend so eine verrückte Homo-Sache zwischen den beiden im Gange gewesen sein könnte, bevor der Prediger Helen heiratete. Während der ersten Ermittlungen hatten mehrere Leute bezeugt, dass Theodore sich bitter darüber beklagt habe, die Frau hätte Roys spiritueller Botschaft die Schärfe genommen. »Eine Muschi hat schon so manch guten Mann ruiniert«, habe der Krüppel gesagt, wenn er einen sitzen hatte, »von wegen Prediger, der denkt doch nur noch darüber nach, wie er seinen kleinen Roy ins Feuchtgebiet kriegt.« Es ärgerte den Sheriff maßlos, dass diese beiden verdammten Perversen in seinem County vielleicht einen Mord begangen hatten, für den er sie nicht belangen konnte; aus diesem Grunde wiederholte er immer wieder dieselbe alte Geschichte, dass aller Wahrscheinlichkeit nach derselbe Freak, der die Familie in Millersburg niedergemetzelt hatte, auch Roy und Theodore in Stücke gehackt oder ihre Leichen in den Greenbrier River geworfen habe. Er erzählte diese Geschichte so oft, dass er sie manchmal schon selbst glaubte.

Arvin bereitete ihr nie wirklich Schwierigkeiten, doch Emma entdeckte schnell Seiten von Willard an ihm, vor allem, wenn es ums Prügeln ging. Bis Arvin vierzehn war, war er mehrmals aus der Schule verwiesen worden, weil er jemanden geschlagen hatte. Du musst nur den richtigen Augenblick abwarten, hatte sein Vater ihm eingebläut, und Arvin lernte diese Lektion gründlich und attackierte den Feind, wer immer das in dem Augenblick auch war, allein und unerwartet auf der Toilette oder auf der Treppe oder in der Umkleide in der Turnhalle. Eigentlich jedoch war er in ganz Coal Creek für seine freundliche Art bekannt, und man musste ihm zugutehalten, dass er sich den meisten Ärger Lenoras wegen einhandelte, wenn er sie vor irgendwelchen Halbstarken beschützte, die sich über ihre strenggläubige Art, ihr verkniffenes Gesicht und diese verdammte Haube lustig machten, die sie trug. Obwohl sie ein paar Monate jünger war als Arvin, wirkte sie schon vertrocknet, ein blasser Wintersprössling, der zu lang in der Furche gestanden hatte. Er liebte sie wie eine eigene Schwester, aber sie konnte ihm auch peinlich sein, wenn er in der Früh das Schulhaus betrat und sie ihm schüchtern auf den Fersen folgte. »Zur Cheerleaderin taugt sie nicht, das steht schon mal fest«, sagte er zu Onkel Earskell. Um alles in der Welt hätte er sich gewünscht, seine Großmutter hätte ihr niemals das Schwarz-Weiß-Foto von Helen geschenkt, auf dem sie in einem langen, formlosen Kleid und einem Hut auf dem Kopf unter dem Apfelbaum neben der Kirche stand. Nach Arvins Meinung brauchte Lenora gewiss keine neuen Ideen, wie man sich noch stärker zum Schatten der eigenen bedauernswerten Mutter machen konnte.

Wann immer Emma Arvin nach den Prügeleien zur Rede stellte, dachte er an seinen Vater und an jenen feuchten Herbsttag vor langer Zeit, als er auf dem Parkplatz des *Bull Pen* Charlottes Ehre verteidigt hatte. Obwohl dies in seiner Erinnerung der beste Tag war, den er mit seinem Vater verbracht hatte, sprach er nie darüber, ebenso wenig wie über die schlimmen Tage, die bald darauf folgten. Stattdessen antwortete er nur mit der leisen Stimme seines Vaters im Ohr: »Grandma, da draußen gibt es jede Menge nichtsnutziger Mistkerle.«

»Ach du meine Güte, Arvin, warum sagst du das andauernd?«

»Weil es stimmt.«

»Nun, dann solltest du mal versuchen, für sie zu beten«, schlug sie vor. »Das tut ja niemandem weh, oder?« In solchen Augenblicken bedauerte sie, Reverend Sykes gebeten zu haben, den Jungen seinen eigenen Weg zu Gott finden zu lassen. Soweit sie es erkennen konnte, war Arvin stets kurz davor, in die andere Richtung zu gehen.

Arvin rollte mit den Augen; Beten war ihr guter Rat für alles. »Vielleicht«, meinte er, »aber Lenora betet genug für uns beide, und ich kann nicht erkennen, dass ihr das sonderlich was bringt.«

18.

Die beiden Männer teilten sich am Ende des Mittelgangs ein Zelt mit der Flamingo Lady, einer spindeldürren Frau mit der längsten Nase, die Roy jemals an einem menschlichen Wesen gesehen hatte. »Sie ist doch nicht wirklich ein Vogel, oder?« fragte Theodore, nachdem sie ihr das erste Mal begegnet waren, und seine sonst so laute Stimme klang schüchtern und zittrig. Ihre merkwürdige Erscheinung machte ihm Angst. Sie hatten schon vorher mit Freaks gearbeitet, doch keiner von denen hatte auch nur annähernd so ausgesehen.

»Nein«, versicherte ihm Roy. »Das ist alles nur Show.«

»Hab ich mir gedacht«, sagte der Krüppel erleichtert. Er sah auf und bemerkte, dass Roy ihr auf den Hintern starrte, als sie zu ihrem Wohnwagen ging. »Schwer zu sagen, welche Krankheiten so was mit sich herumschleppt«, sagte er und wurde schnell wieder mutiger, sobald er sicher war, dass sie ihn nicht hören konnte. »Solche Frauen machen es doch für Geld auch mit einem Hund oder einem Esel oder sonst was.«

Die Flamingo Lady hatte sich ihre wilde Mähne rosa gefärbt, und sie trug einen Bikini und struppige Taubenfedern auf hautfarbenem Stoff. Ihre Show bestand hauptsächlich darin, die meiste Zeit über auf einem Bein in einem kleinen Planschbecken mit Dreckwasser zu stehen und sich mit ihrer spitzen Nase zu piksen. Hinter ihr auf dem Tisch stand ein Plattenspieler, der langsame, traurige Geigenmusik von sich gab und sie manchmal zum Weinen brachte, wenn sie an dem Tag aus Versehen zu viele von ihren Beruhigungspillen genommen hatte. Wie Theodore es befürchtet hatte, kam er nach ein paar Monaten dahinter, dass Roy bei ihr gelandet war, auch wenn er sie nie dabei erwischen konnte, wie sie es trieben. »Dieser hässliche Vogel wird eines Tages noch ein Ei

127

legen«, maulte er Roy an, »und ich wette einen Dollar gegen einen Doughnut, dass das verdammte Küken aussehen wird wie du.« Manchmal machte es ihm etwas aus, manchmal war es ihm egal. Das hing davon ab, wie Flapjack der Clown und er gerade miteinander auskamen. Flapjack war zu Theodore gekommen, um sich ein paar Griffe auf der Gitarre zeigen zu lassen, doch dann hatte er dem Krüppel gezeigt, wie man auf dem kleinen Theodore flöten konnte. Roy beging ein einziges Mal den Fehler, seinen Cousin darauf hinzuweisen, dass das, was Theodore und der Clown da trieben, in den Augen Gottes eine abscheuliche Sünde sei. Theodore hatte seine Gitarre auf den mit Sägemehl bedeckten Boden gelegt und etwas braunen Saft in einen Pappbecher gespuckt. Seit Neuestem kaute er Tabak. Es wurde ihm zwar ein wenig übel davon, aber Flapjack mochte den Geruch. »Verdammt, Roy, du bist gerade der Richtige, so etwas zu sagen, du verrückter Bastard.«

»Was zum Henker soll das denn heißen? Ich lutsche keine Schwänze.«

»Na, vielleicht nicht, aber dafür hast du deine Alte mit dem Schraubenzieher umgebracht, oder vielleicht nicht? Das hast du doch wohl nicht vergessen?«

»Nein, hab ich nicht«, antwortete Roy.

»Na dann, und du glaubst, der Herr sieht in mir den größeren Sünder als in dir?«

Roy zögerte einen Augenblick mit seiner Antwort. Dem Pamphlet zufolge, das er irgendwann mal in einem Nachtasyl der Heilsarmee unter dem Kopfkissen gefunden hatte, war Männerliebe wohl ungefähr so schlimm, wie die eigene Frau zu ermorden, aber Roy wusste nicht, wie es sich nun genau verhielt. Manchmal verwirrte ihn die Art, wie die Schwere der Sünden bestimmt wurde. »Nein, ich denke nicht«, antwortete er.

»Dann würde ich vorschlagen, du hältst dich an deine pinkhaarige Krähe oder Elster oder was auch immer zum Teufel sie darstellt, und lässt Flapjack und mich in Ruhe«, sagte Theodore, fischte sich den feuchten Klumpen Kautabak aus dem Mund und warf ihn in Richtung des Beckens der Flamingo Lady. Beide hörten es platschen. »Wir tun niemandem weh.«

Auf dem Banner vor dem Zelt stand DER SEHER UND DER SAITENZUPFER. Roy lieferte seine gruselige Endzeitvision, und Theodore die Hintergrundmusik. Es kostete einen Vierteldollar Eintritt; die Menschen davon zu überzeugen, dass Religion unterhaltsam sein konnte, war schwer, wenn es ein paar Meter entfernt spannendere und weniger ernste Ablenkungen gab, also war Roy auf die Idee gekommen, während seiner Predigt Insekten zu essen, eine Abwandlung seiner alten Spinnennummer. Alle paar Minuten unterbrach er seinen Sermon, zog einen sich windenden Wurm oder eine knusprige Küchenschabe aus einem alten Angeleimer und kaute darauf herum wie auf einer Süßigkeit. Die Geschäfte gingen danach besser. Je nach Zuschauerzahl gaben sie vier, manchmal fünf Vorstellungen am Tag und wechselten sich alle Dreiviertelstunde mit der Flamingo Lady ab. Nach jeder Vorstellung verschwand Roy schnell hinterm Zelt und würgte die Käfer hoch, und Theodore folgte ihm in seinem Rollstuhl. In der Wartezeit rauchten sie, tranken und hörten den Betrunkenen zu, die im Zelt johlten und riefen und den falschen Vogel aufforderten, doch mal die Federn fallen zu lassen.

1963 waren sie seit fast vier Jahren bei diesem Zirkus, *Billy Bradford Family Amusement*, und sie reisten von Anfang des Frühlings bis zum Spätherbst in einem alten Schulbus voller gammliger Leinwände, Klappstühle und Metallstangen von einer Seite des heißen, schwülen Südens zum anderen. Sie schlugen ihre Zelte stets in staubigen, nach Schweinekot stinkenden Käffern auf, in denen die Einwohner ein paar knarzende Fahrgeschäfte und zahnlose, flohverseuchte Dschungelkatzen und eine zerlumpte Monstrositätenschau bereits für erstklassige Unterhaltung hielten. An guten Tagen machten Roy und Theodore zwanzig bis dreißig Dollar. Die Flamingo Lady und Flapjack der Clown bekamen den Großteil dessen, was die beiden nicht für Schnaps, Käfer oder Hotdogs ausgaben. West Virginia schien eine Million Meilen entfernt, und die beiden Flüchtigen konnten sich nicht vorstellen, dass der Arm des Gesetzes in Coal Creek jemals bis zu ihnen reichen würde. Es war fast vierzehn Jahre her, dass sie Helen begraben hatten und nach Süden geflohen waren. Sie machten sich nicht mal mehr die Mühe, sich falsche Namen zuzulegen.

19.

An Arvins fünfzehntem Geburtstag reichte ihm Onkel Earskell eine in ein weiches Tuch eingewickelte Pistole, dazu eine verstaubte Schachtel Munition. »Die gehörte deinem Dad«, erklärte er. »Eine deutsche Luger. Hat er aus dem Krieg mitgebracht. Ich schätze, er würde wollen, dass du sie kriegst.« Der alte Mann hatte noch nie irgendeine Verwendung für Handfeuerwaffen gehabt, deshalb hatte er sie unter einer Diele in der Räucherkammer versteckt, als Willard nach Ohio ging. Er hatte sie nur angerührt, um sie gelegentlich zu säubern. Als er die Freude im Gesicht des Jungen sah, war er froh, dass er nicht schwach geworden war und sie verhökert hatte. Sie hatten gerade gegessen, und auf dem Teller lag noch ein Stück gebratenes Kaninchen. Earskell überlegte hin und her, ob er den Hinterlauf nicht für das Frühstück aufheben sollte, dann nahm er ihn und knabberte daran herum.

Arvin öffnete vorsichtig das Stoffbündel. Die einzige Waffe, die sein Vater im Haus gehabt hatte, war ein Gewehr, Kaliber .22, und Willard hatte ihm nie erlaubt, sie auch nur anzufassen, geschweige denn damit zu schießen. Earskell wiederum hatte dem Jungen, keine drei oder vier Wochen nachdem er zu ihnen gekommen war, eine Remington Kaliber .16 in die Hand gedrückt und war mit ihm in den Wald gegangen. »In diesem Haus solltest du besser wissen, wie man mit einem Gewehr umgeht, es sei denn, du willst verhungern«, hatte der alte Mann ihm erklärt.

»Aber ich möchte nicht schießen«, hatte Arvin gesagt, als Earskell stehen blieb und auf zwei graue Eichhörnchen zeigte, die auf ein paar Ästen herumsprangen.

»Hab ich dich denn nicht heute Morgen ein Kotelett essen sehen?«

»Doch.«

Der alte Mann zuckte mit den Schultern. »Jemand musste doch auch das Schwein erlegen, oder?«

»Ich denke schon.«

Earskell hob das Gewehr und feuerte. Eines der Eichhörnchen fiel zu Boden, und der alte Mann ging zu ihm hin. »Versuch nur, sie nicht allzu schlimm zuzurichten«, sagte er über die Schulter hinweg. »Du möchtest ja noch was für die Pfanne übrig haben.« Im flackernden Schein der Kerosinlampen, die zu beiden Seiten des Raums hingen, glänzte die Luger vom Waffenöl wie neu. »Ich habe ihn nie davon reden hören«, sagte Arvin, hob die Pistole hoch und richtete sie auf das Fenster. »Vom Krieg, meine ich.«

Es hatte eine ganze Reihe von Dingen gegeben, vor denen ihn seine Mutter in Bezug auf seinen Vater gewarnt hatte, und ihm Fragen darüber zu stellen, was er denn im Krieg erlebt habe, stand recht weit oben auf der Liste.

»Ja, ich weiß«, sagte Onkel Earskell. »Ich erinnere mich noch, als er zurückkam, wollte ich, dass er mir von den Japsen erzählt, doch jedes Mal, wenn ich davon anfing, sprach er wieder nur von deiner Mutter.« Er aß das Kaninchen auf und legte den Knochen auf den Teller. »Oh Mann, ich glaube, damals wusste er noch nicht mal ihren Namen. Er hatte sie nur auf der Heimfahrt gesehen, wie sie in irgendeiner Spelunke kellnerte.«

»Im *Wooden Spoon*«, ergänzte Arvin. »Als sie krank wurde, ist er mal mit mir dorthin gegangen.«

»Ich glaube, er hat ein paar üble Dinge auf den Inseln da draußen erlebt«, sagte der Alte. Er sah sich nach einem Lappen um und wischte sich dann die Finger an seinem Overall ab. »Ich hab nie rausgekriegt, ob die nun ihre Toten essen oder nicht.«

Arvin biss sich auf die Lippen und musste schwer schlucken. »Das ist das tollste Geschenk, das ich je bekommen habe.«

In diesem Augenblick kam Emma mit einem einfachen Rührkuchen in einer kleinen Pfanne in die Küche. In der Mitte steckte eine Kerze. Hinter ihr kam Lenora herein, sie trug das lange blaue Kleid und die Haube, die sie sonst nur für die Kirche anzog. Sie hielt eine Schachtel Streichhölzer in der einen und eine zerschlissene Bibel in der anderen Hand. »Was ist denn das?« fragte Emma, als sie Arvin mit der Luger in der Hand sah.

»Das ist die Pistole, die Willard mir gegeben hat«, erklärte Earskell. »Ich fand, es ist Zeit, sie an den Jungen weiterzugeben.«

»Ach«, sagte Emma nur. Sie stellte den Kuchen auf den Tisch und griff nach dem Saum ihrer karierten Schürze, um sich eine Träne fortzuwischen. Der Anblick der Waffe erinnerte sie an ihren Sohn und an den Schwur, den sie vor so vielen Jahren gebrochen hatte. Manchmal konnte sie nicht anders und fragte sich, ob sie wohl alle noch am Leben wären, wenn sie Willard damals nur davon überzeugt hätte, daheimzubleiben und Helen zu heiraten.

Alle schwiegen einen Augenblick, fast so als wüssten sie, woran Emma dachte. Dann riss Lenora ein Streichholz an und zwitscherte: »Happy Birthday, Arvin.« Sie zündete die Kerze an, dieselbe, mit der sie vor ein paar Monaten ihren vierzehnten Geburtstag gefeiert hatten.

»Die ist ohnehin nicht zu viel nütze«, sagte Earskell, ignorierte den Kuchen und nickte in Richtung der Pistole. »Da musst du schon direkt davorstehen, um was zu treffen.«

»Na los, Arvin«, sagte Lenora.

»Kannst auch genauso gut einen Stein werfen«, witzelte der alte Mann.

»Arvin?«

»Mit der Schrotflinte geht's besser.«

»Wünsch dir was, bevor die Kerze runterbrennt«, ermahnte Emma ihn.

»Das ist 9-mm-Munition«, sagte Earskell. »Die findest du bei Banner nicht im Laden, aber er kann sie bestellen.«

»Beeil dich lieber!« rief Lenora.

»Schon gut, schon gut«, sagte der Junge und legte die Waffe auf das Tuch. Er beugte sich vor und pustete die winzige Flamme aus.

»Und, was hast du dir gewünscht?« fragte Lenora. Sie hoffte, dass es etwas mit dem Herrn zu tun hatte, doch so, wie Arvin nun mal war, hätte sie nicht darauf gewettet. Nacht für Nacht betete sie dafür, dass er mit einer Liebe zu Jesus Christus im Herzen aufwachte. Unter gar keinen Umständen wollte sie, dass er in der Hölle endete wie dieser Elvis Presley und all die anderen Sünder, die er sich im Radio anhörte.

»Du weißt doch, dass man das nicht fragt«, sagte Emma mahnend.

»Schon in Ordnung, Grandma«, winkte Arvin ab. »Ich hab mir gewünscht, ich könnte euch alle mit nach Ohio nehmen und euch zeigen, wo wir gewohnt haben. Da war es schön, so oben auf dem Hügel. Zumindest, bevor Mom krank wurde.«

»Habe ich euch jemals von der Zeit erzählt, als ich in Cincinnati gewohnt habe?« fragte Earskell.

Arvin sah die beiden anderen an und zwinkerte. »Nein«, antwortete er, »daran kann ich mich nicht erinnern.«

»Himmel, nicht schon wieder«, murmelte Emma, und Lenora lächelte, nahm den Kerzenstummel aus dem Kuchen und legte ihn in die Streichholzschachtel.

»Ja, ich bin einer Frau hinterhergefahren«, sagte der alte Mann. »Sie war aus Fox Knob, ist gleich neben dem Haus der Rileys aufgewachsen. Das Haus steht nicht mehr. Wollte auf die Sekretärinnenschule. Da war ich nicht viel älter als du jetzt.«

»Wer wollte auf die Sekretärinnenschule«, fragte Arvin, »du oder das Mädchen?«

»Ha! Sie!« antwortete Earskell. Er holte tief Luft und seufzte lang. »Sie hieß Alice Louise Berry. Du erinnerst dich noch an sie, oder, Emma?«

»Ja, Earskell.«

»Und, warum bist du nicht dort geblieben?« fragte Arvin ohne nachzudenken. Er hatte zwar Einzelheiten der Geschichte schon hundert Mal gehört, aber er hatte Earskell noch nie gefragt, warum er wieder in Coal Creek gelandet war. Aus der Zeit mit seinem Vater wusste Arvin noch, dass man sich nicht zu sehr in anderer Leute Angelegenheit einmischen sollte. Jeder hatte irgendetwas, von dem er nicht gern sprach, er selbst nicht ausgenommen. In den fünf Jahren seit dem Tod seiner Eltern hatte er nicht ein einziges Mal die bitteren Gefühle erwähnt, die er gegen seinen Vater hegte,

134

weil der ihn verlassen hatte. Jetzt kam er sich wie ein Esel vor, den alten Earskell so bedrängt zu haben. Er packte die Pistole wieder in das Tuch.

Earskell sah mit trüben, umwölkten Augen durch den Raum, so als würde er auf der geblümten Tapete nach der Antwort suchen, obwohl er sie längst wusste. Alice Louise Berry war während der Grippeepidemie von 1918 gestorben, so wie etwa drei Millionen anderer armer Seelen. Wenn wir doch nur in den Bergen geblieben wären, dachte Earskell oft, dann wäre sie vielleicht noch am Leben. Doch Alice hatte immer große Pläne, das war eines der Dinge, die er an ihr so geliebt hatte, und er war froh, dass er nicht versucht hatte, sie ihr auszureden. Er war sicher, diese Tage, die sie in Cincinnati zwischen den hohen Gebäuden und menschenvollen Straßen verbracht hatten, bevor sie die Grippe kriegte, waren die glücklichsten ihres Lebens gewesen. Und seines Lebens auch. Nach ein, zwei Minuten blinzelte er die Erinnerungen fort und sagte:»Der sieht aber lecker aus, der Kuchen.«

Emma nahm das Messer und schnitt ihn in vier Stücke, für jeden eins.

20.

Eines Tages nach Schulschluss suchte Arvin nach Lenora und entdeckte sie, wie sie von drei Burschen umringt mit dem Rücken zum Müllverbrenner neben der Busgarage stand. Er näherte sich ihnen von hinten und hörte Gene Dinwoodie zu ihr sagen: »Scheiße, du bist so hässlich, da muss ich dir ja 'nen Sack über den Kopf stülpen, um 'nen Ständer zu kriegen.« Die anderen beiden, Orville Buckman und Tommy Matson, lachten und rückten näher an Lenora heran. Die drei waren ein oder zwei Mal sitzen geblieben und waren alle größer als Arvin. Die meiste Zeit in der Schule verbrachten sie im Schulwerkraum, erzählten sich schmutzige Witze mit dem nutzlosen Werkkundelehrer und rauchten Selbstgedrehte. Lenora hatte die Augen zusammengepresst und betete. Tränen flossen ihr über das rosige Gesicht. Arvin konnte Dinwoodie nur ein paar Schläge versetzen, bevor die anderen ihn zu Boden warfen und abwechselnd auf ihn einprügelten. Während er da im Kies lag, dachte er an den Jäger, den sein Vater damals verdroschen hatte; daran dachte er meistens mitten im Kampf. Doch anders als der Jäger gab Arvin nie auf. Die drei hätten ihn wohl umgebracht, wenn der Hausmeister nicht mit einem Stapel Pappkartons aufgetaucht wäre, die er verbrennen wollte. Sein Kopf tat Arvin eine Woche lang weh, und es dauerte noch ein paar weitere Wochen, bis er wieder lesen konnte, was an der Tafel stand.

Arvin brauchte fast zwei Monate, bis er jeden der drei allein erwischt hatte. Eines Abends, kurz bevor es dunkel wurde, folgte er Orville Buckman bis zu Banners Laden. Er blieb hinter einem Baum stehen und beobachtete, wie Orville den Laden verließ, eine Limo trank und gerade den letzten Rest eines Little-Debbie-Gebäcks aß. Orville kam an ihm vorbei und hatte die Flasche gerade für den nächsten Schluck angesetzt, als Arvin ihm den Weg ver-

stellte. Er hieb mit der flachen Hand auf den Boden der Pepsi-
flasche, sodass es Orville den Flaschenhals in den Mund trieb und
ihm zwei seiner verrotteten Vorderzähne ausschlug. Bis Orville
merkte, was vor sich ging, war der Kampf schon so gut wie vorbei; der nächste Schlag pustete ihm die Lichter aus. Eine Stunde
später wachte er mit einem Papiersack über dem Kopf im Straßen-
graben auf und würgte an seinem eigenen Blut.

Ein paar Wochen darauf fuhr Arvin mit Earskells altem Ford
zum Basketballspiel der Coal Creek Highschool. Sie spielten gegen das Team aus Millersburg, da war die Bude immer voll. Arvin
saß im Wagen, rauchte Camels und beobachtete die Eingangstür,
bis Tommy Matson auftauchte. Es nieselte, ein kalter, dunkler Frei-
tagabend Anfang November. Matson hielt sich für den größten
Schürzenjäger der Schule und prahlte damit, wie er während der
Spiele irgendwelche Muschis aufriss, während deren idiotische
Freunde in der Halle einem Gummiball hinterherhechelten. Als
Arvin kurz vor der Halbzeit eine weitere Kippe aus dem Fenster
schnippte, sah er sein nächstes Angriffsziel mit dem Arm um eine
junge Schülerin namens Susie Cox gelegt zu der Reihe von Schul-
bussen gehen, die am anderen Ende des Parkplatzes aufgereiht
standen. Arvin stieg aus, griff nach einem Montiereisen und folgte
ihnen. Er sah, wie Matson die Hintertür eines der gelben Busse
öffnete und Susie hineinhalf. Arvin wartete ein paar Minuten, dann
drehte er die Türhebel und ließ die Tür mit einem Knarzen auf-
schwingen. »Was war das?« fragte das Mädchen.

»Nichts«, erwiderte Matson. »Ich hab wohl die Tür nicht ganz
zugemacht. Jetzt komm schon, Süße, runter mit dem Schlüpfer.«

»Erst wenn du die Tür zumachst«, beharrte sie.

»Verdammt noch mal«, maulte Matson und erhob sich von ihr.
»Hoffentlich bist du das auch wert.« Er kam den schmalen Gang
entlang und hielt sich die Hose mit einer Hand hoch.

Als er sich hinauslehnte, um den Hebel zu packen und die Tür
zuzuziehen, holte Arvin mit dem Eisen aus und traf Matsons
Kniescheibe; er stürzte aus dem Bus. »Scheiße!« brüllte Matson,
als er hart mit der Schulter voran im Kies landete. Arvin holte er-

neut aus und brach ihm zwei Rippen, dann trat er ihn, bis Matson nicht mehr versuchte, aufzustehen. Arvin holte eine Papiertüte aus der Jacke und kniete sich neben den stöhnenden Jungen. Er packte Matson an den lockigen Haaren und zog den Kopf hoch. Das Mädchen im Bus gab keinen Pieps von sich.

Am darauffolgenden Montag kam Gene Dinwoodie in der Schulcafeteria auf Arvin zu und sagte: »Ich möchte doch mal sehen, wie du versuchst, mir einen Sack über den Kopf zu ziehen, du Arschloch.«

Arvin saß mit Mary Jane Turner an einem Tisch, sie war neu an der Schule. Ihr Vater war in Coal Creek aufgewachsen und hatte fünfzehn Jahre bei der Handelsmarine verbracht, bevor er nach Hause zurückkehrte und sein Erbe beanspruchte, eine heruntergekommene Farm an einer Hügelflanke, die ihm sein Großvater hinterlassen hatte. Das rothaarige Mädchen konnte schweinisch fluchen wie ein Seemann, wenn Gelegenheit dazu war, und Arvin mochte das sehr, vor allem, wenn sie dabei herumknutschten; er wusste selbst nicht, warum. »Verzieh dich, du Pisser«, sagte sie und starrte den großen Kerl, der über ihnen stand, wütend an. Arvin lächelte.

Gene kümmerte sich nicht um das Mädchen und sagte: »Russell, wenn ich mit dir fertig bin, mach ich vielleicht mit deiner kleinen Freundin eine hübsche Spazierfahrt. Sie ist zwar keine Schönheit, aber ich muss zugeben, sie ist nicht so schlimm wie deine Schwester, die aussieht wie eine Ratte.« Er stand mit geballten Fäusten über dem Tisch und wartete nur darauf, dass Arvin aufsprang und zuschlug; doch dann machte er ein ziemlich dummes Gesicht, als Arvin stattdessen die Augen schloss und die Hände faltete. »Du willst mich verarschen.« Gene sah sich im vollen Speisesaal um. Der Sportlehrer, ein kräftiger Mann mit rotem Bart, der als Nebenerwerb an den Wochenenden in Huntington und Charleston Wrestling machte, beobachtete ihn misstrauisch. In der Schule ging das Gerücht, dass er noch nie zu Boden gerungen worden war und all seine Kämpfe gewann, weil er alles und jeden in West Virginia hasste. Selbst Gene hatte Angst vor ihm. Er beugte sich vor und sagte leise zu Arvin: »Glaub nur ja nicht, dass dir das Beten aus der Patsche hilft, du Arschloch.«

Nachdem Gene weggegangen war, schlug Arvin die Augen wieder auf und trank einen Schluck Schokomilch. »Alles in Ordnung?« fragte Mary.

»Klar«, antwortete Arvin. »Warum fragst du?«

»Hast du wirklich gebetet?«

»Ja«, sagte er und nickte. »Ich habe für den passenden Augenblick gebetet.«

Er erwischte Dinwoodie eine Woche später in der Autowerkstatt seines alten Herrn, als er an seinem 56er Chevy eine Zündkerze wechselte. Bis dahin hatte Arvin ein Dutzend Papiertüten gesammelt. Als Genes jüngerer Bruder ihn ein paar Stunden später fand, steckte sein Kopf eng eingepackt in all den Beuteln. Der Arzt meinte, er könne von Glück reden, dass er nicht erstickt sei.

»Arvin Russell«, sagte Gene zum Sheriff, als er wieder zu sich kam. Er hatte die letzten zwölf Stunden im Krankenhaus gelegen und halluziniert, er sei Letzter bei einem Rennen der Indy 500 geworden. Das war die längste Nacht seines Lebens gewesen; jedes Mal, wenn er aufs Gas trat, bremste der Wagen und kroch nur noch dahin. Der Lärm der Motoren, die ihn überholt hatten, klang ihm noch immer in den Ohren.

»Arvin Russell?« fragte der Sheriff mit zweifelndem Ton in der Stimme. »Ich weiß schon, der Junge mischt gern mit, aber verdammt, du bist doppelt so groß wie er.«

»Er hat mich überrumpelt.«

»Du hast ihn also gesehen, bevor er dir diese Beule am Kopf verpasst hat?«

»Nein«, antwortete Gene, »aber er war's.«

Genes Vater lehnte an der Wand und betrachtete verdrossen und mit blutunterlaufenen Augen seinen Sohn. Der Junge konnte quer durch das Zimmer den Fusel riechen, den der Alte intus hatte. Wenn sich Carl Dinwoodie an Bier hielt, war meistens alles in Ordnung, doch wenn er auf Wild Irish Rose verfiel, konnte er äußerst aggressiv sein. Das könnte auf mich zurückschlagen, wenn ich nicht aufpasse, dachte Gene. Seine Mutter ging in dieselbe Kirche wie die Russells. Sein Vater würde ihm die Scheiße herausprügeln, wenn er erfuhr, dass er diese kleine Schlampe Lenora belästigt hatte. »Vielleicht täusche ich mich auch«, sagte er.

»Und warum hast du dann gesagt, der Russell-Junge sei es gewesen?«

»Keine Ahnung. Geträumt vielleicht.«

Genes Vater machte in seiner Ecke ein Geräusch wie ein würgender Köter und sagte dann: »Neunzehn und noch immer in der Schule. Wie finden Sie das, Sheriff? So nutzlos wie Zitzen an 'nem Eber, oder?«

»Von wem reden Sie?« fragte der Sheriff irritiert.

»Von diesem nichtsnutzigen Etwas, das da in dem Bett liegt«, sagte Carl und schwankte zur Tür hinaus.

Der Sheriff sah den Jungen an. »Also, irgendeine Idee, wer dir all die Papiertüten über den Kopf gestülpt hat?«

»Nein«, antwortete Gene. »Nicht die leiseste Ahnung.«

21.

»Was hast du denn da?« fragte Earskell, als Arvin auf die Veranda trat. »Ich hab dich da drüben schießen hören.« Sein grauer Star wurde Woche für Woche schlimmer, so als zöge jemand in einem sowieso schon dämmrigen Zimmer langsam die schmutzigen Vorhänge zu. Noch ein paar Monate, fürchtete er, dann würde er nicht mehr Auto fahren können. Alt werden war das Allerschlimmste, was ihm je zugestoßen war. In letzter Zeit dachte er immer öfter an Alice Louise Berry. Durch ihren frühen Tod hatten sie beide so viel versäumt.

Arvin hielt drei rote Eichhörnchen hoch. Die Pistole seines Vaters steckte im Hosenbund. »Heute Abend gibt es was Gutes«, verkündete er. Seit vier Tagen hatte Emma nur noch Bohnen und Bratkartoffeln gemacht. Gegen Ende des Monats, bevor ihre Rente kam, wurde es immer knapp. Der alte Mann und er gierten nach etwas Fleisch.

Earskell beugte sich vor. »Die hast du doch wohl nicht mit diesem deutschen Scheißding geschossen, oder?« Insgeheim war er stolz darauf, wie der Junge mit der Luger umgehen konnte, aber er hielt noch immer nicht viel von Handfeuerwaffen. Denen würde er jederzeit eine Schrotflinte oder ein Gewehr vorziehen.

»So schlecht ist die gar nicht«, erwiderte Arvin. »Man muss nur wissen, wie man damit umgeht.« Es war das erste Mal seit Langem, dass sich der Alte über die Pistole lustig gemacht hatte.

Earskell legte den Werkzeugkatalog beiseite, in dem er den ganzen Morgen geblättert hatte, und zog sein Taschenmesser hervor. »Also, hol mal was, wo wir sie reintun können, und ich helf dir beim Säubern.«

Arvin zog den Eichhörnchen die Felle ab, während Earskell sie an den Vorderpfoten hielt. Sie nahmen sie auf einem Stück Zeitung aus, schnitten Köpfe und Pfoten ab und legten das blutige Fleisch in eine Schüssel mit Salzwasser. Als sie fertig waren, faltete Arvin die Zeitung zusammen und trug sie an den Rand des Hofs. Earskell wartete, bis Arvin wieder auf die Terrasse kam, dann zog er eine Flasche aus der Tasche und trank einen Schluck. Emma hatte ihn gebeten, mit dem Jungen zu reden. Sie wusste nach dem letzten Zwischenfall nicht mehr weiter. Earskell wischte sich den Mund und sagte: »Hab letzte Nacht in Elder Stubbs Autowerkstatt Karten gespielt.«

»Und, hast du gewonnen?«

»Nein, eigentlich nicht«, antwortete Onkel Earskell. Er streckte die Beine aus und besah sich seine zerlumpten Schuhe. Er würde noch mal versuchen müssen, sie zu flicken. »Hab Carl Dinwoodie getroffen.«

»Ach ja?«

»Er war nicht sehr glücklich.«

Arvin setzte sich auf einen knarzenden, ausrangierten Küchenstuhl, der mit Bindedraht zusammengehalten wurde. Er sah zu dem grauen Wald auf der anderen Straßenseite hinüber und kaute eine Minute lang an der Innenseite seiner Wange herum. »Ist er sauer wegen Gene?« fragte er. Es war mehr als eine Woche vergangen, seit er den Mistkerl eingetütet hatte.

»Ein bisschen vielleicht, aber ich glaube, er ist vor allem wegen der Krankenhausrechnung sauer, die er zu begleichen hat.« Earskell sah auf die Eichhörnchen, die in der Schüssel trieben. »Was ist denn passiert?«

Arvin wusste keinen vernünftigen Grund, warum er seiner Großmutter irgendwelche Einzelheiten darüber verraten sollte, warum er jemanden vermöbelt hatte, vor allem, weil er sie nicht aufregen wollte, aber er wusste, dass der alte Mann sich mit nichts anderem als den Tatsachen zufriedengeben würde. »Er hat Lenora geärgert, er und ein paar von seinen feigen Freunden«, antwortete er. »Sie haben sie beschimpft, der ganze Scheiß eben. Also hab ich ihm die Quittung präsentiert.«

»Und was ist mit den anderen?«

»Denen auch.«

Earskell seufzte schwer und kratzte sich die Haare am Hals. »Und meinst du, du hättest dich vielleicht ein kleines bisschen zurückhalten können? Ich versteh dich ja, aber trotzdem, du kannst doch nicht andauernd die Leute ins Krankenhaus prügeln, nur weil sie jemanden beleidigen. Ihnen ein paar Beulen verpassen ist das eine, aber nach allem, was ich gehört habe, hast du ihn ziemlich schwer bearbeitet.«

»Ich mag keine Großmäuler.«

»Himmel, Arvin, du wirst noch jede Menge Menschen treffen, die du nicht magst.«

»Kann sein, aber ich wette, er wird Lenora jetzt in Ruhe lassen.«

»Hör mal, tu mir einen Gefallen.«

»Was denn?«

»Pack die Luger in eine Schublade und vergiss sie mal eine Weile.«

»Warum?«

»Pistolen sind nichts für die Jagd. Die sind dafür da, um Menschen zu töten.«

»Aber ich hab doch gar nicht auf den Scheißer geschossen«, entgegnete Arvin. »Ich hab ihn verhauen.«

»Ja, ich weiß. Diesmal jedenfalls noch nicht.«

»Und was ist mit den Eichhörnchen? Ich hab jedes davon in den Kopf getroffen. Das kriegst du mit keiner Schrotflinte hin.«

»Leg sie einfach für eine Weile weg, okay? Nimm das Gewehr, wenn du jagen willst.«

Der Junge blickte für einen Augenblick auf die Dielen der Veranda, presste die Augen zusammen und sah den alten Mann dann misstrauisch an. »Ist er ausfällig geworden?«

»Carl?« fragte Earskell zurück. »Nein, er ist klug genug, das nicht zu tun.« Er sah keinen Sinn darin, Arvin zu verraten, dass er im letzten und größten Topf des Abends einen Royal Flush gehabt und dass er ihn weggeworfen hatte, damit Carl das Geld mit seinen zwei beschissenen Pärchen mit nach Hause nehmen konnte. Er wusste zwar, dass er das Richtige getan hatte, doch es wurde ihm immer noch fast übel bei dem Gedanken daran. Da mussten wohl zweihundert Dollar im Topf gelegen haben. Er hoffte nur, dass der Arzt des Jungen einen Großteil davon erhielt.

22.

An einem wolkenlosen Samstagabend im März lehnte Arvin an der grob behauenen Brüstung der Veranda und betrachtete die Sterne, die in all ihrer fernen Rätselhaftigkeit und ernsten Klarheit über den Hügeln hingen. Seine beiden besten Freunde Hobart Finley und Daryl Kuhn und er hatten am Nachmittag eine Flasche Schnaps bei *Slot Machine* gekauft, einem einarmigen Schwarzbrenner aus Hungry Holler, und Arvin trank noch immer davon. Der Wind war beißend kalt, doch der Whiskey wärmte ihn. Er hörte, wie Earskell drinnen im Schlaf stöhnte und murmelte. Bei gutem Wetter schlief der alte Mann in einem zugigen Anbau, den er an die Rückseite des Hauses seiner Schwester genagelt hatte, als er vor ein paar Jahren eingezogen war, doch wenn es draußen kalt wurde, legte er sich neben dem Ofen auf eine Matratze, die er sich aus kratzigen, selbstgewebten Decken gemacht hatte; die Decken stanken nach Kerosin und Mottenkugeln. Am Fuß des Hügels stand in der Parkbucht neben Earskells Ford Arvins wertvollster Besitz, ein blauer 54er Chevy Bel Air mit ordentlich Spiel im Getriebe. Er hatte vier Jahre gebraucht und alle Arbeiten angenommen, die er nur kriegen konnte – Brennholz hacken, Zäune ziehen, Äpfel pflücken, Schweine füttern –, bis er genügend Geld beisammenhatte, um sich einen Wagen zu kaufen.

Früher am Tag hatte er Lenora zum Friedhof gefahren, um das Grab ihrer Mutter zu besuchen. Arvin hätte das niemals zugegeben, aber der einzige Grund, warum er mit ihr zum Friedhof fuhr, war die Hoffnung, in ihr würde irgendeine verschüttete Erinnerung an ihren Dad oder an den Krüppel wieder hochkommen, mit dem er unterwegs gewesen war. Ihn faszinierte das Rätsel um ihr Verschwinden. Zwar schienen Emma und viele andere in Greenbrier County davon überzeugt zu sein, dass die beiden noch lebten, doch Arvin konnte sich nur schwer vorstellen, dass zwei Mistkerle, die so verrückt waren, wie Roy und Theodore es angeblich gewesen waren, sich einfach in Luft auflösten und man nie wieder etwas von ihnen hörte. Wenn das so einfach war, dann würden das erheblich mehr Menschen tun, dachte er. Viele Male schon hatte er sich gewünscht, sein Vater hätte diesen Weg eingeschlagen.

»Findest du es nicht komisch, dass wir beide Waisen sind und im selben Haus wohnen?« hatte Lenora gefragt, als sie den Friedhof betraten. Sie legte ihre Bibel auf einen Grabstein, löste die Schleife ihrer Haube ein wenig und schob sie nach hinten. »Irgendwie ist es so, als sei das alles nur passiert, damit wir uns begegnen.« Lenora stand neben dem Grab ihrer Mutter und schaute auf den viereckigen Stein, der flach im Boden lag: HELEN HATTON LAFERTY 1926–1948. In die beiden oberen Ecken war jeweils ein kleiner geflügelter, aber gesichtsloser Engel gemeißelt. Arvin hatte sich ein wenig Spucke zwischen die Zähne geschoben und betrachtete die Überreste der letztjährigen Blumen auf den anderen Gräbern, die Grasbüschel und den rostigen Drahtzaun, der den Friedhof umgab. Es war ihm unbehaglich, wenn Lenora so redete, und seit sie sechzehn geworden war, redete sie immer häufiger so. Sie waren zwar keine Blutsverwandten, aber es berührte ihn überaus peinlich, in ihr etwas anderes zu sehen als eine Schwester. Es war ihm zwar klar, dass die Chancen nicht sonderlich gut standen, doch hoffte er inständig, sie würde einen Freund finden, bevor sie noch etwas wirklich Dummes sagte.

Er wankte ein wenig, als er vom Rand der Veranda zu Earskells Schaukelstuhl ging und sich hinsetzte. Er dachte an seine Eltern, und plötzlich schnürte sich ihm die Kehle zu. Er mochte Whiskey, doch manchmal bescherte er ihm eine tiefe Traurigkeit, die erst der Schlaf auslöschte. Ihm war nach Weinen zumute, stattdessen hob er die Flasche hoch und trank noch einen Schluck. Irgendwo jenseits der nächsten Anhöhe bellte ein Hund, und seine Gedanken wanderten zu Jack, dem armen, harmlosen Hund, den sein Vater getötet hatte, nur um noch mehr Blut zu opfern. Das war einer der schlimmsten Tage in jenem Sommer gewesen, zumindest in seiner

Erinnerung, fast so schlimm wie die Nacht, in der seine Mutter starb. Bald, so nahm sich Arvin vor, bald würde er zu dem Gebetsbaum zurückkehren und nachschauen, ob die Hundeknochen noch immer da waren. Er wollte ihn richtig begraben, um wiedergutzumachen, was sein wahnsinniger Vater angerichtet hatte. Er würde Jack nie vergessen, schwor er sich, und wenn er hundert Jahre alt würde.

Manchmal fragte er sich, ob er nicht eifersüchtig war, weil Lenoras Vater vielleicht noch lebte, während seiner tot war. Er hatte all die vergilbten Zeitungsberichte gelesen und sogar den Wald durchkämmt, in dem Helens Leiche gefunden worden war, in der Hoffnung, irgendeinen Beweis dafür zu finden, dass sich alle irrten: eine flache Senke mit zwei Skeletten, die aus der Erde ragten, oder einen verrosteten Rollstuhl mit Einschusslöchern, tief in einem Graben versteckt. Das Einzige, was er fand, waren zwei leere Schrotpatronen und ein Kaugummipapier. Als Lenora an jenem Morgen nicht auf seine Fragen nach ihrem Vater einging und weiter über das Schicksal faselte und über Paare, deren Liebe unter einem schlechten Stern stünde, und über all den anderen romantischen Quatsch, den sie in den Büchern aus der Schulbücherei las, ging Arvin auf, dass er hätte zu Hause bleiben und weiter am Bel Air arbeiten sollen. Der Wagen war seit dem Tag, als er ihn gekauft hatte, noch nicht richtig gefahren.

»Verdammt noch mal, Lenora, hör auf, solchen Blödsinn zu reden«, hatte Arvin zu ihr gesagt. »Außerdem bist du vielleicht noch nicht mal Waise. Wenn's nach den Leuten hier geht, ist dein Dad immer noch ziemlich munter. Mann, der könnte jederzeit über den Hügel da spaziert kommen und ein Tänzchen hinlegen.«

»Ich hoffe darauf«, hatte sie erwidert. »Ich bete jeden Tag dafür.«

»Auch wenn er deine Mutter umgebracht hat?«

»Das ist mir gleich«, sagte sie. »Ich habe ihm schon vergeben. Wir könnten ganz von vorn anfangen.«

»Das ist doch verrückt.«

»Ist es nicht. Und was ist mit deinem Vater?«

»Was soll mit ihm sein?«

»Na ja, wenn er zurückkehren könnte …«

»Mädchen, halt einfach deinen Mund.« Arvin ging zum Friedhofstor. »Wir beide wissen, dass das niemals geschehen wird.«

»Tut mir leid«, sagte sie und fing an zu schluchzen.

Arvin holte tief Luft und drehte sich um. Manchmal hatte er den Eindruck, sie würde ihr halbes Leben damit verbringen zu weinen. Er hielt die Autoschlüssel in der Hand. »Hör mal, wenn du mitfahren willst, dann komm.«

Zu Hause reinigte er den Vergaser des Bel Air mit einer in Benzin getunkten Drahtbürste und fuhr gleich nach dem Essen wieder los, um Hobart und Daryl aufzugabeln. Arvin war schon die ganze Woche bedrückt, er musste ständig an Mary Jane Turner denken, und er wollte sich so richtig volllaufen lassen. Mary Janes Vater hatte schon nach kurzer Zeit festgestellt, dass das Leben in der Handelsmarine erheblich einfacher war, als felsige Felder zu pflügen und sich Sorgen darüber zu machen, ob es genügend regnete oder nicht; also hatte er am letzten Sonntagmorgen seine Familie eingepackt, war nach Baltimore gezogen und hatte auf einem neuen Schiff angeheuert. Arvin war zwar seit ihrem ersten Date hinter ihr her gewesen, doch nun war er froh, dass Mary ihn nicht richtig rangelassen hatte. Sich zu verabschieden, war auch so schon schwer genug gewesen. »Bitte«, hatte er gefleht, als sie am Vorabend ihrer Abreise vor ihrer Haustür gestanden hatten, und sie hatte gelächelt, sich auf Zehenspitzen gestellt und ihm ein letztes Mal schmutzige Wörter ins Ohr geflüstert. Hobart, Daryl und er hatten das Geld für eine Flasche Whiskey, ein Zwölferpack Bier, ein paar Schachteln Pall Mall und eine Tankfüllung zusammengeschmissen. Dann waren sie bis Mitternacht die öden Straßen von Lewisburg auf und ab gefahren, hatten Radio gehört, mal bei besserem, mal bei schlechterem Empfang, und hatten damit geprahlt, was sie nach der Schule alles machen würden, so lange, bis ihre Stimmen so rau waren wie Schotter von all dem Qualm und dem Whiskey und den aufgeblasenen Zukunftsplänen.

Arvin lehnte sich im Schaukelstuhl zurück und fragte sich, wer wohl in ihrem alten Haus wohnte, ob der Verkäufer noch immer im Wohnwagen hauste und ob Janey Wagner schon schwanger war. »Im Schlitz rumfingern«, murmelte er. Dann fiel ihm ein, wie der Sheriff namens Bodecker ihn auf den Rücksitz des Streifenwagens gesetzt hatte, nachdem sie vom Gebetsbaum gekommen waren, so als hätte der Hüter des Gesetzes Angst vor ihm gehabt, einem Zehnjährigen mit Blaubeerkuchen im Gesicht. In jener Nacht hatten sie ihn in eine leere Zelle gesteckt, weil sie nicht wussten, was sie sonst mit ihm hätten anfangen sollen, und die Dame von der Wohlfahrt war am folgenden Nachmittag mit ein paar Klamotten von ihm und der Adresse seiner Großmutter aufgetaucht. Er hielt die Flasche in die Höhe und sah, dass noch etwa fünf Zentimeter übrig waren. Er stellte sie unter den Schaukelstuhl, für Earskell morgen früh.

23.

Reverend Sykes hustete, und die Gemeinde von Coal Creek sah, wie ihm etwas blasses Blut das Kinn hinunterlief und auf das Hemd tropfte. Doch er machte weiter und hielt den Menschen eine ordentliche Predigt über Nachbarschaftshilfe; gegen Ende kündigte er noch an, dass er sein Amt niederlegen wolle. »Kurzzeitig«, sagte er. »Nur, bis ich mich besser fühle.« Seine Frau habe einen Neffen unten in Tennessee, der gerade eines dieser Bibel-Colleges beendet habe. »Er sagt, er will mit den Armen arbeiten«, erklärte Sykes. »Muss wohl ein Demokrat sein.« Er grinste, hoffte auf ein Lachen und dass sich die Stimmung ein wenig hob, doch alles, was er hörte, war das Schluchzen einiger Frauen hinten an der Tür, die zusammen mit seiner Frau weinten. Er hätte sie heute wohl besser zu Hause gelassen, überlegte er.

Vorsichtig holte er Luft und räusperte sich. »Ich habe ihn nicht mehr gesehen, seit er ein Kind war, aber seine Mutter meint, er sei ein guter Junge. Seine Frau und er werden in zwei Wochen hier sein, und wie ich schon sagte, er wird eine Weile aushelfen. Ich weiß, er ist nicht von hier, aber versucht bitte, ihn herzlich aufzunehmen.« Sykes schwankte ein wenig und hielt sich an der Kanzel fest. Er zog die leere Five-Brothers-Packung aus der Tasche und hielt sie hoch. »Nur für den Fall, dass ihr sie braucht, werde ich sie an ihn weitergeben.« Dann übermannte ihn ein Hustenanfall, bei dem er fast zusammenklappte, doch diesmal schaffte er es, sich das Taschentuch vor den Mund zu halten und das Blut zu verbergen. Als er wieder zu Atem kam, richtete er sich auf und sah sich um, sein Gesicht war von der ganzen Anstrengung rot und verschwitzt. Es war ihm zu peinlich, ihnen gestehen zu müssen, dass er starb. Die Staublunge, gegen die er seit Jahren kämpfte, hatte ihn schließlich besiegt. In den nächsten Wochen oder Monaten, hatte der Arzt gesagt, würde er vor seinen Schöpfer treten. Sykes konnte nicht behaupten, dass er sich darauf freute, aber er wusste, er hatte ein besseres Leben geführt als die meisten Männer. Hatte er denn nicht zweiundvierzig Jahre länger gelebt als jene armen Seelen, die bei dem Mineneinsturz ums Leben gekommen waren? War aus seinem Überleben keine Berufung geworden? Ja, er hatte Glück gehabt. Er wischte sich eine Träne aus dem Auge und stopfte sich das blutige Tuch in die Hosentasche. »Also«, sagte er, »ich will euch nicht noch länger aufhalten. Mehr habe ich nicht zu sagen.«

24.

Roy hob Theodore aus dem Rollstuhl und trug ihn über den verschmutzten Sand. Sie befanden sich am nördlichen Ende des öffentlichen Badestrandes von St. Petersburg, südlich von Tampa. Die nutzlosen Beine des Krüppels schwangen hin und her wie die Beine einer Stoffpuppe. Er stank nach Urin; Roy war aufgefallen, dass Theodore nicht mehr die Milchflasche nahm, wenn er mal musste, sondern sich einfach die gammligen Hosen durchnässte. Er musste Theodore ein paar Mal absetzen und verschnaufen, doch schließlich brachte er ihn bis ans Wasser. Zwei kräftig gebaute Frauen mit breitkrempigen Hüten standen auf, sahen zu ihnen herüber, sammelten dann hastig ihre Handtücher und Cremes ein und eilten zum Parkplatz. Roy ging zum Rollstuhl zurück und holte ihr Mittagessen, eine Flasche weißen Portwein und eine Packung Kochschinken. Den hatten sie ein paar Blocks entfernt in einem Laden geklaut, gleich nachdem ein Lastwagenfahrer, der Orangen transportierte, sie abgesetzt hatte. »Haben wir hier nicht schon mal festgesessen?« fragte Theodore.

Roy schlang die letzte Scheibe Schinken herunter und nickte. »Drei Tage lang, glaube ich.« Die Polizei hatte sie damals kurz vor Einbruch der Nacht wegen Vagabundierens aufgegriffen. Sie hatten an einer Straßenecke gepredigt. Amerika sei bald so schlimm wie Russland, hatte ein dürrer Mann mit schütterem Haar gebrüllt, als sie an jenem Abend an seiner Zelle vorbei zu ihrer eigenen geführt wurden. Warum könne die Polizei einfach jemanden einbuchten, nur weil er kein Geld oder keine Anschrift habe? Was, wenn man einfach kein beschissenes Geld und kein beschissenes Zuhause wollte? Wo war denn da die Freiheit, von der sie alle redeten? Die Polizisten hatten den Querulanten jeden Morgen aus dem Zellenblock geholt und den ganzen Tag einen Stapel Telefonbücher die Treppen hinauf- und wieder hinunterschleppen lassen. Einem anderen Häftling zufolge war der Mann allein im letzten Jahr zweiundzwanzig Mal wegen Herumlungerns verhaftet worden, und die Polizisten waren es leid, diesen beschissenen Kommunisten durchzufüttern. Wenn, dann sollte er wenigstens für seinen Fraß ordentlich schwitzen.

»Ich kann mich nicht mehr erinnern«, sagte Theodore. »Wie war es denn da?«

»Nicht übel«, antwortete Roy. »Ich glaub, es gab sogar Kaffee zum Nachtisch.« In der zweiten Nacht, die sie dort verbracht hatten, schleppten die Polizisten einen riesigen, mürrischen Kerl mit zerschundenem Gesicht an, den sie Mitesser nannten. Kurz bevor das Licht gelöscht wurde, sperrten sie ihn zu dem Kommunisten in die Zelle am anderen Ende des Ganges. Abgesehen von Roy und Theodore kannte jeder den Mitesser. Er war an der ganzen Golfküste berühmt. »Und warum heißt er so?« hatte Roy den Hungerhaken mit Schnurrbart in der Nachbarzelle gefragt.

»Weil das Arschloch dich zu Boden wirft und dir die Pickel ausdrückt, wenn du welche hast«, antwortete der Mann. Er zwirbelte die gewachsten Enden seines schwarzen Schnurrbarts. »Zum Glück habe ich immer eine gute Haut gehabt.«

»Und warum zum Henker tut er das?«

»Er isst sie gern«, antwortete ein Mann aus einer anderen Zelle. »Manche behaupten, er ist Kannibale und hat überall in Florida Knochen vergraben, aber das glaub ich nicht. Er sucht nur Aufmerksamkeit, denke ich.«

»Himmel, so ein Hurensohn gehört umgelegt«, sagte Theodore und sah kurz auf die Aknenarben in Roys Gesicht.

Der Typ mit dem Schnurrbart schüttelte den Kopf. »Den legt so leicht keiner um«, sagte er. »Hast du schon mal einen von diesen Irren gesehen, die ein Auto auf dem Rücken schleppen können? So einen gab es auch auf der Alligatorenfarm, auf der ich einen Sommer lang unten in Naples gearbeitet habe. Wenn der mal loslegte, hättest du ihn nicht mal mit 'nem Maschinengewehr aufgehalten. Der Mitesser ist auch so einer.« Dann hörten sie Geräusche am

153

Ende des Ganges. Offenbar gab der Kommunist nicht so schnell auf. Doch nach ein paar Minuten hörten sie ihn nur noch weinen. Am folgenden Morgen tauchten drei breitschultrige Kerle in weißen Jacken und mit Schlagstöcken bewaffnet auf und brachten den Mitesser in einer Zwangsjacke in die Klapsmühle am anderen Ende der Stadt. Der Kommunist hörte nach dieser Nacht auf, sich zu beklagen, beschwerte sich nicht ein einziges Mal mehr über frische Schwellungen im Gesicht oder Blasen an den Füßen und schleppte seine Telefonbücher die Treppe rauf und runter, so als sei er dankbar dafür, dass sie ihm eine sinnvolle Arbeit gegeben hatten.

Theodore seufzte und sah auf den blauen Golf hinaus; das Wasser war so glatt wie eine Glasscheibe. »Klingt nett, Kaffee zum Nachtisch. Vielleicht sollten wir uns einbuchten lassen, wär mal 'ne Abwechslung.«

»Scheiße, Theodore, ich will keine Nacht im Knast verbringen.« Roy behielt den Rollstuhl im Auge. Er war vor ein paar Tagen in ein Altersheim geschlichen und hatte ihn sich ausgeborgt, weil die Räder am alten Rollstuhl ihren Geist aufgegeben hatten. Roy fragte sich, wie viele Meilen er Theodore wohl geschoben hatte, seit sie West Virginia verlassen hatten. Er war zwar nicht gut mit Zahlen, aber er schätzte, eine Million Meilen dürften es wohl gewesen sein.

»Ich bin müde, Roy.«

Theodore war nicht mehr der Alte, seit er sie im Sommer zuvor um den Job im Zirkus gebracht hatte. Ein kleiner Junge von vielleicht fünf, sechs Jahren war mit seiner Zuckerwatte hinten ins Zelt gekommen, während Roy vorne versucht hatte, ein paar Zuschauer einzufangen. Theodore schwor, dass der Junge darum gebeten habe, er solle ihm den Reißverschluss zumachen, doch selbst Roy kaufte ihm das nicht ab. Binnen weniger Minuten hatte Billy Bradford sie in seinen Cadillac geladen und ein paar Meilen weiter draußen rausgeschmissen. Sie hatten sich nicht mal von Flapjack oder der Flamingo Lady verabschieden können; seitdem hatten sie es bei mehreren anderen Truppen versucht, aber die Geschichte von dem verkrüppelten Pädophilen und seinem käferfressenden Freund hatte sich schnell unter den Zirkusdirektoren herumgesprochen. »Soll ich dir deine Gitarre holen?« fragte Roy.

»Nein.« Theodore winkte ab. »Ich hab heute keine Musik in mir.«

»Bist du krank?«

»Weiß nicht«, sagte der Krüppel. »Ist nur so, als würde es nie mehr bergauf gehen.«

»Willst du eine von den Orangen, die uns der Trucker gegeben hat?«

»Bloß nicht. Ich hab genug von den Dingern gegessen, das reicht bis zum Jüngsten Tag. Ich hab jetzt noch Dünnschiss.«

»Ich kann dich im Krankenhaus absetzen«, sagte Roy, »und dich in ein paar Tagen wieder abholen.«

»Krankenhäuser sind ja noch schlimmer als Gefängnisse.«

»Soll ich für dich beten?«

Theodore lachte. »Ha. Das ist ein guter Witz, Roy.«

»Vielleicht ist das der Grund. Du glaubst nicht mehr.«

»Fang nicht schon wieder mit diesem Scheiß an«, fauchte Theodore. »Ich habe dem Herrn genug gedient. Und ich hab die Beine, um das zu beweisen.«

»Du brauchst nur etwas Ruhe«, sagte Roy. »Wir suchen uns vor der Dunkelheit einen hübschen Baum, unter dem wir schlafen können.«

»Klingt trotzdem richtig nett. Kaffee nach dem Essen.«

»Himmel, wenn du einen Kaffee willst, hol ich dir einen. Wir haben noch ein wenig Kleingeld.«

»Wenn wir doch nur bei dem Zirkus wären«, seufzte Theodore. »Da haben wir es am besten gehabt.«

»Tja, dann hättest du besser die Hände von dem Kleinen lassen sollen.«

Theodore nahm einen Stein und warf ihn ins Wasser. »Da kommt man ins Grübeln, nicht?«

»Weswegen?« fragte Roy.

»Weiß nicht«, sagte der Krüppel schulterzuckend. »Man kommt einfach nur ins Grübeln, das ist alles.«

4. TEIL

WINTER

25.

Es war ein kalter Februarmorgen im Jahr 1966, Carls und Sandys fünftes gemeinsames Jahr. Die Wohnung war kühl wie ein Eisschrank, doch Carl hatte Sorge, dass, wenn er noch einmal bei der Vermieterin unten anklopfte und forderte, sie solle doch endlich den Thermostat hochdrehen, er die Nerven verlieren und sie mit ihrem eigenen dreckigen Haarnetz erdrosseln würde. Er hatte noch nie jemanden in Ohio umgebracht, man schiss nicht ins eigene Nest, Regel Nr. 2. Mrs. Burchwell war also tabu, obwohl sie es mehr verdiente als alle anderen. Sandy wachte kurz vor Mittag auf, legte sich eine Decke über die dürren Schultern und schlurfte ins Wohnzimmer, wobei die Enden der Decke durch Staub und Dreck schleiften. Dort kauerte sie sich auf dem Sofa zu einem zitternden Ball zusammen und wartete darauf, dass Carl ihr eine Tasse Kaffee brachte und den Fernseher einschaltete. In den folgenden Stunden rauchte sie, schaute sich ihre Seifenopern an und hustete vor sich hin. Um drei Uhr brüllte Carl aus der Küche, es sei Zeit, sich für die Arbeit fertig zu machen. Sandy kellnerte an sechs Nächten in der Bar, und sie kam jedes Mal zu spät; eigentlich sollte sie Juanita gegen vier Uhr ablösen.

Stöhnend stand sie auf, drückte die Zigarette im Aschenbecher aus und warf die Decke von den Schultern. Sie schaltete den Fernseher aus und zog sich zitternd ins Bad zurück; beugte sich über das Waschbecken und spritzte sich ein wenig Wasser ins Gesicht. Dann trocknete sie sich ab, besah sich im Spiegel und versuchte vergeblich, die braunen Flecken von den Zähnen zu kriegen. Sie zog die Lippen rot nach, schminkte sich die Augen und band die braunen Haare zu einem schlappen Pferdeschwanz. Überall hatte sie blaue Flecken und alles tat ihr weh. Letzte Nacht hatte sie sich nach Barschluss von einem Arbeiter aus der Papierfabrik, der kürzlich eine Hand im Rückspuler verloren hatte, für zwanzig Dollar über den Pooltisch legen lassen. Ihr Bruder hatte seit diesem gottverdammten Anruf ein Auge auf sie, aber zwanzig Piepen waren zwanzig Piepen, wie man es auch drehte und wendete. Carl und sie konnten damit einen halben Staat durchqueren oder die Stromrechnung eines Monats bezahlen. Es ärgerte sie, auf der einen Seite drehte Lee all diese illegalen Dinger, und auf der anderen machte er sich Sorgen, sie könnte ihn Wählerstimmen kosten. Der Mann mit dem Stumpf hatte noch einen Zehner drauflegen wollen, wenn er ihr seinen Metallhaken hätte reinschieben dürfen, doch Sandy hatte gesagt, das solle er sich lieber für seine Frau aufsparen.

»Meine Frau ist keine Nutte«, hatte der Mann gesagt.

»Na klar«, keifte Sandy zurück und zog sich den Schlüpfer runter. »Sie hat schließlich dich geheiratet, oder nicht?« Die ganze Zeit über, während er sie bearbeitete, hielt sie den Zwanziger fest. So hart war sie schon seit Langem nicht mehr rangenommen worden; der alte Mistkerl bekam richtig was für sein Geld. Er hörte sich an, als würde er gleich einen Herzanfall kriegen, so stöhnte er und schnappte nach Luft, und die ganze Zeit drückte der kalte Metallhaken gegen ihre rechte Hüfte. Als er fertig war, war der Schein in ihrer Hand ein kleiner, schweißgetränkter Ball. Er ließ von ihr ab, sie strich den Schein auf dem grünen Filz glatt und schob ihn sich in den Pullover. »Außerdem«, setzte sie nach, »steckt in dem Ding genauso viel Gefühl wie in einer Bierdose.« Nach einer solchen Nacht wünschte sie sich manchmal, sie würde wieder in der Morgenschicht des *Wooden Spoon* arbeiten. Der alte Grillkoch Henry war wenigstens sanft mit ihr umgegangen. Er war der Erste gewesen, sie war gerade sechzehn geworden. Sie hatten in jener Nacht lange zusammen auf dem Boden im Lagerraum gelegen, eingemehlt vom 20-Kilo-Sack, den sie umgeworfen hatten. Er kam immer noch ab und zu vorbei, um ein paar Billardkugeln zu stoßen und sie damit aufzuziehen, dass sie doch mal wieder zusammen einen Teig kneten sollten.

Als sie in die Küche kam, saß Carl vor dem Gasherd und las

die Zeitung ein zweites Mal. Seine Finger waren grau vor Druckerschwärze. Alle Herdflammen brannten, die Ofenklappe stand offen. Hinter Carl tanzten blaue Flammen wie kleine Lagerfeuer. Auf dem Küchentisch lag seine Pistole, der Lauf auf die Tür gerichtet. Das Weiße seiner Augen war von roten Äderchen durchzogen, sein fettes, blasses, unrasiertes Gesicht sah im Schein der nackten Glühbirne über dem Tisch aus wie ein kalter, ferner Stern. Er hatte den Großteil der Nacht damit verbracht, in dem winzigen Schrank im Flur zu hocken, den er als Dunkelkammer nutzte, um dem letzten Film, den er vom vergangenen Sommer aufgehoben hatte, Leben einzuhauchen. Er hasste es, wenn es vorüber war. Er hätte beinahe geweint, als er den Film entwickelte. Bis August war es noch lange hin.

»Diese Leute sind so durchgeknallt«, sagte Sandy und suchte in ihrer Tasche nach den Autoschlüsseln.

»Welche Leute?« fragte Carl und blätterte um.

»Na, die im Fernsehen. Die wissen einfach nicht, was sie wollen.«

»Verdammt, Sandy, du interessierst dich zu sehr für diese Trottel«, sagte er und sah ungeduldig auf die Uhr. »Glaubst du vielleicht, die interessieren sich einen Scheiß für dich?« Sie hätte vor fünf Minuten bei der Arbeit sein sollen. Er wartete schon den ganzen Tag darauf, dass sie endlich verschwand.

»Na, wenn da nicht dieser Arzt wäre, würde ich gar nicht mehr schauen«, entgegnete sie. Andauernd fing sie von diesem Arzt aus einer der Shows an, einem großen, gut aussehenden Kerl, der Carl wie der glücklichste Scheißer auf der ganzen Welt vorkam. Der Typ konnte in ein Rattenloch fallen und kam mit einem Koffer voller Geld und den Schlüsseln zu einem neuen El Dorado wieder raus. In all den Jahren, in denen Sandy nun die Serie verfolgte, hatte er wahrscheinlich mehr Wunder vollbracht als Jesus. Carl konnte den Kerl mit seiner falschen Schauspielernase und den Sechzig-Dollar-Anzügen nicht ertragen.

»Und wessen Schwanz hat er heute gelutscht?« fragte Carl.

»Ha! Das musst du gerade sagen«, erwiderte Sandy und zog

ihren Mantel an. Sie hatte genug davon, andauernd ihre Lieblings-
serien verteidigen zu müssen.

»Was zum Henker soll das heißen?«

»Es soll heißen, was immer du denkst, das es heißen soll«, antwortete Sandy schnippisch. »Du warst doch schließlich die ganze
Nacht in dem Schrank.«

»Ich sag dir was, ich würde dem Arschloch gerne mal begegnen.«

»Da wette ich drauf.«

»Den würd ich schon zum Quieken bringen wie so ein gott-
verdammtes Schwein, ich schwör's bei Gott!« schrie Carl, als
Sandy die Tür hinter sich zuschlug.

Nach ein paar Minuten hörte Carl auf, den Schauspieler zu ver-
fluchen, und machte den Herd aus. Er legte die Arme auf den Tisch
und den Kopf darauf und döste kurz ein. Als er aufwachte, war es
dunkel. Er hatte Hunger, doch im Kühlschrank fand er nur zwei
schimmlige Brocken Brot und einen Rest trockenen Chili-Streich-
käse. Er öffnete das Küchenfenster und warf das Brot auf den Hof.
Durch den Lichtschein, der von der Veranda der Hausbesitzerin
fiel, taumelten ein paar Schneeflocken. Carl hörte im Schlachthof
auf der anderen Straßenseite jemanden lachen, dann das metalli-
sche Scheppern eines sich schließenden Tors. Ihm fiel auf, dass er
seit über einer Woche nicht mehr vor der Tür gewesen war.

Carl schloss das Fenster, wechselte ins Wohnzimmer hinüber
und ging auf und ab, sang alte Kirchenlieder und wedelte mit den
Armen, als würde er einen Kirchenchor dirigieren. »Bringing in
the Sheeves« war eins seiner Lieblingslieder, und er sang es mehrmals hintereinander. Als er noch klein war, hatte es seine Mutter
beim Wäschewaschen gesungen. Sie hatte ein bestimmtes Lied für
jede Aufgabe gehabt, jede Gefühlsregung, für jede Kleinigkeit des
Alltags, seit der Alte gestorben war. Sie wusch für die Reichen Wäsche, aber die Hälfte der Zeit wurde sie von den nichtsnutzigen
Mistkerlen übers Ohr gehauen. Manchmal hatte er die Schule ge-
schwänzt, sich unter der verrotteten Veranda bei den Schnecken,
Spinnen und dem wenigen versteckt, was noch von Nachbars

Katze übrig war, und hatte ihr den ganzen Tag zugehört. Ihre Stimme schien nie zu ermüden. Er teilte sich das Sandwich ein, das sie ihm als Pausenbrot mitgegeben hatte, und trank Dreckwasser aus einer rostigen Suppendose, die er im Brustkasten der Katze aufbewahrte. Er tat so, als sei es Gemüsebrühe oder Hühnersuppe mit Nudeln, doch wie sehr er sich auch bemühte, es schmeckte immer nach Lehm. Wenn er doch um alles in der Welt nur beim letzten Einkauf Suppe mitgebracht hätte, dachte er jetzt. Die Erinnerung an die alte Dose machte ihn hungrig.

Carl sang ein paar Stunden lang, seine Stimme dröhnte durch das Zimmer, sein Gesicht war ganz rot und verschwitzt von der Anstrengung. Kurz vor neun Uhr abends klopfte die Vermieterin wild mit dem Besenstiel gegen ihre Zimmerdecke. Er war gerade mitten in einem stürmischen »Onward Christian Soldiers«. Zu jeder anderen Zeit hätte er sie einfach überhört, doch heute Abend kam er holprig zum Ende; er war in der Stimmung für anderes. Wenn sie allerdings nicht langsam die verdammte Heizung aufdrehte, würde er sie bis Mitternacht wachhalten. Er konnte ja die Kälte ganz gut ertragen, aber Sandys ständiges Zittern und Mäkeln gingen ihm langsam auf die Nerven.

Carl ging in die Küche, holte eine Taschenlampe aus der Besteckschublade und schaute nach, ob die Tür abgeschlossen war. Dann schloss er alle Vorhänge; am Ende trottete er ins Schlafzimmer. Er ging auf die Knie und suchte unter dem Bett nach einer Schuhschachtel, trug sie ins Wohnzimmer, machte das Licht aus und setzte sich im Dunkeln auf das Sofa. Die Kälte drang durch die undichten Fenster, und er zog sich Sandys Decke um die Schultern.

Er stellte sich die Schachtel auf den Schoß, schloss die Augen und griff mit einer Hand unter den Deckel. In der Schachtel waren über zweihundert Fotos, aber er zog nur eins heraus. Er fuhr mit dem Daumen langsam über das dicke Papier, versuchte zu erahnen, um welches Bild es sich handelte, ein kurzes Zögern, damit das alles noch ein wenig länger dauerte. Er legte sich fest, schlug die Augen auf und schaltete die Taschenlampe nur eine Sekunde lang an. *Klick, klick.* Ein winziger Vorgeschmack, dann legte er das Foto beiseite, schloss wieder die Augen und nahm das nächste Foto heraus. *Klick, klick.* Nackte Rücken und blutige Löcher und Sandy mit gespreizten Beinen. Manchmal ging er die ganze Schachtel durch, ohne ein einziges Bild richtig zu raten.

Einmal glaubte er, er würde etwas hören, eine zugeschlagene Autotür, Schritte auf der Hintertreppe. Carl stand auf, ging mit gezückter Waffe auf Zehenspitzen von Zimmer zu Zimmer und linste aus den Fenstern. Dann kontrollierte er die Tür und setzte sich wieder aufs Sofa. Die Zeit schien sich zu verändern, wurde schneller, wurde langsamer, lief vor und zurück, wie in einem verrückten Traum, den er immer wieder durchlebte. Erst stand er auf einem schlammigen Sojabohnenacker außerhalb von Jasper, Indiana; mit dem nächsten Klicken der Taschenlampe steckte er in einer Schlucht nördlich von Sugar City, Colorado. Alte Stimmen krochen ihm wie Würmer durch den Kopf. Manche fluchten bitter, andere flehten noch immer um Gnade. Gegen Mitternacht hatte er einen Großteil des Mittleren Westens hinter sich gebracht und die letzten Lebensaugenblicke von vierundzwanzig Fremden durchlebt. Carl erinnerte sich an jede Einzelheit. Ihm war, als würde er sie jedes Mal, wenn er sie aus der Schachtel holte, wiederauferstehen und ihr eigenes Lied singen lassen. Ein letztes *Klick*, und er machte Schluss.

Carl versteckte die Schachtel wieder unter dem Bett, machte das Licht an und wischte die Decke mit Sandys Waschlappen ab, so gut er konnte. In den folgenden Stunden saß er am Küchentisch, putzte die Pistole, studierte die Straßenkarten und wartete auf sie. Nach einer Sitzung mit der Schachtel sehnte er sich immer nach ihrer Gesellschaft. Sie hatte ihm von dem Kerl aus der Papierfabrik erzählt, und er dachte eine Weile darüber nach, was er mit dem Haken machen würde, falls er jemals einen Tramper mit so einer Hand aufgabelte.

Carl hatte vergessen, wie hungrig er wirklich war, als Sandy mit zwei kalten Hamburgern, drei Flaschen Bier und der Abendzeitung erschien. Sandy saß ihm beim Essen gegenüber, zählte sorgfältig ihr Trinkgeld, häufte Fünfer, Zehner und Vierteldollar zu kleinen, ordentlichen Stapeln; Carl erinnerte sich daran, wie er vor ein paar Stunden über ihre dumme Fernsehsendung hergezogen war. »Du hast ganz gut verdient heute Abend«, sagte er, als sie endlich fertig war.

»Nicht schlecht für einen Mittwoch, schätze ich«, sagte sie und lächelte müde. »Und was hast du gemacht?«

Carl zögerte. »Ach, ich hab den Kühlschrank sauber gemacht und ein paar Kirchenlieder gesungen.«

»Und, hast du die Alte wieder verärgert?«

»Ich hab nur einen Scherz gemacht. Ich habe aber ein paar neue Fotos für dich.«

»Von wem?« fragte sie.

»Dem mit dem Tuch um den Kopf. Sind ziemlich gut geworden.«

»Heute Abend nicht«, winkte sie ab. »Sonst kann ich gar nicht mehr schlafen.« Dann schob sie ihm die Hälfte des Geldes über den Tisch. Er wischte das Kleingeld zusammen und warf es in eine Kaffeedose, die er unter der Spüle aufbewahrte. Sie sparten auf die nächste Schrottkarre, den nächsten Film, die nächste Reise. Carl machte das dritte Bier auf und goss Sandy ein Glas ein. Dann kniete er sich hin, zog ihr die Schuhe aus und begann, ihr die Arbeitslast aus den Füßen zu massieren. »Ich hätte das heute nicht über deinen blöden Doktor sagen sollen«, entschuldigte er sich. »Schau dir ruhig an, was du willst.«

»Ist wenigstens eine Beschäftigung, Schätzchen«, sagte Sandy. »Das lenkt mich ein wenig ab, weißt du?« Er nickte und drückte seine Finger sanft in ihre weichen Fußsohlen. »Das ist die richtige Stelle«, sagte sie und streckte die Beine aus. Nachdem sie das Bier ausgetrunken und eine letzte Zigarette geraucht hatte, hob er ihren dürren Körper hoch und trug sie durch den Flur ins Schlafzimmer; dabei musste sie kichern. Er hatte sie schon seit Wochen nicht mehr lachen hören. Er würde sie heute Nacht wärmen, das war das Mindeste, was er tun konnte. Es war fast vier Uhr früh, und irgendwie, mit viel Glück und wenig Kummer, hatten sie einen weiteren langen Wintertag hinter sich gebracht.

26.

Ein paar Tage später fuhr Carl Sandy zur Arbeit und sagte ihr, er müsse mal für eine Weile raus aus der Wohnung. Es hatte in der Nacht zuvor ein paar Zentimeter Neuschnee gegeben, und an jenem Morgen brach die Sonne endlich durch die dicken, grauen Wolkenbänke, die in den letzten Wochen wie ein trister, unnachgiebiger Fluch über Ohio gehangen hatten. In Meade war alles, selbst der Schornstein der Papierfabrik, strahlend und weiß. »Willst du für eine Minute reinkommen?« fragte Sandy, als Carl vor der *Tecumseh Lounge* hielt. »Ich spendier dir ein Bier.«

Carl sah all die Wagen auf dem matschigen Parkplatz stehen. Er war überrascht, dass er mitten am Tag so voll war. Carl hatte sich so lange in der Wohnung eingesperrt, dass er fürchtete, er könne beim ersten Mal zurück in der wirklichen Welt nicht gleich so viele Menschen auf einmal ertragen. »Ach, ein andermal«, winkte er ab. »Ich dachte, ich fahr mal eine Weile herum und versuche, vor der Dunkelheit wieder zu Hause zu sein.«

»Wie du möchtest«, sagte Sandy und öffnete die Beifahrertür. »Vergiss nur nicht, mich abzuholen.«

Kaum war Sandy verschwunden, fuhr Carl wieder zur Wohnung in der Watt Street. Er saß da, starrte zum Küchenfenster hinaus, bis die Sonne unterging, und lief dann zum Wagen. Er legte die Kamera ins Handschuhfach und schob die Pistole unter den Sitz. Der Tank war noch halb voll und er hatte fünf Dollar in der Tasche, die er aus der Dose mit dem Reisegeld genommen hatte. Er versprach sich, nichts zu unternehmen, nur ein wenig herumzufahren und so zu tun, als ginge es wieder los. Manchmal wünschte er sich, er hätte all diese verdammten Regeln nie aufgestellt. Hier in der Gegend konnte er wahrscheinlich jede Nacht einen Penner umlegen, wenn er wollte. »Aber deshalb hast du ja die Regeln aufgestellt, Carl«, ermahnte er sich, als er die Straße entlangfuhr. »Damit du nicht alles versaust.«

Als er am *White Cow Diner* an der High Street vorbeikam, sah er seinen Schwager am Rande des Parkplatzes neben seinem Streifenwagen stehen und mit jemandem reden, der hinter dem Lenkrad eines glänzend schwarzen Lincoln saß. Sie schienen sich zu streiten, so wie Bodecker herumfuchtelte. Carl bremste ab und beobachtete sie im Rückspiegel, so lange es ging. Er dachte daran, was Sandy vor ein paar Wochen gesagt hatte: dass ihr Bruder noch im Gefängnis enden würde, wenn er nicht aufhörte, sich mit solchen Kerlen wie Tater Brown und Bobo McDaniels abzugeben. »Wer zum Henker ist das?« hatte Carl gefragt. Er hatte am Küchentisch gesessen und einen der Cheeseburger ausgepackt, die sie von der Arbeit mitgebracht hatte. Jemand hatte schon ein Stück davon abgebissen. Die gehackte Zwiebel kratzte er mit dem Taschenmesser herunter.

»Die kontrollieren alles von Circleville bis Portsmouth«, erklärte ihm Sandy. »Jedenfalls alles, was illegal ist.«

»Aha«, sagte Carl. »Und woher weißt du das?« Andauernd kam sie mit irgendwelchem Blödsinn an, den ihr ein Besoffener erzählt hatte. Letzte Woche hatte sie mit jemandem gesprochen, der angeblich bei der Ermordung von Kennedy dabei gewesen war. Manchmal regte es Carl ungeheuer auf, dass sie so leichtgläubig war, aber andererseits war das wohl einer der Gründe, warum sie überhaupt die ganze Zeit bei ihm geblieben war.

»Na, weil dieser Typ heute in die Bar gekommen ist, gleich nachdem Juanita gegangen war, und mir einen Umschlag überreicht hat, den ich Lee geben sollte.« Sandy zündete sich eine Zigarette an und pustete den Qualm an die fleckige Zimmerdecke. »Der Umschlag war voller Geld, und das waren nicht nur Ein-Dollar-Scheine. Da müssen vier-, fünfhundert Dollar drin gewesen sein, vielleicht sogar mehr.«

»Himmel, hast du was davon genommen?«

»Machst du Witze? Das sind keine Leute, die du beklauen willst.« Sie nahm sich eine Pommes frites aus der fettigen Papp-

schachtel, die vor Carl stand, und tunkte sie in ein Häufchen Ketchup. Den ganzen Abend lang hatte sie daran gedacht, in den Wagen zu springen und mit dem Umschlag abzuhauen.
»Aber er ist dein Bruder, verdammt. Er wird dir nichts tun.«
»Ach Scheiße, Carl, so wie Lee gerade drauf ist, glaube ich nicht, dass er lange zögern würde, uns loszuwerden. Zumindest dich.«
»Und was hast du damit gemacht? Hast du das Geld immer noch?«
»Nein. Als Lee auftauchte, habe ich es ihm gegeben und mich dumm gestellt.« Sie hatte auf die Pommes frites in ihrer Hand geblickt und sie in den Aschenbecher fallen lassen. »Er schien nicht sonderlich glücklich zu sein«, hatte sie noch hinzugefügt.

Carl dachte immer noch an seinen Schwager und bog in die Vine Street ein. Jedes Mal, wenn er Lee traf, was zum Glück nicht allzu häufig war, fragte ihn der Mistkerl: »Und, wo arbeitest du, Carl?« Er hätte alles dafür gegeben, Lees Hintern so im Schlamassel stecken zu sehen, dass er nicht einfach wieder davonkommen konnte, indem er seine fette Dienstmarke zückte. Vor sich sah er zwei Burschen, fünfzehn oder sechzehn Jahre alt, die langsam den Bürgersteig entlanggingen. Er hielt an, schaltete den Motor aus, kurbelte das Fenster herunter und nahm ein paar Züge von der kalten Luft. Er beobachtete, wie sie sich am Ende des Blocks trennten, einer ging ostwärts, der andere nach Westen. Carl kurbelte auch das Beifahrerfenster herunter, startete den Motor, fuhr ans Stoppschild und bog rechts ab.

»He«, sagte Carl und hielt neben dem dürren Jungen, der eine dunkelblaue Jacke mit der weiß aufgestickten Aufschrift MEADE HIGHSCHOOL auf dem Rücken trug. »Soll ich dich mitnehmen?«

Der Junge blieb stehen und sah den Fahrer hinter dem Lenker des zerschundenen Kombis an. Das verschwitzte Gesicht glänzte im grellen Schein der Straßenlaterne. Braune Stoppeln bedeckten seine fetten Wangen und den Hals. Seine Augen waren klein, gemein, wie bei einer Ratte. »Wie bitte?« fragte der Junge.

»Ich fahr nur so rum«, sagte Carl. »Vielleicht können wir uns ja irgendwo ein Bier holen.« Er schluckte und schwieg, bevor er noch anfing zu betteln.

Der Bursche grinste verächtlich. »Da sind Sie an den Falschen geraten, Mister«, sagte er. »Ich bin nicht von der Sorte.« Und dann ging er weiter, diesmal schneller.

»Ach, fick dich doch«, sagte Carl leise. Er sah, wie der Junge ein paar Türen weiter in einem Haus verschwand. Er war zwar ein wenig enttäuscht, aber vor allem erleichtert. Er wusste, er hätte sich nicht mehr bremsen können, wenn er den Mistkerl erst einmal im Wagen gehabt hätte. Er konnte es sich schon bildhaft vorstellen, wie der kleine Scheißer ausgeweidet im Schnee lag. Eines Tages, dachte er, würde er mal ein Winterfoto machen.

Carl fuhr zurück zum *White Cow Diner* und sah, dass Bodecker verschwunden war. Er stellte den Wagen ab und ging hinein, setzte sich an die Theke und bestellte sich einen Kaffee. Seine Hände zitterten noch immer. »Verdammt, ist das kalt draußen«, sagte er zur Kellnerin, einem großen, dünnen Mädchen mit roter Nase.

»So ist nun mal Ohio«, sagte sie.

»Ich bin das nicht gewohnt.«

»Ach, Sie sind nicht von hier?«

»Nein«, antwortete Carl, trank einen Schluck Kaffee und zog einen seiner Hundepimmel aus der Tasche. »Ich bin auf der Durchreise von Kalifornien.« Dann runzelte er die Stirn und blickte auf seine Zigarre. Er wusste gar nicht, warum er das gesagt hatte; vielleicht wollte er das Mädchen beeindrucken. Schon bei der Erwähnung Kaliforniens wurde ihm normalerweise übel. Sandy und er waren ein paar Wochen nach der Heirat nach Kalifornien gezogen. Carl hatte gedacht, er könne dort Erfolg haben, Filmstars und schöne Menschen fotografieren, Sandy Arbeit als Model besorgen, doch am Ende waren sie abgebrannt und ausgehungert gewesen, und er hatte sie schließlich an zwei Männer verhökert, die er bei einer windigen Agentur kennengelernt hatte und die einen schmutzigen Film drehen wollten. Sandy hatte sich erst geweigert, doch noch in derselben Nacht, nachdem er sie mit

Wodka und allerlei Versprechungen herumgekriegt hatte, fuhren sie ihre alte Schrottkarre in die nebligen Hügel Hollywoods und kamen zu einem kleinen, dunklen Haus, dessen Fenster mit Zeitungen zugeklebt waren. »Das könnte unser großer Durchbruch werden«, sagte Carl und führte Sandy zur Tür. »Kontakte knüpfen und so weiter.«

Außer den beiden Männern, mit denen er sich einig geworden war, standen noch sieben oder acht weitere an den zitronengelben Wänden des Wohnzimmers, das bis auf die Filmkamera auf einem Stativ und ein Doppelbett mit verknüllten Laken leer war. Ein Mann reichte Carl einen Drink, ein anderer bat Sandy mit sanfter Stimme, sich auszuziehen. Einige der Männer machten Fotos von ihr beim Strippen. Keiner sagte ein Wort. Dann klatschte jemand in die Hände, und die Badezimmertür ging auf. Ein Zwerg mit kahl rasiertem Schädel, der viel zu groß für seinen kleinen Körper war, führte einen großen, benommen wirkenden Mann ins Zimmer. Der Zwerg trug ein Hawaii-Hemd und eine gute Hose, die ein paar Zentimeter über seinen spitzen italienischen Schuhen hochgerollt war, der große Mann aber war nackt, und zwischen seinen gebräunten, muskulösen Beinen baumelte ein langer, blau geäderter Penis, so dick wie eine Kaffeetasse. Als Sandy sah, wie der grinsende Zwerg die Leine von dem Hundehalsband abmachte, das der Mann um den Hals hatte, rollte sie sich vom Bett und griff hastig nach ihrer Kleidung. Carl stand auf und verkündete: »Tut mir leid, Jungs, die Dame hat ihre Meinung geändert.«

»Schmeißt diesen Schwanzlutscher hier raus«, knurrte der Mann hinter der Kamera. Noch bevor Carl wusste, wie ihm geschah, hatten drei Männer ihn zur Tür hinausgezerrt und in sein Auto verfrachtet. »Du wartest hier, sonst wird sie sich noch richtig wehtun«, sagte einer von ihnen. Carl kaute auf seiner Zigarre herum, beobachtete die Schatten, die sich hinter den zugeklebten Fenstern bewegten, und versuchte sich einzureden, dass schon alles gut werden würde. Schließlich war das die Filmindustrie, da konnte ja nicht ernstlich was schiefgehen. Zwei Stunden später öffnete sich die Haustür, dieselben drei Männer trugen Sandy zum

Wagen und warfen sie auf den Rücksitz. Einer kam noch zur Fahrerseite und reichte Carl zwanzig Dollar. »Das reicht nicht«, sagte Carl. »Abgemacht waren zweihundert.«

»Zweihundert? Scheiße, die war nicht mal zehn wert. Kaum hatte der riesige Scheißkerl sein Ding in ihrem Hintern, ist sie ohnmächtig geworden und hat da rumgelegen wie ein toter Fisch.«

Carl drehte sich um und sah Sandy auf dem Rücksitz liegen. Sie kam langsam wieder zu sich. Sie hatten ihr die Bluse falsch herum angezogen. »Bullshit«, sagte er. »Ich will mit den Typen reden, mit denen ich verhandelt habe.«

»Jerry und Ted meinst du? Die sind schon vor einer Stunde gegangen.«

»Ich ruf die Polizei«, drohte Carl.

»Nein, das tust du nicht«, sagte der Mann und schüttelte den Kopf. Dann streckte er die Hand durchs Fenster, packte Carl an der Kehle und drückte zu. »Und wenn du weiter rumstresst und nicht sofort verschwindest, dann schlepp ich dich wieder da rein und lass den alten Frankie auf deinen fetten Hintern los. Dann machen Tojo und er noch einen Hunderter extra.« Der Mann ging zum Haus zurück, und Carl hörte ihn noch über die Schulter sagen: »Und schlepp die ja nicht noch mal an. Die hat nicht den nötigen Mumm für dieses Geschäft.«

Am nächsten Morgen fuhr Carl los und kaufte sich von den zwanzig Dollar, die der Mann ihm gegeben hatte, in einer Pfandleihe eine uralte 38er Smith & Wesson. »Und woher weiß ich, dass das Ding überhaupt funktioniert?« fragte er den Pfandleiher.

»Folgen Sie mir«, sagte der Mann. Er führte Carl in ein Hinterzimmer und feuerte zwei Schuss auf ein Fass voller Sägemehl und alter Zeitschriften ab. »Das Modell bauen die schon seit den Vierzigern nicht mehr, aber das ist immer noch eine verdammt gute Waffe.«

Carl fuhr zurück ins *Blue Star Motel*, wo Sandy in einer heißen Badewanne lag. Er zeigte ihr die Knarre und schwor, er würde die beiden Schweine umlegen, die sie reingelegt hatten; stattdessen fuhr er die Straße entlang und setzte sich für den Rest des Tages auf eine Parkbank und dachte daran, sich selbst umzubringen. An jenem Tag zerbrach etwas in ihm. Zum ersten Mal erkannte er, dass sein ganzes Leben absolut nichts wert war. Das Einzige, was er konnte, war, eine Kamera zu bedienen, aber wer brauchte denn noch einen weiteren Idioten mit schütterem Haar, der langweilige Fotos von rotgesichtigen Babys, aufgetakelten Schlampen beim Abschlussball und grimmigen Paaren machte, die fünfundzwanzig Jahre Elend feierten? Als Carl am Abend in das Motelzimmer zurückkam, schlief Sandy bereits.

Am folgenden Nachmittag fuhren sie zurück nach Ohio. Er fuhr, sie saß auf den Kissen, die sie aus dem Motelzimmer mitgenommen hatten. Er konnte ihr kaum in die Augen schauen, und sie sprachen keine zwei Worte miteinander, während sie die Wüste Richtung Colorado durchquerten. Die Blutung hörte endlich auf, als sie in die Rocky Mountains fuhren, und Sandy sagte, sie würde lieber selbst fahren, anstatt nur dazusitzen und daran zu denken, wie sie von dem zugedröhnten Sklaven dieses Zwerges vergewaltigt worden war, während all die Männer Witze über sie rissen. Also setzte sie sich hinters Lenkrad, zündete sich eine Zigarette an und schaltete das Radio ein. Sie hatten nur noch vier Dollar. Ein paar Stunden später nahmen sie einen nach Gin stinkenden Mann mit, der zurück zum Haus seiner Mutter in Omaha trampen wollte. Er erzählte ihnen, dass er alles, auch sein Auto, in einem Bordell nördlich von Reno verloren habe, das eigentlich nur aus einem Wohnwagen mit drei Frauen bestand, einer Tante und ihren zwei Nichten. »Muschis«, erklärte der Mann, »das war schon immer mein Problem.«

»Ist das wie so eine Art Krankheit, die Sie dann erfasst?« fragte Carl.

»Mann, Sie hören sich an wie dieser Seelenklempner, mit dem ich mich mal unterhalten musste.« Sie fuhren ein paar Minuten lang schweigend weiter, dann beugte sich der Mann vor und legte seine Arme lässig auf die Lehne der Vorderbank. Er bot ihnen einen Schluck aus einem Flachmann an, doch die beiden waren nicht gerade in Partystimmung. Carl öffnete das Handschuhfach und nahm seine Kamera heraus. Er fand, er könnte genauso gut ein paar Naturaufnahmen machen. Wahrscheinlich würde er diese Berge niemals wiedersehen. Der Tramper lehnte sich wieder zurück und fragte: »Ist das Ihre Frau?«

»Ja.«

»Ich sag Ihnen was, mein Freund. Ich weiß ja nicht, in welcher Lage Sie sind, aber ich gebe Ihnen zwanzig Piepen für eine schnelle Nummer mit ihr. Um ehrlich zu sein, glaube ich nicht, dass ich es sonst bis Omaha schaffe.«

»Jetzt reicht's«, sagte Sandy. Sie trat auf die Bremse und blinkte. »Ich hab die Schnauze gestrichen voll von euch Arschlöchern.«

Carl blickte kurz auf die halb unter einer Landkarte verborgene Pistole im Handschuhfach. »Augenblick«, sagte er leise zu Sandy. Er drehte sich um und sah den Mann an, gute Kleidung, schwarze Haare, olivfarbener Teint, hohe Wangenknochen. Ein Hauch von Eau de Cologne mischte sich in den Gin-Geruch. »Ich dachte, Sie hätten Ihr ganzes Geld verloren.«

»Na ja, hab ich auch, zumindest alles, was ich hatte, aber als ich nach Las Vegas kam, hab ich meine Mutter angerufen. Sie wollte mir dieses Mal kein neues Auto spendieren, aber sie hat mir ein paar Dollar überwiesen, damit ich es bis nach Hause schaffe. Sie ist gut bei solchen Dingen.«

»Wie wär's mit fünfzig? Haben Sie so viel?«

»Carl!« rief Sandy. Sie war kurz davor, ihm zu sagen, dass er seinen Hintern auch gleich rausschwingen könne, als sie sah, wie er die Pistole aus dem Handschuhfach zog. Sie schaute zurück auf die Straße und fuhr wieder schneller.

»Mann, ich weiß ja nicht«, sagte der Kerl und kratzte sich am Kinn. »Das Geld hab ich schon, aber für fünfzig Piepen kriegt man schon ein schönes Feuerwerk, verstehen Sie, was ich meine? Wie wär's mit ein paar Extras?«

»Klar, alles, was Sie wollen«, sagte Carl; sein Mund wurde trocken und sein Herz schlug nun schneller. »Wir müssen nur eine ruhige Stelle finden.« Er zog den Bauch ein und schob sich die Waffe hinter den Hosenbund.

172

Als er eine Woche später endlich den Mut aufbrachte, den Film zu entwickeln, den er an jenem Tag geschossen hatte, wusste Carl schon auf den ersten Blick, dass ihn aus der flachen Fixierschale der Anfang seines Lebenswerks anstarrte. Es tat ihm zwar weh, Sandy ihre Arme um den Hals dieses Hurenbocks schlingen zu sehen, während sie zum ersten Mal einen richtigen Höhepunkt bekam, doch er wusste, er würde nie wieder damit aufhören können. Und die Demütigung, die er in Kalifornien über sich hatte ergehen lassen müssen? Er schwor, dass ihm das nie wieder passieren würde. Im darauffolgenden Sommer gingen sie zum ersten Mal auf die Jagd.

Die Kellnerin wartete, bis Carl sich die Zigarre angezündet hatte, und fragte dann: »Und was machen Sie da drüben in Kalifornien?«

»Ich bin Fotograf. Meistens Filmschauspieler.«

»Wirklich? Haben Sie schon mal Fotos von Tab Hunter gemacht?«

»Nein, kann ich nicht behaupten«, antwortete Carl, »aber ich wette, mit dem könnte man gut arbeiten.«

27.

Nach ein paar Tagen war Carl bereits Stammgast im *White Cow Diner*. Nachdem er sich den Großteil des Winters in der Wohnung eingeschlossen hatte, war ihm richtig wohl dabei, wieder unter Menschen zu sein. Als die Kellnerin ihn fragte, wann er denn nach Kalifornien zurückfahren wolle, sagte er zu ihr, er habe beschlossen, noch eine Weile zu bleiben und mal Abstand von all dem Hollywood-Scheiß zu nehmen. Eines Abends, als er an der Theke saß, fuhren zwei Männer von etwa sechzig Jahren in einem langen schwarzen El Dorado vor. Sie hielten direkt vor der Eingangstür und kamen hereinmarschiert. Einer von ihnen trug mit Pailletten bestickte Cowboyklamotten. Sein Bierbauch drückte gegen eine Gürtelschnalle, die wie eine Winchester aussehen sollte, und er ging krummbeinig, so als sei er entweder gerade von einem ziemlich breiten Pferd gestiegen, überlegte Carl, oder als hielte er eine Gurke im Hintern versteckt. Der andere hatte einen dunkelblauen Anzug an, der vorn mit allerlei Abzeichen und patriotischen Bändern geschmückt war, und auf dem Kopf ein schräg sitzendes Schiffchen des Veteranenverbands. Die Gesichter der beiden waren ganz rot vor Schnaps und Arroganz. Carl erkannte den Cowboy aus der Zeitung, ein republikanisches Großmaul aus dem Stadtrat, der sich bei den monatlichen Sitzungen ständig über die angeblich abartig wilden Sexeskapaden im Stadtpark von Meade aufregte. Carl war dort schon hundert Mal nachts vorbeigefahren, doch das Heißeste, was er zu sehen bekommen hatte, war ein Paar schlaksiger Teenager, das vor dem kleinen Weltkriegs-Denkmal herumknutschte.

Die beiden Männer setzten sich in eine Nische und bestellten Kaffee. Die Kellnerin brachte ihnen die Tassen, und die beiden unterhielten sich über einen Langhaarigen, den sie bei der Herfahrt vom Büro der American Legion auf dem Bürgersteig gesehen hatten. »Hätte nie gedacht, dass ich so etwas hier jemals zu Gesicht kriegen würde«, sagte der Anzugträger.

»Warte nur ab«, sagte der Cowboy. »Wenn man dagegen nichts unternimmt, gibt's davon in ein, zwei Jahren so viele wie Flöhe auf 'nem Affenarsch.« Er trank einen Schluck Kaffee. »Eine Nichte von mir wohnt in New York City, und ihr Freund sieht aus wie ein Mädchen, Haare bis über die Ohren. Ich sag ihr andauernd, schick ihn mal zu mir, ich werd ihm schon ein paar Flötentöne beibringen, aber sie will nicht. Sie meint, ich würde zu grob mit ihm umspringen.«

Dann sprachen sie etwas leiser, doch Carl konnte immer noch hören, wie sie darüber redeten, früher Nigger aufgeknöpft zu haben, und dass man mal wieder jemanden lynchen müsste, auch wenn das hart sei; aber diesmal seien die Langhaarigen dran. »Ein paar von denen sollte man mal die Hälse langziehen«, sagte der Cowboy. »Das würde sie wachrütteln, bei Gott. Zumindest würden sie sich dann nicht mehr hierher trauen.«

Carl konnte quer durch den Diner ihr Aftershave riechen. Er starrte die Zuckerschale vor sich auf der Theke an und versuchte, sich ihre Geschichte vorzustellen, all die unwiederbringlichen Schritte, die sie bis hierher in diese kalte, dunkle Nacht in Meade, Ohio, geführt hatten. Das Gefühl, das ihn in diesem Augenblick durchfuhr, war wie ein elektrischer Schlag. Ihn durchdrang die Erkenntnis von seiner eigenen kurzen Zeit auf dieser Erde, von dem, was er damit gemacht hatte, von den beiden alten Arschlöchern dort und ihrer Verbindung zu allem anderen. Es war dasselbe Gefühl, das er auch bei den Models hatte. Sie hatten die eine Himmelsrichtung der anderen vorgezogen und waren in Sandys und seinem Wagen gelandet. Hatte Carl eine Erklärung dafür? Nein, hatte er nicht, aber er konnte es verdammt noch mal fühlen. Ein *Mysterium*, anders konnte Carl es nicht nennen. Morgen, das wusste er, würde es nichts mehr bedeuten. Das Gefühl würde vergangen sein, bis zum nächsten Mal. Dann hörte er, wie in der Küche hinten Wasser ins Spülbecken lief, und vor seinem geistigen

Auge tauchte das deutliche Bild eines nassen Grabes auf, das er einmal in einer sternenklaren Nacht gebuddelt hatte – er hatte an einer feuchten Stelle gegraben, und der hoch am Himmel stehende Halbmond, der so weiß gewesen war wie frisch gefallener Schnee, war auf dem Wasser in der Grube gehüpft und hatte sich schließlich beruhigt; Carl hatte noch nie etwas so Schönes gesehen – und er versuchte jetzt, das Bild festzuhalten, weil er schon eine Weile nicht mehr daran gedacht hatte. Doch dann mischten sich wieder die Stimmen der alten Männer ein und störten seinen Frieden.

Carl bekam leichte Kopfschmerzen, und er bat die junge Kellnerin um ein Aspirin, die sie, wie er wusste, in ihrer Geldbörse bei sich trug. Sie rauchte gern Aspirin, hatte sie ihm eines Nachts gebeichtet, sie zerstieß die Tabletten und mischte das Pulver unter den Tabak einer Zigarette. Kleinstadtdroge, hatte Carl gedacht, und er hatte sich beherrschen müssen, dieses arme, unbedarfte Mädchen nicht auszulachen. Sie reichte ihm zwei Tabletten und zwinkerte, als würde sie ihm Morphium oder so was geben. Er lächelte sie an und überlegte wieder, ob er sie nicht mal auf eine Probefahrt mitnehmen und zuschauen sollte, wie sich ein Tramper mit ihr vergnügte, während er ein paar Fotos machte und ihr versicherte, dass alle Models auf diese Weise ihre Karriere begännen. Sie würde ihm bestimmt glauben. Carl hatte ihr ein paar ziemlich wilde Geschichten aufgetischt, und sie reagierte schon eine Weile nicht mehr peinlich berührt. Dann schluckte er die Tabletten und drehte sich ein wenig auf seinem Hocker, um die beiden Alten besser verstehen zu können.

»Die Demokraten treiben das Land in den Ruin«, erklärte der Cowboy. »Was wir brauchen, Bus, ist unsere eigene kleine Armee. Lass uns ein paar von denen umnieten, dann begreifen es die anderen schon.«

»Die Demokraten oder die Langhaarigen, J.R.?«

»Fangen wir erst mal mit den Schwuchteln an«, antwortete der Cowboy. »Weißt du noch, das verrückte Arschloch, das auf dem Highway das Huhn auf sich stecken hatte? Bus, ich garantiere dir, mit diesen Langhaarigen wird es zehn Mal so schlimm.«

Carl trank einen Schluck Kaffee und lauschte, während die beiden Männer von einer Privatmiliz fantasierten, davon, dass dies ihr letzter Dienst am Vaterland sein würde, bevor sie starben. Sie würden sich nur zu gern opfern, wenn nötig. Das war ihre Pflicht als Staatsbürger. Dann hörte Carl, wie einer der beiden laut sagte: »Wen zum Henker starrst du denn an?« Sie sahen ihn an. »Niemanden«, antwortete Carl. »Ich trinke nur meinen Kaffee.«

Der Cowboy zwinkerte dem Anzugträger zu und fragte: »Und was denkst du so, mein Junge? Magst du die Langhaarigen?«

»Weiß nicht«, antwortete Carl.

»Scheiße, J. R., zu Hause wartet wahrscheinlich schon einer von denen auf ihn«, sagte der Anzugträger.

»Ja, der hat nicht den Mumm, den wir brauchen«, winkte der Cowboy ab und wendete sich wieder seinem Kaffee zu. »Scheiße, hat wahrscheinlich noch nicht mal gedient. Weich wie ein Doughnut, der Junge.« Er schüttelte den Kopf. »Das ganze verdammte Land wird so.«

Carl erwiderte nichts darauf, aber er fragte sich, wie es wohl wäre, ein paar vertrocknete Wichser wie die beiden umzulegen. Einen Augenblick dachte er daran, sie zu verfolgen, wenn sie aufbrachen, und dann dazu zu zwingen, sich gegenseitig zu vögeln. Bis zu dem Augenblick, da er Ernst machte, würde sich der Cowboy schon den kleinen Hut vollgeschissen haben, da wettete er drauf. Die beiden Schwanzlutscher konnten Carl Henderson ruhig so lange anstarren und für ein Nichts halten, wie sie wollten, ihm war das egal. Die konnten bis in alle Ewigkeit damit angeben, wen sie alles umlegen wollten, dabei hatte keiner von den beiden den Schneid dazu. Nach einer Viertelstunde würden die beiden ihn um einen Platz in der Hölle anflehen. Er konnte ihnen Dinge zufügen, die sie dazu bringen würden, die Finger des anderen zu essen, nur damit er sie zwei Minuten in Ruhe ließ. Dazu musste er sich nur entscheiden. Er trank seinen Kaffee, sah hinaus zum Cadillac, auf die neblige Straße. Na klar, nur ein alter fetter Bursche, Chef. Weich wie ein beschissener Doughnut.

Der Cowboy zündete sich wieder eine Zigarette an und hustete etwas Braunes hoch, das er in den Aschenbecher spuckte. »Man sollte sich eines von diesen Mistviechern als Haustier halten, das wär was«, sagte er und wischte sich den Mund mit einer Papierserviette ab.

»Ein Männchen oder ein Weibchen, J. R.?«

»Scheißegal, sehen doch eh alle gleich aus.«

Der Anzugtyp grinste. »Und womit willst du es füttern?«

»Du weißt verdammt gut, womit, Bus«, antwortete der Cowboy, und die beiden lachten.

Carl drehte sich um. Darauf war er noch nicht gekommen. Ein Haustier. So etwas ging im Augenblick nicht, aber später vielleicht. Siehst du, sagte er bei sich, immer wieder gibt es etwas Neues und Aufregendes, worauf man sich freuen kann, selbst in diesem Leben. Abgesehen von den Wochen, in denen sie auf Jagd waren, fiel es ihm sehr schwer, sich bei Laune zu halten, doch dann geschah immer etwas, das ihn daran erinnerte, dass nicht alles bloß beschissen war. Um auch nur daran zu denken, ein Model in eine Art Haustier zu verwandeln, mussten sie wegziehen, weit hinaus in die Wälder. Man brauchte einen Keller oder zumindest eine Art Anbau, einen Werkzeugschuppen, eine Scheune. Vielleicht konnte er ihm beibringen, auf jedes Wort zu gehorchen, obwohl Carl schon beim ersten Nachdenken bezweifelte, dass er so viel Geduld hatte. Sandy bei der Stange zu halten, war schon schwer genug.

28.

Eines Nachmittags gegen Ende Februar, Sandy hatte gerade ihre Schicht begonnen, betrat Bodecker die *Tecumseh Lounge* und bestellte eine Coke. Ansonsten war niemand in der Bar. Sie schenkte ihm wortlos ein und kehrte wieder zu der Spüle hinter der Theke zurück, wo sie die dreckigen Bier- und Schnapsgläser von letzter Nacht abwusch. Bodecker bemerkte die dunklen Ringe um ihre Augen und die grauen Strähnen im Haar. So wie ihr die Jeans um die Beine schlackerte, mochte sie keine vierzig Kilo wiegen. Bodecker gab Carl die Schuld dafür, dass es mit Sandy bergab ging. Er hasste die Vorstellung, wie dieser fette Mistkerl sich von ihr aushalten ließ. Sandy und er waren zwar in all den Jahren nie sonderlich vertraut miteinander gewesen, aber sie war noch immer seine Schwester. Sie war gerade erst vierundzwanzig geworden, fünf Jahre jünger als er selbst. So wie sie heute aussah, ging sie nur mit Mühe für vierzig durch.

Lee setzte sich auf einen Hocker am Ende der Theke, um die Tür beobachten zu können. Seit dem Abend, als er in die Bar gehen musste, um den Geldumschlag abzuholen – die dümmste Sache, die Tater Brown ihm bislang eingebrockt hatte, und der Mistkerl hatte auch noch davon gehört –, hatte Sandy kaum ein Wort mit ihm gewechselt. Es bereitete ihm Kummer, zumindest ein wenig, wenn er darüber nachdachte, dass sie schlecht von ihm denken könnte. Sie war wohl immer noch sauer, weil er ihr wegen ihrer Hurerei an der Hintertür dieser Spelunke die Hölle heiß gemacht hatte. Er drehte sich um und sah sie an. Der Laden war tot, das einzige Geräusch stammte von den Gläsern, die im Wasser gegeneinanderschlugen, wenn sie eins herausnahm, um es zu spülen. Scheiß drauf, dachte er. Er fing an zu reden und erwähnte, dass Carl ziemlich viel Zeit damit verbrachte, sich mit einer jun-

179

gen Kellnerin im *White Cow* zu unterhalten, während sie hier fest-steckte und ausschenkte, um die Rechnungen zu bezahlen.

Sandy stellte das Glas in den Plastikbehälter und trocknete sich die Hände ab, während sie überlegte, was sie erwidern sollte. Carl hatte sie in letzter Zeit sehr oft zur Arbeit gefahren, aber das ging Lee überhaupt nichts an. Was sollte Carl auch mit einer Frau anstellen? Er bekam doch nur noch einen hoch, wenn er sich seine Fotos anschaute. »Na und?« sagte sie schließlich. »Er ist einsam.«

»Ja, und er lügt auch wie gedruckt«, setzte Bodecker nach. Am Vorabend hatte er Sandys schwarzen Kombi vor dem *White Cow* stehen sehen. Er hatte an der gegenüberliegenden Straßenseite gehalten und seinen Schwager beobachtet, wie er sich freudig mit der dürren Kellnerin unterhielt. Die beiden sahen so aus, als hätten sie Spaß zusammen, und Bodecker war neugierig geworden. Nachdem Carl gegangen war, hatte er sich an die Theke gesetzt und Kaffee bestellt. »Der Typ, der gerade gegangen ist«, sagte er, »wissen Sie, wie der heißt?«

»Bill meinen Sie?«

»Bill, hm?« sagte Bodecker und unterdrückte ein Grinsen. »Ein Freund von Ihnen?«

»Weiß nicht«, antwortete sie. »Wir kommen ganz gut aus.«

Bodecker zog ein kleines Notizbuch und einen Bleistift aus der Hemdtasche und tat so, als würde er etwas notieren. »Schluss mit dem Blödsinn; jetzt sagen Sie mir, was Sie über ihn wissen.«

»Krieg ich Ärger?« fragte sie. Sie kaute auf einer Haarsträhne und trat nervös von einem Fuß auf den anderen.

»Nicht, wenn Sie reden.«

Nachdem Bodecker sich eine Weile angehört hatte, wie das Mädchen ein paar von Carls Geschichten wiederholte, sah er auf die Uhr und stand auf. »Das genügt für diesmal«, sagte er und steckte das Notizbuch wieder in die Tasche. »Klingt nicht nach dem, den wir suchen.« Er dachte einen Augenblick nach und sah das Mädchen an. Sie knabberte noch immer an ihren Haaren. »Wie alt sind Sie?« fragte er.

»Sechzehn.«

»Hat dieser Bill Sie jemals gebeten, für irgendwelche Fotos zu posieren?«

Das Mädchen wurde rot. »Nein«, antwortete sie.

»Sobald er das erste Mal davon anfängt, rufen Sie mich an, okay?« Wenn es nicht Carl gewesen wäre, der versuchte, das Mädchen flachzulegen, dann hätte Bodecker sich nicht weiter darum gekümmert. Aber das Schwein hatte seine Schwester ruiniert, und das konnte er nicht vergessen, ganz gleich, wie oft er sich ermahnte, dass ihn das nichts anginge. Es nagte einfach weiter an ihm, wie ein Krebs. Zumindest konnte er Sandy das mit dieser kleinen Kellnerin stecken. Doch eines Tages würde er Carl die richtige Rechnung servieren. So schwer würde das nicht werden, dachte er, auch nicht anders, als einen Eber zu kastrieren.

Nach der Befragung der Kellnerin hatte er den Diner verlassen und war zum State Park neben dem Gefängnis gefahren, um darauf zu warten, dass Tater Brown ihm das Geld brachte. Die Funkzentrale quakte irgendwas von einer Fahrerflucht auf dem Huntington Pike, und Bodecker streckte die Hand aus, um leiser zu drehen. Vor ein paar Tagen hatte er wieder mal einen Job für Tater Brown erledigt und seine Marke dazu benutzt, einen Kerl namens Coonrod aus einer alten Hütte zu holen, in der er sich unten am Paint Creek versteckt hatte. Coonrod hatte in Handschellen auf dem Rücksitz gehockt und gedacht, der Sheriff würde ihn in die Stadt fahren und befragen, bis der Streifenwagen an der Schotterstraße auf dem Reub Hill anhielt. Bodecker sprach kein Wort, zerrte den Kerl nur an den Handschellen aus dem Wagen und schleifte ihn ein paar Hundert Meter in den Wald hinein. Gerade als Coonrod vom Schreien zum Flehen übergehen wollte, trat Bodecker hinter ihn und schoss ihm in den Kopf. Jetzt schuldete Tater ihm fünftausend Dollar, tausend mehr, als der Sheriff beim ersten Mal berechnet hatte. Coonrod, dieser Sadist, hatte eine der besseren Nutten verprügelt, die in Taters Strip-Club arbeiteten, und versucht, ihr die Gebärmutter mit einem Klostampfer herauszuziehen. Es hatte den Irren weitere dreihundert Dollar im Krankenhaus gekostet, ihr alles wieder einpflanzen zu lassen. Der Einzige, der was bei der Angelegenheit verdiente, war Bodecker.

Sandy seufzte und sagte: »Okay, Lee, worauf zum Henker willst du eigentlich hinaus?«

Bodecker leerte sein Glas und kaute auf einem Eisstück herum. »Na ja, der Kellnerin zufolge heißt dein Gatte Bill und ist ein VIP-Fotograf in Kalifornien. Er hat ihr erzählt, er sei mit einem ganzen Haufen Filmstars befreundet.«

Sandy drehte sich zur Spüle um und versenkte wieder eine Reihe von dreckigen Gläsern in dem lauwarmen Wasser. »Er hat sie doch nur verarscht. Manchmal legt Carl die Leute zum Spaß rein, nur um zu sehen, wie sie darauf reagieren.«

»Nun, nach allem, was ich so gesehen habe, kriegt er eine ziemlich gute Reaktion darauf. Ganz ehrlich, ich hätte nie gedacht, dass der fette Arsch so etwas kann.«

Sandy schleuderte ihr Trockentuch hin und drehte sich um. »Was zum Henker tust du da? Spionierst du ihm nach?«

»He, ich wollte dich nicht verärgern«, sagte Bodecker und wich zurück. »Ich dachte nur, du solltest das wissen.«

»Du hast Carl noch nie gemocht«, sagte sie.

»Verdammt, Sandy, er ist dein Lude.«

Sandy rollte mit den Augen. »Du tust gerade so, als würdest du nie etwas Unrechtes machen.«

Bodecker setzte die Sonnenbrille auf, zwang sich zu einem Lächeln und zeigte Sandy seine großen weißen Zähne. »Aber ich bin hier in der Gegend das Gesetz, Süße. Das ist der Riesenunterschied.« Er warf einen Fünf-Dollar-Schein auf die Theke und stieg in seinen Streifenwagen. Ein paar Minuten lang saß er da und starrte durch die Windschutzscheibe zu den heruntergekommenen Wohnwagen von Paradise Acres hinüber, der Wohnwagenanlage direkt neben der Bar. Dann lehnte er seinen Kopf ans Lenkrad. Eine Woche war vergangen, und noch hatte niemand den Wichser mit dem Klostampfer als vermisst gemeldet. Bodecker dachte darüber nach, Charlotte von einem Teil des Geldes ein neues Auto zu kaufen. Er wollte so gern die Augen ein paar Minuten schließen, doch in aller Öffentlichkeit einzuschlafen war momentan keine gute Idee. Langsam stieg die Scheiße immer höher. Bodecker fragte sich, wie lange es noch dauern würde, bis er Tater um die Ecke bringen musste oder bis irgendein Mistkerl beschloss, ihn, Bodecker, umzulegen.

29.

An einem Sonntagmorgen bereitete Carl ein paar Pfannkuchen für Sandy zu, ihr Lieblingsessen. Sie war in der Nacht zuvor betrunken und trübselig nach Hause gekommen. Wann immer sie sich in diese nutzlosen Gefühle verstrickte, konnte er nicht viel sagen oder tun, um ihre Stimmung zu heben. Sie musste da einfach allein durch. Ein paar Nächte trinken und jammern, dann würde sie schon wieder zu sich kommen. Carl kannte Sandy besser als sie sich selbst. Morgen Nacht oder in der Nacht darauf würde sie nach Ladenschluss wieder einen der Gäste vögeln, irgendein Landei mit Bürstenschnitt, Ehefrau und drei oder vier Rotznasen daheim. Er würde Sandy sagen, wie sehr er sich wünschte, sie kennengelernt zu haben, bevor er seine Alte geheiratet hatte, und dass sie die Süßeste sei, die er je gehabt habe, und dann wäre alles wieder in Butter, zumindest bis sie das nächste Mal den Blues kriegte.

Neben ihrem Teller hatte er eine Pistole Kaliber .22 gelegt. Die hatte er vor ein paar Tagen von einem älteren Mann gekauft, den er im *White Cow* kennengelernt hatte. Der arme Hund hatte Angst gehabt, er würde sich umbringen, wenn er die Waffe behielt. Seine Frau war letzten Herbst gestorben. Zugegeben, er hatte sie nicht gut behandelt, auch nicht auf ihrem Sterbebett; doch nun war er so einsam, dass er es kaum aushielt. Das alles erzählte er Carl und der jungen Kellnerin, während draußen eisiger Schnee an die Schaufenster des Diner klopfte und der Wind am Metallschild an der Straße rüttelte. Der alte Mann trug einen langen Übermantel, der nach Holzrauch und Wick Vaporub roch, dazu eine blaue, verfilzte Wollmütze, die er sich tief ins Gesicht gezogen hatte. Während seiner Beichte ging Carl auf, dass es vielleicht nicht schlecht wäre, wenn Sandy bei der Jagd ihre eigene Knarre hätte, nur für den Fall, dass irgendetwas schiefging. Er fragte sich, warum er noch nicht früher darauf gekommen war. Er war zwar immer vorsichtig, aber selbst die Besten machten manchmal Fehler. Beim Kauf der Pistole hatte er sich gut gefühlt, und vielleicht hieß das ja, dass er klüger wurde.

Man musste schon direkt ins Auge schießen oder die Waffe ans Ohr halten, wenn man jemanden mit einer .22er erledigen wollte, aber immer noch besser als nichts. Carl hatte mal einem Collegeburschen eine Knarre ins Ohr gesteckt, irgend so einem lockigen Arsch aus Purdue, der kichern musste, als Sandy ihm erzählte, dass sie mal davon geträumt habe, aufs Beauty College zu gehen und Kosmetologie zu studieren, und dass sie dann am Ende aber doch Kellnerin in einer Bar geworden sei. Nachdem er den Kerl gefesselt hatte, fand Carl ein Buch in seiner Manteltasche, *Gesammelte Gedichte von John Keats*. Carl fragte den Arsch höflich, welcher denn sein Lieblingsvers sei, doch da hatte sich der aalglatte Mistkerl schon in die Hosen geschissen und konnte sich nicht mehr richtig konzentrieren. Carl schlug das Buch auf und las laut vor, während der Bursche um sein Leben flehte, Carls Stimme wurde immer lauter und lauter, um das Flehen zu übertönen, bis er zur letzten Zeile kam, die er inzwischen wieder vergessen hatte, irgendein Blödsinn über Liebe und Ruhm, bei dem er, das musste er zugeben, eine Gänsehaut bekommen hatte. Dann drückte er ab, und ein Brocken feuchter, grauer Hirnmasse flog dem College-Bürschchen aus der anderen Seite des Kopfes. Nachdem er umgefallen war, sammelte sich das Blut in seinen Augen, wie kleine Feuerseen, ein unglaubliches Foto, aber das war mit einer .38er gewesen, nicht mit so einer gottverdammten Erbsenpistole. Carl war sich sicher, wenn er dem stinkenden alten Sack das Foto von dem Jungen zeigen würde, dann würde es sich der Trauerkloß zwei Mal überlegen, sich umzubringen; zumindest würde er nicht so ein Kaliber nehmen. Die Kellnerin hatte es toll gefunden, wie Carl dem alten Mann die Waffe abgenommen hatte, bevor der sich etwas antun konnte. Carl hätte sie in dieser Nacht auf dem Rücksitz des Kombis vögeln können, wenn er gewollt hätte – so wie sie immer wieder davon anfing, wie großartig er doch sei. Vor ein paar Jahren noch hätte er sich auf die kleine Schlampe gestürzt, doch inzwischen lockte ihn das nicht mehr besonders.

»Was ist denn das?« fragte Sandy, als sie die Pistole neben dem Teller sah.

»Nur für den Fall, dass mal was schiefläuft.«

Sandy schüttelte den Kopf und schob die Waffe über den Tisch. »Es ist dein Job, dafür zu sorgen, dass das nicht passiert.«

»Ich sag doch nur …«

»Hör mal, wenn du den Mumm dazu nicht mehr hast, sag's ruhig. Aber gib mir wenigstens rechtzeitig Bescheid, bevor du uns noch beide umbringst«, fauchte Sandy.

»Ich hab dir schon mal gesagt, hüte deine Zunge«, erwiderte Carl. Er blickte auf den Stapel Pfannkuchen, der kalt wurde. Sie hatte ihn nicht angerührt. »Und du wirst diese verdammten Pfannkuchen essen, hast du verstanden?«

»Leck mich«, sagte Sandy. »Ich esse, was ich will.« Sie stand auf, und er sah zu, wie sie ihren Kaffee ins Wohnzimmer trug; dann hörte er den Fernseher angehen. Er nahm die .22er und zielte auf die Wand zwischen Küche und Sofa, auf das sie ihren dürren Hintern hatte plumpsen lassen. Er stand ein paar Minuten da, fragte sich, ob er wirklich abdrücken könnte, und legte die Waffe schließlich in eine Schublade. Den Rest des kalten Vormittags verbrachten sie damit, schweigend auf Kanal 10 einen Tarzan-Film-Marathon zu schauen, dann ging Carl ins *Big Bear* und holte einen großen Behälter Vanilleeis und einen Apfelkuchen. Sandy hatte schon immer Süßes gemocht. Und notfalls würde er es ihr eben reinstopfen, dachte er, als er an der Kasse bezahlte.

Vor vielen Jahren hatte er mal einen Freund seiner Mutter sagen hören, in der guten alten Zeit habe ein Mann seine Frau verkaufen können. Wenn ihm das Geld ausging oder er die Schnauze voll von ihr hatte, konnte er sie mit einem Pferdehalfter um den Hals auf den Marktplatz schleifen. Sandy die Eiscreme reinzuzwingen wäre keine große Sache. Manchmal wussten die Frauen einfach nicht, was gut für sie war. Das galt auch für seine Mutter. Ein Mann namens Lyndon Langford, der klügste in der langen

Reihe von Mistkerlen, mit denen sie sich in ihrer Zeit auf Erden eingelassen hatte, ein Fabrikarbeiter von GM in Columbus, der manchmal richtige Bücher las, wenn er sich vom Alkohol fernhalten wollte – er hatte dem kleinen Carl die ersten Lektionen in Fotografie erteilt. Vergiss nicht, hatte Lyndon ihm mal gesagt, die meisten Menschen lassen sich gern fotografieren. Die tun fast alles, was du willst, wenn du eine Linse auf sie richtest. Carl würde niemals das erste Mal vergessen, als er den nackten Körper seiner Mutter auf einem von Lyndons Bildern sah, mit Verlängerungskabeln ans Bett gefesselt, eine Pappschachtel über dem Kopf, mit zwei Löchern für die Augen. Dennoch, wenn er nicht trank, war Lyndon recht anständig gewesen. Doch dann hatte Carl alles versaut, als er eine Scheibe von dem Schinken aß, den Lyndon für die Tage, an denen er bei ihnen übernachtete, im Kühlschrank aufbewahrte. Auch seine Mutter verzieh ihm das nie.

30.

Als Ohio wieder warm und grün wurde, machte sich Carl ernst-
haft daran, die nächste Reise zu planen. Diesmal dachte er an den
Süden, er wollte dem Mittleren Westen mal eine Pause gönnen.
Die Abende verbrachte er damit, den Straßenatlas zu studieren:
Georgia, Tennessee, Virginia, die beiden Carolinas. Fünfzehnhun-
dert Meilen die Woche plante er stets ein. Normalerweise wechselten sie das Auto, wenn die Päonien blühten, doch diesmal entschied er, dass der Kombi noch gut genug für einen Ausflug war.
Außerdem brachte Sandy nicht mehr so viel Geld nach Hause wie
früher, als sie noch regelmäßig anschaffte. Das lag an Lee.

Als sie eines Donnerstags nachts im Bett lagen, sagte Sandy:
»Ich hab über die Knarre nachgedacht, Carl. Vielleicht hast du
recht.« Sandy hatte zwar kein Wort verlauten lassen, aber sie hatte
eine Menge über die Kellnerin im *White Cow Diner* nachgedacht.
Sie war sogar mal dorthin gegangen, hatte sich einen Milchshake
bestellt und sich das Mädchen angeschaut. Wenn Lee doch nur
nichts von ihr gesagt hätte. Was Sandy am meisten Sorgen bereitete, war die Art, wie das Mädchen sie an sich selbst erinnerte, kurz
bevor Carl in ihr Leben getreten war: nervös, schüchtern und allzu
willig. Vor ein paar Nächten dann, als Sandy einem Mann einen
Drink eingoss, mit dem die erst kürzlich kostenlos gevögelt hatte,
fiel ihr auf, dass er sie jetzt nicht mal mehr anschaute. Und als sie
ein paar Minuten später sah, wie der Mann und eine Braut mit großen Zähnen und Kunstpelzjacke gemeinsam abzogen, dämmerte
ihr, dass Carl vielleicht nach einem Ersatz für sie suchte. Es
schmerzte sie der Gedanke, dass er sie so hereinlegen könnte, aber
warum sollte er auch besser sein als irgendein anderes der Arschlöcher, die sie kennengelernt hatte? Sie hoffte, sie irrte sich, aber
eine eigene Waffe zu haben war vielleicht keine so schlechte Idee.

Carl erwiderte nichts. Er hatte trübselig an die Decke gestarrt und sich gewünscht, die Vermieterin wäre tot. Es überraschte ihn, dass Sandy nach der ganzen Zeit nun die Knarre erwähnte, aber vielleicht war sie eben jetzt erst zur Vernunft gekommen. Wer zum Henker würde denn bei dem Scheiß, den sie anstellten, nicht eine Waffe bei sich tragen wollen? Er drehte sich um und warf sich seinen Teil der Bettdecke von den fetten Beinen. Es waren 16 Grad draußen, um drei Uhr in der Früh, und die alte Ziege hatte den Thermostat aufgedreht. Carl war überzeugt davon, dass sie das mit Absicht tat. Erst neulich hatten sie wieder wegen seines nächtlichen Singens gestritten. Er stand auf und öffnete das Fenster, stand da und ließ sich von dem leichten Windhauch kühlen. »Und wieso hast du deine Meinung geändert?« fragte er.

»Ach, keine Ahnung«, antwortete Sandy. »Wie du gesagt hast, man kann nie wissen, was passiert, oder?«

Carl starrte in die Dunkelheit hinaus und rieb sich die Bartstoppeln. Er graute sich davor, wieder ins Bett zu gehen. Seine Seite war schweißnass. Vielleicht würde er heute auf dem Boden am Fenster schlafen, dachte er. Er beugte sich zum zerschlissenen Fliegengitter vor und holte mehrmals tief Luft. Verdammt, er hatte das Gefühl zu ersticken. »Das macht die doch absichtlich!«

»Was?«

»Die verdammte Heizung anzulassen«, sagte er.

Sandy stützte sich auf die Ellbogen und betrachtete die dunkle Gestalt, die da am Fenster kauerte wie ein brütendes mythisches Geschöpf, das gleich seine Flügel ausbreiten und davonfliegen wird. »Aber du zeigst mir doch, wie man damit umgeht, oder?«

»Klar«, sagte Carl. »Ist kein großes Ding.« Er hörte, wie sie hinter ihm ein Streichholz anriss und an einer Zigarette zog. Er drehte sich zum Bett um. »Wir nehmen sie an deinem freien Tag irgendwo mit hin, dann kannst du ein paar Schüsse abfeuern.«

Am Sonntag verließen sie gegen Mittag die Wohnung, fuhren den Reub Hill hinauf und auf der anderen Seite wieder hinunter. Carl bog nach links in eine Schotterstraße ab und hielt an, als sie an der Müllkippe ankamen. »Woher kennst du denn diese Stelle?«

fragte Sandy. Bevor Carl aufgetaucht war, hatte sie mehr als nur ein paar Nächte hier draußen verbracht und sich von Jungs vögeln lassen, an die sie sich nicht mehr erinnern wollte. Stets hatte sie gehofft, wenn sie es mit diesem einen machte, dann würde er sie wie seine Freundin behandeln und vielleicht mal zu einem der Tanzabende im *Winter Garden* oder im *Armory* mitnehmen, aber das geschah nie. Kaum hatten sie, was sie wollten, waren sie mit ihr fertig. Einige von ihnen hatten ihr sogar ihr Trinkgeld abgenommen und sie nach Hause laufen lassen. Sandy sah aus dem Fenster und entdeckte im Graben ein gebrauchtes Kondom auf einer Flasche fruchtigen Weins. Die Jungs nannten die Stelle hier Vögelpark; es hatte ganz den Anschein, als machte er seinem Namen auch heute noch alle Ehre. Und wenn sie so darüber nachdachte, war sie eigentlich in ihrem ganzen Leben noch nicht tanzen gewesen.

»Ach, hab ich entdeckt, als ich neulich so rumgefahren bin«, antwortete Carl. »Hat mich an den Platz in Iowa erinnert.«

»Die Vogelscheuche, meinst du?«

»Ja«, sagte Carl. »*California, here I come*, so ein Arschloch.« Er streckte die Hand aus, öffnete das Handschuhfach und schnappte sich die .22er samt einer Schachtel Munition. »Na komm, mal sehen, was du so draufhast.«

Er lud die Waffe und stellte ein paar rostige Blechdosen auf eine durchgeweichte, fleckige Matratze. Dann kam er zurück, postierte sich vor dem Wagen und gab aus vielleicht neun Metern sechs Schuss ab. Er traf vier Dosen. »Das Mistding zieht ein wenig nach links«, sagte er, »aber das ist schon okay. Versuch nicht so sehr zu zielen, sondern eher wie mit dem Finger auf das Ziel zu zeigen. Hol Luft und drück ab, wenn du ausatmest.«

Sandy hielt die Pistole mit beiden Händen und spähte am Lauf entlang. Sie schloss die Augen und drückte ab. »Nicht die Augen zu«, sagte Carl. Die nächsten fünf Schuss gab sie so schnell ab, wie sie konnte. Sie machte mehrere Löcher in die Matratze. »Na, schon näher«, meinte Carl. Er reichte ihr die Schachtel. »Diesmal lädst du.« Er zog eine Zigarre aus der Tasche und zündete sie an. Als sie die erste Dose traf, quiekte sie auf wie ein kleines Mädchen,

190

das das schönste Osterei gefunden hatte. Sie verfehlte die nächste, dann traf sie erneut. »Nicht schlecht«, sagte Carl. »Gib mal her.«

Er hatte gerade erneut nachgeladen, als sie einen Pick-up hörten, der recht schnell auf sie zukam. Der Pick-up hielt rutschend ein paar Meter entfernt an, und ein mittelalter Mann mit hagerem Gesicht stieg aus. Er trug eine blaue Anzughose, ein weißes Hemd und geputzte schwarze Schuhe. Hat wahrscheinlich den ganzen Morgen neben seiner fettärschigen Frau in der Kirchenbank gesessen, dachte Carl. Nun wollte er wohl nur noch ein Brathähnchen essen und ein Nickerchen machen, zumindest wenn die alte Schachtel mal für ein paar Minuten den Mund hielt. Und morgen früh wieder zurück an die Arbeit, aber zackig. Man musste so jemanden, der alles Lebensnotwendige beisammen hatte, schon fast dafür bewundern, dass er es aushielt. »Wer hat Ihnen die Erlaubnis gegeben, hier draußen herumzuschießen?« fragte der Mann. Der grobe Ton seiner Stimme deutete an, dass er nicht allzu glücklich darüber war.

»Niemand.« Carl sah sich um und zuckte mit den Schultern. »Scheiße, Mann, das ist eine Müllkippe.«

»Das ist mein Land«, entgegnete der Mann.

»Wir üben nur ein bisschen Zielschießen, das ist alles«, sagte Carl. »Ich bringe meiner Frau bei, sich selbst zu verteidigen.«

Der Mann schüttelte den Kopf. »Auf meinem Land erlaube ich keine Schießübungen. Ich hab da drüben Vieh stehen. Außerdem ist heute der Tag des Herrn, wissen Sie das nicht?«

Carl seufzte schwer und sah zu den braunen Weiden hinüber, die die Müllkippe umgaben. Nirgendwo die Spur einer Kuh. Der Himmel war eine niedrige Decke aus endlosem, unbeweglichem Grau. Selbst hier draußen konnte er noch den beißenden Gestank der Papierfabrik wahrnehmen. »Okay, hab schon verstanden.« Er sah zu, wie der Farmer, seinen grauen Kopf schüttelnd, zum Laster zurückging. »He, Mister«, rief Carl plötzlich.

Der Farmer blieb stehen und drehte sich um. »Was gibt's?«

»Ich hab mich nur gefragt«, sagte Carl und ging ein paar

Schritte auf ihn zu, »ob es Sie stört, wenn ich ein paar Fotos von Ihnen mache?«

»Carl«, sagte Sandy, doch Carl bedeutete ihr mit einer Handbewegung, still zu sein.

»Warum zum Henker wollen Sie das tun?« fragte der Mann.

»Na ja, ich bin Fotograf«, erläuterte Carl. »Ich dachte nur, Sie könnten ein schönes Motiv abgeben. Wer weiß, vielleicht kann ich es sogar an ein Magazin verkaufen. Ich suche ständig nach interessanten Personen wie Ihnen.«

Der Mann sah an Carl vorbei zu Sandy hinüber, die neben dem Kombi stand. Sie zündete sich eine Zigarette an. Er mochte es nicht, wenn Frauen rauchten. Die meisten von denen taugten nichts, aber ein Mann, der sein Geld mit Fotografieren verdiente, hatte wohl auch nichts Rechtes gefunden. Schwer zu sagen, wo er die aufgegabelt hatte. Vor ein paar Jahren hatte er eine Frau namens Mildred McDonald in seinem Schweinestall entdeckt, halb nackt und mit einer Kippe im Mund. Sie hatte ihm ganz beiläufig erklärt, sie würde auf einen Mann warten, und dann versucht, ihn dazu zu bringen, sich zu ihr in den Mist zu legen. Er schaute auf die Waffe, die Carl in der Hand hielt, den Finger am Abzug. »Sie sollten besser von hier verschwinden«, sagte der Mann und ging schnell zu seinem Pick-up zurück.

»Was wollen Sie unternehmen?« fragte Carl. »Die Polizei rufen?« Er sah Sandy an und zwinkerte.

Der Mann öffnete die Wagentür und griff in die Kabine. »Glauben Sie, ich brauche einen korrupten Sheriff, um mich um Sie zu kümmern?«

Als er das hörte, musste Carl lachen, doch dann drehte er sich um und sah, dass der Farmer hinter der Lastwagentür stand und durch das offene Fenster ein Gewehr auf ihn richtete. Er trug ein breites Grinsen auf seinem vom Wetter gegerbten Gesicht. »Sie reden von meinem Schwager«, sagte Carl mit ernster Stimme.

»Von wem? Lee Bodecker?« Der Mann drehte den Kopf zur Seite und spuckte aus. »Ich an Ihrer Stelle würde das nicht überall herumerzählen.«

192

Carl stand mitten auf dem Weg und starrte den Farmer an. Er hörte hinter sich eine Wagentür quietschen, Sandy stieg ein und warf die Tür zu. Einen Augenblick lang stellte er sich vor, einfach die Pistole zu heben und sich mit dem Mistkerl anzulegen, ein regelrechtes Duell. Seine Hand zitterte ein wenig, er holte tief Luft, um sich zu beruhigen. Dann dachte er an die Zukunft. Es gab immer noch die nächste Jagd. Noch ein paar Wochen, und Sandy und er wären wieder unterwegs. Seit er die Republikaner im *White Cow* hatte reden hören, dachte er daran, einen von diesen Langhaarigen umzulegen. Den Nachrichten im Fernsehen nach zu urteilen, die er in letzter Zeit gesehen hatte, ging das Land unruhigen Zeiten entgegen; er wollte dabei sein. Nichts würde ihm mehr Freude bereiten, als zu sehen, wie das ganze Scheißhaus in Flammen aufging. Sandy hatte in letzter Zeit besser gegessen und nahm etwas zu. Sie verlor zwar rapide ihr gutes Aussehen – sie hatten ihre Zähne nicht machen lassen –, aber sie hatten als Team noch ein paar gute Jahre vor sich. Hatte keinen Sinn, das alles wegzuschmeißen, nur weil ein beschissener Farmer einen Ständer hatte. Er machte kehrt und ging zum Kombi.

»Und lassen Sie sich hier ja nie wieder blicken, verstanden?« hörte Carl den Mann rufen, als er einstieg und Sandy ihre Pistole reichte. Er sah sich noch einmal um, als er den Motor anwarf, aber noch immer sah er keine verdammte Kuh.

5. TEIL

GOTTESMANN

31.

Ab und zu, wenn die Gesetzeshüter zu streng wurden oder der
Hunger zu groß, zogen sie landeinwärts, fort von dem Großen
Wasser, das Theodore so liebte, damit Roy sich Arbeit suchen
konnte. Während Roy ein paar Tage oder Wochen Obst pflückte,
saß Theodore in einsamen Wäldchen oder unter schattigen Bü-
schen und wartete jeden Abend auf Roys Rückkehr. Theodores
Körper war nur noch eine Hülle. Seine Haut war schiefergrau,
seine Sehkraft schwach. Er wurde ohne Grund bewusstlos, klagte
über starke Schmerzen, bei denen ihm die Arme taub wurden, und
über eine Schwere auf der Brust, die ihn manchmal sein Frühstücksfleisch und die halbe Flasche Wein von sich geben ließ, die
Roy ihm morgens zur Gesellschaft hinstellte. Dennoch bemühte
er sich jeden Abend, für ein paar Stunden wach zu sein, etwas Musik zu machen, auch wenn seine Finger nicht mehr so wollten. Roy
umkreiste dann mit der Flasche in der Hand ihr Lagerfeuer und
versuchte, die Wörter in Gang zu bringen, etwas direkt von Herzen Kommendes, und Theodore hörte zu und zupfte auf seiner
Gitarre. Sie probten eine Weile für ihr großes Comeback, doch
dann brach Roy meist auf seiner Decke zusammen, so ge-
schwächt war er von der Arbeit auf den Obstplantagen. Nach ein,
zwei Minuten schnarchte er bereits. Wenn er Glück hatte, träumte
er von Lenora. Seinem kleinen Mädchen. Seinem Engel. In letzter
Zeit dachte er immer öfter an sie, doch nur im Schlaf kam er ihr
so nah.

Wenn das Feuer heruntergebrannt war, stürzten sich die Mos-
kitos wieder auf sie und trieben Theodore in den Wahnsinn. Roy
störten sie überhaupt nicht, und Theodore wünschte sich, er hätte
auch solches Blut. Eines Nachts wachte er auf, die Viecher summ-
ten ihm um die Ohren; er saß noch immer im Rollstuhl, die

Gitarre lag auf dem Boden vor ihm. Roy schlief wie ein Hund zusammengerollt auf der anderen Seite der Asche. Seit zwei Wochen campierten sie nun an derselben Stelle. Überall auf dem toten Gras lagen kleine Haufen von Theodores Kot und Erbrochenem. »Oh Mann, wir sollten vielleicht mal daran denken, weiterzuziehen«, hatte Roy am Abend gesagt, als er von dem Laden an der Straße zurückkehrte. Er wedelte mit der Hand vor seinem Gesicht. »Die Zeit wird langsam reif.« Das war vor ein paar Stunden gewesen, in der größten Tageshitze. Doch nun strich eine kühle Brise, die ganz leicht nach dem Salzwasser in vierzig Meilen Entfernung roch, durch die Blätter über Theodores Kopf. Er beugte sich vor und nahm die Weinflasche, die zu seinen Füßen stand. Er trank einen Schluck, verschloss die Flasche und sah zu den Sternen hinauf, die auf dem schwarzen Himmel lagen wie winzige Stücke eines zerbrochenen Spiegels. Sie erinnerten ihn an den Glitzer, den Flapjack sich auf die Augenbrauen gepinselt hatte. Eines Abends, etwa ein Jahr nach dem Zwischenfall mit dem Jungen, hatten sich Roy und er bei Chattahochee nur für ein paar Minuten wieder in den Zirkus geschlichen. Nein, hatte der Hotdog-Verkäufer gesagt, Flapjack sei nicht mehr da. Sie hätten ihre Zelte außerhalb irgendeines Kuhkaffs in Arkansas aufgeschlagen, und eines Nachts sei er einfach verschwunden. »Mann, wir waren am nächsten Tag schon halb durch den Staat, bevor ihn irgendjemand vermisst hat. Ihr Jungs wisst doch, wie der alte Bradford ist, nur das Geschäft im Kopf. Er meinte, Flapjack sei sowieso nicht mehr lustig gewesen.«

Theodore war so müde, er hatte das alles so satt. »Aber wir hatten auch gute Zeiten, oder, Roy?« fragte er laut, doch Roy rührte sich nicht. Theodore trank noch einen Schluck und stellte sich die Flasche auf den Schoß. »Gute Zeiten«, wiederholte er leise. Die Sterne verschwammen vor seinen Augen und verschwanden. Er träumte von Flapjack in seinem Clownskostüm, von kahlen Kirchen mit leuchtenden Laternen, von lauten Spelunken mit Sägemehl auf den Fußböden. Dann leckte ihn das Meer sanft an den Füßen. Er konnte das kühle Wasser spüren. Theodore lächelte, schob sich hinaus, trieb aufs Meer, weiter als jemals zuvor. Er hatte keine Angst; Gott rief ihn heim, und schon bald würden seine Beine wieder gut sein. Doch am Morgen wachte er auf dem harten Boden auf und war enttäuscht, noch immer am Leben zu sein. Er griff nach unten und berührte seine Hose. Er hatte sich wieder eingenässt. Roy war schon fort zur Arbeit auf der Obstplantage. Theodore lag mit einer Gesichtshälfte im Staub. Er starrte einen Haufen seines fliegenbedeckten Kots an und versuchte, wieder einzuschlafen, er wollte zurück ins Wasser.

32.

Emma und Arvin standen vor der Fleischtheke im Lebensmittelladen von Lewisburg. Es war Monatsende, und die alte Frau hatte nicht mehr allzu viel Geld, aber der neue Prediger sollte am Sonntag kommen. Die Gemeinde gab ihm und seiner Frau zu Ehren in der Kirche ein Gemeinschaftsessen, zu dem jeder etwas beisteuerte. »Glaubst du, Hühnerleber ist in Ordnung?« fragte sie, nachdem sie im Kopf alles durchgerechnet hatte. Leber war am billigsten.

»Warum denn nicht?« entgegnete Arvin. Zu diesem Zeitpunkt hätte er allem beigepflichtet; selbst Schweineschnauze wäre völlig okay für ihn gewesen. Die alte Frau starrte die Auslage mit dem blutigen Fleisch nun schon zwanzig Minuten lang an.

»Ich weiß nicht«, sagte sie zögerlich. »Alle sagen immer, wie ich sie mache, schmecke ihnen, aber ...«

»Na gut«, sagte Arvin, »dann kauf doch allen ein dickes Steak.«

»Pah«, machte sie. »Du weißt doch, dass ich mir das nicht leisten kann.«

»Dann also Hühnerleber«, sagte er und winkte dem Metzger mit der weißen Schürze. »Grandma, mach dir keine Sorgen. Es ist doch nur ein Prediger. Ich würde sagen, der hat schon erheblich Schlimmeres gegessen als das.«

Am Samstagabend deckte Emma ihre Pfanne Hühnerleber mit einem sauberen Tuch zu, und Arvin stellte sie vorsichtig im hinteren Fußraum seines Wagens ab. Seine Großmutter und Lenora waren nervös; den ganzen Tag lang hatten sie geübt, wie sie sich vorstellen würden. »Sehr erfreut«, hatten sie jedes Mal zueinander gesagt, wenn sie sich in dem kleinen Haus begegnet waren. Arvin und Earskell hatten auf der vorderen Veranda gesessen und ge-

199

kichert, doch nach einer Weile wurde die Sache schal. »Himmel, Junge, ich halt das nicht mehr aus«, sagte der alte Mann schließlich. Er stand aus seinem Schaukelstuhl auf, ging ums Haus und verschwand im Wald. Arvin brauchte mehrere Tage, um diese zwei Wörter, diesen »Sehr erfreut«-Mist aus dem Kopf zu kriegen.

Als sie gegen sechs Uhr ankamen, war der Schotterplatz rings um die alte Kirche bereits voller Autos. Arvin trug die Pfanne hinein und stellte sie auf den Tisch neben all die anderen Fleischgerichte. Der neue Prediger, groß und stattlich, stand mitten im Raum, schüttelte Hände und sagte immer wieder: »Sehr erfreut.« Er hieß Preston Teagardin. Sein längeres blondes Haar war mit parfümiertem Haaröl nach hinten gestrichen, an einer seiner haarigen Hände glitzerte ein ovaler Stein, an der anderen ein dünner Ehering. Er trug eine glänzende blassblaue Hose und ein weißes Rüschenhemd, das schon völlig durchgeschwitzt war, dabei war es erst der 1. April und draußen noch recht frisch. Arvin schätzte ihn auf etwa dreißig Jahre, doch seine Frau schien erheblich jünger zu sein, keine zwanzig, ein schlankes, rankes Mädchen mit langen, in der Mitte gescheitelten rotbraunen Haaren und blasser, sommersprossiger Haut. Sie stand ein Stück von ihrem Mann entfernt, kaute Kaugummi und zog an ihrem weißen, gepunkteten Rock, der ständig ihren ansehnlichen runden Hintern hochrutschte. Der Prediger stellte sie immer wieder als »meine süße, rechtmäßige Braut aus Hohenwald, Tennessee« vor.

Teagardin wischte sich mit einem bestickten Taschentuch den Schweiß von der glatten, breiten Stirn und erwähnte eine Kirche in Nashville, in der er eine Weile gepredigt hatte. Dort hatte es eine Klimaanlage gegeben. Offenkundig war er mit der Wirkungsstätte seines Onkels unzufrieden. Himmel, es gab nicht mal einen einzigen Ventilator. Seine Stimmung sank sichtbar, und langsam wirkte er so müde und gelangweilt wie seine Frau, doch dann bemerkte Arvin, dass er wieder erheblich wacher wurde, als Mrs. Alma Reaster mit ihren beiden Teenagertöchtern Ann und Pamela Sue hereinkam. Die beiden waren vierzehn und sechzehn. Es war, als seien ein paar Engel in den Raum geflattert und hätten sich auf den

Schultern des Predigers niedergelassen. Sosehr er sich auch bemühte, er konnte einfach nicht die Augen von ihren gebräunten, straffen Körpern in den farblich aufeinander abgestimmten, cremefarbenen Kleidern lassen. Teagardin war plötzlich ganz inspiriert, sprach mit den Umstehenden darüber, eine Jugendgruppe zu gründen – was er auch schon mit großem Erfolg in mehreren Kirchen in Memphis getan habe. Er würde sein Bestes geben, so versprach er, die Jugend einzubinden. »Sie sind das Lebensblut jeder Kirche«, sagte er. Dann trat, während er weiter die Reaster-Mädchen anstarrte, seine Frau zu ihm und flüsterte ihm etwas ins Ohr, das ihn ziemlich aufregte, wie einige der Gemeindemitglieder beobachteten. Er schürzte seine roten Lippen und kniff ihr in die Innenseite des Arms. Arvin konnte sich nur schwer vorstellen, dass dieser notgeile, fette Kerl tatsächlich mit Albert Sykes verwandt war.

Arvin schlich hinaus, um zu rauchen, kurz bevor Emma und Lenora sich vorwagten und sich dem neuen Gottesmann vorstellten. Er fragte sich, wie sie wohl darauf reagieren würden, wenn der Prediger sie mit seinem »Sehr erfreut« begrüßte. Arvin stand mit ein paar Farmern, die Latzhosen und eng am Hals zugeknöpfte Hemden anhatten, unter einem Birnbaum und sah zu, wie weitere Personen in die Kirche eilten. Gleichzeitig lauschte er, wie die Farmer über die Fleischpreise für Kälber sprachen. Schließlich kam jemand an die Tür und rief: »Der Prediger möchte jetzt essen.«

Alle Anwesenden bestanden darauf, dass Teagardin und seine Frau als Erste wählen sollten, also griff sich der stämmige Kerl zwei Teller und ging an den Tischen entlang, roch vorsichtig am Essen, deckte Gerichte auf und steckte seinen Finger zum Kosten mal hier, mal dort hinein und machte eine Riesenschau für die beiden Reaster-Mädchen, die kicherten und sich etwas zuflüsterten. Dann blieb er plötzlich stehen und reichte die noch leeren Teller seiner Frau. Die Kneifstelle an ihrem Arm wurde bereits blau. Der Prediger sah zur Decke und streckte die Hand nach oben, dann wies er auf Emmas Hühnerleber-Pfanne. »Freunde«, sagte er mit lauter Stimme, »zweifellos sind heute Abend hier in dieser Kirche nur bescheidene Menschen, Sie alle waren sehr freundlich zu mir und meiner süßen, jungen Braut, und ich danke Ihnen allen aus tiefstem Herzen für den freundlichen Empfang. Nun, keiner von uns hat all das Geld und die schönen Autos und hübschen Kleider, die wir gern hätten, doch Freunde, die arme alte Seele, die diese abgewetzte Pfanne mit Hühnerleber mitgebracht hat, nun, sagen wir einfach, sie inspiriert mich zu einem kurzen Gebet, bevor wir uns zum Essen setzen. Erinnern wir uns daran, was Jesus vor so vielen Jahrhunderten zu den Armen von Nazareth gesagt hat. Natürlich geht es einigen von uns besser als den anderen, ich sehe viel weißes Fleisch und rotes Fleisch auf diesem Tisch, und ich nehme an, die Personen, die diese Gerichte mitgebracht haben, essen die meiste Zeit über ziemlich gut. Doch die Armen können nur bringen, was sie sich leisten können, und so manches Mal können sie sich gar nichts leisten; diese Innereien hier sind ein Zeichen für mich, das mir sagt, dass ich mich als der neue Prediger dieser Kirche opfern soll – damit Sie alle von dem guten Fleisch nehmen können. Und genau das werde ich tun, meine Freunde, ich werde diese Innereien essen, damit Sie alle sich das Beste teilen können. Keine Sorge, so bin ich nun mal. Ich nehme mir unseren guten Herrn Jesus zum Vorbild, wann immer es mir möglich ist, und heute Abend hat er mir eine weitere Gelegenheit gegeben, in seine Fußstapfen zu treten. Amen.« Dann sagte Prediger Teagardin etwas mit leiser Stimme zu seiner rothaarigen Frau; sie ging direkt zum Nachtisch, wobei sie auf ihren hohen Absätzen ein wenig wackelte, und füllte die Teller mit Sahnetorte und Karottenkuchen und Mrs. Thompsons Zuckerkeksen, während er die Pfanne Hühnerleber an den Kopf eines der langen Tische trug, die vorn in der Kirche für das Essen aufgebaut worden waren.

»Amen«, wiederholte die Gemeinde. Einige schauten verwirrt, andere, vor allem jene, die das gute Fleisch mitgebracht hatten, grinsten glücklich. Ein paar warfen Emma, die mit Lenora am Ende der Schlange stand, scheele Blicke zu. Als Emma die auf sie gerichteten Augen spürte, wurde ihr ganz schwindlig, und das Mädchen packte sie am Ellbogen. Arvin eilte zu ihr und half ihr hinaus. Er ließ sie sich auf einen grasbewachsenen Flecken unter einem Baum setzen, und Lenora brachte ihr ein Glas Wasser. Die alte Frau trank einen Schluck und fing an zu weinen. Arvin klopfte ihr auf die Schulter. »Schon gut, schon gut«, sagte er, »mach dir um diesen schleimigen Angeber keine Gedanken. Soll ich mit ihm reden?«

Emma wischte sich die Augen mit dem Saum ihres guten Kleids trocken. »Mein ganzes Leben war mir noch nie etwas so peinlich«, sagte sie. »Ich wäre am liebsten unter den Tisch gekrochen.«

»Soll ich dich nach Hause bringen?«

Sie schniefte noch ein wenig und seufzte dann. »Ich weiß nicht, was ich machen soll.« Sie sah zur Kirchentür. »Das ist gewiss nicht der Prediger, auf den ich gehofft hatte.«

»Ach was, Grandma, dieser Idiot ist überhaupt kein Prediger«, sagte Arvin. »Der ist ja genauso schlimm wie diese Kerle im Radio, die um Geld betteln.«

»Arvin, so darfst du nicht reden«, mahnte ihn Lenora. »Prediger Teagardin wäre nicht hier, wenn der Herr ihn nicht gesandt hätte.«

»Ja, ja.« Arvin half seiner Großmutter auf. »Hast du gesehen, wie er die Leber verschlungen hat?« sagte er und versuchte, sie zum Lächeln zu bringen. »Mann, der Kerl hat wahrscheinlich seit ewigen Zeiten nichts mehr so Gutes gegessen. Deshalb wollte er es ganz allein für sich.«

33.

Preston Teagardin lag auf dem Sofa des Hauses, das die Gemeinde für seine Frau und ihn gemietet hatte, und las in seinem alten Psychologie-Handbuch aus dem College. Das Haus war eine viereckige Schachtel mit vier dreckigen Fenstern und einem externen Plumpsklo. Es war von Trauerweiden umgeben und stand am Ende eines Schotterwegs. Der undichte Gasherd war voller mumifizierter Mäuse, und die ausrangierten Möbel, die sie ihm zur Verfügung gestellt hatten, rochen nach Hund oder Katze oder irgendeinem anderen dreckigen Vieh. So wie die Menschen hier hausten, überlegte er, hätte es ihn nicht überrascht, wenn es Schweinegeruch gewesen wäre. Er war erst zwei Wochen in Coal Creek, doch schon jetzt hasste er das Kaff. Teagardin bemühte sich, seine Berufung an diesen Außenposten im Hinterland als eine Art spiritueller Prüfung des Herrn zu verstehen, aber vor allem war seine Mutter daran schuld. Oh ja, die alte Hexe hatte ihn nach Strich und Faden reingelegt, hatte ihm richtig in den Hintern getreten. Keinen Penny Unterstützung mehr würde er kriegen, wenn er nicht mehr Eifer an den Tag legte, hatte sie erklärt, als sie herausfand, dass er das Bibel-College schon am Ende des ersten Semesters hatte sausen lassen. Bis dahin hatte sie geglaubt, sein Abschluss stünde unmittelbar bevor. Einen Tag später hatte ihre Schwester angerufen und gesagt, dass Albert erkrankt sei. Perfektes Timing. Sie hatte ihren eigenen Sohn verpflichtet, ohne ihn überhaupt zu fragen.

Das einzig Gute an seiner Collegezeit war der Psychologiekurs gewesen, den er bei Dr. Phillips belegt hatte. Was zum Henker bedeutete denn schon ein Abschluss am Bibel-College in einer Welt der Ohio University oder Harvard? Da hätte er sich genauso gut ein Diplom von einer dieser Bestelladressen kaufen können, die auf den Rückseiten der Comichefte inserierten. Er hatte auf eine richtige Universität gehen und Jura studieren wollen, aber nein, nicht von dem Geld seiner Mutter. Sie wollte, dass er ein demütiger Geistlicher wurde, so wie ihr Schwager Albert. Sie habe Angst, ihn verzogen zu haben, sagte sie. Sie gab allen möglichen Scheiß von sich, total kranken Scheiß, aber was sie eigentlich wollte, so sah Preston es, war, ihn von sich abhängig zu halten, ihn an ihren Rockzipfel zu fesseln, damit er ihr ständig den Hintern küssen musste. Er war schon immer gut darin gewesen, in den Menschen zu lesen, ihre kleinen Wünsche und Bedürfnisse zu erkennen, vor allem bei Mädchen im Teenageralter.

Cynthia war einer seiner ersten großen Erfolge gewesen. Sie war erst fünfzehn, als er einem seiner Lehrer am College dabei half, sie während eines Taufgottesdienstes im Flat Fish Creek unterzutauchen. Am selben Abend vögelte er ihren süßen kleinen Hintern unter ein paar Rosensträuchern auf dem Collegegelände, und innerhalb eines Jahres waren sie verheiratet, sodass er sie weiter bearbeiten konnte, ohne dass ihre Eltern ihre Nasen in die Angelegenheit steckten. In den letzten drei Jahren hatte er ihr alles beigebracht, was seiner Vorstellung nach ein Mann mit einer Frau machen konnte. Er wusste im Leben nicht mehr, wie viele Stunden ihn das gekostet hatte, aber nun war sie so gut dressiert wie ein Hund. Er brauchte nur noch mit den Fingern zu schnippen, und schon wurde ihr der Mund wässrig bei dem Gedanken an das, was er gern seinen *Hirtenstab* nannte.

Er sah zu ihr hinüber, wie sie in Unterwäsche auf dem schmierigen Campingstuhl hockte; ihr seidener Spalt drückte sich fest an den dünnen gelben Stoff. Sie presste die Augen zusammen, mühte sich durch einen Artikel über die Dave Clark Five im *Hit-Parader*-Magazin und versuchte die Wörter laut auszusprechen. Wenn er sie wirklich behalten wollte, dachte er, dann würde er ihr eines Tages noch das Lesen beibringen müssen. Er hatte neulich festgestellt, dass er doppelt so lange durchhielt, wenn seine jungen Eroberungen aus der Heiligen Schrift vorlasen, während er sie von hinten nahm. Preston liebte es, wie sie die heiligen Texte keuchten, wie sie zu stottern begannen und die Rücken wölbten, sich bemühten, nicht den Faden zu verlieren – denn er konnte ziemlich sauer werden, wenn sie sich versprachen –, kurz bevor sein Stab explodierte. Aber Cynthia? Scheiße, jede hirngeschädigte Zweitklässlerin aus dem letzten Kaff in Appalachia konnte besser lesen. Wann immer seine Mutter erwähnte, dass ihr Sohn Preston Teagardin, der auf der Highschool vier Jahre Latein gehabt hatte, eine Analphabetin aus Hohenwald, Tennessee, geheiratet hatte, kriegte sie fast einen Nervenzusammenbruch.

Es war also fraglich, ob er Cynthia behalten würde. Manchmal sah er sie an und konnte sich ein, zwei Sekunden lang nicht mal an ihren Namen erinnern. Was früher mal frisch und eng gewesen war, war heute eine verblasste Erinnerung, geweitet und taub von seinen vielen Experimenten. Kein Vergleich mit der Erregung, die sie früher in ihm hatte wecken können. Doch sein größtes Problem mit Cynthia war die Tatsache, dass sie nicht mehr an Jesus glaubte. Preston konnte ja fast alles ertragen, aber das nicht. Eine Frau musste wissen, dass sie Böses tat, wenn sie mit ihm ins Bett ging; dass ihr dafür die Hölle drohte. Wie konnte ihn eine erregen, die nichts von dem verzweifelten Kampf verstand, der zwischen Gut und Böse tobte, zwischen Reinheit und Lüsternheit? Jedes Mal, wenn er ein junges Mädchen vögelte, fühlte sich Preston schuldig; es schien ihm dann, als würde er in der Schuld ertrinken, zumindest für ein, zwei Minuten. Für ihn bewiesen solche Emotionen, dass er noch immer die Chance hatte, in den Himmel zu kommen, ganz gleich wie verdorben und grausam er sein mochte. Er musste nur seine Hurerei bereuen, bevor er den letzten Atemzug tat. Letztlich war das alles eine Frage des Timings – was das Ganze natürlich nur noch aufregender machte. Cynthia hingegen schien das alles überhaupt nicht zu kümmern. Inzwischen war der Akt mit ihr so, als würde er seinen Stab in einen fettigen, seelenlosen Doughnut stecken.

Diese junge Laferty dagegen, dachte Preston, blätterte eine Seite in dem Psychologie-Handbuch um und rieb sich seinen halb harten Schwanz durch die Pyjamahose hindurch, Himmel, die war vielleicht gottesfürchtig. Er hatte sie die letzten zwei Sonntage in der Kirche genau beobachtet. Klar, sie war keine besondere Augenweide, aber er hatte in Nashville schon Schlimmere gehabt, als er dort einen freiwilligen Monat im Armenhaus absolvierte. Er streckte die Hand aus, nahm einen Cracker vom Beistelltisch und stopfte ihn sich in den Mund. Er ließ ihn wie eine Hostie auf der Zunge zu einem feuchten geschmacklosen Matsch aufweichen. Ja, Miss Lenora Laferty käme ihm jetzt ganz gelegen, zumindest bis er eines der Reaster-Mädchen in die Hände bekam. Wenn er ihr erst einmal das verblichene Kleid auszog, würde er ihr schon ein Lächeln auf das traurige Gesicht zaubern. Dem Gemeindegeschwätz zufolge war ihr Vater früher selbst ein Prediger in dieser Gegend gewesen, doch dann – so erzählte man sich zumindest – habe er die Mutter des Mädchens ermordet und sei verschwunden. Die arme kleine Lenora war als Baby bei der alten Lady zurückgelassen worden, die sich wegen der Hühnerleber so aufgeregt hatte. Dieses Mädchen, prophezeite er, würde ein leichter Fang werden.

Er schluckte den Cracker herunter, und ein kleiner Funke Glück durchzuckte seinen Körper vom blonden Scheitel die Beine hinunter bis in die Zehen. Gott sei Dank, Gott sei Dank hatte seine Mutter damals entschieden, dass er ein Mann Gottes werden sollte. All das junge Frischfleisch, das ein Mann nur ertragen konnte, wenn er seine Karten richtig ausspielte. Die alte Schachtel hatte ihm jeden Morgen die Haare gekräuselt, ihm beigebracht, sich sauber zu halten, hatte ihn vor dem Spiegel seinen Gesichtsausdruck einüben lassen. Sie hatte jeden Abend mit ihm in der Bibel gelesen, hatte ihn in verschiedene Kirchen kutschiert und adrett gekleidet. Preston hatte nie Baseball gespielt, aber er konnte auf ein Stichwort weinen; er hatte sich nie geprügelt, aber er konnte die Offenbarung im Schlaf herunterbeten. Und ja, verdammt, er würde tun, was sie verlangt hatte, er würde ihren kranken, traurigen Sack von Schwager für eine Weile vertreten, würde in diesem Scheißloch von Haus wohnen und sogar so tun, als würde es ihm gefallen. Er würde ihr schon seinen *Willen* zeigen, bei Gott. Und wenn Albert wieder auf die Beine kam, würde er sie um das Geld bitten. Wahrscheinlich würde er sie belügen müssen, ihr irgendeine Geschichte auftischen, aber er würde zumindest Schuldgefühle dabei bekommen, also war alles in Ordnung. Hauptsache, er kam an die Westküste. Das war seine neue Obsession. Er hatte in den Nachrichten in letzter Zeit alles Mögliche gehört. Da drüben ging irgendetwas vor sich, das er selbst in Augenschein nehmen musste. Freie Liebe und von zu Hause weggelaufene Mädchen, die mit Blumen im verfilzten Haar auf den Straßen lebten. Leichte Beute für einen Mann mit seinen Fähigkeiten.

Preston markierte die Stelle mit der alten Tabakpackung seines Onkels und schloss das Buch. Five-Brothers-Tabak? Himmel, welcher Mensch würde denn seinen Glauben an so etwas hängen? Er hätte Albert beinahe ins Gesicht gelacht, als der alte Mann ihm erzählte, das Ding hätte Heilkräfte. Er sah zu Cynthia hinüber, die halb eingeschlafen war, ein Speichelfaden baumelte ihr am Kinn. Er schnippte mit den Fingern, und ihre Augen sprangen auf. Sie runzelte die Stirn und wollte die Augen wieder schließen, doch das war unmöglich. Sie versuchte, Widerstand zu leisten, aber dann stand sie auf und kniete sich neben das Sofa. Preston zog die Pyjamahose herunter und schob seine fetten haarigen Beine ein wenig auseinander. Während sie seinen Schwanz lutschte, sprach er ein kurzes Gebet: Herr, gib mir nur sechs Monate in Kalifornien, dann komme ich heim, mache alles wieder gut und lasse mich in einer Gemeinde guter Menschen nieder, das schwöre ich beim Grab meiner Mutter. Er drückte Cynthias Kopf fester nach unten, hörte, wie sie würgte und keine Luft mehr bekam. Dann entspannten sich ihre Halsmuskeln, und sie hörte auf, sich zu wehren. Er hielt sie fest, bis ihr Gesicht rot und dann blau wurde. So mochte er es am liebsten.

34.

Eines Tages blieb Lenora auf dem Heimweg von der Schule bei der Kirche stehen. Die Eingangstür stand sperrangelweit offen, und Teagardins heruntergekommener englischer Sportwagen – ein Geschenk seiner Mutter, als er auf das Bibel-College ging – stand im Schatten, genau wie gestern und am Tag zuvor. Es war ein warmer Nachmittag Mitte Mai. Sie hatte sich vor Arvin versteckt und ihn vom Schulhaus aus beobachtet, bis er nicht länger gewartet hatte und ohne sie nach Hause ging. Sie betrat die Kirche und verharrte ein wenig, damit sich ihre Augen an das Dämmerlicht gewöhnten. Der neue Gottesmann saß auf halbem Wege zum Altar in einer der Reihen. Es sah so aus, als würde er beten. Sie wartete, bis sie ihn »Amen« sagen hörte, dann ging sie langsam nach vorn.

Teagardin spürte ihre Anwesenheit hinter sich. Seit drei Wochen hatte er geduldig auf Lenora gewartet. Er war nahezu jeden Tag gegen Schulschluss in die Kirche gekommen und hatte die Tür offen gelassen. Meistens fuhr sie mit ihrem Halbbruder, oder was immer er war, in diesem Schrotthaufen von Bel Air nach Hause, doch ein oder zwei Mal hatte er sie alleine gesehen. Er hörte ihre leisen Schritte auf dem groben Dielenboden. Er konnte ihren Kaugummi-Atem riechen, als sie näher kam; wenn es um junge Frauen und ihren Duft ging, hatte er die Nase eines Bluthundes. »Wer ist da?« fragte er und hob den Kopf.

»Lenora Laferty, Prediger Teagardin.«

Er bekreuzigte sich und drehte sich lächelnd zu ihr um. »Was für eine Überraschung.« Er betrachtete sie eingehender. »Mädchen, du siehst aus, als ob du geweint hättest.«

»Ach, das ist nichts«, erwiderte sie kopfschüttelnd. »Nur ein paar Kinder in der Schule. Die ziehen mich gern auf.«

Teagardin sah einen Augenblick an ihr vorbei und suchte nach einer passenden Bemerkung. »Ich nehme an, sie sind einfach nur neidisch«, sagte er. »Neid bringt in den Menschen das Schlimmste an den Tag, vor allem bei jungen Menschen.«

»Ich glaube nicht, dass es das ist«, sagte sie.

»Wie alt bist du, Lenora?«

»Fast siebzehn.«

»Ich erinnere mich noch, als ich so alt war«, begann Teagardin. »Ich war voll des Herrn, und die anderen Kinder zogen Tag und Nacht über mich her. Es war furchtbar, all die fürchterlichen Vorstellungen, die mir durch den Kopf gingen.«

Lenora nickte und setzte sich auf die Bank auf der anderen Seite. »Und was haben Sie dagegen getan?« fragte sie.

Er ging nicht auf die Frage ein, schien tief in Gedanken versunken. »Ja, das war eine harte Zeit«, sagte er schließlich und seufzte schwer. »Gott sei Dank ist das vorbei.« Dann lächelte er wieder. »Musst du in den nächsten paar Stunden irgendwo sein?«

»Nein, eigentlich nicht«, antwortete sie.

Teagardin stand auf und nahm ihre Hand. »Nun, dann finde ich, ist es an der Zeit, dass du und ich eine Spazierfahrt unternehmen.«

Zwanzig Minuten später hielten sie auf einer alten Farmzufahrt, die Teagardin schon seit seiner Ankunft in Coal Creek im Auge hatte. Sie hatte früher mal zu ein paar Heuweiden ein, zwei Meilen abseits der Hauptstraße geführt, doch das Land war in der Zwischenzeit von Möhrenhirse und dichtem Gestrüpp überwuchert. Seine Reifenspuren waren die einzigen, die er in den letzten zwei Wochen dort gefunden hatte. Ein sicheres Fleckchen für ein Stelldichein. Teagardin schaltete den Wagen aus, sprach ein kurzes Gebet, legte seine warme, fleischige Hand auf Lenoras Knie und sagte ihr genau das, was sie hören wollte. Verdammt, jede von ihnen wollte so ziemlich dasselbe hören, selbst die, die ganz von Jesus erfüllt waren. Er wünschte sich nur, sie hätte ein

210

wenig mehr Widerstand geleistet, doch Lenora war leicht herum-
zukriegen, genau wie er vorhergesagt hatte. Und doch, so oft er
das auch schon getan hatte, als er ihr die Kleidung auszog, schien
es, als könne er meilenweit jeden einzelnen Vogel hören, jedes In-
sekt, jedes Tier im Wald. So war das mit einer Neuen immer beim
ersten Mal.

Als er fertig war, streckte Preston die Hand aus und hob ihren
grauen, schäbigen Schlüpfer vom Fußraum auf. Er wischte sich damit das Blut ab und reichte ihn dann Lenora. Er wedelte eine Fliege
fort, die um seinen Schritt summte, zog dann die braune Hose
hoch, knöpfte sich das weiße Hemd zu und sah zu, wie Lenora
sich wieder in das lange Kleid mühte. »Du wirst doch niemandem
etwas verraten, oder?« sagte er. Eigentlich wäre es ihm nun lieber
gewesen, er wäre zu Hause geblieben und hätte sein Psychologie-
Handbuch gelesen, vielleicht sogar versucht, das Gras mit dem Rasenmäher zu schneiden, den Albert ihm geschickt hatte, nachdem
Cynthia vor dem Plumpsklo auf eine zusammengerollte schwarze
Schlange getreten war. Unglücklicherweise gehörte er nicht zu den
Männern, die sich bei körperlichen Arbeiten geschickt anstellten.
Schon bei dem Gedanken, den Rasenmäher auf dem steinigen Hof
hin und her zu schieben, wurde ihm übel.

»Nein«, sagte Lenora. »Das würde ich nie tun. Ich verspreche
es.«

»Das ist gut. Manche Menschen würden das nicht verstehen.
Und ich bin der ehrlichen Überzeugung, dass die Beziehung eines
Menschen zu seinem Prediger Privatsache sein sollte.«

»Meinen Sie das wirklich, was Sie gesagt haben?« fragte Lenora
verlegen.

Teagardin versuchte verzweifelt, sich daran zu erinnern, was er
ihr für einen Bockmist vorgesülzt hatte. »Aber natürlich.« Er
hatte eine trockene Kehle. Vielleicht würde er nach Lewisburg fahren und sich zur Belohnung dafür, wieder mal ein junges Mädchen
entjungfert zu haben, ein kühles Bier gönnen. »Wenn wir fertig
sind«, erklärte er, »werden die Jungs in deiner Schule die Augen
nicht mehr von dir abwenden können. Manche Mädchen müssen

erst angelernt werden, das ist alles. Ich kann dir nur sagen, du bist eine von denen, die mit dem Alter immer hübscher werden. Du solltest dem Herrn dafür danken. Ja, Sie haben noch ein paar schöne Jahre vor sich, Miss Lenora Laferty.«

35.

Gegen Ende Mai machte Arvin zusammen mit neun weiteren den Abschluss an der Coal Creek Highschool. Am darauffolgenden Montag fing er bei einem Straßenbautrupp an, der auf der Route 60 durch Greenbrier County eine neue Asphaltdecke aufgoss. Ein Nachbar von der Anhöhe gegenüber hatte ihm den Job verschafft. Arvins Vater und er hatten vor dem Krieg zusammen einiges angestellt, und er fand, der Junge hätte eine Abwechslung dringend nötig. Die Arbeit war gut bezahlt, fast Gewerkschaftslohn; Arvin war nur als einfacher Arbeiter genommen worden, angeblich der schlimmste Job bei dem Trupp, doch Earskell hatte ihn auf dem Gartenland hinter dem Haus schon schwerer schuften lassen. Als er seinen ersten Lohn bekam, besorgte er für den alten Mann eine Flasche guten Whiskey bei *Slot Machine*, bestellte Emma einen Wäschewringer aus dem *Sears*-Katalog und versprach Lenora ein neues Sonntagskleid von *Mayfair's*, dem teuersten Laden in den drei Countys.

Während Lenora noch das Passende suchte, sagte Emma: »Meine Güte, ist mir bisher gar nicht aufgefallen, aber du hast ja wirklich zugelegt.« Lenora drehte sich zum Spiegel um und lächelte. Sie war immer spindeldürr gewesen, keine Hüften, keine Brust. Im letzten Winter hatte jemand ein Foto aus dem *Life*-Magazin von einem Haufen KZ-Leichen an ihr Schließfach geklebt und mit Tinte »Lenora Laferty« daraufgeschrieben, daneben ein Pfeil zur dritten Leiche von links. Wenn nicht Arvin gewesen wäre, hätte sie sich nicht mal die Mühe gemacht, es abzunehmen. Nun endlich sah sie langsam wirklich wie eine Frau aus, genau wie Teagardin versprochen hatte. Sie traf sich mit ihm drei, vier, manchmal fünf Mal die Woche. Jedes Mal, wenn sie es taten, hatte sie große Gewissensbisse, aber sie konnte nicht Nein sagen. Das war das erste Mal, dass ihr aufging, wie mächtig die Sünde sein konnte. Kein Wunder, dass es für die Menschen so schwer war, in den Himmel zu kommen. Immer wenn sie sich trafen, wollte Preston etwas Neues ausprobieren. Gestern hatte er einen Lippenstift seiner Frau mitgebracht. »Ich weiß, es klingt lächerlich bei dem, was wir tun«, hatte sie schüchtern gesagt, »aber ich finde nicht, dass sich eine Frau das Gesicht anmalen sollte. Du bist mir doch nicht böse, oder?«

»Nein, nein, ach was, Schätzchen, ist schon in Ordnung«, antwortete er. »Ich bewundere deine Glaubensfestigkeit. Wenn meine eigene Frau Jesus doch nur so lieben würde wie du.« Dann grinste er, schob ihr das Kleid hoch, hakte seinen Daumen hinter den Gummi ihres Schlüpfers und zog ihn herunter. »Außerdem hatte ich vor, etwas ganz anderes anzumalen.«

Eines Abends beim Abwasch blickte Emma zum Fenster hinaus und sah Lenora, die auf der anderen Straßenseite aus dem Wald kam. Sie hatten ein paar Minuten auf Lenora gewartet und dann ohne sie zu Abend gegessen. »Das Mädchen verbringt in letzter Zeit ganz schön viel Zeit im Wald«, sagte die alte Frau. Arvin lehnte sich zurück, trank den Kaffee aus und schaute zu, wie Earskell versuchte, sich eine Zigarette zu drehen. Der Alte beugte sich über den Tisch, sein faltiges Gesicht war hoch konzentriert. Arvin sah, wie ihm die Finger zitterten, und fragte sich, ob es mit seinem Großonkel nicht langsam bergab ging.

»Wie ich sie kenne«, sagte Arvin, »spricht sie da draußen wahrscheinlich mit den Schmetterlingen.«

Emma beobachtete, wie das Mädchen den Hang zur Veranda heraufkam. Sie schien gelaufen zu sein, so rot war ihr Gesicht. In den letzten paar Wochen hatte Emma eine ziemliche Veränderung an Lenora bemerkt. Viele Mädchen wurden ein wenig wunderlich, wenn sie ihre Regel bekamen, doch bei Lenora war es schon vor zwei Jahren so weit gewesen. Emma wusste, dass Lenora noch immer viel in der Bibel las, und sie schien jetzt sogar noch lieber in die Kirche zu gehen als früher, auch wenn Prediger Teagardin Albert Sykes nicht das Wasser reichen konnte, wenn es um eine gute Predigt ging. Manchmal fragte sich Emma, ob der Mann sich überhaupt dafür interessierte, Gottes Wort zu verkünden; oft verlor er den Faden, als seien seine Gedanken ganz woanders. Sie merkte, wie sie sich innerlich schon wieder über die Sache mit der Hühnerleber aufregte. Sie würde darüber heute Abend vor dem Schlafengehen noch einmal zu Gott sprechen müssen. Emma drehte sich zu Arvin um. »Und du glaubst nicht, sie könnte einen Verehrer haben?«

»Wer? Lenora?« sagte Arvin und verdrehte die Augen, so als sei das das Lächerlichste, was er jemals gehört hatte. »Ich glaube nicht, dass du dir darüber Gedanken machen musst, Grandma.« Er sah zu Earskell hinüber, der ein ziemliches Chaos mit der Zigarette angestellt hatte, mit offenem Mund dasaß und die Bescherung auf dem Tisch anblickte. Der Junge griff nach dem kleinen Tabakbeutel und den Blättchen und begann, dem alten Mann eine neue Zigarette zu drehen.

»Aussehen ist nicht alles«, sagte Emma streng.

»Das meine ich nicht«, stotterte Arvin und schämte sich, abschätzig über Lenora gesprochen zu haben. Es gab schon zu viele, die das taten. Plötzlich ging ihm auf, dass er nun nicht mehr in der Schule sein würde, um sie zu beschützen. Sie würde den Acker jetzt selbst zu pflügen haben. »Ich glaube nur nicht, dass es irgendeinen Kerl in der Gegend gibt, für den sie sich interessiert, mehr nicht.«

Die Haustür öffnete und schloss sich quietschend, dann hörten sie Lenora ein Lied summen. Emma lauschte, erkannte es als »Poor Pilgrim Of Sorrow«. Sie ließ die Sache für diesmal auf sich beruhen, tauchte ihre Hände ins lauwarme Wasser und schrubbte eine Pfanne. Arvin kümmerte sich weiter um die Zigarette. Er leckte das Blättchen an, drehte die Zigarette ein und reichte sie Earskell. Der alte Mann lächelte und suchte in seiner Hemdtasche nach einem Streichholz. Es dauerte eine ganze Weile, bis er eins fand.

36.

Mitte August wusste Lenora, dass sie in Schwierigkeiten steckte. Ihre Regel war bereits zweimal ausgeblieben, und das Kleid, das Arvin ihr gekauft hatte, passte schon fast nicht mehr. Teagardin hatte ein paar Wochen zuvor die Beziehung beendet. Er fürchtete, wenn er sich weiter mit ihr träfe, könnten es seine Frau oder gar die Gemeinde herausbekommen. »Und das wollen wir doch nicht, oder?« hatte er gesagt. Sie ging danach mehrere Tage lang an der Kirche vorbei, bis sie ihn wieder antraf; die Tür war offen, der kleine Wagen stand im Schatten unter dem Baum. Als sie die Kirche betrat, saß Teagardin vorn im Dämmerlicht, genau wie vor drei Monaten, als sie zum ersten Mal zu ihm gekommen war, doch diesmal lächelte er nicht, als er sich umdrehte und sah, wer da kam. »Du solltest nicht herkommen«, sagte Teagardin, auch wenn er nicht wirklich überrascht war. Manche konnten einfach keinen Schlussstrich ziehen.

Wie sehr die Brüste des Mädchens gegen das Oberteil ihres Kleides drückten, war nicht zu übersehen. So etwas hatte er immer wieder beobachtet, kaum trieben sie es regelmäßig, dehnten sich ihre jungen Körper aus. Er schaute auf die Uhr und sah, dass er noch ein paar Minuten Zeit hatte. Vielleicht sollte er sie sich noch einmal richtig gut vornehmen, dachte er, doch dann platzte Lenora mit hysterisch-brüchiger Stimme damit heraus, dass sie sein Kind in sich trage. Er sprang erschrocken auf, eilte zur Kirchentür und schloss sie. Er blickte auf seine Hände, sie waren dick, aber so weich wie die einer Frau. In der Zeit, die er benötigte, um einmal tief Luft zu holen, überlegte er, ob er sie mit ihnen erwürgen könnte, doch er wusste verdammt gut, dass er gar nicht den Mumm zu so einer Tat hatte. Und Gefängnis, vor allem so ein abscheuliches Loch wie das in West Virginia, war viel zu grausam für

216

eine empfindliche Person wie ihn. Es musste eine andere Möglichkeit geben. Aber er musste sie schnell finden. Er bedachte auch Lenoras Lage, ein armes, geschwängertes Waisenkind, halb verrückt vor Angst; und all diese Gedanken gingen ihm durch den Kopf, während er die Tür abschloss. Dann ging er nach vorn, wo Lenora auf einer der Bänke saß; Tränen flossen ihr über das verzerrte Gesicht. Er entschied sich, mit ihr zu reden, das konnte er schließlich am besten. Er sagte, er habe schon von solchen Fällen wie dem ihren gehört, bei denen Menschen eine so fürchterliche Sünde begangen hatten, dass sie irgendwann ganz geblendet und krank davon waren und sich schließlich gewisse Dinge einbildeten. Er hatte sogar von Menschen gelesen, einfachen Leuten, von denen manche kaum ihren Namen schreiben konnten, die davon überzeugt waren, der Präsident zu sein, der Papst oder irgendein berühmter Filmschauspieler. Solche Leute, sagte Teagardin mit trauriger Stimme, endeten meistens in der Klapsmühle, wurden dort von den Wachleuten missbraucht und mussten ihren eigenen Kot essen.

Lenora schluchzte nicht mehr. Sie wischte sich die Augen mit dem Kleiderärmel trocken. »Ich weiß nicht, wovon du sprichst«, sagte sie. »Ich trage dein Kind aus.«

Er streckte die Hände aus und seufzte. »Das gehört auch dazu, stand in dem Buch, dieses Unverständnis. Aber denk doch mal darüber nach. Wie kann ich denn der Vater sein? Ich habe dich nicht angerührt, nicht ein einziges Mal. Sieh dich doch an. Ich habe eine Frau zu Hause, die ist hundert Mal schöner als du, und die tut alles, was ich von ihr verlange, und damit meine ich alles.«

Sie sah ihn völlig verwirrt an. »Willst du damit sagen, dass du dich an nichts von dem erinnerst, was wir in deinem Wagen getan haben?«

»Ich will damit sagen, dass du verrückt sein musst, um ins Haus des Herrn zu kommen und solchen Blödsinn zu erzählen. Glaubst du vielleicht, irgendjemand würde dir mehr glauben als mir? Ich bin ein Mann Gottes.« Himmel, dachte er, während er da stand und auf diese schniefende Göre heruntersah, warum hatte

217

er sich nicht in Geduld geübt und gewartet, bis das Reaster-Mädchen vorbeikam. Pamela hatte sich als der beste Happen seit den frühen Tagen von Cynthia erwiesen.

»Aber du bist doch der Vater«, sagte Lenora mit betäubter Stimme. »Da gibt es keinen anderen.«

Teagardin sah wieder auf die Uhr. Er musste diese Schlampe möglichst schnell loswerden, sonst war der ganze Nachmittag im Eimer. »Ich rate dir, Mädchen«, sagte er mit leiser, hasserfüllter Stimme, »finde einen Weg, wie du das loswirst – falls du denn überhaupt schwanger bist, wie du behauptest. Wenn du es behältst, ist es doch nur ein kleiner Bastard mit einer Hure als Mutter. Tu es vor allem der armen alten Frau zuliebe, die dich aufgezogen hat und jeden Sonntag mit in die Kirche nimmt. Sie würde vor Kummer sterben. Und jetzt verschwinde, bevor du noch mehr Unheil anrichtest.«

Lenora sagte kein weiteres Wort. Sie sah zu dem Holzkreuz hinüber, das an der Wand hinter dem Altar hing, und stand auf. Teagardin entriegelte die Tür, hielt sie ihr mit einem verächtlichen Gesichtsausdruck auf, und Lenora ging mit gesenktem Kopf an ihm vorbei. Sie hörte, wie die Tür hinter ihr schnell zugeschlossen wurde. Sie war sehr schwach, doch sie schaffte es noch ein paar Hundert Meter weiter, bis sie unter einem Baum nahe des Straßenrands zusammenbrach. Sie konnte die Kirche sehen, in die sie ihr Leben lang gegangen war. Sie hatte die Gegenwart Gottes dort viele Male gespürt, aber nicht mehr, so wurde ihr bewusst, seit Teagardin angekommen war. Ein paar Minuten später beobachtete sie, wie sich Pamela Reaster vom anderen Ende der Straße her näherte und mit einem glücklich strahlenden Ausdruck auf dem hübschen Gesicht die Kirche betrat.

Am selben Abend fuhr Arvin Emma zum Abendgottesdienst in die Kirche. Lenora hatte Übelkeit vorgetäuscht und gesagt, ihr Kopf fühle sich an, als würde er gleich platzen. Sie hatte nichts gegessen. »Du siehst auch nicht gut aus, so viel steht mal fest«, sagte Emma und fühlte dem Mädchen die Wange. »Du bleibst heute Abend zu Hause. Ich werde die anderen bitten, für dich zu beten.«

Lenora wartete in ihrem Zimmer, bis sie Arvins Wagen starten hörte, dann kontrollierte sie, ob Earskell noch immer auf seinem Schaukelstuhl auf der Veranda schlief. Sie ging zur Räucherhütte und öffnete die Tür. Dort blieb sie eine Weile stehen und wartete, bis ihre Augen sich an die Dunkelheit gewöhnt hatten. In einer Ecke hinter ein paar Fischreusen fand sie ein Seil und knotete eine Schlinge ans Ende. Dann schob sie einen leeren Fetteimer in die Mitte des kleinen Schuppens, stieg darauf und wickelte das andere Ende des Seils sieben oder acht Mal um einen der Querbalken. Sie stieg wieder herunter und schloss die Tür. Nun war es im Schuppen dunkel.

Als sie wieder auf dem Metalleimer stand, legte sie sich die Schlinge um den Hals und zog sie zu. Schweiß rann ihr übers Gesicht, und sie ertappte sich bei dem Gedanken, es doch lieber draußen in der Sonne, in der warmen Sommerluft zu tun, oder vielleicht besser noch ein, zwei Tage zu warten. Vielleicht würde Preston ja seine Meinung ändern. Er konnte das einfach nicht so gemeint haben. Er war nur aufgebracht, das war alles. Sie löste die Schlinge, und der Eimer geriet ins Wanken. Dann rutschte sie aus, der Eimer kippte um, und sie baumelte in der Luft. Sie war nur ein paar Zentimeter tief gestürzt, nicht tief genug, um sich gleich das Genick zu brechen. Sie konnte mit den Zehenspitzen fast den Boden berühren, nur ein paar Zentimeter fehlten. Sie strampelte mit den Beinen und versuchte, sich zum Balken hochzuziehen, doch sie hatte nicht genug Kraft dazu. Sie versuchte zu schreien, aber die erstickenden Geräusche drangen nicht mal durch die Tür des Schuppens. Das Seil drückte ihr langsam die Luftröhre ab, sie wurde immer panischer und zerkratzte sich mit den Fingernägeln den Hals. Ihr Gesicht lief rot an. Sie merkte noch, wie ihr der Urin die Beine hinunterlief. Die Äderchen in ihren Augen platzten, alles wurde dunkler und dunkler. Nein, dachte sie, nein. Ich kann dieses Kind austragen, lieber Gott. Ich kann einfach von hier fortgehen, genau wie mein Dad es getan hat. Ich kann einfach verschwinden.

37.

Eine gute Woche nach der Beerdigung wartete Tick Thompson, der neue Sheriff von Greenbrier County, bei Arvins Wagen, als der Junge von der Arbeit kam. »Ich muss mal mit dir reden, Arvin«, sagte der Sheriff. »Es geht um Lenora.« Tick war einer der Männer gewesen, die ihre Leiche aus dem Räucherschuppen getragen hatten, nachdem Earskell die offene Tür bemerkt und Lenora entdeckt hatte. Tick hatte im Laufe der Jahre schon ein paar Selbstmorde gesehen, allerdings meistens von Männern, die sich einer Frau oder schlechter Geschäfte wegen das Hirn weggepustet hatten; noch nie von einer jungen Frau, die sich erhängt hatte. Als der Rettungswagen an jenem Abend davonfuhr, hatten Emma und Arvin auf seine Frage hin beide erklärt, dass ihnen das Mädchen in letzter Zeit eher glücklicher als sonst erschienen war. An der Sache stimmte etwas nicht. Thompson hatte die ganze Woche nicht vernünftig geschlafen.

Arvin warf sein Lunchpaket auf den Beifahrersitz des Bel Air. »Was ist denn mit ihr?«

»Ich dachte, ich sage es lieber dir als deiner Großmutter. Nach allem, was ich höre, nimmt sie es sich ganz schön zu Herzen.«

»Was denn sagen?«

Der Sheriff nahm den Hut ab und hielt ihn in den Händen. Er wartete, bis ein paar Männer an ihnen vorbeigegangen und in ihre Wagen gestiegen waren, dann räusperte er sich. »Also, verdammt, ich weiß nicht, wie ich es sagen soll, Arvin, ich kann es einfach nur geradeheraus. Hast du gewusst, dass Lenora schwanger war?«

Arvin starrte ihn eine Weile an und machte ein verwirrtes Gesicht. »Das ist doch Blödsinn«, sagte er schließlich. »Irgendein Arschloch lügt da.«

»Ich weiß, wie du dich fühlst, ehrlich, aber ich komme gerade aus dem Büro der Gerichtsmedizin. Der alte Dudley mag zwar ein Säufer sein, aber er ist kein Lügner. Nach allem, was er sagen kann, war sie etwa im dritten Monat.«

Der Junge wandte sich ab, griff in die Gesäßtasche nach einem schmutzigen Taschentuch und wischte sich die Augen trocken. »Verdammt«, sagte er und bemühte sich, ein Zittern seiner Unterlippe zu unterdrücken.

»Glaubst du, deine Großmutter wusste davon?«

Arvin schüttelte den Kopf, holte tief Luft, atmete langsam aus und sagte dann: »Sheriff, meine Grandma würde tot umfallen, wenn sie das zu hören kriegte.«

»Hatte Lenora einen Freund, jemanden, mit dem sie sich traf?« fragte der Sheriff.

Arvin dachte an die Nacht vor ein paar Wochen, als Emma dieselbe Frage gestellt hatte. »Nicht, dass ich wüsste. Himmel, sie war die gläubigste Person, die ich kannte.«

Tick setzte den Hut wieder auf. »Also, ich seh das so«, fing er an, »außer uns beiden und Dudley muss das niemand wissen, und Dudley wird nichts ausplaudern, dafür garantiere ich. Wir behalten das einfach für uns. Wie wär das?«

Arvin wischte sich noch einmal die Augen trocken und nickte. »Dafür wäre ich sehr dankbar«, antwortete er. »Es ist schon schlimm genug, dass alle wissen, was sie sich angetan hat. Verdammt, wir konnten den neuen Prediger nicht mal dazu bringen…« Seine Miene verdüsterte sich plötzlich, und er sah hinaus in die Ferne zum Muddy Creek Mountain.

»Was denn, mein Junge?«

»Ach, nichts«, winkte Arvin ab. »Wir konnten ihn nur nicht dazu bringen, ein paar Worte bei der Beerdigung zu sagen, das ist alles.«

»Tja, manche Menschen haben strenge Ansichten bei so was.«

»Ja, sieht so aus.«

»Und du hast keine Ahnung, mit wem sie zusammen gewesen sein könnte?«

»Lenora war meist allein«, antwortete der Junge. »Davon mal abgesehen, nützt das jetzt ohnehin nichts mehr, oder?«

Tick zuckte mit den Schultern. »Nicht sehr viel, nehme ich an. Vielleicht hätte ich besser nichts gesagt.«

»Tut mir leid, ich wollte nicht respektlos sein«, sagte Arvin. »Ich bin froh, dass Sie es mir gesagt haben. Jetzt weiß ich wenigstens, warum sie es getan hat.« Er schob sich das Tuch in die Tasche zurück und schüttelte Tick die Hand. »Und danke, dass Sie auf meine Grandma Rücksicht genommen haben.«

Er sah dem Sheriff nach, als er losfuhr, dann stieg er in den Wagen und fuhr die fünfzehn Meilen nach Coal Creek zurück. Er ließ das Radio so laut laufen, wie es nur ging, hielt an der Hütte des Schwarzbrenners in Hungry Holler und kaufte zwei kleine Flaschen Whiskey. Als er nach Hause kam, ging er hinein und sah nach Emma. Soweit er wusste, war sie die ganze Woche nicht aus dem Bett gekommen. Sie roch langsam streng. Er brachte ihr ein Glas Wasser und sorgte dafür, dass sie etwas trank. »Hör mal, Grandma«, sagte er, »ich erwarte, dass du morgen früh aufstehst und Earskell und mir das Frühstück machst, okay?«

»Lass mich einfach hier liegen«, entgegnete sie. Sie drehte sich auf die Seite und schloss die Augen.

»Einen Tag noch, dann ist Schluss«, sagte Arvin. »Und das meine ich ernst.« Er ging in die Küche, machte Bratkartoffeln und belegte ein paar Sandwiches mit Mortadella für Earskell und sich. Nachdem sie gegessen hatten, wusch Arvin Pfanne und Teller ab und sah noch einmal nach Emma. Dann nahm er die beiden Flaschen mit auf die Veranda und gab dem alten Mann eine davon. Er nahm Platz und erlaubte sich endlich, über das nachzudenken, was der Sheriff gesagt hatte. Drei Monate. Es war ganz sicher keiner der Burschen aus der Gegend gewesen, der Lenora geschwängert hatte. Arvin kannte sie alle, und er wusste, was sie von ihr hielten. Die Kirche war der einzige Ort, an den sie gern ging. Arvin dachte an die Ankunft des Predigers zurück. Das war im April gewesen, vor etwas mehr als vier Monaten. Ihm fiel wieder ein, wie aufgeregt ihm Teagardin an dem Abend des Willkommensessens vor-

222

gekommen war, als die Reaster-Mädchen hereingekommen waren. Abgesehen von Arvin und der Frau des Predigers hatte das anscheinend niemand bemerkt. Nicht lange nach Teagardins Eintreffen hatte Lenora sogar ihre Haube abgelegt. Arvin hatte gedacht, sie sei es leid, in der Schule deswegen gehänselt zu werden, aber vielleicht gab es einen anderen Grund dafür.

Arvin schüttelte zwei Zigaretten aus der Schachtel, zündete sie an und gab Earskell eine. Am Tag vor der Beerdigung hatte Teagardin zu ein paar Gemeindemitgliedern gesagt, er würde sich unwohl dabei fühlen, bei der Beisetzung eines Selbstmörders zu predigen. Stattdessen hatte er seinen armen kranken Onkel darum gebeten, an seiner Stelle ein paar Worte zu sprechen. Zwei Männer hatten Albert auf einem hölzernen Küchenstuhl getragen. Es war der wärmste Tag des Jahres gewesen, die Kirche war heiß wie ein Glutofen, doch der alte Mann hatte sich der Situation gewachsen gezeigt. Ein paar Stunden später war Arvin ziellos die Nebenstraßen entlanggefahren, das tat er in letzter Zeit immer, wenn irgendetwas überhaupt keinen Sinn ergab. Er war bei Teagardins Haus vorbeigekommen und hatte gesehen, wie er in ein paar Hauslatschen und mit einem weichen rosafarbenen Frauenhut auf dem Kopf aufs Plumpsklo ging. Seine Frau lag auf einer Decke auf dem verkrauteten, überwucherten Hof und sonnte sich im Bikini.

»Verdammt, ist das heiß«, sagte Earskell.

»Ja«, sagte Arvin nach einer Weile. »Vielleicht sollten wir heute Nacht hier draußen schlafen.«

»Ich verstehe nicht, wie Emma es in dem Schlafzimmer aushält. Da drin ist es wie im Backofen.«

»Sie wird morgen früh aufstehen und uns Frühstück machen.«

»Wirklich?«

»Ja«, sagte Arvin, »wirklich.«

Und das tat sie auch, es gab Hefebrötchen, Eier und Soße; sie war schon eine Stunde lang auf, bevor die Männer auf der Veranda sich rührten. Arvin bemerkte, dass sie sich das Gesicht gewaschen, ein frisches Kleid angezogen und sich ein sauberes Tuch um die dünnen grauen Haare gebunden hatte. Sie sprach nicht viel, aber als sie sich hinsetzte und mitaß, wusste Arvin, dass er sich keine Sorgen mehr um sie machen musste. Als am folgenden Tag der Vorarbeiter aus dem Auto stieg, auf seine Uhr zeigte und damit signalisierte, dass Feierabend sei, eilte Arvin zu seinem Wagen und fuhr erneut zu Teagardin. Vierhundert Meter entfernt hielt er an und ging zu Fuß weiter über einen Waldweg. Er setzte sich in die Astgabel einer Robinie und beobachtete das Haus des Gottesmannes, bis die Sonne unterging. Er wusste zwar noch nicht, wonach er Ausschau hielt, aber er hatte so eine Ahnung, wo er es finden könnte.

38.

Drei Tage später erklärte Arvin seinem Boss nach Feierabend, dass er nicht wiederkommen würde. »Ach, komm schon, Junge«, sagte der Vorarbeiter. »Scheiße, du bist einer der Besten, die ich habe.« Er spuckte einen dicken Schwall Tabaksaft gegen das Vorderrad seines Pick-ups. »Noch zwei Wochen? Bis dahin sind wir fertig.«

»Es ist nicht wegen der Arbeit, Tom«, erklärte Arvin. »Ich hab im Augenblick einfach was anderes zu erledigen.«

Er kaufte in Lewisburg zwei Schachteln 9-mm-Munition, fuhr nach Hause und sah nach Emma. Sie war in der Küche und schrubbte auf Händen und Knien den Linoleumfußboden. Arvin ging in sein Zimmer und holte die Luger aus der untersten Schublade seiner Kommode. Es war das erste Mal, dass er sie anrührte, seit Earskell ihn vor über einem Jahr gebeten hatte, sie wegzusperren. Arvin sagte seiner Großmutter, er sei bald wieder zurück, und fuhr zum Stony Creek. Er ließ sich beim Putzen der Waffe Zeit, dann lud er acht Patronen ins Magazin und reihte ein paar Dosen und Flaschen auf. Im Laufe der folgenden Stunde lud er vier Mal nach. Als er die Pistole ins Handschuhfach legte, fühlte sie sich wieder wie ein Teil der eigenen Hand an. Arvin hatte nur drei Mal danebengeschossen.

Auf dem Heimweg hielt er am Friedhof. Lenora war neben ihrer Mutter beerdigt worden. Der Steinmetz hatte den Grabstein noch nicht aufgestellt. Arvin stand da, betrachtete den trockenen braunen Staub, der ihre Grabstelle markierte, und dachte an das letzte Mal, als sie hier gewesen waren, um Helens Grab zu besuchen. Er konnte sich noch vage daran erinnern, wie Lenora an jenem Nachmittag auf ihre linkische Art versucht hatte, mit ihm zu flirten; sie hatte von Waisen gesprochen und von Liebenden, die unter einem schlechten Stern stünden, und er war verärgert gewesen. Wenn er nur ein wenig mehr Aufmerksamkeit aufgebracht hätte, dachte er, und wenn die Leute sich nicht so oft über sie lustig gemacht hätten, dann hätten sich die Dinge vielleicht anders entwickelt.

Am nächsten Morgen verließ er das Haus zur üblichen Zeit und tat so, als würde er zur Arbeit aufbrechen. Er war sich zwar sicher, dass es Teagardin gewesen war, aber er wollte es genau wissen. Er folgte ihm auf Schritt und Tritt. Innerhalb von einer Woche hatte er das Schwein drei Mal dabei beobachtet, wie er Pamela Reaster auf einer alten Farmzufahrt gleich neben der Ragged Ridge Road vögelte. Sie kam jeden zweiten Tag genau zur Mittagszeit über die Weide ihrer Eltern, um sich dort mit ihm zu treffen. Teagardin saß dann schon in seinem Sportwagen und betrachtete sich im Spiegel, bis sie auftauchte. Nach dem dritten Mal stapelte Arvin Holz und Grießwurzeln zu einem Sichtschutz auf, nur ein paar Meter von der Stelle entfernt, wo der Prediger immer im Schatten einer großen Eiche parkte. Es war Teagardins Gewohnheit, das Mädchen wegzuschicken, sobald er mit ihm fertig war. Dann trödelte er gern noch eine Weile unter dem Baum, erleichterte seine Blase und hörte sich Teenie-Musik im Radio an. Ab und zu vernahm Arvin, wie er mit sich selbst sprach, doch er konnte kein Wort verstehen. Nach zwanzig, dreißig Minuten wurde der Wagen gestartet, Teagardin wendete am Ende der Zufahrt und fuhr heim.

In der folgenden Woche setzte der Prediger auch Pamelas jüngere Schwester auf seinen Dienstplan, doch die Treffen mit Beth Ann fanden in der Kirche statt. Da hatte Arvin keinen Zweifel mehr, und als er Sonntagmorgen zum Klang der Kirchenglocken wach wurde, der durch die Senke hallte, beschloss er, dass die Zeit gekommen war. Wenn er noch länger wartete, so fürchtete er, würde er die Nerven verlieren. Er wusste, dass Teagardin das ältere Mädchen immer montags traf. Der geile Mistkerl schätzte Regelmäßigkeit.

Arvin zählte das Geld, das er im Laufe der letzten paar Jahre beiseitegelegt hatte. In einer Kaffeedose unter dem Bett hob er 315 Dollar auf. Nach dem Sonntagsessen fuhr er zur *Slot Machine*, kaufte eine Flasche Whiskey, verbrachte den Abend mit Earskell auf der Terrasse und trank.»Du bist so gut zu mir, Junge«, sagte der alte Mann. Arvin schluckte mehrmals schwer, um nicht weinen zu müssen. Er dachte an den kommenden Tag. Dies war das letzte Mal, dass sie sich eine Flasche teilen würden.

Es war ein schöner Abend, kühler als die letzten Monate. Arvin ging hinein und holte Emma; sie setzte sich eine Weile mit ihrer Bibel und einem Glas Eistee zu ihnen. Seit dem Abend, als Lenora starb, war sie nicht mehr in die Kirche gegangen.»Der Herbst kommt früh dieses Jahr, finde ich«, sagte sie, legte einen ihrer knochigen Finger auf die Bibel, um die Stelle nicht zu verlieren, und sah über die Straße, wo die Blätter sich bereits zu Rosttönen verfärbten.»Wir sollten langsam daran denken, Holz zu holen, oder, Arvin?«

Er sah sie an. Sie schaute noch immer zu den Bäumen am Hügel hinüber.»Ja«, sagte er.»Es wird bald kalt werden.« Er hasste sich dafür, so tun zu müssen, als sei alles in Ordnung. Er hätte sich gern richtig verabschiedet, aber es war besser, sie wussten nichts, wenn die Polizei ihn suchte. Als sie zu Bett gegangen waren, packte er ein paar Kleidungsstücke in eine Sporttasche und legte sie in den Kofferraum seines Wagens. Er lehnte sich an die Verandabrüstung und lauschte dem fernen Rattern eines nach Norden fahrenden Kohlenzuges jenseits der nächsten Hügelreihen. Zurück im Haus steckte er hundert Dollar in die Blechdose, in der Emma ihre Nähnadeln und den Einfädler aufbewahrte. Er schlief in der Nacht nicht ein, und am Morgen trank er nur Kaffee, essen konnte er nichts.

Er hockte zwei Stunden in seinem Versteck, bis das Reaster-Mädchen etwa eine Viertelstunde zu früh über die Weide geeilt kam. Sie wirkte besorgt, sah immer wieder auf die Uhr. Als Teagardin eintraf und langsam über die zerfurchte Zufahrt rollte, sprang sie nicht in den Wagen, wie sie es sonst getan hatte. Stattdessen blieb sie ein paar Meter entfernt stehen und wartete, bis er den Motor abgestellt hatte. »Na, steig schon ein, Schätzchen«, hörte Arvin den Prediger sagen. »Ich hab einen prallvollen Sack für dich.«

»Ich bleibe nicht«, entgegnete sie. »Wir haben Schwierigkeiten.«

»Was meinst du damit?«

»Du solltest deine Finger von meiner Schwester lassen«, sagte das Mädchen.

»Ach Scheiße, Pamela, das hat doch nichts zu bedeuten.«

»Du verstehst es nicht«, sagte sie. »Sie hat Mutter alles erzählt.«

»Wann?«

»Vor einer Stunde. Ich konnte gerade noch weg.«

»Dieses kleine Miststück«, fluchte Teagardin. »Ich hab sie kaum angerührt.«

»Da erzählt sie aber was anderes«, sagte Pamela. Sie sah nervös zur Straße hinüber.

»Und was genau hat sie erzählt?«

»Glaub mir, Preston, alles. Sie hat es mit der Angst bekommen, weil die Blutungen nicht aufhören.« Das Mädchen zeigte mit dem Finger auf ihn. »Du solltest besser darauf hoffen, dass du ihr nichts angetan hast, was sie unfruchtbar gemacht hat.«

»Verdammt«, rief Teagardin. Er stieg aus und ging ein paar Minuten mit hinter dem Rücken gefalteten Händen auf und ab wie ein General, der in seinem Zelt einen Gegenangriff plant. Dann zog er ein Seidentaschentuch aus der Hosentasche und tupfte sich den Mund ab. »Und was, glaubst du, wird deine alte Dame machen?« fragte er schließlich.

»Nun, wenn sie Beth Ann ins Krankenhaus gebracht hat, wird sie als Nächstes den verdammten Sheriff anrufen. Und nur, dass du's weißt, er ist der Cousin meiner Ma.«

Teagardin legte seine Hände auf die Schultern des Mädchens und sah ihm in die Augen. »Aber du hast ihr doch nichts von uns beiden verraten, oder?«

»Hältst du mich für bescheuert? Eher würde ich sterben.«

Teagardin ließ sie los und lehnte sich an den Wagen. Er sah über die Weiden und fragte sich, warum niemand mehr das Land bestellte. Er hatte plötzlich ein altes, verfallenes, zweistöckiges Haus vor Augen, ein paar verrostete alte Landmaschinen, die im Unkraut standen, einen selbst gegrabenen Brunnen mit kühlem, klarem Wasser, der von verrotteten Bohlen zugedeckt war. Nur einen Augenblick lang malte er sich aus, wie er die Farm wieder auf Vordermann brachte, sich einem einfachen Leben widmete, an Sonntagen predigte und unter der Woche das Land mit schwieligen Händen bearbeitete; wie er am Abend nach einem guten Essen auf der Veranda Bücher lesen würde, während ein paar kleine Babys auf dem schattigen Hof spielten. Er hörte, wie das Mädchen sagte, es würde jetzt gehen, und als er schließlich aufsah, war es verschwunden. Dann dachte er an die Möglichkeit, dass Pamela ihn vielleicht anlog und ihm Angst einjagen wollte, damit er sich von ihrer kleinen Schwester fernhielt. Das hätte er ihr glatt zugetraut, aber wenn es stimmte, was sie sagte, dann hatte er höchstens ein, zwei Stunden Zeit, um zu packen und aus Greenbrier County zu verschwinden. Er wollte gerade den Motor anlassen, als er eine Stimme hörte: »Sie sind nicht gerade ein Musterprediger, oder?«

Teagardin blickte auf und sah den jungen Russell direkt neben der Wagentür stehen und eine seltsame Pistole auf ihn richten. Er hatte nie eine Waffe besessen, doch er wusste, dass sie nur Ärger machten. Aus der Nähe wirkte der Junge größer. Kein Gramm Fett an ihm, dunkle Haare, grüne Augen. Er fragte sich, was Cynthia wohl von ihm halten würde. Obwohl er wusste, wie lächerlich es war, bei all den jungen Muschis, die er kriegte, spürte er einen Anflug von Eifersucht. Traurig zu wissen, dass er niemals auch nur annähernd so gut aussehen würde wie dieser Bursche. »Was zum Henker tust du da?« fragte er ihn.

»Ich habe beobachtet, wie Sie das Mädchen gevögelt haben, das gerade verschwunden ist. Und falls Sie versuchen, den Wagen zu starten, puste ich Ihnen die verdammte Hand weg.«

Teagardin ließ den Zündschlüssel los. »Du weißt gar nicht, wovon du da redest, Junge. Ich habe sie nicht angerührt. Wir haben nur miteinander gesprochen.«

»Heute vielleicht, aber Sie beackern sie ja ziemlich regelmäßig.«

»Was? Hast du mir nachspioniert?« Vielleicht war der Junge einer dieser Voyeure, dachte er, ein Ausdruck, den er aus seiner Sammlung an Nudistenmagazinen kannte.

»Ich habe jeden verdammten Schritt verfolgt, den Sie in den letzten zwei Wochen getan haben.«

Teagardin sah durch die Windschutzscheibe zu der großen Eiche am Ende der Zufahrt. Er fragte sich, ob das stimmen konnte. Im Geiste zählte er, wie oft er sich in den letzten paar Wochen mit Pamela getroffen hatte. Mindestens sechs Mal. Schlimm genug, aber gleichzeitig war er ein wenig erleichtert. Zumindest hatte der Junge nicht mitgekriegt, dass er auch noch die Schwester gevögelt hatte. Schwer zu sagen, was der verrückte Hinterwäldler dann wohl getan hätte. »Es ist anders, als es den Anschein hat«, sagte er.

»Wie ist es denn dann?« fragte Arvin. Er entsicherte die Waffe.

Teagardin fing an zu erklären, dass die kleine Schlampe ihn nicht in Ruhe lassen wollte, doch dann ermahnte er sich, seine Worte sorgsam zu wählen. Er bedachte die Möglichkeit, dass dieser Freak vielleicht in Pamela verknallt war. Vielleicht ging es darum. Eifersucht. Er versuchte sich daran zu erinnern, was Shakespeare über Eifersucht geschrieben hatte, doch es fiel ihm nicht ein. »Sag mal, bist du nicht der Enkel von Mrs. Russell?« fragte er. Er sah auf die Uhr am Armaturenbrett. Er hätte schon auf halbem Weg nach Hause sein sollen. Fettiger Schweiß rann ihm in kleinen Bächen über das rosige, glatt rasierte Gesicht.

»Das ist richtig«, antwortete Arvin. »Und Lenora Laferty war meine Schwester.«

Teagardin drehte langsam den Kopf und konzentrierte sich auf die Gürtelschnalle des Burschen. Arvin konnte fast sehen, wie sich die Räder in seinem Kopf drehten, dann schluckte der Prediger ein paar Mal. »Eine Schande, was das arme Mädchen getan hat«, sagte er. »Ich bete jede Nacht für ihre Seele.«

»Beten Sie auch für die des Babys?«

»Also, da liegst du vollkommen falsch, mein Freund. Damit habe ich überhaupt nichts zu tun.«

»Womit?«

Der Mann wand sich auf dem engen Autositz und blickte die Luger an. »Sie kam zu mir und meinte, sie müsse etwas beichten, sie sei schwanger. Ich habe ihr versprochen, niemandem etwas zu sagen.«

Arvin trat einen Schritt zurück und sagte: »Da wette ich drauf, Sie fettes Arschloch.« Dann gab er drei Schüsse ab, zwei brachten die Reifen auf der Fahrerseite zum Platzen, die dritte Kugel feuerte er durch die Hintertür.

»Stopp!« schrie Teagardin. »Stopp, verdammt noch mal!« Er reckte die Hände in die Höhe.

»Keine Lügen mehr«, sagte Arvin, trat vor und drückte die Pistole an die Schläfe des Predigers. »Ich weiß, dass Sie es waren, der sie in diese Lage gebracht hat.«

Teagardin riss seinen Kopf von der Waffe weg. »Okay«, sagte er. Er holte tief Luft. »Ich schwöre, ich wollte mich um alles kümmern, ehrlich, und dann … und dann hörte ich, dass sie sich umgebracht hatte. Sie war verrückt.«

»Nein«, entgegnete Arvin, »sie war nur einsam.« Er presste den Lauf an Teagardins Hinterkopf. »Aber keine Sorge, ich werde Sie nicht so leiden lassen, wie sie gelitten hat.«

»Jetzt mal langsam, verdammt. Himmel, du wirst doch keinen Geistlichen töten, oder?«

»Sie sind kein Geistlicher, sondern ein wertloses Stück Dreck«, sagte Arvin.

Teagardin fing an zu weinen, zum ersten Mal seit Kindertagen flossen ihm echte Tränen über das Gesicht. »Lass mich erst noch beten«, schluchzte er. Er faltete die Hände.

»Das habe ich schon für Sie getan«, sagte Arvin. »Ich habe ein gutes Wort für Sie eingelegt, eins von der Sorte, von denen ihr Mistkerle andauernd faselt; ich habe Gott gebeten, Sie gleich zur Hölle fahren zu lassen.«

»Nein«, sagte Teagardin noch, kurz bevor die Pistole losging.

Das Bruchstück einer Kugel kam direkt oberhalb seiner Nase wieder heraus und landete klappernd auf dem Armaturenbrett. Sein massiger Körper kippte nach vorn, das Gesicht knallte auf das Lenkrad. Sein linker Fuß trat ein paar Mal auf die Bremse. Arvin wartete, bis der Mann sich nicht mehr rührte, dann griff er ins Wageninnere, nahm das klebrige Bruchstück vom Armaturenbrett und warf es ins Gestrüpp. Er bedauerte, so viele Kugeln verschossen zu haben, doch er hatte keine Zeit, nach ihnen zu suchen. Eilig riss er den Sichtschutz wieder ein, den er errichtet hatte, und nahm die Dose mit, in die er seine Kippen gelegt hatte. Nach fünf Minuten saß er in seinem Auto. Er warf die Kippendose in den Graben. Während er die Luger unter das Armaturenbrett klemmte, fiel ihm plötzlich die junge Frau des Predigers ein. Wahrscheinlich saß sie in ihrem kleinen Haus und wartete auf Teagardins Rückkehr, genau wie Emma am Abend auf ihn warten würde. Arvin lehnte sich zurück, schloss einen Augenblick die Augen und versuchte, an etwas anderes zu denken. Er startete den Motor, fuhr zum Ende der Ragged Ridge Road und bog dann links in Richtung Route 60 ab. Seiner Schätzung nach konnte er heute Abend in Meade, Ohio, sein, wenn er zwischendurch nicht anhielt. Weiter hatte er noch nicht geplant.

Vier Stunden später, etwa fünfzig Meilen entfernt von Charleston, West Virginia, gab das Bodenblech des Bel Air ein schlagendes Geräusch von sich. Arvin schaffte es noch, vom Highway zu fahren und auf einen Tankstellenparkplatz zu rollen, bevor das Getriebe endgültig den Geist aufgab. Arvin ging in die Knie und sah, wie das letzte bisschen Öl aus dem Gehäuse tropfte. »Mistkarre«, sagte er. Gerade als er wieder aufstehen wollte, tauchte ein dürrer Mann in einem ausgebeulten blauen Overall auf und fragte ihn, ob er Hilfe bräuchte. »Nur, wenn Sie ein Getriebe für diese Karre haben«, antwortete Arvin.

»Hat den Geist aufgegeben, hm?«

»Sieht so aus«, sagte Arvin.

»Wo wollen Sie hin?«

Arvin dachte kurz nach. »Michigan.«

»Sie dürfen gern telefonieren, falls Sie jemanden anrufen wollen«, bot ihm der Mann an.

»Hab niemanden, den ich anrufen kann.« Kaum hatte Arvin das gesagt, wurde ihm klar, wie wahr diese Aussage tatsächlich war. Er dachte einen Augenblick nach. Arvin hasste den Gedanken, den Bel Air aufgeben zu müssen, aber er musste weiter. Er würde ein Opfer bringen müssen. Er wandte sich an den Mann und versuchte ein Lächeln. »Wie viel geben Sie mir für den Wagen?« fragte er.

Der Mann sah sich den Wagen an und schüttelte den Kopf. »Ich hab keine Verwendung dafür.«

»Der Motor ist in Ordnung. Ich habe erst vor ein paar Tagen Verteilerkopf und Zündkerzen gewechselt.«

Der Mann ging um den Chevy herum, trat gegen einen Reifen, suchte nach Roststellen. »Weiß nicht«, sagte er und rieb sich die grauen Bartstoppeln am Kinn.

»Wie wär's mit fünfzig Piepen?« fragte Arvin.

»Der ist doch nicht geklaut, oder?«

»Die Papiere sind auf meinen Namen ausgestellt.«

»Ich geb Ihnen dreißig.«

»Können Sie nicht noch was drauflegen?«

»Junge, ich hab fünf Kinder«, sagte der Mann.

»Okay, er gehört Ihnen«, sagte Arvin schließlich. »Ich hol nur meine Sachen.« Er sah, wie der Mann zurück in die Tankstelle ging. Arvin nahm seine Tasche aus dem Kofferraum und setzte sich noch ein letztes Mal in den Wagen. Am Tag, als er ihn gekauft hatte, hatten Earskell und er einen ganzen Tank auf die Straße gebracht, sie waren bis nach Beckley und zurück gefahren. Plötzlich hatte er das Gefühl, er würde noch viel mehr verlieren, bis das alles vorbei war. Er griff unter das Armaturenbrett nach der Luger und steckte sie sich hinter den Hosenbund. Dann nahm er die Papiere und eine Schachtel Munition aus dem Handschuhfach. Er ging hinein, der Mann legte die dreißig Dollar auf den Tresen. Arvin signierte den Verkauf auf den Wagenpapieren und setzte das Datum daneben. Er kaufte sich einen Schokoriegel und eine Flasche Cola. Seit dem Kaffee am Morgen in der Küche seiner Grandma hatte er nichts mehr gegessen oder getrunken. Er sah durch die Scheibe hinaus auf den endlosen Strom von Autos, der auf dem Highway vorbeifloss, und biss in den Schokoriegel. »Waren Sie schon mal als Anhalter unterwegs?« fragte er den Mann.

39.

An jenem Tag hörte Roy gegen fünf Uhr nachmittags auf, Orangen zu pflücken, und kassierte seinen Lohn, dreizehn Dollar. Er ging in den Laden an der Kreuzung, kaufte ein halbes Pfund Fleisch, ein halbes Pfund Käse, einen Laib Roggenbrot, dazu zwei Schachteln Chesterfields und drei Flaschen Portwein. Es war gut, jeden Tag seinen Lohn zu bekommen. Roy kam sich wie ein reicher Mann vor, während er zu der Stelle zurückging, wo Theodore und er campierten. Der Boss war der beste, den er je gehabt hatte; Roy pflückte schon seit drei Wochen für ihn. Heute hatte ihm der Mann mitgeteilt, dass es nur noch Arbeit für vier oder fünf Tage gab. Theodore würde sich darüber freuen. Er wollte unbedingt wieder ans Meer zurück. Im letzten Monat hatten sie fast hundert Dollar beiseitegelegt, mehr Geld, als sie seit langer, langer Zeit gehabt hatten. Ihr Plan war, sich ein paar anständige Sachen zu kaufen und wieder zu predigen. Roy nahm an, dass sie bei Goodwill ein paar Anzüge für zehn, zwölf Dollar finden würden. Theodore konnte zwar nicht mehr so gut Gitarre spielen wie früher, aber sie würden es schon schaffen.

Roy überquerte einen Entwässerungsgraben und ging auf ihren Lagerplatz unter einer kleinen Gruppe von Magnolienbäumen zu. Er fand Theodore schlafend auf dem Boden neben dem Rollstuhl liegen, die Gitarre neben sich. Roy schüttelte den Kopf und zog eine der Weinflaschen und eine Schachtel Zigaretten aus der Tasche. Er setzte sich auf einen Baumstumpf und nahm einen Schluck, bevor er sich eine Zigarette anzündete. Er hatte die halbe Flasche geleert, als er bemerkte, dass dem Krüppel Ameisen über das Gesicht liefen. Roy eilte zu ihm hin und rollte ihn auf den Rücken. »Theodore? He, komm schon, Kumpel, wach auf«, flehte Roy ihn an, schüttelte ihn und verscheuchte die Insekten. »Theodore?«

235

Roy versuchte, ihn hochzuheben; er wusste sofort, dass Theodore tot war, dennoch mühte er sich eine Viertelstunde lang, ihn in den Rollstuhl zu setzen. Dann schob er ihn durch den sandigen Boden in Richtung Highway, doch nach ein paar Metern blieb er wieder stehen. Die Behörden würden eine Menge Fragen stellen, dachte er und sah in der Entfernung einen schmucken Wagen vorbeirollen. Er sah sich im Lager um. Vielleicht war es besser, einfach hierzubleiben. Theodore liebte das Meer, aber er mochte auch den Schatten. Und diese Bäume waren mehr Zuhause als sonst irgendein Fleck seit ihren Tagen bei *Bradford Amusements*.

Roy setzte sich neben den Rollstuhl auf den Boden. Im Laufe der Jahre hatten sie ziemlich üble Dinge getan, und er verbrachte die folgenden Stunden damit, für die Seele des Krüppels zu beten. Roy hoffte, dass jemand dasselbe für ihn tun würde, wenn seine Zeit gekommen war. Bei Sonnenuntergang stand er schließlich auf und machte sich ein Sandwich. Er aß es halb auf und warf den Rest ins Gestrüpp. Nach einer weiteren halben Zigarette wurde ihm bewusst, dass er nicht mehr wegzulaufen brauchte. Er konnte jetzt nach Hause gehen und sich den Behörden stellen. Mochten sie mit ihm anstellen, was sie wollten, Hauptsache, er sah Lenora noch ein einziges Mal. Theodore hatte nie verstanden, wie Roy jemanden vermissen konnte, den er überhaupt nicht kannte. Stimmte schon, er konnte sich kaum noch daran erinnern, wie das Gesicht des kleinen Mädchens ausgesehen hatte, dennoch hatte er sich tausend Mal gefragt, was aus ihm geworden war. Als er zu Ende geraucht hatte, probte er bereits im Geiste, was er zu seiner Tochter sagen würde.

In der Nacht betrank Roy sich ein letztes Mal mit seinem alten Freund. Er machte Feuer und sprach mit Theodore, als sei er noch am Leben, erzählte noch einmal dieselben Geschichten über Flapjack und die Flamingo Lady, über den Mitesser und all die anderen verlorenen Seelen, denen sie unterwegs begegnet waren. Manchmal ertappte er sich dabei, wie er darauf wartete, dass Theodore lachte oder etwas anfügte, das er vergessen hatte. Nach ein paar Stunden gab es keine Geschichten mehr zu erzählen, und

Roy fühlte sich so einsam wie noch nie in seinem Leben. »Ein ganz schön weiter Weg von Coal Creek bis hierher, oder?« war das Letzte, was er sagte, dann legte er sich auf seine Decke.

Roy wurde kurz vor Sonnenaufgang wach. Er feuchtete einen Lappen mit Wasser aus dem Krug an, den sie stets am Rücken des Rollstuhls festmachten. Er wischte Theodore den Schmutz aus dem Gesicht, kämmte ihm die Haare und schloss ihm mit dem Daumen die Augen. In der letzten Flasche Wein war noch ein Schluck, er stellte sie auf den Schoß des Krüppels und setzte ihm seinen zerlumpten Strohhut auf. Dann wickelte er seine Habseligkeiten in eine Decke, stand eine Weile da und legte dem Toten schließlich eine Hand auf die Schulter. Er schloss die Augen und sprach noch ein paar Worte. Roy war klar, dass er nie wieder predigen würde, aber das war schon in Ordnung. Er war sowieso noch nie sonderlich gut darin gewesen. Die meisten Leute waren nur gekommen, um den Krüppel spielen zu hören. »Schade, dass du nicht mitkommen kannst, Theodore«, sagte Roy. Er hatte bereits zwei Meilen die Straße entlang hinter sich gebracht, als endlich jemand hielt und ihn mitnahm.

6. TEIL

SCHLANGEN

40.

Gott sei Dank, der Juli ging zu Ende. Carl konnte es kaum noch erwarten, wieder auf die Straße zu kommen. Er trug die beiden Gläser mit Sandys Trinkgeldern zur Bank und ließ sich den Inhalt in Scheine wechseln, dann verbrachte er die folgenden paar Tage damit, Proviant einzukaufen, dazu zwei neue Outfits, ein paar Rüschenhöschen von JC Penney für Sandy, einen Kanister Motoröl, Ersatzzündkerzen, eine Bügelsäge, die heruntergesetzt war und die er einfach so kaufte, fünfzehn Meter Seil, einen Straßenkartensatz für die Südstaaten vom Automobilclub, zwei Stangen Salem und ein Dutzend Hundepimmel. Als er mit den Einkäufen fertig war und neue Bremsklötze auf den Wagen hatte aufziehen lassen, waren nur noch 134 Dollar übrig, aber damit würden sie weit kommen. Verdammt, dachte Carl, als er am Küchentisch saß und noch einmal nachzählte, mit so viel Geld konnten sie eine Woche lang wie die Könige leben. Er erinnerte sich an den Sommer vor zwei Jahren, als sie Meade mit 40 Dollar verlassen hatten. Die ganze Zeit über hatte es nur Dosenfleisch und alte Chips und abgezapftes Benzin gegeben, und sie hatten im glühend heißen Wagen schlafen müssen, doch sie schafften es, mit dem Geld, das sie den Models abnahmen, sechzehn Tage unterwegs zu bleiben. Verglichen damit ging es ihnen diesmal blendend.

Dennoch störte ihn etwas. Eines Abends hatte er sich die Fotos angeschaut, um sich auf die Jagd einzustimmen, als er auf das Bild vom letzten Jahr gestoßen war, auf dem Sandy diesen Armeeburschen umklammerte. Carl hatte schon irgendwie bemerkt, dass sie nicht mehr ganz dieselbe gewesen war, seit er den Typen umgelegt hatte, so als hätte er ihr in jener Nacht etwas Kostbares genommen. Doch auf dem Foto in seiner Hand lag ein Ausdruck von Abscheu und Enttäuschung auf ihrem Gesicht, der ihm noch gar nicht aufgefallen war. Er saß da, starrte das Foto an und wünschte sich, er hätte ihr niemals die Knarre gekauft. Und dann war da noch die Sache mit der Kellnerin im *White Cow*. Sandy hatte angefangen, ihn zu fragen, wo er denn abends hinging, wenn sie arbeitete, und auch wenn sie nicht mit der Sache herausrückte und ihn beschuldigte, fragte er sich langsam, ob sie vielleicht was gehört hatte. Auch die Kellnerin war nicht mehr so freundlich wie früher. Wahrscheinlich sah er nur Gespenster, aber es war schon schwer genug, mit den Models klarzukommen; er wollte sich nicht auch noch Sorgen darüber machen müssen, ob sein Köder sich gegen ihn wenden könnte. Am folgenden Tag stattete er dem Eisenwarenladen im Central Center einen Besuch ab. Nachts entlud er ihre Pistole – sie hatte sie stets in ihrer Handtasche bei sich – und ersetzte die Hohlspitzmunition durch Platzpatronen. Je mehr er darüber nachdachte, umso weniger konnte er sich eine Situation vorstellen, in der sie die Waffe überhaupt abfeuern musste.

Als eine der letzten Vorbereitungen vor der Reise machte er sich einen neuen Abzug seines Lieblingsfotos. Er faltete es zusammen und steckte es sich in die Brieftasche. Sandy wusste nichts davon, aber Carl hatte immer einen Abzug dabei, wenn sie unterwegs waren. Es war das Bild von ihr, auf dem sie den Kopf eines Models auf ihrem Schoß hielt, bei der ersten Jagd war das gewesen, in dem Sommer, nachdem sie den Sexfanatiker in Colorado umgelegt hatten. Es war nicht eines seiner besten Bilder, aber ziemlich gut für jemanden, der noch lernte. Carl erinnerte es an eines dieser Gemälde von Maria mit dem Jesuskind, so süß und unschuldig sah Sandy auf das Model herab, ein Blick, den er die ersten ein, zwei Jahre mehrmals hatte einfangen können, doch dann war er für immer verloren gewesen. Und der Junge? Wenn er sich richtig erinnerte, waren sie fünf Tage unterwegs gewesen, ohne auf einen einzigen Tramper zu stoßen. Sie waren pleite gewesen und hatten gestritten, Sandy wollte heim, er wollte weitermachen. Dann bogen sie auf einer mit Schlaglöchern übersäten zweispurigen Straße südlich von Chicago um eine Ecke, und da stand der Kerl mit ausgestrecktem Daumen, wie ein Gottesgeschenk. Ein

Riesenaufschneider, der ständig dumme Witze riss, und wenn Carl nur genau genug hinsah, konnte er noch immer diese störrische Haltung in seinem Gesicht entdecken. Jedes Mal, wenn Carl sich das Bild ansah, erinnerte es ihn daran, dass er nie wieder eine andere finden würde, mit der er so gut arbeiten konnte wie mit Sandy.

41.

Der erste August war ein heißer Sonntag, und Carls Hemd war schon morgens schweißnass. Er saß in der Küche, starrte das dreckige Gebälk und die Schicht ranzigen Fetts an der Wand hinter dem Herd an. Er sah auf die Uhr, es war bald Mittag. Sie hätten schon seit vier Stunden unterwegs sein sollen, doch Sandy war in der Nacht mit einem grässlichen Ausdruck auf dem geröteten Gesicht durch die Tür hereingestolpert gekommen, hatte nach Schnaps gestunken und immer wieder gesagt, dass dies die letzte Fahrt für sie sei. Sandy brauchte den ganzen Vormittag, um wieder nüchtern zu werden. Als sie nach draußen zum Wagen gingen, blieb sie stehen und suchte in ihrer Handtasche nach ihrer Sonnenbrille. »Scheiße«, sagte sie, »mir ist immer noch schlecht.«

»Wir müssen noch anhalten und den Benzinkanister füllen, bevor wir die Stadt verlassen«, sagte Carl, ohne auf sie einzugehen. Während er darauf gewartet hatte, dass sie fertig wurde, hatte er beschlossen, sich von ihr nicht die Fahrt vermiesen zu lassen. Notfalls würde er eben etwas gröber mit ihr werden müssen, wenn sie erst einmal Ross County und ihren beschissenen neugierigen Bruder hinter sich gelassen hatten.

»Verdammt, du hattest doch die ganze Woche Zeit dazu«, jammerte sie.

»Ich sag's dir, pass auf!«

An der Texaco-Tankstelle auf der Main Street stieg Carl aus und füllte den Kanister auf. Als der scharfe Lärm der Sirene durch die Luft schnitt, sprang er fast vor einen Mustang, der gerade von der Tankstelle rollte. Carl drehte sich um und sah Bodecker, der in seinem Streifenwagen saß. Der Sheriff machte die Sirene aus und stieg lachend aus dem Wagen. »Verdammt, Carl«, sagte er. »Ich hoffe, du hast dir nicht vor Schreck in die Hose gemacht.« Er linste in

243

den Wagen und sah das ganze Zeug auf dem Rücksitz. »Na, macht ihr eine Reise?«

Sandy öffnete die Tür und stieg aus. »Urlaub«, sagte sie.

»Wohin denn?« fragte Bodecker.

»Virginia Beach«, antwortete Carl. Er spürte etwas Nasses, blickte hinunter und sah, dass er sich einen Schuh mit Benzin durchtränkt hatte.

»Ich dachte, da seid ihr letztes Jahr schon gewesen«, sagte Bodecker. Er fragte sich, ob seine Schwester die Hurerei wieder aufgenommen hatte. Wenn, dann war sie offensichtlich erheblich vorsichtiger geworden. Seit dem Telefonanruf von der Frau letzten Sommer hatte er keine Beschwerden mehr bekommen.

Carl sah Sandy an und sagte: »Ja, uns gefällt es da.«

»Ich finde, ich sollte auch mal ausspannen«, sagte Bodecker.

»Da ist es also schön, hm?«

»Ja, es ist nett«, sagte Sandy.

»Was gefällt euch denn da?«

Sandy sah Carl hilfesuchend an, doch der beugte sich gerade über den Kanister und schraubte ihn zu. Seine Hose hing tief, und Sandy hoffte, Lee würde nicht die Ritze seines weißen Hinterns bemerken, die hervorlugte. »Da ist es einfach nur nett, das ist alles.«

Bodecker zog einen Zahnstocher aus der Hemdtasche. »Wie lange bleibt ihr fort?« wollte er wissen.

Sandy verschränkte die Arme und sah ihn böse an. »Was soll diese beschissene Fragerei?« Ihr tat der Kopf wieder weh. Sie hätte keinen Wodka ins Bier mischen sollen.

»Nichts Besonderes, Schwesterherz«, antwortete er. »Nur Neugier.«

Sie starrte ihn eine Weile an. Sie versuchte sich vorzustellen, was für ein Gesicht er statt seiner selbstgefälligen Visage machen würde, wenn sie ihm die Wahrheit erzählen würde. »Zwei Wochen vielleicht«, sagte sie.

Sie standen da und schauten zu, wie Carl den Deckel auf dem Kanister fest zuschraubte. Als er in die Tankstelle ging, um zu

244

bezahlen, nahm Bodecker den Zahnstocher aus dem Mund und grunzte: »Urlaub also.«

»Hör endlich auf, Lee. Was wir tun, geht nur uns was an.«

42.

Jamie Johansen war ihr erster Mitfahrer seiner Art, Haare bis auf die Schultern, ein paar dünne Goldreifen im Ohr. Das sagte ihm jedenfalls die Frau, kaum dass er in den verdreckten Wagen gestiegen war, so als sei es das Aufregendste, das ihr jemals zugestoßen war. Jamie war im Jahr zuvor von seinem Zuhause in Massachusetts weggelaufen, und das war auch das letzte Mal gewesen, dass er einen Friseur aufgesucht hatte. Er selbst hielt sich nicht für einen Hippie – die paar, denen er unterwegs begegnet war, waren ziemlich durchgeknallt gewesen –, aber das war ja egal. Sollte sie doch denken, was sie wollte. In den letzten sechs Monaten hatte er bei einer Transvestiten-Familie in einem heruntergekommenen, katzenverseuchten Haus in Philadelphia gewohnt. Er war schließlich abgehauen, als die beiden älteren Schwestern gefordert hatten, Jamie solle mehr von seinem Geld abgeben, das er auf der Toilette im Busbahnhof auf der Clark Street verdiente. Diese Schrullen konnten ihn mal. Für Jamie waren sie Verlierer mit schlechtem Make-up und billigen Perücken. Er würde nach Miami gehen und sich eine reiche alte Schwuchtel suchen, die sich dafür begeistern würde, einfach nur mit seinem schönen, langen Haar zu spielen und mit ihm am Strand anzugeben. Er sah aus dem Autofenster und entdeckte ein Schild, auf dem irgendetwas von Lexington stand. Er konnte sich nicht einmal erinnern, wie er überhaupt nach Kentucky gekommen war. Wer zum Henker wollte schon nach Kentucky?

Und die beiden, die ihn mitgenommen hatten, waren auch so ein Verliererpärchen. Die Frau schien sich für sexy zu halten, so wie sie ihn die ganze Zeit im Spiegel angrinste und sich die Lippen leckte, aber allein schon bei ihrem Anblick grauste es ihn. Irgendwas im Wagen roch nach Fisch, und Jamie schätzte, dass sie es war.

Er konnte sehen, dass der fette Kerl alles darum gegeben hätte, seinen Schwanz zu lutschen, so wie er sich andauernd umdrehte und ihm dämliche Fragen stellte, damit er ihm in den Schritt starren konnte. Sie waren noch keine fünf, sechs Meilen weit gekommen, als Jamie beschloss, bei erstbester Gelegenheit den Wagen zu klauen. Selbst dieser Schrotthaufen war besser, als per Anhalter zu fahren. Der Mann, der ihn letzte Nacht mitgenommen hatte – schwarzer steifer Hut, lange weiße Finger –, hatte ihm eine Heidenangst eingejagt, als er Jamie von Banden tollwütiger Rednecks und ganzen Stämmen halb verhungerter Landstreicher berichtet hatte und von den fürchterlichen Dingen, die sie jungen Trampern antaten, wenn sie sie erwischten. Nachdem der Mann ihm ein paar Geschichten erzählt hatte – von lebendig begrabenen Typen, kopfüber in Löcher gestopft wie Zaunpfosten, oder zu klebrigem Stew mit Zwiebeln und Falläpfeln verarbeitet –, hatte er ihm gutes Geld und eine Nacht im Motel angeboten für eine ganz besondere Party, bei der es irgendwie um einen Beutel Wattebäusche und einen Trichter ging. Doch zum ersten Mal, seit er weggelaufen war, lehnte Jamie gutes Geld ab; er konnte sich schon vorstellen, wie das Zimmermädchen ihn am nächsten Morgen ausgehöhlt wie ein Kürbis zu Halloween in der Badewanne vorfinden würde. Im Vergleich zu diesem Irren waren die beiden hier die reinsten Betschwestern.

Dennoch war Jamie überrascht, als die Frau den Highway verließ und der Mann ihn rundheraus fragte, ob er daran interessiert sei, mit seiner Frau zu vögeln, während er ein paar Fotos mache. Das hatte er nicht kommen sehen, aber er blieb cool. Jamie stand eigentlich nicht auf Frauen, vor allem nicht auf hässliche; aber wenn er den fetten Kerl dazu überreden konnte, sich ebenfalls auszuziehen, sollte der Diebstahl des Wagens ein Leichtes sein. Er hatte noch nie ein eigenes Auto gehabt. Sicher, sagte er zu dem Mann, interessiert sei er schon, aber nur, wenn sie dafür auch zahlen würden. Jamie sah an dem Mann vorbei durch die von toten Insekten verschmierte Windschutzscheibe. Sie befanden sich auf einer Schotterstraße. Die Frau ließ den Wagen nur

247

noch langsam rollen und suchte offensichtlich nach einer Stelle zum Halten.

»Ich dachte, ihr Jungs glaubt an diesen Quatsch von der freien Liebe«, sagte der Mann. »Hat zumindest Walter Cronkite neulich in den Nachrichten gesagt.«

»Na ja, von irgendwas muss man ja leben, oder?« entgegnete Jamie.

»Stimmt schon. Wie wär's mit zwanzig Piepen?« Die Frau stellte die Automatik auf Parken und schaltete den Motor aus. Sie standen am Rand eines Sojabohnenfeldes.

»Mann, für zwanzig Dollar nehme ich es mit euch beiden auf«, sagte Jamie und lächelte.

»Beide?« Der fette Kerl drehte sich um und sah ihn mit kalten grauen Augen an. »Findest mich hübsch, was?« Die Frau kicherte leise.

Jamie zuckte mit den Schultern. Er fragte sich, ob sie wohl noch lachen würden, wenn er mit ihrem Wagen davonfuhr. »Hab schon Schlimmeres gesehen«, sagte er.

»Oh, das bezweifle ich«, entgegnete der Mann und drückte seine Wagentür auf.

43.

»Hast du nur das eine Hemd eingepackt?« fragte Sandy. Sie waren seit sechs Tagen unterwegs und hatten mit zwei Models gearbeitet, dem Jungen mit den vielen Haaren und einem Mann mit einer Mundharmonika, der nach Nashville wollte, um Country-Star zu werden. Aber nur, bis sie hörten, wie er Johnny Cashs »Ring of Fire« komplett zugrunde richtete, Carls Lieblingssong in diesem Sommer.

»Ja«, antwortete Carl.

»Also gut, dann werden wir ein wenig Wäsche waschen müssen«, erklärte sie.

»Warum?«

»Weil du stinkst, darum.«

Ein paar Stunden später kamen sie in einer Kleinstadt in South Carolina an einem Waschsalon vorbei. Sandy ließ Carl das Hemd ausziehen. Sie trug einen Einkaufsbeutel voll dreckiger Wäsche hinein und stopfte sie in eine Waschmaschine. Carl setzte sich auf eine Bank vor der Tür, schaute den Autos nach, die gelegentlich vorbeifuhren, und kaute auf einer Zigarre herum; seine labbrigen Männerbrüste hingen ihm fast bis auf die fischige weiße Wampe. Sandy kam heraus, setzte sich ans andere Ende der Bank und versteckte sich hinter ihrer Sonnenbrille. Die Bluse klebte ihr am Rücken. Sie lehnte den Kopf an das Gebäude und schloss die Augen.

»Was wir getan haben, war das Beste, was ihm zustoßen konnte«, sagte Carl.

Himmel, dachte Sandy, er quatscht immer noch von diesem Arschloch mit der Mundorgel. Das ging schon den ganzen Morgen so. »Ich hab's kapiert«, sagte sie.

»Ich meine nur, zum einen konnte er nicht für fünf Pennys singen. Zum anderen hatte er – was? – vielleicht noch drei verdammte

249

Zähne im Gesicht? Hast du dir schon mal Country-Stars angeschaut? Die haben teure Zähne. Nein, die hätten ihn lachend wieder aus der Stadt gejagt, und dann wäre er nach Hause gegangen, hätte irgendeine alte Kuh geschwängert, wäre mit 'nem Haufen Wanzen angebunden gewesen, und das wär das Ende gewesen.«

»Das Ende von was?« fragte Sandy.

»Das Ende seiner Träume. Das hat er gestern Abend vielleicht so nicht erkannt, aber ich habe dem Kerl einen Riesengefallen getan. Er starb, als er den Traum noch lebendig im Kopf hatte.«

»Carl, was zum Teufel ist bloß in dich gefahren?« Sie hörte, wie die Waschmaschine ausging, stand auf und streckte die Hand aus. »Gib mir mal einen Vierteldollar für den Trockner.«

Carl gab ihr etwas Kleingeld, dann beugte er sich vor, machte seine Schuhe auf und schleuderte sie von den Füßen. Er trug keine Socken, nur die Hose hatte er noch an. Er zog sein Taschenmesser heraus und putzte sich die Zehennägel. Zwei Jungen, vielleicht neun oder zehn Jahre alt, kamen auf ihren Fahrrädern um die Ecke geschossen, als er gerade einen braunen Batzen an die Bank schmierte. Die beiden winkten und lächelten, als er aufblickte. Eine kurze Sekunde lang, während sie vorbeiflogen, strampelnd und lachend, als hätten sie keinerlei Sorgen, wünschte er sich, jemand anderes zu sein.

44.

Am zwölften Tag entkam ihnen einer. Das war noch nie passiert. Es handelte sich um einen ehemaligen Häftling namens Danny Murdock, das vierte Model auf dieser Reise. Auf dem rechten Unterarm trug er eine Tätowierung von zwei schuppigen Schlangen, die sich um einen Grabstein ringelten, und Carl hatte sich schon ausgemalt, was er damit Besonderes anstellen würde, wenn sie ihn erst zur Strecke gebracht hatten. Sie waren den ganzen Nachmittag herumgefahren, hatten Bier getrunken und eine Riesentüte Schweineschwarten geteilt, damit der Kerl sich entspannte. Sie fanden ein Fleckchen an einem langen, schmalen See im Sumter National Forest. Kaum hatte Sandy den Motor ausgestellt, warf Danny die Tür auf und stieg aus. Er rekelte sich und gähnte, dann ging er ans Wasser und zog sich unterwegs die Kleidung aus. »Was machst du denn da?« rief Carl.

Danny warf sein Hemd auf den Boden und sah sich zu ihnen um. »He, ich hab kein Problem damit, deiner Alten ein paar Tricks zu zeigen, aber erst mal wasche ich mich«, sagte er und zog die Unterhose aus. »Ich warne dich, alter Knabe, wenn ich erst mal mit ihr fertig bin, wird sie mit deinem Hintern nicht mehr glücklich sein.«

»Mann, der hat vielleicht ein Mundwerk«, sagte Sandy und kam um den Kombi herum. Sie lehnte sich an die Stoßstange und sah zu, wie der Kerl ins Wasser sprang.

Carl legte die Kamera auf die Motorhaube und lächelte. »Nicht mehr lange, bestimmt nicht.« Sie teilten sich noch ein Bier, beobachteten, wie ihr Model mit rudernden Armen und strampelnden Beinen bis zur Mitte des Sees hinausschwamm und dann in Rückenlage ging.

»Ich muss zugeben, das sieht spaßig aus«, sagte Sandy. Sie warf ihre Sandalen fort und breitete die Decke im Gras aus.

»Scheiße, ich will nicht wissen, was da alles in dem Schlamm-loch herumwuselt«, entgegnete Carl. Er machte sich noch ein Bier auf und versuchte zu genießen, für eine Weile nicht in dem stinki-gen Wagen sitzen zu müssen. Schließlich ging ihm die Geduld mit dem Schwimmer aus. Seit über einer Stunde planschte er dort draußen herum. Carl ging ans Ufer, rief Danny zu, er solle zurück-kommen, und jedes Mal, wenn dieser untertauchte und johlend wieder hochkam wie ein Schuljunge, wurde Carl noch wütender. Als Danny schließlich grinsend aus dem Wasser kam, sein Pimmel halb bis zum Knie baumelnd, und die Abendsonne auf seiner nas-sen Haut glitzerte, zog Carl die Pistole aus der Tasche und sagte: »Bist du jetzt sauber genug?«

»Was zum Henker ...« sagte Danny nur.

Carl fuchtelte mit der Waffe herum. »Verdammt, komm end-lich auf die Decke, wie besprochen. Scheiße, bald ist das Licht weg.« Er sah zu Sandy hinüber und nickte. Sie griff sich an den Hinterkopf und machte den Pferdeschwanz auf.

»Fickt euch doch selber!« hörte Carl den Mann rufen.

Bis er kapierte, was vor sich ging, sprang Danny Murdock be-reits in den Wald auf der anderen Straßenseite. Carl feuerte zwei Mal und rannte hinterher. Stolpernd und rutschend drang er tief in den Wald ein, bis er es mit der Angst bekam, den Weg zurück zum Wagen nicht mehr zu finden. Er blieb stehen und lauschte, doch außer seinem eigenen kratzenden Atem hörte er nichts. Er war zu fett und zu langsam, um irgendjemanden verfolgen zu kön-nen, schon gar nicht ein langbeiniges Arschloch, das den ganzen Nachmittag über damit angegeben hatte, wie es in der Woche zu-vor drei Streifenwagen in der Innenstadt von Spartanburg zu Fuß abgehängt hatte. Es wurde langsam dämmrig, und plötzlich fiel Carl ein, dass der Mann vielleicht einen Kreis zurück zu Sandy ge-schlagen hatte, die beim Wagen wartete. Trotz der Platzpatronen hätte er dann allerdings einen Schuss hören müssen – es sei denn, der Mistkerl hatte sie überwältigen können. Verdammt, dieser ver-stohlene Scheißer. Carl hasste es, mit leeren Händen zum Wagen zurückzugehen. Sandy würde sich überhaupt nicht wieder einkriegen. Er zögerte eine Sekunde, dann reckte er die Pistole in die Höhe und gab zwei Schüsse ab.

Sandy stand mit der .22er in den Händen neben der offenen Fahrertür, als Carl mit rotem Gesicht und keuchend am Straßenrand durchs Unterholz brach. »Wir müssen hier verschwinden«, rief er. Er schnappte sich die Decke, die sie hinter dem Wagen auf dem Boden ausgebreitet hatten, eilte hinüber und fischte die Kleidung und die Schuhe des Mannes aus dem Gras. Er warf alles auf den Rücksitz und stieg vorne ein.

»Himmel, Carl, was ist passiert?« fragte Sandy, als sie den Motor startete.

»Keine Sorge, ich hab den Mistkerl erwischt«, antwortete er. »Hab ihm zwei Kugeln durch seinen dummen Schädel gejagt.«

Sie sah ihn an. »Du hast den Scheißer eingeholt?«

Er hörte den Zweifel in ihrer Stimme. »Sei mal eine Minute still«, sagte er. »Ich muss nachdenken.« Er zog eine Karte hervor, studierte sie eine Weile und fuhr mit dem Finger darauf hin und her. »So wie es scheint, sind wir etwa zehn Meilen von der Grenze entfernt. Dreh um und fahr dort, wo wir reingekommen sind, nach links, dann sollten wir auf den Highway stoßen.«

»Ich glaube dir kein Wort«, sagte sie.

»Was?«

»Der Kerl ist davongehüpft wie ein Hirsch. Den hast du im Leben nicht eingeholt.«

Carl holte ein paar Mal tief Luft. »Er hat sich unter einem Baumstamm versteckt. Ich wäre beinahe auf ihn getreten.«

»Wozu dann die Eile?« fragte sie. »Lass uns hingehen und ein paar Fotos machen.«

Carl legte die .38er auf das Armaturenbrett, zog das Hemd hoch und wischte sich den Schweiß vom Gesicht. Das Herz hämmerte ihm immer noch in der Brust. »Sandy, fahr einfach, okay?«

»Er ist weg, richtig?«

Carl sah zur Beifahrerseite hinaus in den dunkler werdenden Wald. »Ja, der Mistkerl ist weg.«

Sie schaltete die Automatik auf Drive. »Hör auf, mich anzulügen, Carl«, sagte sie. »Und noch was, wo wir schon gerade dabei sind: Wenn ich mitbekomme, dass du wieder mit der kleinen Schlampe im *White Cow* herummachst, wird es dir leidtun.« Dann gab sie Gas, und zwanzig Minuten später überquerten sie die Staatsgrenze nach Georgia.

45.

Später in der Nacht parkte Sandy den Wagen ein paar Meilen südlich von Atlanta am Rande eines Rastplatzes. Sie aß ein Stück Trockenfleisch und kroch auf den Rücksitz, um zu schlafen. Gegen drei Uhr fing es an zu regnen. Carl saß vorne, lauschte, wie der Regen auf das Autodach klopfte, und dachte an den Ex-Knacki. Aus dieser Geschichte gab es noch etwas zu lernen, fand er. Er hatte dem feigen Dreckskerl nur eine Sekunde den Rücken zugekehrt, doch das hatte schon gereicht, um alles zu verderben. Er zog die Klamotten des Mannes unter dem Sitz hervor und ging sie durch. Er fand ein zerbrochenes Springmesser und in einem Streichholzheftchen eine Adresse aus Greenwood, North Carolina, dazu elf Dollar in der Brieftasche. Unter der Adresse stand BLÄST GUT. Das Geld steckte er ein, die Klamotten knüllte er zu einem Knäuel zusammen, dann ging er über den Parkplatz und warf sie in eine Mülltonne.

Als Sandy am nächsten Morgen aufwachte, regnete es noch immer heftig. Carl frühstückte mit ihr in der Raststätte und fragte sich, ob einer der Truckfahrer rings um sie schon mal einen Tramper umgebracht hatte. Ein idealer Beruf, wenn man auf so etwas stand. Als sie bei der dritten Tasse Kaffee angelangt waren, hörte der Regen auf und die Sonne erschien am Himmel wie ein großer, eitriger Pickel. Als sie bezahlten, dampfte der asphaltierte Parkplatz bereits. »Wegen gestern«, sagte Carl, als sie zum Wagen zurückgingen, »das hätte ich nicht tun sollen.«

»Wie ich schon sagte«, erwiderte Sandy, »hör auf, mich anzulügen. Wenn wir erwischt werden, ist mein Arsch genauso in der Schlinge wie deiner.«

Carl dachte wieder an die Platzpatronen, die er in ihre Knarre geladen hatte, doch er entschied, dass es besser war, nichts davon zu erwähnen. Sie würden bald zu Hause sein, dann konnte er sie wieder austauschen, ohne dass sie jemals davon erfuhr. »Uns wird schon keiner erwischen«, sagte er.

»Tja, du hast auch nie gedacht, dass dir einer entkommen könnte.«

»Keine Sorge«, sagte er, »das wird nie wieder vorkommen.«

Sie umfuhren Atlanta und hielten zum Tanken in einem Ort namens Roswell. Sie hatten noch vierundzwanzig Dollar und etwas Wechselgeld für die Heimfahrt. Gerade als Carl bezahlt hatte und in den Kombi steigen wollte, näherte sich schüchtern ein dürrer Mann in einem abgewetzten schwarzen Anzug. »Sie fahren nicht zufällig Richtung Norden, oder?« fragte er. Carl ging weiter, nahm seine Zigarre aus dem Aschenbecher, drehte sich zu dem Mann um und sah ihn sich genauer an. Sein Anzug war einige Nummern zu groß. Die Hosenbeine waren mehrmals umgeschlagen, damit sie nicht auf dem Boden schleiften. Am Jackenärmel konnte Carl ein kleines Papierpreisschild erkennen. Der Landstreicher hatte eine dünne Schlafrolle bei sich; er hätte locker für sechzig durchgehen können, doch Carl nahm an, dass er ein paar Jahre jünger war. Irgendwie erinnerte er Carl an einen Prediger, einen der echten, denen man nur noch selten begegnete: keiner von diesen gierigen, parfümierten Mistkerlen, die es nur aufs Geld der Leute abgesehen hatten und sich auf Gottes Kosten eine goldene Nase verdienten. Dieser Mann schien wie jemand, der wahrhaftig an die Lehren Jesu glaubte. Andererseits ging das vielleicht ein bisschen zu weit; der alte Knabe war wahrscheinlich doch nur ein Penner.

»Schon möglich«, sagte Carl. Er sah zu Sandy hinüber, doch sie zuckte nur mit den Schultern und setzte sich ihre Sonnenbrille auf. »Wo soll's denn hingehen?«

»Coal Creek, West Virginia.«

Carl dachte an den Mann, der ihnen gestern Abend entwischt war. Von diesem Dreckskerl mit dem fetten Schwanz würde ihm noch lange ein schlechter Nachgeschmack bleiben. »Ach, warum nicht?« sagte er zu dem Mann. »Steigen Sie hinten ein.«

Als sie auf dem Highway waren, sagte der Penner: »Mister,

ich bin Ihnen sehr dankbar. Meine armen Füße sind fast platt gelatscht.«

»Schwer, eine Mitfahrgelegenheit zu finden, hm?«

»Ich bin mehr gelaufen als gefahren, das kann ich Ihnen sagen.«

»Ja«, sagte Carl, »ich versteh die Leute nicht, die keine Fremden mitnehmen. Ist doch eine gute Sache, jemandem zu helfen.«

»Sie hören sich wie ein wahrer Christ an«, sagte der Mann. Sandy musste ein Lachen unterdrücken, doch Carl ignorierte sie. »Klar, das bin ich wohl«, sagte er. »Aber ich muss zugeben, ich bin nicht mehr so streng wie früher.«

Der Mann nickte und sah zum Fenster hinaus. »Es ist schwer, ein ehrbares Leben zu führen«, sagte er. »Der Teufel versteht sein Handwerk.«

»Wie heißen Sie denn, Schätzchen?« fragte Sandy. Carl sah sie an und lächelte, dann streckte er die Hand aus und berührte sie am Bein. Er hatte schon befürchtet, sie würde ihm für den Rest der Reise auf die Nerven gehen, nachdem er am Abend zuvor so versagt hatte.

»Roy«, antwortete der Mann, »Roy Laferty.«

»Und was gibt's in West Virginia, Roy?« fragte sie.

»Ich möchte heim und mein kleines Mädchen sehen.«

»Wie schön«, sagte Sandy. »Wann haben Sie sie denn das letzte Mal gesehen?«

Roy dachte einen Augenblick nach. Er war noch nie so erschöpft gewesen. »Vor fast siebzehn Jahren.« Die Fahrt im Auto machte ihn müde. Er hasste es, unhöflich zu sein, aber sosehr er sich auch bemühte, er konnte die Augen nicht offen halten.

»Und warum waren Sie so lange von zu Hause fort?« fragte Carl. Er wartete ein, zwei Minuten auf eine Antwort, dann drehte er sich um und sah auf den Rücksitz. »Scheiße, der ist k.o.«, sagte er zu Sandy.

»Lass ihn eine Weile in Ruhe«, erwiderte sie. »Und was das Vögeln angeht, das kannst du vergessen. Der stinkt ja noch mehr als du.«

»Schon gut, schon gut«, sagte Carl und zog eine Straßenkarte von Georgia aus dem Handschuhfach. Eine halbe Stunde später zeigte er auf eine Ausfahrt und bedeutete Sandy, sie zu nehmen. Sie fuhren zwei, drei Meilen über eine staubige Lehmpiste und stießen schließlich auf einen Parkplatz mit Partymüll und einem kaputten Klavier. »Das muss reichen«, sagte Carl und stieg aus. Er öffnete die Hintertür und rüttelte den Tramper an der Schulter. »He, Kumpel«, sagte er, »na komm schon, ich muss dir mal was zeigen.«

Ein paar Minuten später fand sich Roy in einem kleinen Wäldchen hoher Weihrauch-Kiefern wieder. Der Boden war mit einem Teppich aus trockenen, braunen Nadeln bedeckt. Er konnte sich nicht mehr genau daran erinnern, wie lange er schon unterwegs war, drei Tage vielleicht. Er hatte nicht viel Glück beim Trampen gehabt, und er war gelaufen, bis seine Füße wund vor Blasen waren. Er glaubte zwar nicht, dass er noch einen Schritt weiter tun konnte, aber stehen bleiben wollte er auch nicht. Er fragte sich, ob die wilden Tiere Theodore schon entdeckt hatten. Dann sah er, dass die Frau sich auszog, und das verwirrte ihn. Er blickte sich nach dem Wagen um und entdeckte den fetten Kerl, der eine Pistole auf ihn richtete. Eine schwarze Kamera baumelte ihm um den Hals, zwischen seinen wulstigen Lippen hing eine kalte Zigarre. Vielleicht träume ich, dachte Roy, aber verdammt, das wirkte alles so echt. Er konnte das Harz riechen, das in der Hitze aus den Bäumen drang. Er sah, wie die Frau sich auf eine rot karierte Decke legte, so eine wie man sie vielleicht für ein Picknick nehmen würde, dann sagte der Mann etwas, das ihn wach rüttelte. »Was?« fragte Roy.

»Ich habe gesagt, ich hab was Gutes für Sie. Sie mag so dürre alte Hengste wie dich.«

»Was soll das, Mister?« fragte Roy.

Carl seufzte schwer. »Himmel, pass doch auf, Mann. Wie ich schon gesagt habe, du vögelst meine Frau, ich mache ein paar Fotos, das ist alles.«

»Ihre Frau?« sagte Roy. »So etwas hab ich ja noch nie gehört. Und ich dachte, Sie sind ein Christ.«

258

»Halt die Schnauze und zieh endlich diesen Anzug aus der Kleiderkammer aus«, fuhr Carl ihn an.

Roy sah zu Sandy hinüber und streckte die Hände aus. »Lady«, sagte er, »tut mir leid, aber ich habe mir nach Theodores Tod geschworen, von nun an ein ehrenwertes Leben zu führen, und daran werde ich mich halten.«

»Ach, komm schon, Schätzchen«, säuselte Sandy. »Wir machen nur ein paar Bilder, dann wird uns der große dumme Kerl in Ruhe lassen.«

»Gute Frau, schauen Sie mich an. Mich hat man durch die Mühle gedreht. Verdammt, ich kann mich nicht mal an die Hälfte der Orte erinnern, an denen ich war. Wollen Sie wirklich, dass diese Hände Sie anfassen?«

»Du Mistkerl tust, was ich dir sage«, zischte Carl.

Roy schüttelte den Kopf. »Nein, Mister. Die letzte Frau, mit der ich zusammen war, war ein Flamingo, und dabei bleibt es auch. Theodore hatte Angst vor ihr, also hab ich es für mich behalten, aber Priscilla war tatsächlich ein Vogel.«

Carl lachte und warf seine Zigarre fort. Was für ein Chaos. »Okay, sieht so aus, als hätten wir hier einen total Durchgeknallten.«

Sandy stand auf und zog sich wieder an. »Lass uns verschwinden, verdammt noch mal«, sagte sie.

Kaum hatte Roy sich umgedreht und gesehen, wie die Frau zum Wagen ging, da spürte er den Lauf der Pistole an der Schläfe. »Denk gar nicht erst daran zu fliehen«, warnte ihn Carl.

»Keine Sorge«, sagte Roy. »Meine Tage auf der Flucht sind vorbei.« Er schaute zum Himmel und suchte sich einen kleinen Flecken Blau zwischen den dichten grünen Ästen der Kiefern. Ein weißer Wolkenfetzen zog vorbei. So wird der Tod sein, sagte er sich. Ich treibe hinauf in die Luft. Daran ist nichts Schlimmes. Roy lächelte. »Ich schätze, Sie lassen mich nicht mehr einsteigen, richtig?«

»Da hast du recht«, antwortete Carl. Er wollte schon abdrücken.

»Noch was«, sagte Roy mit drängender Stimme.

»Was denn?«

»Sie heißt Lenora.«

»Wovon zum Teufel sprichst du?«

»Mein kleines Mädchen.«

46.

Kaum zu fassen, aber der verrückte Hund in dem verdreckten Anzug hatte fast hundert Dollar in der Tasche. Carl und Sandy aßen Barbecue im Schwarzenviertel von Knoxville, die Nacht verbrachten sie in einem Holiday Inn in Johnson City, Tennessee. Wie immer ließ sich Sandy am nächsten Morgen ausgiebig Zeit. Als sie endlich verkündete, sie sei so weit, hatte Carl üble Laune. Abgesehen von den Fotos des Jungen in Kentucky war das meiste, was er diesmal gemacht hatte, Schrott. Alles war schiefgelaufen. Carl hatte die ganze Nacht auf einem Stuhl am Fenster im zweiten Stock gesessen, auf den Parkplatz hintergeschaut und einen Hundepimmel in den Fingern gedreht, bis er zerbröselte. Er suchte nach Zeichen, vielleicht hatte er etwas übersehen. Aber nichts sprang ihm entgegen, mal abgesehen von Sandys zumeist beschissen lustloser Einstellung und dem Ex-Knacki, der davongekommen war. Er schwor sich, nie wieder im Süden zu jagen.

Gegen Mittag kamen sie ins südliche West Virginia. »Hör mal«, sagte er, »wir haben noch einen halben Tag. Wenn es irgendwie machbar ist, möchte ich noch einen Film vollschießen, bevor wir nach Hause kommen, irgendetwas Gutes.« Sie hatten an einem Rastplatz gehalten, damit er den Ölstand kontrollieren konnte.

»Na, dann los«, sagte Sandy. »Hier gibt's alle möglichen Motive.« Sie wies aus dem Fenster. »Schau, da ist gerade ein Hüttensänger im Baum gelandet.«

»Witzig«, sagte er nur. »Du weißt, was ich meine.«

»Ist mir egal, was du machst, Carl, aber ich möchte heute Abend in meinem eigenen Bett schlafen.«

»In Ordnung.«

In den folgenden vier oder fünf Stunden trafen sie auf keinen einzigen Tramper. Je näher sie Ohio kamen, umso unruhiger wurde Carl. Immer wieder sagte er zu Sandy, sie solle langsamer fahren, mal eine Pause einlegen und die Beine bewegen, ein paar Mal schlug er vor, einen Kaffee trinken zu gehen, nur um seine Hoffnungen noch ein wenig länger am Leben zu erhalten. Als sie durch Charleston fuhren und auf Point Pleasant zukamen, waren seine Enttäuschung und die Zweifel groß. Vielleicht war der Ex-Knacki wirklich ein Zeichen. Wenn, dann konnte es nur eins bedeuten: Sie sollten aufhören, solange sie noch konnten. Daran dachte er, als sie sich der langen Schlange an Autos näherten, die darauf wartete, die silberne Metallbrücke nach Ohio zu überqueren. Dann sah er einen gut aussehenden, dunkelhaarigen Jungen mit einer Sporttasche am Bürgersteig stehen, sieben oder acht Wagen vor ihnen. Der Junge beugte sich vor, als wollte er die Abgase und den Gestank des Flusses einatmen. Der Verkehr bewegte sich ein paar Meter, dann blieb wieder alles stehen. Jemand hinter ihnen hupte. Der Bursche drehte sich um, kniff die Augen vor der Sonne zu und sah die Schlange entlang.

»Siehst du den da?« fragte Carl.

»Und was ist mit deinen beschissenen Regeln? Verdammt, wir kommen gerade nach Ohio.«

Carl fixierte weiter den Jungen und betete, dass ihn niemand mitnahm, bevor sie ihn erreichten. »Mal sehen, wo er hin will. Verdammt, das schadet doch niemandem, oder?«

Sandy nahm die Sonnenbrille ab und besah sich den Typen genauer. Sie kannte Carl gut genug, um zu wissen, dass er es nicht dabei belassen würde, ihm eine Mitfahrt anzubieten, aber wenn sie es richtig sah, war der Kerl besser als alles, was ihnen bisher untergekommen war. Und auf dieser Reise war ganz sicher kein Engel dabei gewesen. »Schätze nicht«, sagte sie.

»Aber du musst ein wenig plaudern, okay? Lächle ihn an, sorg dafür, dass er es will. Ich weise dich ja nur ungern darauf hin, aber bisher hast du dich nicht gerade selbst übertroffen. Ich schaff das nicht allein.«

»Na klar, Carl«, erwiderte sie. »Alles, was du willst. He, ich könnte anbieten, ihm einen zu lutschen, sobald er seinen Hintern auf den Rücksitz gepflanzt hat. Das sollte wohl reichen.«

»Himmel, du hast vielleicht eine Ausdrucksweise.«

»Na und«, sagte sie. »Ich will nur, dass das endlich vorbei ist.«

7. TEIL

OHIO

47.

Es musste wohl einen Unfall gegeben haben, so langsam, wie der Verkehr vorankam. Arvin hatte sich gerade durchgerungen, über die Brücke zu gehen, als der Wagen anhielt und ein fetter Kerl ihn fragte, ob er mitfahren wolle. Nachdem Arvin den Bel Air verkauft hatte, war er zum Highway gegangen und hatte bei einem Düngerverkäufer – verknittertes weißes Hemd, fettfleckige Krawatte, Alkoholgestank aus jeder Pore – eine Mitfahrgelegenheit bis nach Charleston gefunden. Der Mann war auf dem Weg zu einem Kongress über Futtermittel und Saatgut in Indianapolis gewesen. Er ließ ihn an der Route 35 bei Nitro aussteigen; ein paar Minuten später hatte Arvin bei einer farbigen Familie im Pick-up gesessen, die ihn bis an den Rand von Point Pleasant mitnahm. Er hatte hinten zwischen einem Dutzend Körben voller Tomaten und grüner Bohnen gehockt. Schon ein paar Blocks bevor er seine schmierige, blaugraue Oberfläche sah, konnte er den Ohio River riechen. Auf einer Uhr an einer Bank stand 5:47. Arvin konnte kaum fassen, dass man nur mit dem Daumen so schnell vorankommen konnte.

Als er in den schwarzen Kombi stieg, drehte sich die Frau hinter dem Steuer zu ihm um und lächelte ihn an. Es schien fast so, als würde sie sich freuen, ihn zu sehen. Sie hießen Carl und Sandy. »Wo wollen Sie denn hin?« fragte Carl.

»Meade, Ohio«, sagte Arvin. »Schon mal davon gehört?«

»Wir ...«, setzte Sandy an.

»Klar«, unterbrach Carl sie. »Wenn ich mich nicht irre, gibt es da eine Papierfabrik.« Er nahm die Zigarre aus dem Mund und sah die Frau an. »Wir kommen da sogar genau dran vorbei, stimmt's nicht, Baby?« Das muss ein Zeichen sein, dachte Carl, einen so gut aussehenden Burschen hier unter all den Flussratten aufzugabeln, der auch noch nach Meade wollte.

»Ja«, sagte Sandy. Die Autos setzten sich wieder in Bewegung. Der Verkehr war durch einen Unfall auf der Ohio-Seite aufgehalten worden, zwei zerbeulte Autos, Glasscherben auf dem Asphalt. Ein Rettungswagen warf die Sirene an, zog direkt vor dem Kombi in den Verkehr und wäre fast mit ihnen kollidiert. Ein Polizist blies in eine Trillerpfeife und bedeutete Sandy mit einer Hand, stehen zu bleiben.

»Himmel, sei vorsichtig«, sagte Carl und rutschte auf seinem Sitz herum.

»Willst du fahren?« gab Sandy zurück und trat zu fest auf die Bremse. Dann standen sie noch ein paar Minuten da, während ein Mann in einem Overall eilig das Glas wegfegte. Sandy justierte den Rückspiegel und sah sich ihren Fahrgast an. Sie war froh, dass sie am Morgen gebadet hatte. Sie würde frisch und sauber für ihn sein. Sie suchte in ihrer Tasche nach einer neuen Schachtel Zigaretten und berührte dabei die Pistole. Während sie zusah, wie der Mann draußen mit den Aufräumarbeiten fertig wurde, stellte sie sich vor, wie es wäre, Carl zu erschießen und mit dem Jungen abzuhauen. Er war wahrscheinlich nur sechs oder sieben Jahre jünger als sie. So etwas konnte tatsächlich funktionieren. Sie könnten vielleicht sogar ein paar Kinder haben. Dann schloss sie die Handtasche und machte die Schachtel Salem auf. So etwas würde sie natürlich nie tun, aber der Gedanke daran war schön.

»Wie heißen Sie denn, Schätzchen?« fragte sie Arvin, nachdem der Polizist sie durchgewunken hatte.

Arvin entwich ein Seufzer. Er hätte wetten können, dass die Frau noch die Polizei auf sich aufmerksam machen würde. Er sah sie sich noch einmal an. Sie war spindeldürr und wirkte schmuddelig. Ihr Gesicht war mit zu viel Make-up überbacken, und ihre Zähne waren dunkelgelb verfärbt von zu vielen Zigaretten und zu wenig Pflege. Vom Vordersitz stieg ein starker Geruch nach Schweiß und Schmutz auf; Arvin überlegte, dass die beiden dringend mal ein Bad nötig hätten. »Billy Burns«, antwortete er. So hieß der Düngerverkäufer.

»Ein hübscher Name«, sagte Sandy. »Wo kommen Sie denn her?«

»Tennessee.«

»Und was wollen Sie in Meade?« fragte Carl.

»Ach, nur einen Besuch abstatten, mehr nicht.«

»Haben Sie dort Familie?«

»Nein«, antwortete Arvin. »Ich hab dort vor langer Zeit mal gewohnt.«

»Hat sich wahrscheinlich nicht sehr verändert«, sagte Carl. »Die meisten kleinen Städte verändern sich nie.«

»Und wo kommen Sie her?«

»Wir sind aus Fort Wayne. Haben in Florida Urlaub gemacht. Wir lernen gerne neue Leute kennen, stimmt's?«

»Aber sicher«, sagte Sandy.

Sie hatten gerade das Schild passiert, das die Grenze zu Ross County markierte, als Carl auf die Uhr sah. Sie hätten wahrscheinlich schon längst anhalten sollen, aber er kannte eine sichere Stelle in der Nähe, wo sie den Kerl erledigen konnten. Carl hatte sie im letzten Winter bei einer seiner Fahrten entdeckt. Meade war nur noch zehn Meilen entfernt, und es war bereits nach sechs Uhr. Das hieß, sie hatten nur noch etwa neunzig Minuten anständiges Licht. Carl hatte bisher noch nie diese Regel gebrochen, aber jetzt hatte er sich dazu entschlossen. Heute Nacht würde er in Ohio einen Mann umlegen. Verdammt, wenn es klappte, konnte er die Regel eventuell ganz sausen lassen. Vielleicht ging es genau darum bei dem Burschen, vielleicht aber auch nicht. Er hatte nicht genug Zeit, darüber nachzudenken. Er drehte sich in seinem Sitz um und sagte: »Billy, meine alte Blase will nicht mehr so wie früher. Wir machen mal eine Pinkelpause, okay?«

»Na klar. Ich bin froh, dass Sie mich mitnehmen.«

»Da vorn geht eine Straße rechts ab«, sagte Carl zu Sandy.

»Wie weit?« fragte sie.

»Eine Meile vielleicht.«

Arvin beugte sich ein wenig vor und blickte an Carls Kopf vorbei durch die Windschutzscheibe. Er entdeckte keinerlei Anzeichen für eine Abzweigung, und er fand es ein wenig merkwürdig, dass der Mann von der Straße wusste, obwohl er nicht aus der

268

Gegend war. Vielleicht hat er eine Straßenkarte, sagte er sich. Er lehnte sich wieder zurück und betrachtete die vorbeiziehende Landschaft. Abgesehen davon, dass die Hügel kleiner und runder waren, sah es fast so aus wie in West Virginia. Arvin fragte sich, ob schon jemand Teagardins Leiche gefunden hatte.

Sandy bog von der Route 35 auf eine Lehm- und Schotterpiste ab. An der Einmündung kamen sie an einem großen Farmhaus vorbei. Nach einer weiteren Meile wurde sie langsamer und fragte Carl: »Hier?«

»Nein, fahr weiter«, antwortete Carl.

Arvin richtete sich auf und sah sich um. Seit der Farm waren sie an keinem weiteren Haus mehr vorbeigekommen. Die Luger drückte ihm in den Unterleib, und er schob sie ein wenig zurecht.

»Das sieht gut aus«, sagte Carl schließlich und wies auf die kaum erkennbaren Spuren einer Zufahrt, die zu einem heruntergekommenen Haus führte. Offenkundig stand das Haus seit Jahren leer. Die wenigen Fenster waren eingeschlagen, die Veranda gab an einer Seite nach. Die Eingangstür stand offen und hing schräg an einem Scharnier. Auf der anderen Seite des Weges lag ein Maisfeld, die Stängel waren von der Trockenheit strohig und gelb geworden. Kaum hatte Sandy den Motor abgeschaltet, öffnete Carl das Handschuhfach. Er zog eine hochwertige Kamera hervor und hielt sie so, dass Arvin sie sehen konnte. »Ich wette, Sie wären nie darauf gekommen, dass ich Fotograf bin, richtig?«

Arvin zuckte mit den Schultern. »Wahrscheinlich nicht.« Er konnte außerhalb des Wagens die Insekten im trockenen Unkraut sirren hören. Tausende.

»Aber wissen Sie, ich bin keiner von diesen Trotteln, die blöde Fotos für Zeitungen machen, oder, Sandy?«

»Nein«, antwortete sie und sah Arvin an, »ist er nicht. Er ist echt gut.«

»Haben Sie schon mal von Michelangelo gehört oder von Leonardo ...? Ach verdammt, jetzt hab ich den Namen vergessen. Wissen Sie, wen ich meine?«

»Ja, ich glaub schon«, meinte Arvin. Er dachte an die Zeit zurück, als Lenora ihm ein Bild mit dem Namen *Mona Lisa* in einem Buch gezeigt hatte. Sie hatte ihn gefragt, ob sie der blassen Frau darauf ähnlich sehe, und er war froh, dass er ihr damals gesagt hatte, sie sei schöner.

»Also, ich bilde mir gern ein, dass sich die Leute eines Tages meine Fotos anschauen und denken werden, dass sie genauso gut sind wie die Gemälde von diesen Typen. Die Bilder, die ich mache, Billy, sind ebenso Kunst wie das Zeug in den Museen. Waren Sie schon mal in einem Museum?«

»Nein«, antwortete Arvin. »Kann ich nicht behaupten.«

»Na, eines Tages vielleicht. Also, wie wär's?«

»Wie wär was?«

»Warum steigen wir nicht aus, und Sie lassen mich ein paar Fotos von Ihnen und Sandy machen?«

»Nein, Mister, lieber nicht. Der Tag war lang, und ich muss wirklich weiter. Ich möchte es noch bis nach Meade schaffen.«

»Ach, kommen Sie schon, Junge. Dauert nur ein paar Minuten. Wie wär's, sie zieht sich für Sie aus?«

Arvin griff nach dem Türöffner. »Schon in Ordnung«, sagte er. »Ich gehe einfach zur Straße zurück. Sie bleiben hier und machen so viele Fotos, wie Sie wollen.«

»Nein, warten Sie, verdammt«, sagte Carl hastig. »Ich wollte Sie nicht verärgern. Aber was soll's, fragen tut ja nicht weh, oder?« Er legte die Kamera auf den Sitz und seufzte. »Na gut, ich geh mal schnell pinkeln, dann verschwinden wir von hier.«

Carl wuchtete seinen massigen Körper aus dem Wagen und ging zum Heck. Sandy zog eine Zigarette aus der Schachtel. Arvin sah, wie ihre Hände zitterten, während sie mehrmals versuchte, ein Streichholz anzureißen. Plötzlich durchfuhr eine unbestimmte Ahnung seine Eingeweide wie ein Messer. Er zog die Luger aus dem Hosenbund seines Overalls, als er Carl sagen hörte: »Aussteigen, Junge.« Der fette Kerl stand zwei Meter von der hinteren Seitentür entfernt und richtete eine langläufige Pistole auf ihn.

»Wenn Sie Geld wollen«, sagte Arvin, »ich hab ein bisschen

was.« Er schob die Sicherung seiner Waffe beiseite. »Das können Sie haben.«

»Ach, auf einmal willst du nett sein, wie?« spottete Carl und spuckte ins Gras. »Ich sag dir was, du kleiner Wichser, du behältst dein Geld noch für eine Weile. Sandy und ich werden uns darum kümmern, wenn wir die verdammten Fotos gemacht haben.«

»Sie sollten besser tun, was er will, Billy«, sagte Sandy. »Er kann sich ziemlich aufregen, wenn man nicht gehorcht.« Als sie ihn ansah und mit ihren verrotteten Zähnen anlächelte, nickte Arvin und drückte die Tür auf. Bevor Carl noch begriff, was der Bursche in der Hand hielt, hatte ihm die erste Kugel schon den Magen zerfetzt. Die Wucht der Kugel wirbelte ihn herum. Er stolperte drei, vier Schritte zurück und fing sich wieder. Er versuchte, die Pistole zu heben und zu zielen, doch dann traf ihn eine weitere Kugel in die Brust. Er fiel mit vollem Gewicht rücklings zu Boden. Carl konnte die .38er zwar noch in seiner Hand spüren, aber seine Finger versagten den Dienst. Aus weiter Ferne hörte er Sandys Stimme. Es hörte sich an, als würde sie seinen Namen immer und immer wieder sagen: Carl, Carl, Carl. Er wollte ihr antworten, dass er dieses Chaos immer noch bereinigen konnte, wenn er nur eine Weile ausruhte. Etwas Kaltes überkam ihn. Er hatte das Gefühl, sein Körper würde in einem Loch versinken, das sich unter ihm auftat, und das machte ihm Angst, dieses Gefühl, dass ihm die Luft entzogen wurde. Er biss die Zähne zusammen und bemühte sich, wieder herauszukriechen, bevor er zu tief darin versank. Er spürte, wie er wieder hochkam. Ja, bei Gott, er konnte das alles klären, und dann würden sie damit aufhören. Er sah die beiden kleinen Jungen auf ihren Rädern vorbeifahren und winken. Keine Bilder mehr, wollte er zu Sandy sagen, aber er hatte Mühe, den Atem dafür zu finden. Dann hockte sich etwas mit riesigen schwarzen Flügeln auf ihn und drückte ihn wieder hinab, und sosehr er auch die linke Hand ins Gras und in die Erde krallte, um nicht weiter in die Tiefe zu gleiten, er konnte es diesmal nicht aufhalten.

Als die Frau anfing, den Namen des Mannes zu schreien,

drehte sich Arvin um und sah sie auf dem Vordersitz in ihrer Handtasche wühlen. »Tun Sie das nicht«, sagte er und schüttelte den Kopf. Er trat vom Wagen zurück und richtete die Luger auf sie. »Ich flehe Sie an.« Schwarze Mascaraschlieren flossen ihr übers Gesicht. Sie rief noch einmal den Namen des Mannes und verstummte dann. Sie holte mehrmals tief Luft und starrte Carls Schuhsohlen an, während sie sich beruhigte. Sie sah, dass eine Sohle ein Loch hatte, so groß wie ein halber Dollar. Davon hatte er auf der ganzen Fahrt kein Wort gesagt. »Bitte«, sagte Arvin, dann sah er sie lächeln.

»Scheiß drauf«, sagte sie leise, reckte eine Pistole über den Sitz und feuerte. Obwohl sie direkt auf die Körpermitte des Jungen zielte, blieb der einfach stehen. Ungestüm zog sie mit dem Daumen den Hahn zurück, doch bevor sie erneut abdrücken konnte, schoss Arvin ihr in den Hals. Die Kugel warf sie gegen die Fahrertür, die .22er fiel in den Fußraum. Sandy drückte die Hände gegen die Kehle und versuchte, den roten Strom, der sich aus der Wunde ergoss, zu stoppen. Sie hustete und spuckte einen Blutschwall auf den Sitz. Sie sah Arvin an. Die Augen weiteten sich ein paar Sekunden, dann gingen sie langsam zu. Arvin hörte, wie sie ein paar kurze Atemzüge machte, dann ein letztes, schweres Seufzen. Arvin konnte nicht fassen, dass die Frau ihn verfehlt hatte. Verdammt, sie war so nahe gewesen.

Er setzte sich auf die Kante der Rückbank und übergab sich ins Gras zwischen seinen Füßen. Tiefe Verzweiflung überkam ihn, und er versuchte, sie abzuschütteln. Er trat auf den Weg und ging im Kreis umher. Dann steckte er die Luger wieder ein und kniete sich neben den Mann. Er griff unter ihn, zog ihm die Brieftasche aus der Hose, fand darin keinen Führerschein, dafür aber hinter ein paar Geldscheinen ein Foto. Plötzlich wurde ihm wieder schlecht. Es handelte sich um ein Bild der Frau, die in ihren Armen einen toten Mann wiegte wie ein Baby. Sie trug nur schwarze Unterwäsche. Über dem rechten Auge des Toten schien ein Einschussloch zu sein. Sie sah den Mann kummervoll an.

Arvin steckte das Foto ein und ließ die Brieftasche auf die Brust des fetten Kerls fallen. Dann machte er das Handschuhfach auf, fand aber nur Straßenkarten und Filmdosen. Wieder horchte er, ob ein Wagen kam, und wischte sich den Schweiß aus den Augen. »Denk nach, verdammt, denk nach«, sagte er sich. Doch alles, was ihm einfiel, war, dass er so schnell wie möglich verschwinden musste. Er nahm seine Sporttasche und lief in westlicher Richtung in die verdorrten Maisreihen hinein. Nach sechs Metern blieb er stehen und machte kehrt. Er eilte zum Wagen zurück, fischte zwei der Filmdosen aus dem Handschuhfach und steckte sie in die Hosentasche. Dann nahm er ein Hemd aus der Tasche und wischte alles ab, was er vielleicht angefasst hatte. Wieder sirrten die Insekten.

48.

Arvin beschloss, sich von den Straßen fernzuhalten; es war bereits nach Mitternacht, als er schließlich in Meade eintraf. Mitten in der Stadt, gleich neben der Main Street, entdeckte er ein gedrungenes Motel namens *Scioto Inn*, an dem das Schild ZIMMER FREI flackerte. Arvin hatte noch nie in einem Motel übernachtet. Der Portier, nicht viel älter als er selbst, sah sich auf einem kleinen Schwarz-Weiß-Fernseher, der in der Ecke stand, einen alten Film an, *Abbott and Costello*. Das Zimmer kostete fünf Dollar die Nacht. »Wir wechseln jeden zweiten Tag die Handtücher«, erklärte der Portier.

Auf dem Zimmer zog sich Arvin aus, stellte sich lange unter die Dusche und schrubbte sich sauber. Nervös und zugleich erschöpft legte er sich auf das Bett und trank eine kleine Flasche Whiskey. Er war froh, dass er sie eingesteckt hatte. An der Wand fiel ihm ein Bild des gekreuzigten Jesus auf. Als er aufstand, um pinkeln zu gehen, drehte er das Bild um. Es erinnerte ihn zu sehr an jenes, das in der Küche seiner Großmutter hing. Gegen drei Uhr früh war er betrunken genug und schlief ein.

Am nächsten Morgen wachte er um zehn Uhr auf; er hatte von der Frau geträumt. Sie hatte auf ihn geschossen, genau wie gestern Nachmittag, doch diesmal traf sie ihn direkt in die Stirn, und er war es, der starb, nicht sie. Die weiteren Einzelheiten blieben undeutlich, doch vielleicht hatte sie noch ein Foto von ihm gemacht, dachte er nachher. Beinahe wünschte er sich, es wäre tatsächlich so gewesen, als er zum Fenster ging und zwischen den Vorhängen hinauslinste; er rechnete schon halb damit, dass es auf dem Parkplatz vor Streifenwagen nur so wimmelte. Er beobachtete den Verkehr auf der Bridge Street und rauchte eine Zigarette, dann duschte er noch einmal. Nachdem er sich angezogen hatte, ging er zur Rezeption und fragte, ob er das Zimmer eine weitere Nacht behalten könne. Der Portier von letzter Nacht hatte noch immer Dienst. Er schlief schon fast und kaute apathisch auf einem pinkfarbenen Kaugummi herum. »Sie arbeiten ganz schön lange«, sagte Arvin. Der Portier gähnte und nickte, dann gab er etwas in die Kasse ein. »Das können Sie laut sagen«, nuschelte er. »Der Laden gehört meinem alten Herrn, und wenn ich nicht auf dem College bin, bin ich praktisch sein Sklave.« Er gab Arvin das Wechselgeld. »Aber immer noch besser, als nach Vietnam verfrachtet zu werden.«

»Ja, denke ich auch«, sagte Arvin. Er steckte die Scheine in seine Brieftasche. »Hier gab es früher mal ein Speiselokal namens *Wooden Spoon*. Gibt es das noch?«

»Klar.« Der Portier ging zur Tür und zeigte die Straße entlang. »Gehen Sie einfach zu der Ampel da und dann links. Auf der anderen Seite vom Busbahnhof. Die haben ein gutes Chili.«

Arvin stand ein paar Minuten vor dem *Wooden Spoon*, sah zum Busbahnhof hinüber und versuchte sich vorzustellen, wie sein Vater vor über zwanzig Jahren aus einem Greyhound-Bus gestiegen und Arvins Mutter zum ersten Mal begegnet war. Er ging hinein und bestellte sich Schinken, Eier und Toast. Er hatte zwar seit dem Schokoriegel gestern Nachmittag nichts mehr gegessen, dennoch war er nicht sehr hungrig. Schließlich kam die alte, runzlige Kellnerin und räumte seinen Teller wortlos ab. Sie sah ihn kaum an, trotzdem ließ er ihr einen Dollar Trinkgeld liegen.

Als er das Lokal verließ, schossen drei Streifenwagen mit blinkenden Lichtern und heulenden Sirenen ostwärts vorbei. Arvin blieb für einen Augenblick das Herz stehen, dann raste es. Er lehnte sich an die Hauswand und versuchte, sich eine Zigarette anzuzünden, doch seine Hände zitterten zu sehr, um ein Streichholz anzumachen, genau wie bei der Frau gestern. Die Sirenen verklangen in der Ferne, und Arvin beruhigte sich so weit, dass er das Streichholz anreißen konnte. In diesem Augenblick fuhr ein Bus in die Gasse neben dem Busbahnhof. Arvin sah etwa ein Dutzend Menschen aussteigen. Ein paar von ihnen trugen Uniform. Der Busfahrer, ein grimmiger Mann mit kräftigem Kinn, der ein graues

Hemd mit schwarzer Krawatte trug, lehnte sich in seinem Sitz zurück und zog sich die Mütze über die Augen. Arvin kehrte zum Motel zurück und verbrachte den Rest des Tages damit, auf dem grünen, abgetretenen Teppichbelag hin und her zu gehen. Es war nur eine Frage der Zeit, bis die Polizei herausfinden würde, wer Preston Teagardin umgebracht hatte. So plötzlich aus Coal Creek zu verschwinden, ging ihm jetzt auf, war das Dümmste gewesen, was er hatte tun können. Noch offenkundiger ging es ja nicht. Je länger er auf und ab ging, umso klarer wurde ihm, dass er mit dem Mord an dem Prediger etwas in Gang gesetzt hatte, das ihn für den Rest seines Lebens verfolgen würde. Er spürte, dass er versuchen musste, so schnell wie möglich aus Ohio zu verschwinden, aber er konnte den Gedanken nicht ertragen, zu gehen, ohne noch einmal das alte Haus und den Gebetsbaum gesehen zu haben. Ganz gleich, was geschah, sagte er sich, er musste versuchen, die Sache mit seinem Vater zurechtzurücken, die noch immer an seinem Herzen nagte. Sonst würde er sowieso nicht frei sein.

Arvin fragte sich, ob er sich wohl jemals wieder sauber fühlen konnte. Auf dem Zimmer gab es keinen Fernseher, nur ein Radio. Der einzige Sender, den er störungsfrei hereinbekam, spielte Country-Musik. Er ließ es leise im Hintergrund laufen und versuchte zu schlafen. Ab und zu hustete jemand im Nebenzimmer, und dabei musste Arvin an die Frau denken, die an ihrem eigenen Blut gewürgt hatte. Als der Morgen dämmerte, dachte er noch immer an sie.

49.

»Tut mir leid, Lee«, sagte Howser, als Bodecker auftauchte. »Das ist wirklich übel.« Howser stand neben dem Kombi von Carl und Sandy. Es war Dienstagmittag. Bodecker war gerade eingetroffen. Ein Farmer hatte die Leichen vor etwa einer Stunde entdeckt und auf der Überlandstraße einen Lieferwagen angehalten. Auf der Straße parkten vier Streifenwagen hintereinander, Männer in grauen Uniformen standen herum, fächerten sich mit ihren Hüten Luft zu und warteten auf Befehle. Howser war Bodeckers Deputy, der einzige Mann, an den er etwas delegieren konnte, das über Kleinkriminalität und Strafzettel hinausging. Nach Ansicht des Sheriffs waren alle anderen nicht einmal gut genug, um als Schülerlotsen zu arbeiten.

Er sah Carls Leiche an und ging dann zu seiner Schwester hinüber. Der Deputy hatte ihm schon über Funk mitgeteilt, dass sie tot war. »Himmel«, sagte er und fast versagte ihm die Stimme. »Mein Gott.«

»Ich weiß«, sagte Howser.

Bodecker holte mehrmals tief Luft, um sich zu beruhigen, und schob die Sonnenbrille in die Tasche. »Lass mich mal ein paar Minuten mit ihr allein.«

»Klar«, sagte der Deputy. Er ging zu den anderen Männern hinüber und redete leise mit ihnen.

Bodecker kauerte sich neben die offene Beifahrertür und sah sich Sandy eingehend an, die Falten in ihrem Gesicht, die schlechten Zähne, die verblassten blauen Flecken an den Beinen. Sie war schon immer ein wenig heruntergekommen gewesen, aber sie war seine Schwester. Bodecker zog sein Taschentuch heraus und wischte sich die Augen trocken. Sandy trug knappe Shorts und eine enge Bluse. Sie kleidete sich immer noch wie eine Nutte. Er

277

stieg ein, zog sie an sich und sah ihr über die Schulter. Die Kugel war durch den Hals gefahren und oben am Rücken wieder ausgetreten, links von der Wirbelsäule, ein paar Zentimeter unterhalb der Eintrittswunde. Sie steckte in der Füllung der Fahrertür. Bodecker nahm sein Taschenmesser und pulte die Kugel heraus. Sah aus wie eine 9-mm. Neben dem Bremspedal lag eine Pistole, eine .22er. »War die hintere Tür so offen, als du hier eingetroffen bist?« rief er Howser zu.

Der Deputy ließ die Männer auf der Straße stehen und kam zum Kombi geeilt. »Wir haben nichts angerührt, Lee.«

»Wo ist der Farmer, der sie gefunden hat?«

»Er sagte, er habe eine kranke Ziege, um die er sich kümmern müsse. Ich habe ihn ziemlich intensiv befragt, bevor er ging. Der weiß nichts.«

»Hast du schon Fotos gemacht?«

»Ja, bin gerade fertig geworden, als du gekommen bist.«

Bodecker gab Howser die Kugel, dann beugte er sich wieder über den Vordersitz und hob die .22er mit einem Taschentuch auf. Er roch am Lauf, öffnete den Zylinder, sah, dass sie einmal abgefeuert worden war. Er drückte auf den Auswerfer, und fünf Hülsen fielen ihm in die Hand. Die Enden waren gequetscht. »Verdammt, das sind Platzpatronen.«

»Platzpatronen? Warum zum Henker würde jemand so etwas tun, Lee?«

»Keine Ahnung, aber es war ein schwerer Fehler, so viel steht fest.« Er legte die Waffe auf den Sitz neben die Handtasche und die Kamera. Dann stieg er aus und ging zu Carl hinüber. Sein toter Schwager hielt noch immer die .38er in der rechten Hand und etwas Gras und Erde in der anderen. Es sah so aus, als habe er sich in den Boden gekrallt. Ein paar Fliegen krabbelten um die Wunden herum, eine weitere saß auf seiner Unterlippe. Bodecker kontrollierte die Pistole. »Und dieser Penner hat nicht einen Schuss abgefeuert.«

»Jedes einzelne der beiden Löcher, die er hat, hätte ihn erledigt«, sagte Howser.

278

»War ohnehin nicht sonderlich viel nötig, um Carl umzuhauen«, sagte Bodecker. Er wendete sich ab und spuckte aus. »Er war so wertlos wie nur was.« Bodecker nahm die Geldbörse, die auf der Leiche lag, und zählte vierundfünfzig Dollar. Dann kratzte er sich am Kopf. »Also, ein Raubüberfall war es schon mal nicht, oder?«

»Wie wahrscheinlich ist es, dass Tater Brown irgendetwas damit zu tun hat?«

Bodecker bekam einen hochroten Kopf. »Wie zum Henker kommst du denn darauf?«

Der Deputy zuckte mit den Schultern. »Keine Ahnung. Ich stelle nur Vermutungen an. Ich meine, wer würde denn hier in der Gegend sonst so einen Scheiß abziehen?«

Bodecker stand auf und schüttelte den Kopf. »Nein, das hier ist viel zu auffällig für den schleimigen Schwanzlutscher. Wenn er es getan hätte, wären wir nicht so leicht darauf gestoßen. Er hätte dafür gesorgt, dass die Maden sich ein paar Tage lang an ihnen zu schaffen machen.«

»Ja, stimmt wohl«, pflichtete ihm der Deputy bei.

»Und was ist mit dem Gerichtsmediziner?« fragte Bodecker.

»Ist unterwegs.«

Bodecker nickte zu den anderen Polizisten hinüber. »Die sollen sich mal in dem Maisfeld umschauen, vielleicht finden sie was, und du hältst Ausschau nach dem Gerichtsmediziner.« Er wischte sich mit dem Taschentuch den Schweiß vom Nacken, wartete, bis Howser davonging, dann setzte er sich auf den Beifahrersitz des Kombis. Neben Sandys Handtasche lag eine Kamera. Das Handschuhfach war offen. Unter einigen zusammengeknüllten Straßenkarten lagen ein paar Filmdosen und eine Schachtel .38er-Munition. Bodecker sah sich um, ob Howser noch immer mit den Polizisten sprach, stopfte sich die Filme in die Tasche und inspizierte die Handtasche. Er fand eine Quittung des Holiday Inn in Johnson City, Tennessee, mit dem Datum von vor zwei Tagen. Er dachte an den Tag zurück, als er die beiden an der Tankstelle getroffen hatte. Sechzehn Tage her, rechnete er aus. Sie hatten es fast bis nach Hause geschafft.

Schließlich entdeckte er einen Haufen getrocknete Kotze im Gras, auf dem Ameisen herumkletterten. Bodecker setzte sich auf die Rückbank und platzierte seine Füße links und rechts von dem Fleck. Er sah zu der Stelle hinüber, wo sein Schwager im Gras lag. Wer immer sich da hatte übergeben müssen, hatte genau hier auf dem Sitz gesessen, als es losging, sagte sich Bodecker. Carl steht draußen mit der Waffe, Sandy sitzt vorn und ein Dritter hier auf dem Rücksitz. Bodecker blickte das Erbrochene ein paar Sekunden lang an. Carl hatte nicht mal die Chance gehabt zu schießen, zu schnell musste der Unbekannte drei Schüsse abgefeuert haben. Und dann, wahrscheinlich nachdem die Schießerei vorbei war, hatte diesen Jemand ein fürchterlicher Schock erfasst. Bodecker dachte an das erste Mal zurück, als er für Tater einen Mann erschossen hatte. Er hätte in dieser Nacht beinahe selber gekotzt. Gut möglich also, dass derjenige, der das hier angerichtet hatte, es nicht gewohnt war, jemanden umzulegen, aber das Arschloch wusste ziemlich gut mit einer Waffe umzugehen.

Bodecker beobachtete, wie die Polizisten über den Graben stiegen und sich langsam durch das Maisfeld arbeiteten; ihre Hemdrücken waren dunkel vor Schweiß. Er hörte einen Wagen kommen, drehte sich um und sah, wie Howser die Straße entlang dem Gerichtsmediziner entgegenging. »Verdammt, Kleine, was zum Henker habt ihr hier draußen gemacht?« fragte er Sandy. Er griff über den Sitz, nahm eilig ein paar Schlüssel vom Schlüsselring und steckte sie in die Hemdtasche. Dann hörte er Howser und den Gerichtsmediziner hinter sich. Der Arzt blieb stehen, als er nah genug war, um Sandy auf dem Vordersitz zu erkennen. »Oh Gott«, sagte er.

»Ich glaube nicht, dass Gott irgendetwas damit zu tun hat, Benny«, erwiderte Bodecker. Er sah seinen Deputy an. »Hol Willis her, der soll dir bei den Fingerabdrücken helfen, bevor wir den Wagen wegbringen. Und sucht den Rücksitz gründlich ab.«

»Was, glauben Sie, ist passiert?« fragte der Gerichtsmediziner. Er stellte seine schwarze Tasche auf die Motorhaube des Wagens.

»So wie ich das sehe, wurde Carl von jemandem erschossen,

der hinten saß. Dann schaffte es Sandy, mit der .22er einen Schuss abzugeben, aber sie hatte keine Chance. Das verdammte Ding ist mit Platzpatronen geladen. Und der Austrittswunde nach zu urteilen, hat der Schütze dann ungefähr dort gestanden, als er sie erwischte.« Er wies auf den Boden vor der Hintertür.

»Platzpatronen?« fragte der Arzt.

Bodecker ging nicht darauf ein. »Was glauben Sie, wie lange sind sie tot?«

Der Gerichtsmediziner ließ sich auf ein Knie sinken, hob Carls Arm an, versuchte, ihn zu bewegen, drückte auf die fleckige, blaugraue Haut. »Seit gestern Abend würde ich sagen. So in etwa.«

Sie standen einen Augenblick schweigend da und sahen Sandy an, dann wandte sich Bodecker an den Mediziner. »Sie sorgen dafür, dass man sich um sie kümmert, okay?«

»Sicher«, antwortete Benny.

»Webster soll sie holen, wenn Sie fertig sind. Sagen Sie ihm, ich komme später vorbei und bespreche mit ihm die Beerdigung. Ich fahre jetzt zurück aufs Revier.«

»Und was ist mit dem anderen?« fragte Benny, als Bodecker losgehen wollte.

Der Sheriff blieb stehen, spuckte auf den Boden und sah zu dem fetten toten Kerl hinüber. »Wie immer Sie das auch hinkriegen, Benny, sorgen Sie dafür, dass er ein Armengrab kriegt. Kein Stein, kein Name, nichts.«

50.

»Lee«, sagte der Diensthabende, »da hat ein Sheriff Thompson aus Lewisburg, West Virginia, angerufen. Er möchte, dass du so bald wie möglich zurückrufst.« Er gab Bodecker einen Zettel mit einer daraufgekritzelten Nummer.

»Willis, ist das eine Fünf oder eine Sechs?«

Der Diensthabende sah auf den Zettel. »Nein, das ist eine Neun.«

Bodecker schloss seine Bürotür, setzte sich hin, zog eine Schreibtischschublade auf und nahm sich ein Bonbon. Als er Sandy so tot daliegen gesehen hatte, war sein erster Gedanke der nach einem Glas Whiskey gewesen. Er schob sich das Bonbon in den Mund und wählte die Nummer. »Sheriff Thompson. Hier spricht Lee Bodecker aus Ohio.«

»Danke, dass Sie zurückrufen, Sheriff«, sagte der Mann und hörte sich dabei an wie der letzte Hinterwäldler. »Wie geht's denn so bei Ihnen?«

»Kann gar nicht genug klagen.«

»Der Grund für meinen Anruf ist, na ja, vielleicht ist ja nichts dran, aber jemand hat hier gestern Morgen einen Mann erschossen, einen Prediger, und der Bursche, den wir im Verdacht haben, hat früher mal in Ihrer Gegend gewohnt.«

»Tatsächlich? Wie hat er denn den Mann umgelegt?«

»Er hat ihm eine Kugel in den Kopf gejagt, während der Mann im Wagen saß. Die Knarre wurde direkt an den Hinterkopf gehalten. Hat ganz schön Dreck gemacht, aber wenigstens musste er nicht leiden.«

»Womit hat er geschossen?«

»Mit einer Pistole, wahrscheinlich einer Luger, eines von diesen deutschen Fabrikaten. Der Junge soll so eine besessen haben. Sein Vater hat sie aus dem Krieg mitgebracht.«

»Neun Millimeter, richtig?«

»Richtig.«

»Und wie hieß er noch mal, sagten Sie?«

»Ich hab noch gar nichts gesagt, aber er heißt Arvin Russell. Zweiter Vorname ist Eugene. Seine Eltern sind beide bei Ihnen da oben gestorben, soweit ich weiß. Ich glaube, sein Vater hat sich umgebracht. Der Bursche hat die letzten sieben, acht Jahre hier unten in Coal Creek bei seiner Großmutter gelebt.«

Bodecker runzelte die Stirn und starrte die Zettel und Flugblätter an, die an der Wand hingen. Russell. Russell? Woher kannte er den Namen? »Wie alt ist er?« fragte er Thompson.

»Arvin ist achtzehn. Hören Sie, er ist kein schlechter Junge. Ich kenne ihn schon lange. Und nach allem, was ich gehört habe, hat der Prediger es womöglich verdient. Sieht so aus, als hätte er mit jungen Mädchen rumgemacht. Aber das macht es wohl nicht besser, nehme ich an.«

»Ist der Bursche mobil?«

»Er hat einen blauen 54er Chevy Bel Air.«

»Wie sieht er aus?«

»Ach, normal gebaut, dunkle Haare, sieht ganz gut aus«, sagte Thompson. »Arvin ist still, aber er lässt sich auch nichts gefallen. Und, ach, na ja, vielleicht hat er mit der Sache ja auch gar nichts zu tun, aber ich kann ihn nirgendwo auftreiben, und er ist die einzige heiße Spur, die ich habe.«

»Schicken Sie uns alle Informationen, die Sie haben, Kennzeichen und so weiter, dann schauen wir uns nach ihm um. Und Sie sagen mir bitte Bescheid, falls er wieder bei Ihnen auftaucht, okay?«

»Das mache ich.«

»Noch was«, sagte Bodecker. »Haben Sie ein Foto von ihm?«

»Noch nicht, nein. Ich bin sicher, dass seine Großmutter ein paar hat, aber die ist gerade nicht in der Lage, mit uns zu kooperieren. Ich besorge eins und schicke Ihnen eine Kopie.«

Als Bodecker auflegte, fiel ihm alles wieder ein, der Gebetsbaum, die toten Tiere und der Junge, der sich Kuchen ins Gesicht geschmiert hatte. Arvin Eugene Russell. »Ich erinnere mich,

283

Junge.« Er ging an die große Wandkarte der Vereinigten Staaten. Er fand Johnson City und Lewisburg, fuhr mit dem Finger durch West Virginia und überquerte den Ohio River an der Route 35 bei Point Pleasant. Ungefähr an der Stelle, wo Carl und Sandy getötet worden waren, hielt er an. Wenn es dieser Russell gewesen war, mussten sie ihn irgendwo unterwegs aufgegabelt haben. Aber Sandy hatte ihm doch erzählt, sie würden nach Virginia Beach fahren. Bodecker studierte noch einmal die Landkarte. Dass sie in Johnson City übernachtet hatten, ergab überhaupt keinen Sinn. Und davon mal abgesehen, warum zum Henker hatten sie diese Waffen dabei?

Mit den Schlüsseln, die er vom Schlüsselring genommen hatte, fuhr er zur Wohnung der beiden. Als er die Tür aufschloss, überkam ihn der Gestank von vergammeltem Müll. Er öffnete ein paar Fenster, ging durch die Zimmer, fand aber nichts Ungewöhnliches. Wonach zum Teufel suche ich eigentlich, fragte er sich. Im Wohnzimmer setzte er sich aufs Sofa. Er zog eine der Filmdosen aus der Tasche, die er aus dem Handschuhfach mitgenommen hatte, und ließ sie in der Hand rollen. Nach zehn Minuten wusste er schließlich, was in der Wohnung nicht stimmte. Er ging noch einmal durch die Zimmer, doch er entdeckte tatsächlich nicht ein einziges Foto. Warum hatte Carl keine Fotos an die Wand gehängt oder zumindest herumliegen lassen? Das war doch alles, woran dieses Arschloch gedacht hatte. Wieder suchte Bodecker umher, diesmal gründlich, und fand schon bald die Schuhschachtel, die unter dem Bett hinter ein paar Decken versteckt war.

Später saß er wie betäubt auf dem Sofa und starrte ein Loch in der Decke an, durch das Regen getropft war. Gipsbrocken lagen darunter auf einer Häkeldecke. Er dachte an einen Tag im Frühling 1960 zurück. Zu dem Zeitpunkt war er schon seit fast zwei Jahren Deputy gewesen, und weil ihre Mutter endlich zugestimmt hatte, dass Sandy die Schule sausen ließ, arbeitete sie Vollzeit im *Wooden Spoon*. Nach allem, was er mitbekam, trug der Job nur wenig dazu bei, sie aus ihrem Schneckenhaus herauszuholen; sie wirkte so scheu und verloren wie immer. Allerdings hatte er ge-

rüchteweise von ein paar Typen gehört, die sie nach Arbeits-
schluss für einen Quickie ins Auto lockten und dann mitten in den
Wäldern wieder rauswarfen, sodass sie sich ihren Weg nach Haus
allein suchen musste. Jedes Mal, wenn er im Diner vorbeischaute,
um zu sehen, wie es ihr ging, wartete er darauf, dass sie ihm einen
der Mistkerle nannte. Und das hatte sie an jenem Tag wohl auch
getan, doch handelte es sich dabei um jemanden, mit dem er nicht
gerechnet hatte.

Es war ein All-you-can-eat-Fischtag. »Bin gleich wieder da«,
hatte Sandy zu ihm gesagt und war mit einem weiteren übervol-
len Teller Rotbarsch für Doc Leedom vorbeigeeilt. »Ich muss dir
was sagen.« Der Fußdoktor kam jeden Freitag vorbei und versuchte, sich mit Backfisch umzubringen. Nur zu diesen Gelegenheiten tauchte er im Diner auf. *All you can eat,* sagte er oft zu
seinen Patienten, sei die dümmste Idee, auf die ein Restaurant-
besitzer kommen könne.

Sandy schnappte sich die Kaffeekanne und schenkte Bodecker
eine Tasse ein. »Für den fetten alten Mistkerl laufe ich mir noch
die Hacken ab«, flüsterte sie.

Bodecker drehte sich um und sah, wie der Arzt sich ein großes Stück panierten Fisch in den Mund stopfte und es herunter-
schluckte. »Ach herrje, er kaut ja noch nicht mal, oder?«

»Und das kann er den ganzen verdammten Tag lang«, sagte sie.

»Und, was gibt's?«

Sie schob sich eine Haarlocke nach hinten. »Na ja, ich dachte,
ich erzähl's dir lieber selbst, bevor du es von anderen erfährst.«

Das war's, dachte er, die hat einen Braten im Ofen – noch mehr
Sorgen für sein Magengeschwür. Wahrscheinlich wusste sie noch
nicht mal, wie der Vater hieß. »Du bist doch nicht in Schwierigkeiten, oder?«

»Was? Schwanger, meinst du?« Sandy zündete sich eine Zigarette an. »Himmel, Lee. Du kannst auch keine Ruhe geben.«

»Okay, was ist es dann?«

Sie blies einen Rauchring über seinen Kopf und zwinkerte. »Ich
bin verlobt.«

»Du meinst, du willst heiraten?«

»Ja«, sagte sie und lachte kurz auf. »Gibt es noch eine andere Art von verlobt?«

»Da brat mir doch einer 'nen Storch. Wie heißt er?«

»Carl. Carl Henderson.«

»Henderson«, wiederholte Bodecker und goss sich aus einem kleinen Metallkännchen Sahne in den Kaffee. »Einer von denen, die mit dir in der Schule waren?«

»Ach Scheiße, Lee«, entgegnete sie, »die sind doch halb verblödet, das weißt du genau. Carl stammt noch nicht mal aus der Gegend. Er ist im Süden von Columbus aufgewachsen.«

»Und was macht er so? Für den Lebensunterhalt, meine ich.«

»Er ist Fotograf.«

»Ach, er hat also ein Fotoatelier?«

Sandy drückte die Kippe im Aschenbecher aus und schüttelte den Kopf. »Noch nicht«, sagte sie. »So was gibt es nicht umsonst.«

»Und womit verdient er dann sein Geld?«

Sie rollte mit den Augen und seufzte. »Keine Sorge, er kommt schon durch.«

»Mit anderen Worten, er arbeitet nicht.«

»Ich hab seine Kamera und das alles gesehen.«

»Scheiße, Sandy, Florence hat auch eine Kamera, aber ich würde sie nicht gerade als Fotografin bezeichnen.« Er sah in die Küche, wo der Grillkoch am offenen Kühlschrank stand, das T-Shirt hochzog und versuchte, sich ein wenig abzukühlen. Bodecker ertappte sich bei dem Gedanken, ob Henry Sandy wohl jemals gevögelt hatte. Man erzählte sich, dass er behaart sei wie ein Shetlandpony. »Wo zum Teufel hast du den Kerl kennengelernt?«

»Gleich da vorn«, antwortete Sandy und wies auf einen Tisch in der Ecke.

»Und wann?«

»Letzte Woche«, hatte Sandy gesagt. »Keine Sorge, Lee. Er ist ein netter Kerl.« Nach nicht mal einem Monat waren sie verheiratet gewesen.

Zwei Stunden später war Bodecker wieder auf dem Revier. Er

286

hatte eine Flasche Whiskey in einer braunen Papiertüte bei sich. Die Schuhschachtel mit den Fotos und die Filmdosen lagen im Kofferraum seines Streifenwagens. Er verschloss die Tür zu seinem Büro und goss sich einen Drink in seine Kaffeetasse. Das war der erste Drink seit über einem Jahr, aber er konnte nicht behaupten, dass er ihn genoss. Gerade als er sich einen zweiten einschenken wollte, rief Florence an. »Ich hab gehört, was passiert ist«, sagte sie. »Warum hast du mich nicht angerufen?«

»Das hätte ich wohl tun müssen.«

»Also stimmt es? Sandy ist tot?«

»Sie, und dieser nichtsnutzige Hurensohn auch.«

»Mein Gott, ich kann es gar nicht fassen. Waren sie nicht im Urlaub?«

»Ich glaube, Carl war noch viel schlimmer, als ich vermutet habe.«

»Du hörst dich komisch an, Lee. Warum kommst du nicht nach Hause?«

»Ich habe noch eine Menge Arbeit. So wie es aussieht, kann es die ganze Nacht dauern.«

»Hast du schon eine Ahnung, wer es gewesen sein könnte?«

»Nein«, antwortete er und blickte die Flasche auf dem Schreibtisch an, »eigentlich nicht.«

»Lee?«

»Ja, Flo.«

»Du hast doch nicht getrunken, oder?«

51.

Als sich Arvin am nächsten Morgen einen Kaffee holen wollte, entdeckte er außerhalb des Doughnut-Ladens einen Ständer mit Zeitungen. Er kaufte sich eine, nahm sie mit auf sein Zimmer und las, dass die Schwester des Ortssheriffs und ihr Mann ermordet aufgefunden worden waren. Sie seien auf dem Rückweg vom Urlaub in Virginia Beach gewesen. Von einem Verdächtigen war keine Rede, doch neben der Story fand sich ein Bild von Sheriff Lee Bodecker. Arvin erkannte ihn als den Mann, der in der Nacht Dienst gehabt hatte, als sein Vater Selbstmord beging. Verdammt, flüsterte er. Eilig packte er seine Sachen und ging zur Tür. Er hielt inne und drehte sich noch einmal um. Er nahm das Kalvarienbild von der Wand, wickelte es in die Zeitung und steckte es in seine Sporttasche.

Auf der Main Street ging er westwärts. Am Ortsrand nahm ihn ein Holztransporter mit, der nach Bainbridge wollte und ihn an der Ecke der Route 50 und des Blaine Highways wieder absetzte. Er überquerte zu Fuß den Paint Creek und kam eine Stunde später am Rand von Knockemstiff an. Abgesehen von ein paar neuen Ranch-Häusern, die dort standen, wo früher mal ein Maisfeld gewesen war, sah alles noch ziemlich genauso aus wie in seiner Erinnerung. Arvin ging noch ein Stück weiter und überquerte dann einen kleinen Hügel in der Mitte der Senke. An der Ecke war noch immer Maudes Laden, dahinter stand derselbe Campingwagen wie schon vor acht Jahren. Arvin war froh, ihn zu sehen.

Als er in den Laden trat, saß der Verkäufer auf einem Barhocker hinter dem Süßigkeitenstand. Es war immer noch derselbe Hank, nur ein wenig älter, erschöpfter. »Howdy«, sagte er und blickte auf Arvins Sporttasche.

Der Junge nickte und stellte die Tasche auf den Betonboden. Er schob die Klappe der Getränkekühltruhe auf und nahm sich eine

Flasche Kräuterlimonade. Er öffnete sie und trank einen großen Schluck.

Hank zündete sich eine Zigarette an und sagte: »Sie sehen so aus, als seien Sie auf der Durchreise.«

»Ja«, sagte Arvin und lehnte sich an die Kühltruhe.

»Wo soll's denn hingehen?«

»Weiß noch nicht genau. Da war früher mal ein Haus auf dem Hügel da hinten, das einem Anwalt gehörte. Kennen Sie das?«

»Klar. Oben auf den Mitchell Flats.«

»Ich hab da mal gewohnt.« Kaum hatte er das gesagt, wünschte sich Arvin, er könnte es zurücknehmen.

Hank sah ihn einen Augenblick lang an und sagte: »Verdammt noch eins. Sie sind der junge Russell, richtig?«

»Ja«, antwortete Arvin. »Ich dachte, ich komm mal vorbei und schau mir die alte Gegend an.«

»Junge, tut mir leid, aber das Haus ist vor ein paar Jahren abgebrannt. Sollen wohl ein paar Kinder gewesen sein. Da hat keiner mehr gewohnt nach Ihnen und Ihren Eltern. Die Frau des Anwalts und ihr Bettgenosse sind für den Mord an ihm ins Gefängnis gekommen, und soweit ich weiß, ist das Haus vom Gericht beschlagnahmt worden.«

Arvin überkam eine Welle der Enttäuschung. »Ist denn noch irgendetwas davon übrig?« fragte er und bemühte sich, unbeteiligt zu klingen.

»Nur das Fundament. Vielleicht steht die Scheune noch, wenigstens teilweise. Die Gegend ist völlig überwuchert.«

Während er die Flasche leer trank, sah Arvin durch die große Fensterscheibe hinauf zur Kirche. Er dachte an den Tag, als sein Vater den Jäger in den Schlamm geprügelt hatte. Nach allem, was in den letzten Tagen passiert war, war das keine so gute Erinnerung mehr. Er legte ein paar Salzcracker auf die Theke und bat um zwei Scheiben Mortadella und Käse. Er kaufte noch eine Schachtel Camel, eine Schachtel Streichhölzer und eine weitere Flasche Limonade. »Na«, meinte er, als Hank den Einkauf in eine Tüte gepackt hatte, »ich schätze, ich gehe trotzdem mal rauf. Jetzt bin ich schon so weit gekommen. Kann man denn immer noch durch den Wald hier hinten raufgehen?«

»Ja, einfach über Clarence' Weide. Er hat nichts dagegen.«

Arvin packte die Tüte in seine Sporttasche. Von dort, wo er stand, konnte er das Dach von Wagners altem Haus sehen. »Wohnt denn Janey Wagner immer noch hier in der Gegend?« fragte er.

»Janey? Nein, die hat vor ein paar Jahren geheiratet. Wohnt drüben in Massieville, soweit ich weiß.«

Arvin nickte und ging zur Tür, blieb aber noch einmal stehen. Er drehte sich um und sah Hank an. »Ich hab mich nie für die Nacht bedankt, in der mein Vater starb«, sagte er. »Sie waren sehr nett zu mir, und ich möchte, dass Sie wissen, ich hab das nie vergessen.«

Hank lächelte. Zwei seiner unteren Schneidezähne fehlten. »Sie hatten Kuchen im Gesicht. Der verdammte Bodecker hat es für Blut gehalten. Wissen Sie noch?«

»Ja, ich weiß noch alles aus dieser Nacht.«

»Ich hab gerade im Radio gehört, dass seine Schwester umgebracht worden ist.«

Arvin griff nach dem Türknauf. »Ehrlich?«

»Ich kannte sie nicht, aber wahrscheinlich wäre es besser gewesen, ihn hätte es erwischt. Er ist so nichtsnutzig wie nur was, und er ist das Gesetz in diesem County.«

»Tja«, sagte Arvin und drückte die Tür auf. »Vielleicht sehen wir uns ja später noch.«

»Kommen Sie doch heute Abend vorbei, wir setzen uns vor den Wohnwagen und trinken ein paar Bier.«

»Mach ich.«

»He, darf ich mal was fragen«, sagte Hank. »Waren Sie schon mal in Cincinnati?«

Arvin schüttelte den Kopf. »Noch nicht, aber ich hab schon viel darüber gehört.«

52.

Ein paar Minuten nachdem Bodecker das Gespräch mit seiner Frau beendet und aufgelegt hatte, kam Howser mit einem braunen Umschlag herein, in dem sich die Kugeln befanden, die der Gerichtsmediziner aus Carl herausgeholt hatte. Beides waren 9-mm-Patronen. »Dieselben wie die, die Sandy getroffen hat«, erklärte der Deputy.

»Habe ich mir schon gedacht. Also nur ein Schütze.«

»Willis hat mir gesagt, irgendein Kollege aus West Virginia habe dich angerufen. Hat das etwas mit dieser Sache hier zu tun?«

Bodecker sah zu der Karte an der Wand. Er dachte an die Fotos im Kofferraum seines Wagens. Er musste den Jungen erwischen, bevor es jemand anderes tat. »Nein. Nur irgendein Mist über einen Prediger. Um ehrlich zu sein, weiß ich nicht mal, warum er mit uns reden wollte.«

»Tja.«

»Irgendwelche Fingerabdrücke im Wagen?«

Howser schüttelte den Kopf. »Sieht so aus, als wäre die Rückbank abgewischt worden. All die anderen Abdrücke stammen von Carl und Sandy.«

»Irgendwas anderes gefunden?«

»Eigentlich nicht. Eine Tankquittung aus Morehead, Kentucky, lag unter dem Vordersitz. Ein Haufen Straßenkarten im Handschuhfach. Und jede Menge Zeug im Heck, Kissen, Decken, Benzinkanister.«

Bodecker nickte und rieb sich die Augen. »Geh heim und ruh dich aus. Sieht so aus, als könnten wir nur noch hoffen, dass sich irgendetwas von selbst ergibt.«

In der Nacht trank er in seinem Büro den Whiskey aus und wachte am nächsten Morgen mit trockenem Hals und üblen

Kopfschmerzen auf dem Fußboden auf. Er konnte sich noch erinnern, dass er davon geträumt hatte, wie er mit Russell in den Wald gegangen und auf all diese verrotteten Kadaver gestoßen war. Er ging ins Bad und wusch sich, dann bat er den Diensthabenden, ihm die Zeitung, einen Kaffee und ein paar Aspirin zu bringen. Auf dem Weg zum Parkplatz holte Howser ihn ein und schlug vor, die Motels und den Busbahnhof abzuklappern. Bodecker dachte einen Augenblick nach. Obwohl er sich alleine um diese Angelegenheit kümmern wollte, durfte er es nicht allzu offensichtlich machen. »Keine schlechte Idee«, sagte er. »Dann mal schnell, und schick auch Taylor und Caldwell los.«

»Wen?« fragte Howser stirnrunzelnd.

»Taylor und Caldwell. Aber mach ihnen klar, dass dieser verrückte Hurensohn nicht lange fackelt, bevor er ihnen die Köpfe wegpustet.« Dann machte er kehrt und ging hinaus, bevor der Deputy noch widersprechen konnte. So feige, wie die beiden waren, konnte Bodecker sich nicht vorstellen, dass sie auch nur aus dem Streifenwagen aussteigen würden.

Er fuhr zum Schnapsladen und kaufte sich eine kleine Flasche Jack Daniels. Dann hielt er am *White Cow Diner*, um sich einen Kaffee zu holen. Alle unterbrachen ihre Gespräche, als er hereinkam. Er überlegte, ob er vielleicht etwas sagen sollte, zum Beispiel dass sie alles Menschenmögliche tun würden, um den Mörder zu fassen, tat es dann aber nicht. Er goss sich Whiskey in den Kaffee und fuhr zur alten Müllkippe an der Reub Hill Road. Er öffnete den Kofferraum, nahm die Schuhschachtel mit den Fotos heraus und ging sie noch einmal durch. Er kam auf sechsundzwanzig Männer. Es waren mindestens zweihundert verschiedene Fotos, vielleicht mehr, mit Gummibändern zusammengehalten. Bodecker stellte die Schachtel auf den Boden, riss ein paar fleckige und zerknitterte Seiten aus einem Unterwäsche-Katalog, den er im Müll fand, und stopfte sie in die Schachtel. Dann ließ er die drei Filmdosen darauf fallen und zündete ein Streichholz an. Er stand in der gleißenden Sonne, trank den Kaffee aus und sah zu, wie die Fotos zu Asche zerfielen. Als das letzte verbrannt war, nahm er eine

Ithaca 37 aus dem Kofferraum. Er kontrollierte, ob die Schrotflinte geladen war, und legte sie auf den Rücksitz. Er konnte den Alkohol von letzter Nacht riechen, der ihm aus den Poren stieg. Er fuhr sich mit der Hand über die Bartstoppeln. Zum ersten Mal seit den Tagen in der Armee hatte er vergessen, sich zu rasieren.

Als Hank den Streifenwagen auf den Schotterplatz fahren hörte, faltete er die Zeitung zusammen und legte sie auf die Theke. Er sah, wie Bodecker einen Schluck aus einer Flasche nahm. Das letzte Mal hatte Hank den Sheriff in Knockemstiff gesehen, als dieser im Wahlkampf den Kindern wurmstichige Halloween-Äpfel geschenkt hatte. Hank streckte die Hand aus und drehte das Radio leiser. Die letzten paar Töne von Sonny James' »You're the Only World I Know« verklangen gerade, als der Sheriff durch die Fliegentür hereinkam. »Ich hatte gehofft, dich noch hier zu finden«, sagte er zu Hank.

»Warum?«

»Erinnerst du dich noch daran, wie der verrückte Russell sich hinten im Wald umgebracht hat? Du hattest seinen Sohn in der Nacht hier bei dir. Arvin hieß er.«

»Ich erinnere mich.«

»Ist der Junge vielleicht letzte Nacht oder heute früh hier durchgekommen?«

Hank sah auf die Theke. »Tut mir leid, das mit Ihrer Schwester.«

»Ich hab dir eine Frage gestellt, verdammt.«

»Was hat er denn angestellt? Steckt er in Schwierigkeiten?«

»Das kann man so sagen«, brummte Bodecker. Er schnappte sich die Zeitung und hielt Hank die Titelseite vor das Gesicht.

Hank runzelte die Stirn, als er noch einmal die schwarze Schlagzeile las. »Das war doch nicht etwa der Junge, oder?«

Bodecker ließ die Zeitung auf den Boden fallen, zückte seinen Revolver und richtete ihn auf den Verkäufer. »Ich habe keine Zeit für Spielchen, du Idiot. Hast du ihn gesehen?«

Hank schluckte, blickte zum Fenster, sah Talbert Johnsons schnittigen Wagen langsam am Geschäft vorbeifahren. »Was wollen Sie tun, mich erschießen?«

293

»Glaub ja nicht, das könnte ich nicht«, erwiderte Bodecker. »Nachdem ich dein kleines bisschen Hirn über den Süßigkeitenstand verspritzt habe, lege ich dir das Schlachtermesser in die Hand, das du da drüben bei deinem gammligen Wurstschneider liegen hast. Selbstverteidigung, ganz einfach. Und dem Richter erzähle ich, du verrückter Mistkerl hast versucht, einen Killer zu decken.« Er spannte den Hahn. »Tu dir selbst einen Gefallen. Wir reden hier von meiner Schwester.«

»Ja, ich habe ihn gesehen«, sagte Hank zögernd. »Er war kurz hier. Hat sich eine Flasche Limo und ein paar Zigaretten gekauft.«

»Was für ein Fahrzeug?«

»Ich habe kein Auto gesehen.«

»Also war er zu Fuß unterwegs?«

»Schon möglich.«

»In welche Richtung ist er gegangen?«

»Keine Ahnung«, antwortete Hank. »Hab nicht aufgepasst.«

»Lüg mich nicht an. Was hat er gesagt?«

Hank sah zur Getränkekühltruhe hinüber, wo der Junge gestanden und die Limo getrunken hatte. »Er sagte was von dem alten Haus, in dem er mal gewohnt hat, mehr nicht.«

Bodecker schob die Pistole in das Holster zurück. »Siehst du? War doch gar nicht so schwer, oder?« Er ging zur Tür. »Eines Tages wird noch ein richtig guter Informant aus dir.«

Hank sah, wie Bodecker in den Streifenwagen stieg und auf die Black Run Road fuhr. Er legte beide Hände flach auf die Theke und ließ den Kopf sinken. Hinter ihm kündigte der Radiosprecher mit einer Stimme, die so leise schien wie ein Flüstern, einen weiteren Wunschtitel an.

294

53.

Oben auf den Flats ging Arvin nach Süden. Das Gestrüpp am Waldrand war höher geworden, aber er brauchte nur ein paar Minuten, bis er den Wildpfad fand, der seinen Vater und ihn zum Gebetsbaum geführt hatte. Er konnte das Blechdach der Scheune sehen und eilte weiter. Das Haus war fast verschwunden, genau wie der Verkäufer gesagt hatte. Arvin stellte seine Tasche ab und ging dort hinein, wo die Hintertür gewesen war. Er lief weiter durch die Küche und den Flur entlang zu dem Zimmer, in dem seine Mutter gestorben war. Er trat nach schwarzer Kohle und angesengten Holzstücken, hoffte darauf, irgendetwas von ihr zu finden oder einen der kleinen Schätze, die er im Schlafzimmerfenster aufbewahrt hatte. Abgesehen von einem rostigen Türknauf und seinen Erinnerungen war aber nichts mehr übrig. Auf einer Ecke des Steinfundaments standen ein paar leere Bierflaschen säuberlich aufgereiht, jemand musste sich hier hingesetzt und sie getrunken haben.

Die Scheune war nur noch eine leere Hülle. Alle Holzverschalungen waren verschwunden. Das Dach war an manchen Stellen durchgerostet, die rote Farbe vom Wetter verblichen und abgeblättert. Arvin trat aus der Sonne hinein; in der Ecke lag der Futtereimer, in dem Willard damals das kostbare Blut transportiert hatte. Arvin trug ihn zu einer Stelle weiter vorn, benutzte ihn als Hocker und aß eine Kleinigkeit. Er beobachtete einen Rotschwanzbussard, der am Himmel träge Kreise drehte. Dann nahm Arvin das Foto von der Frau mit dem Toten aus der Tasche. Warum taten die Menschen so etwas? Und wieso, fragte er sich erneut, hatte diese Kugel ihn verfehlt, wo die Frau doch kaum mehr als zwei Meter entfernt gewesen war? In der Stille konnte er die Stimme seines Vaters hören: »Dahinter verbirgt sich ein Zeichen,

Sohn. Pass besser auf.« Er steckte das Bild ein und verbarg den Eimer hinter einem Ballen alten Strohs. Dann überquerte er wieder die Weide.

Er lief den Wildpfad entlang und kam bald zu der Lichtung, die Willard so mühsam freigeschnitten hatte. Sie war von Farn überwuchert, aber der Baumstamm war noch da. Fünf Kreuze standen dort, der Rost der Nägel hatte sie mit stumpfroten Striemen überzogen. Die anderen vier Kreuze lagen am Boden und waren von orange blühenden Trompetenblumen umrankt. Arvin blieb fast das Herz stehen, als er die Überreste des Hundes noch immer am ersten Kreuz hängen sah, das sein Vater aufgestellt hatte. Er lehnte sich an einen Baum und dachte an die Tage vor dem Tod seiner Mutter zurück, daran, wie sehr Willard versucht hatte, sie am Leben zu halten. Er hätte alles für sie getan, scheiß auf das Blut und den Gestank und die Insekten und die Hitze. Alles, sagte sich Arvin. Und erst jetzt, erst hier, in der Kirche seines Vaters, ging ihm plötzlich auf, dass Willard dorthin hatte gehen müssen, wo auch Charlotte hingegangen war. Damit er sich weiter um sie sorgen konnte. All die Jahre hatte Arvin ihn dafür verachtet, was er getan hatte, dafür, dass es ihm völlig egal gewesen war, was nach seinem Tod aus Arvin werden würde. Dann dachte er an die Rückfahrt vom Friedhof und an Willards Bemerkung darüber, Emma in Coal Creek besuchen zu wollen. Arvin hatte es bisher nicht verstanden, aber das war wohl seine Art gewesen, zu sagen, dass auch er gehen würde und dass es ihm leidtat. »Vielleicht bleiben wir eine Weile dort«, hatte Willard an dem Tag gesagt. »Es wird dir dort gefallen.«

Arvin wischte sich ein paar Tränen aus den Augen und stellte seine Sporttasche auf den Baumstamm, dann ging er herum und kniete sich vor das Hundekreuz. Er schob ein paar tote Blätter beiseite. Der Schädel war halb im Lehm versunken, das kleine Loch der .22er immer noch erkennbar zwischen den leeren Augenhöhlen. Arvin fand das verschimmelte Halsband, am Leder rings um die rostige Metallschnalle hing noch immer ein kleines Büschel Haare. »Du warst ein guter Hund, Jack«, sagte Arvin. Er sam-

melte alle Überreste ein, die er auf dem Boden finden konnte –
dünne Rippen, Hüftknochen, eine Pfote –, und zog die zerbrech-
lichen Stücke herunter, die noch am Kreuz hingen. Dann legte er
sie vorsichtig auf einen Haufen. Mit dem spitzen Ende eines As-
tes und den eigenen Händen grub er am Fuß des Kreuzes ein Loch
in die feuchte, schwarze Erde. Er grub etwa einen Viertelmeter tief
und legte die Knochen behutsam in das Grab. Dann ging er zu
seiner Tasche, holte das Bild von der Kreuzigung, das er aus dem
Motel mitgenommen hatte, und hängte es an einen der Nägel am
Kreuz.

Arvin kniete auf der anderen Seite des Baumstamms an der
Stelle nieder, wo er früher immer neben seinem Vater gebetet hatte.
Er zog die Luger aus der Jeans und legte sie auf den Gebetsbaum.
Die Luft war vor Hitze und Feuchtigkeit wie tot. Arvin sah zu
Jesus hinüber, der am Kreuz hing, und schloss die Augen. Er versuchte sein Bestes, sich Gott vorzustellen, doch seine Gedanken
schweiften immer wieder ab. Schließlich gab er es auf; er fand es
leichter, sich seine Eltern vorzustellen, wie sie auf ihn herabsahen.
Sein ganzes Leben, so schien es, alles, was er je gesehen, gesagt
oder getan hatte, hatte zu diesem Augenblick geführt: Endlich war
er allein mit den Geistern seiner Kindheit. Arvin fing an zu beten,
das erste Mal seit dem Tod seiner Mutter. »Sag mir, was ich tun
soll«, flüsterte er mehrmals. Nach ein paar Minuten fuhr plötzlich
ein Windstoß den Hügel hinter ihm herab, und ein paar Knochen,
die noch immer in den Bäumen hingen, klapperten gegeneinander
wie ein Windglockenspiel.

54.

Bodecker bog in den Schotterweg ein, der zu dem Haus führte, in dem die Russells gewohnt hatten, und der Streifenwagen wippte sanft in den ausgefahrenen Spuren. Bodecker zog seinen Revolver und legte ihn auf den Sitz. Er rollte langsam über dürre Schösslinge und große Steinwurzeln, dann hielt er knapp fünfzig Meter von der Stelle entfernt, wo das Haus gestanden hatte. Er konnte gerade noch die Spitze des Steinfundaments über das hohe Gras hinweg erkennen. Etwa vierzig Meter entfernt standen die Überreste der Scheune. Vielleicht sollte er das Grundstück kaufen, wenn dieses verdammte Chaos endlich vorbei war, dachte Bodecker. Er konnte ein neues Haus bauen und eine Obstplantage anlegen. Sollte Matthews doch den verdammten Job als Sheriff haben. Florence würde das gefallen. Sie machte sich ständig Sorgen. Bodecker griff unter den Sitz, zog die Flasche hervor und trank einen Schluck. Er musste etwas wegen Tater Brown unternehmen, aber das würde nicht allzu schwer sein.

Andererseits war dieser junge Russell vielleicht genau das, was Bodecker brauchte, um die Wiederwahl zu gewinnen. Jemand, der einen Gottesmann abknallte, weil er sich über seine jungen Schäfchen hergemacht hatte, musste eine Schraube locker haben, ganz gleich, was der Bulle in West Virginia sagte. Es würde ein Leichtes sein, diesen Penner als kaltblütigen Irren zu verkaufen; die Leute wollten immer einen Helden wählen. Bodecker nahm noch einen Schluck aus der Flasche und schob sie unter den Sitz. »Darüber mach ich mir später Gedanken«, sagte er laut. Jetzt hatte er erst einen Job zu erledigen. Selbst wenn er sich nicht wieder zur Wahl stellen würde, konnte er den Gedanken nicht ertragen, dass alle die Wahrheit über Sandy erfahren würden. Bodecker konnte gar nicht in Worte fassen, was sie auf einigen dieser Bilder getan hatte.

Nachdem er ausgestiegen war, steckte er die Pistole ins Holster und griff nach der Schrotflinte auf dem Rücksitz. Seinen Hut warf er auf den Vordersitz. Sein Magen rebellierte, er fühlte sich beschissen. Bodecker entsicherte die Flinte und ging langsam die Fahrspur entlang. Er blieb mehrmals stehen, lauschte, ging weiter. Es war still, nur ein paar Vögel sangen. An der Scheune sah er aus dem Schatten zu den Überresten des Hauses hinüber. Er leckte sich die Lippen und hätte gern noch einen Schluck getrunken. Eine Wespe schwirrte ihm um den Kopf, er schlug sie mit der Hand zu Boden und zertrat sie mit dem Stiefelabsatz. Nach ein paar Minuten lief er am Waldrand an der Weide vorbei. Bodecker eilte über vertrocknete Seidenpflanzen, Brennnesseln und Kletten hinweg. Er versuchte sich daran zu erinnern, wie lange er dem Burschen in jener Nacht gefolgt war, bis sie zu dem Pfad und der Stelle kamen, wo der Vater verblutet war. Bodecker sah zur Scheune zurück, konnte sich aber nicht entsinnen. Er hätte Howser mitnehmen sollen, überlegte er. Das Arschloch liebte die Jagd.

Gerade als er dachte, er müsse den Pfad übersehen haben, stieß er auf niedergetrampeltes Unkraut. Das Herz schlug ihm ein wenig schneller, und er wischte sich den Schweiß aus den Augen. Er beugte sich vor, linste am Gestrüpp vorbei in den Wald und entdeckte ein Stück weiter den alten Tierpfad. Er blickte über die Schulter und bemerkte drei schwarze Krähen, die krächzend über die Weide flogen. Bodecker duckte sich unter Brombeerzweigen hindurch, machte ein paar Schritte und stand auf dem Pfad. Er holte tief Luft und ging mit vorgehaltener Flinte langsam hügelabwärts. Er spürte, wie er innerlich vor Angst und Aufregung vibrierte, genau wie damals, als er für Tater diese beiden Männer umgelegt hatte. Bodecker hoffte, dass es bei dem Jungen hier genauso einfach war.

55.

Der Wind ließ nach, die Knochen klapperten nicht mehr. Arvin hörte jetzt auch wieder anderes, leise Alltagsgeräusche, die aus der Senke aufstiegen: eine Fliegentür klappte zu, Kinder kreischten, ein Rasenmäher brummte. Dann unterbrachen die Zikaden ihr Sirren für einen Augenblick und Arvin schlug die Augen auf. Er drehte den Kopf ein wenig zur Seite und glaubte, ein Geräusch hinter sich zu hören, ein trockenes Blatt, das unter einem Schuh zerkrümelte, oder ein weicher Ast, der zerbrach. Er war sich nicht sicher. Als die Zikaden wieder einsetzten, griff er nach der Waffe auf dem Baumstamm. Geduckt umrundete er ein Gestrüpp aus Wildrosen links von der Lichtung und ging den Hügel hinauf. Er war zehn, zwölf Meter weit gekommen, als ihm einfiel, dass seine Sporttasche noch neben dem Gebetsbaum stand. Doch nun war es zu spät.

»Arvin Russell?« hörte er eine Stimme laut rufen. Er kauerte sich hinter einen Hickorybaum, stand langsam auf, hielt die Luft an, linste um den Baumstamm herum und entdeckte Bodecker mit der Schrotflinte in der Hand. Erst sah er nur ein Stück von dem braunen Hemd und die Stiefel. Dann ging der Sheriff ein Stück weiter, und Arvin konnte das rote Gesicht erkennen. »Arvin? Ich bin's, Sheriff Bodecker. Ich will dir nichts tun, versprochen. Ich muss dir nur ein paar Fragen stellen.« Arvin sah, wie er ausspuckte und sich Schweiß aus dem Gesicht wischte. Bodecker ging weiter voran, ein Birkhuhn schreckte aus seinem Versteck auf und flatterte wild über die Lichtung. Bodecker riss die Flinte hoch und feuerte, dann lud er schnell nach. »Verdammt, Junge, tut mir leid«, rief er. »Der verdammte Vogel hat mich erschreckt. Jetzt komm raus und lass uns reden.« Er schlich weiter und blieb am Rand der überwucherten Lichtung stehen. Bodecker entdeckte die Sporttasche und den gerahmten Jesus am Kreuz. Vielleicht ist der Mistkerl wirklich verrückt, dachte er. Im Dämmerlicht des Waldes konnte er immer noch ein paar Knochen an Drähten baumeln sehen. »Ich hab mir schon gedacht, dass du hierher kommen würdest. Weißt du noch, die Nacht, als du mich hergeführt hast? Das war eine schlimme Sache, die dein Dad da gemacht hat.«

Arvin entsicherte die Luger und nahm ein Stück totes Holz vom Boden auf. Er warf es durch eine Öffnung zwischen den Ästen. Als es von einem Ast unterhalb des Gebetsbaumes abprallte, feuerte Bodecker zwei Mal schnell hintereinander. Wieder lud er nach. Fetzen von Blättern und Rinde segelten durch die Luft. »Verdammt, Junge, mach keinen Scheiß«, rief er. Er wirbelte herum, sah wie wild in alle Richtungen und ging dann auf den Baumstamm zu.

Arvin trat hinter ihm leise auf den Pfad. »Legen Sie lieber die Waffe weg, Sheriff«, sagte der Junge. »Ich habe Sie im Visier.«

Bodecker erstarrte mitten im Schritt, dann senkte er vorsichtig den Fuß auf den Boden. Er schaute auf die offene Sporttasche und entdeckte ein Exemplar der *Meade Gazette*, die oben auf einer Jeans lag. Sein Foto auf der Titelseite starrte ihn an. Dem Klang der Stimme nach zu urteilen, war der Junge direkt hinter ihm, vielleicht sechs Meter entfernt. Bodecker hatte noch zwei Patronen in seiner Schrotflinte. Gegen eine Pistole standen seine Chancen ziemlich gut. »Junge, du weißt doch, dass ich das nicht tun kann. Verdammt, das ist eine der ersten Regeln, die man in der Polizeischule lernt. Man legt niemals seine Waffe ab.«

»Ich kann nichts für das, was man Ihnen beigebracht hat«, erwiderte Arvin. »Legen Sie sie auf den Boden und gehen Sie ein paar Schritte zur Seite.« Er konnte spüren, wie ihm das Herz gegen das Hemd pochte. Plötzlich schien alle Feuchtigkeit aus der Luft gewichen zu sein.

»Was? Damit du mich umlegen kannst wie meine Schwester und diesen Prediger in West Virginia?«

Arvins Hand zitterte ein wenig, als er hörte, wie der Sheriff Teagardin erwähnte. Er dachte kurz nach. »Ich habe ein Foto in der Tasche, auf dem Ihre Schwester einen toten Mann umarmt. Sie lassen die Waffe fallen, und ich zeige es Ihnen.« Er merkte, wie der Sheriff den Rücken steif machte, und umfasste die Luger fester. »Du kleines Arschloch«, sagte Bodecker leise. Wieder sah er sein Konterfei in der Zeitung. Es war kurz nach der Wahl aufgenommen worden, als man ihn darauf eingeschworen hatte, das Gesetz zu vertreten. Beinahe musste er lachen. Dann hob er die Ithaca und wirbelte herum. Arvin drückte ab.

Bodeckers Waffe ging los, und der Schrot riss ein großes Loch in die Wildrosen rechts von Arvin. Der Junge zuckte zusammen und feuerte erneut. Der Sheriff gab einen spitzen Schrei von sich und fiel vornüber in die Blätter. Arvin wartete ein, zwei Minuten, dann näherte er sich vorsichtig. Bodecker lag auf der Seite und starrte zu Boden. Eine Kugel hatte ihm das Handgelenk zerschlagen, die andere war ihm unter dem Arm in den Körper gedrungen. So wie es aussah, war mindestens eine seiner Lungenhälften durchbohrt worden. Bei jedem schweren Atemzug, den Bodecker machte, durchnässte ein weiterer Blutstrahl die Hemdbrust. Als Bodecker die abgewetzten Stiefel des Jungen vor sich sah, versuchte er, die Pistole aus dem Holster zu ziehen, doch Arvin beugte sich vor, nahm sie und warf sie beiseite.

Er legte die Luger oben auf den Gebetsbaum und drehte Bodecker so vorsichtig wie er konnte auf den Rücken. »Ich weiß, dass sie Ihre Schwester war, aber schauen Sie hier«, sagte Arvin. Er nahm das Foto aus der Brieftasche und hielt es dem Sheriff vor die Augen. »Ich hatte keine andere Wahl. Ich schwöre, ich habe sie gebeten, die Pistole wegzulegen.« Bodecker sah dem Jungen ins Gesicht, dann bewegte er die Augen zu Sandy und dem Toten, den sie in den Armen hielt. Er verzog das Gesicht und wollte das Foto mit der unverletzten Hand ergreifen, doch er war zu schwach, um mehr als nur einen halbherzigen Versuch zu unternehmen. Dann legte er sich zurück und fing an, Blut zu husten, genau wie Sandy es getan hatte.

Es kam Arvin zwar so vor, als würden Stunden vergehen, während er zuhörte, wie der Sheriff sich bemühte, am Leben zu bleiben, tatsächlich aber brauchte er nur ein paar Minuten zum Sterben. Es gibt keine Möglichkeit mehr umzukehren, dachte Arvin. Aber so weitermachen konnte er auch nicht. Es war, als würde die Tür zu einem traurigen, leeren Zimmer mit einem leisen Klick geschlossen; sie würde sich nie wieder öffnen, das beruhigte Arvin ein wenig. Als er hörte, wie Bodecker seinen letzten feuchten Atemzug tat, fällte er eine Entscheidung. Er nahm die Luger und ging zu dem Loch, das er für Jack gegraben hatte. Er ließ sich im feuchten Dreck auf die Knie sinken, rieb mit der Hand langsam über den grauen Metalllauf und dachte daran, wie sein Vater vor so vielen Jahren die Pistole mit nach Hause gebracht hatte. Dann legte er sie zu den Tierknochen in das Loch. Er schob es mit Erde zu und klopfte sie fest. Dann verbarg er alle Spuren des Grabes mit Laub und ein paar Zweigen. Er nahm das Bild des Erlösers ab, wickelte es ein und verstaute es in seiner Sporttasche. Vielleicht fand er eines Tages einen Platz, wo er es aufhängen konnte. Das hätte seinem Vater gefallen. Das Foto von Sandy und die beiden Filmdosen stopfte er in Bodeckers Brusttasche.

Arvin blickte sich noch einmal nach dem moosbedeckten Baumstamm und den verrottenden grauen Kreuzen um. Er würde diesen Ort nie wieder sehen, Emma und Earskell wohl auch nicht. Er drehte sich um und ging den Tierpfad entlang. Als er die Hügelkuppe erreicht hatte, wischte er ein paar Spinnweben beiseite und ließ den dunklen Wald hinter sich. Der wolkenlose Himmel war so tiefblau, wie er ihn noch nie gesehen hatte, und die Weide schien vor Licht zu brennen. Es war, als würde sie sich in alle Ewigkeit erstrecken. Arvin ging nordwärts in Richtung Paint Creek. Wenn er sich beeilte, konnte er in einer Stunde an der Route 50 sein. Mit etwas Glück würde ihn jemand mitnehmen.

3. Auflage

Die amerikanische Originalausgabe erschien 2011 unter
dem Titel *The Devil All The Time* bei Doubleday, New York.

© Donald Ray Pollock 2011
© der deutschen Ausgabe: Verlagsbuchhandlung Liebeskind 2012

Umschlaggestaltung: Marc Müller-Bremer, München
Umschlagmotiv: Bruce Davidson / Magnum Photos / Agentur Focus
Herstellung: Büro Sieveking, München
Typografie und Satz: Frese Werkstatt, München
Druck und Bindung: CPI – Ebner & Spiegel, Ulm

ISBN 978-3-935890-85-4